全国高校古委会古籍整理研究项目

韩

名

凤凰出版社

## 图书在版编目（CIP）数据

韩偓集 / 吴在庆编选. -- 南京 : 凤凰出版社, 2018.11）
（名家精注精评本）
ISBN 978-7-5506-2810-6

Ⅰ. ①韩… Ⅱ. ①吴… Ⅲ. ①唐诗－诗集②古典散文－散文集－中国－唐代 Ⅳ. ①I214.242

中国版本图书馆CIP数据核字(2018)第233985号

| | |
|---|---|
| 书　　　名 | 韩偓集 |
| 编　　　选 | 吴在庆 |
| 责 任 编 辑 | 郭馨馨 |
| 封 面 设 计 | 徐　慧 |
| 出 版 发 行 | 凤凰出版社（原江苏古籍出版社）<br>发行部电话025-83223462 |
| 出版社地址 | 南京市中央路165号，邮编:210009 |
| 出版社网址 | http://www.fhcbs.com |
| 照　　　排 | 南京凯建图文制作有限公司 |
| 印　　　刷 | 江苏凤凰新华印务有限公司<br>中国江苏南京经济技术开发区尧新大道399号，邮编:210038 |
| 开　　　本 | 787×1092毫米　1/32 |
| 印　　　张 | 10.875 |
| 字　　　数 | 192千字 |
| 版　　　次 | 2018年11月第1版　2018年11月第1次印刷 |
| 标 准 书 号 | ISBN 978-7-5506-2810-6 |
| 定　　　价 | 46.00元 |

（本书凡印装错误可向承印厂调换,电话:025-68037411）

# 目 录

**前 言** …………………………………… 1

**文 选**
　黄蜀葵赋 ………………………………… 1
　香奁集序 ………………………………… 7

**诗选一**
　幽窗 …………………………………… 14
　春尽日 ………………………………… 15
　别绪 …………………………………… 17
　见花 …………………………………… 18
　马上见 ………………………………… 20
　绕廊 …………………………………… 21
　青春 …………………………………… 22
　闻雨 …………………………………… 24
　懒起 …………………………………… 25
　已凉 …………………………………… 26
　欲去 …………………………………… 28

| | |
|---|---|
| 五更 | 30 |
| 寒食夜 | 31 |
| 哭花 | 32 |
| 宫词 | 34 |
| 踏青 | 35 |
| 夜深 | 36 |
| 新上头 | 37 |
| 席上有赠 | 39 |
| 金陵 | 41 |
| 懒卸头 | 42 |
| 倚醉 | 44 |
| 惆怅 | 46 |
| 咏柳 | 47 |
| 偶见 | 48 |
| 后魏时相州人作李波小妹歌疑其未备因补之 | 50 |
| 六言三首 | 52 |
| 寒食日重游李氏园亭有怀 | 56 |
| 思录旧诗于卷上凄然有感因成一章 | 58 |
| 荐福寺讲筵偶见又别 | 59 |
| 复偶见三绝 | 61 |
| 偶见背面是夕兼梦 | 63 |
| 寄恨 | 64 |
| 袅娜 | 66 |

| 多情 | 69 |
| 偶见 | 71 |
| 闺情 | 73 |
| 旧馆 | 74 |
| 秋千 | 75 |

## 诗选二

| 雨后月中玉堂闲坐 | 77 |
| 六月十七日召对自辰及申方归本院 | 80 |
| 与吴子华侍郎同年玉堂同直怀恩叙恳因成长句四韵兼呈诸同年 | 84 |
| 中秋禁直 | 87 |
| 宫柳 | 90 |
| 辛酉岁冬十一月随驾幸岐下作 | 93 |
| 冬至夜作 | 95 |
| 出官经硖石县 | 99 |
| 访同年虞部李郎中 | 102 |
| 奉和峡州孙舍人肇荆南重围中寄诸朝士二篇时李常侍洵严谏议龟李起居殷衡李郎中冉皆有继和余久有是债今至湖南方暇牵课 | 105 |
| 雪中过重湖信笔偶题 | 111 |
| 玩水禽 | 114 |
| 欲明 | 117 |

| 梅花 | 119 |
| --- | --- |
| 病中初闻复官二首（选一） | 123 |
| 湖南梅花一冬再发偶题于花援 | 126 |
| 避地 | 129 |
| 息兵 | 131 |
| 翠碧鸟 | 134 |
| 乙丑岁九月在萧滩镇驻泊两月忽得商马杨迢员外书贺余复除戎曹依旧承旨还缄后因书四十字 | 136 |
| 三月二十七日自抚州往南城县舟行见拂水蔷薇因有是作 | 138 |
| 荔枝三首 | 140 |
| 登南神光寺塔院 | 145 |
| 有瞩 | 147 |
| 秋深闲兴 | 149 |
| 故都 | 151 |
| 梦仙 | 155 |
| 赠吴颠尊师 | 157 |
| 感事三十四韵 | 162 |
| 息虑 | 179 |
| 味道 | 181 |
| 秋郊闲望有感 | 183 |
| 余寓汀州沙县病中闻前郑左丞璘随外镇举荐赴洛兼云继有急征旋见脂辖因作七言四韵戏以赠之 | |

| 或冀其感悟也 | 185 |
| 梦中作 | 188 |
| 此翁 | 190 |
| 失鹤 | 193 |
| 晨兴 | 195 |
| 暴雨 | 197 |
| 闲兴 | 198 |
| 寄隐者 | 200 |
| 闲居 | 202 |
| 洞庭玩月 | 205 |
| 赠隐逸 | 206 |
| 南浦 | 209 |
| 深院 | 211 |
| 火蛾 | 213 |
| 喜凉 | 214 |
| 天鉴 | 217 |
| 江岸闲步 | 219 |
| 余卧疾深村闻一二郎官今称继使闽越笑余迁古潜于异乡闻之因成此篇 | 221 |
| 安贫 | 225 |
| 残春旅舍 | 228 |
| 鹊 | 231 |
| 露 | 233 |

| 赠僧 | 236 |
| --- | --- |
| 感旧 | 238 |
| 八月六日作四首（选第一、第二首） | 241 |
| 驿步 | 249 |
| 疏雨 | 251 |
| 南安寓止 | 253 |
| 有感 | 256 |
| 即目 | 259 |
| 惜花 | 260 |
| 春尽 | 262 |
| 睡起 | 264 |
| 伤乱 | 266 |
| 太平谷中玩水上花 | 267 |
| 雨 | 269 |
| 汉江行次 | 270 |
| 湖南绝少含桃偶有人以新摘者见惠感事伤怀因成四韵 | 272 |
| 隰州新驿 | 275 |
| 乱后春日途经野塘 | 281 |
| 过临淮故里 | 284 |
| 同年前虞部李郎中自长沙赴行在余以紫石砚赠之赋诗代书 | 286 |
| 甲子岁夏五月自长沙抵醴陵贵就深僻以便疏慵由 | |

道林之南步步胜绝去绿口分东入南小江山水益秀村篱之次忽见紫薇花因思玉堂及西掖厅前皆植是花遂赋诗四韵聊寄知心 ········· 289

避地寒食 ················· 291

早发蓝关 ················· 293

重游曲江 ················· 295

三月 ··················· 296

夏课成感怀 ················ 298

游江南水陆院 ··············· 300

冬日 ··················· 301

老将 ··················· 302

边上看猎赠元戎 ·············· 304

北齐二首 ················· 306

吴郡怀古 ················· 310

寒食日沙县雨中看蔷薇 ··········· 313

过茂陵 ·················· 314

流年 ··················· 317

答友人见寄酒 ··············· 318

## 词 选

浣溪沙（拢鬓新收） ············ 320

浣溪沙（宿醉离愁） ············ 321

# 前　言

　　韩偓，字致尧（另有致光、致元之说），是唐末著名诗人，也是唐昭宗朝一位以气节名世的重臣。《四库全书总目·提要》介绍推许韩偓之人品气节与诗歌特色云："世为京兆万年人。父瞻，与李商隐同登开成四年进士第，又同为王茂元婿。……偓十岁即能诗，商隐集中所谓'韩冬郎即席得句，有老成之风'者，即偓也。偓亦登龙纪元年进士第，昭宗时官至兵部侍郎、翰林学士承旨。忤朱全忠，贬濮州司马，再贬荣懿尉，徙邓州司马。天祐二年，复故官。偓恶全忠逆节，不肯入朝，避地入闽，依王审知以卒。偓为学士时，内预秘谋，外争国是，屡触逆臣之锋。死生患难，百折不渝。晚节亦管宁之流亚，实为唐末完人。其诗虽局于风气，浑厚不及前人，而忠愤之气时时溢于语外。性情既挚，风骨自遒，慷慨激昂，迥异当时靡靡之响。其在晚唐，亦可谓文笔之鸣凤矣。"这一简略的评述是颇为精当的。

　　且让我们依据史籍所载，补充介绍韩偓某些重要的生平经历吧。

　　唐昭宗光化三年（900）末，天复元年（901）初间，宦官刘季述等人废掉并囚禁唐昭宗，不久在宰相崔胤等人的策划下，平定了这一场叛乱，昭宗反正。当时身为翰林学士的韩偓参与了这次平叛与反正，获得昭宗的宠重信任。当时昭宗"疾宦人骄横，欲尽去之",密召韩偓谋议。偓曰:"陛下诛季述时,余皆赦不问,今又诛之,谁不惧死?含垢隐忍,须后可也。天子威柄,今散在方面,若上下同心,摄领权纲,犹冀天下可治。宦人忠厚可任者,假以恩幸,使自翦其党,蔑有不济。今食度支者乃八千人,公私牵属不减二万,虽诛六七巨魁,未见有益,适固其逆心耳。'帝前膝曰:'此一事终始属卿。'"韩偓的忠悃,深获昭宗信任恩宠,故国家大事常听取韩偓意见。天复元年十一月,昭宗为宦官韩全诲勾结强藩李茂贞挟持幸岐下,"偓夜追及鄠,见帝恸哭。至凤翔,迁兵部侍郎,进承旨"。(《新唐书·韩偓传》)又,天复二年,宰相韦贻范"多受人赂,许以官;既而以母丧罢去,日为债家所噪。亲吏刘延美,所负尤多,故汲汲于起复"。(《资治通鉴》卷二六三)其时,帝"诏还位,偓当草制,上言:'贻范处丧未数月,遽使视事,伤孝子心。……何必使出峨冠庙堂,入泣血枢侧,毁瘠则废务,勤恪则忘哀,此非人情可处也。'学士使马从皓逼偓求草,偓曰:'腕可断,麻不可草!'从皓曰:'君求死邪?'偓曰:'吾职内署,可默默乎?'……自是宦党怒偓甚"。(《新唐书·韩偓传》)当时朱全忠和崔胤实际上已把持着朝中大权,唐昭宗已处于被胁迫的处境。韩偓在这一严酷的局势下,仍然一身正气对抗着朱全忠之流的邪恶残暴势力,以至遭到迫害,贬出朝廷。《新唐书·韩偓传》记:"全忠至中书,欲召偓杀之。郑元规曰:'偓位侍郎、学士承旨,公无遽。'全忠乃止,贬濮州司马。帝执其手流涕曰:'我左右无人矣。'再贬荣懿尉,徙邓州司马。"韩偓就这样因尽忠于唐昭宗而遭朱全忠、权奸的嫉恨,被贬至荒远之地,后干脆去官流寓湖南。在获知朱全忠杀害唐昭宗,并借唐哀帝名义召他复故官时,他坚拒复官,转经江西而入闽,从此决心走向流寓隐逸之路,寓居于闽南南安至卒。

值得再提的是韩偓既是一位想为国为民有所作为的士人,也是一位绝不贪图富贵、眷恋权位之徒。他曾在《朝退书怀》一诗中抒发志向谓"孜孜莫患劳心力,富国安民理道长";唐昭宗曾欲命他为相,但都被他婉拒。天祐二年,他在遭贬流寓途中,朱全忠为了收买人心,也曾召韩偓复官。然而韩偓早已看穿了朱全忠之流的狼子野心,不愿与他们同流合污,故坚不从命,宁肯隐退江湖。他不仅自己不入朝复官,也规劝他人不做伪官。他曾赋《余寓汀州沙县病中闻前郑左丞璘随外镇举荐赴洛兼继有急征旋见脂辖因作七言四韵戏以赠之或冀其感悟也》诗劝郑璘要学"公幹寂寥甘坐废",而鄙弃"子牟欢抃促行期"。后梁乾化二年(912),诗人隐居南安,其时有南来的郎官以"迂古"讥笑诗人潜隐深村,诗人遂作《余卧疾深村闻一二郎官今称继使闽越笑余迂古潜于异乡闻之因成此篇》诗以明志,并回击讥讽云:"枕流方采北山薇,驿骑交迎市道儿。雾豹只忧无石室,泥鳅唯要有洿池。不羞莽卓黄金印,却笑羲皇白接䍦。莫负美名书信史,清风扫地更无遗。"唐为朱梁所篡后,诗人依然心怀唐室,不用后梁年号。他的气节赢得历代士人的交口赞誉。清人熊文举在《雪堂先生文集》卷二〇《书司空图韩偓集》中称赏云:"晚唐诗人,二公所遇皆沧海横流之时。韩脱身虎口,司空大隐于条山,较然不欺其志,盖诗人之有骨气者。"凡此种种均可见诗人真是一位高风亮节的李唐忠臣。

韩偓又是颇有建树与影响的重要诗人。他著有《韩偓诗》和《香奁集》。现存《香奁集》诗歌凡一百余首,这些作品大多是韩偓在黄巢之乱前所作,而个别则是后来乃至诗人晚年时所吟咏。他在诗歌上的声誉,首先就在于颇有影响的被宋代著名诗评家严羽在《沧浪诗话·诗体》中称为"香奁体"的《香奁集》诗歌。虽然这些诗歌大体皆是"裾裙脂粉之语",被某些诗评家如方回认为是"词工格卑"(见《瀛奎律髓》)之作,但因其大多数诗篇具有真挚之情感,温婉秀逸含蓄之表达方式,故颇获得历代文人的喜爱与模仿。据他在《香奁集序》中所说,他青中年时"所著歌诗,不啻千首。其间以绮丽得意者,亦数百篇,往往在士大夫口,或乐工配入声律。粉墙椒壁,斜行小字,窃咏者不可胜纪"。可见这些"绮丽"的诗歌在当时的传播与影响,实在可以与白居易、元稹的"流于民间,疏于屏壁"(杜牧《唐故平卢军节度巡官陇西李府君墓志铭》),流传于江湖上的艳体诗歌媲美。而且在我看来,韩偓的这些诗歌除了少数较为香艳轻薄外,大多数诗篇尽管也有情辞绮丽,乃至香艳者,但其用语情感却绝非浮艳淫靡的"诲淫之言",而是情真意切,真挚感人。故诗人晚年在抄录这些诗歌时颇为动情而凄然泪下,赋《思录旧诗于卷上凄然有感因成一章》诗云:"缉缀小诗钞卷里,寻思闲事到心头。自吟自泣无人会,肠断蓬山第一流。"如其《踏青》:"踏青会散欲归时,金车久立频催上。收裙整髻故迟迟,两点深心各惆怅。"《荐福寺讲筵偶见又别》:"见时浓日午,别处暮钟残。景色疑春尽,襟怀似酒阑。两情含眷恋,一饷致辛酸。夜静长廊下,难寻履齿看。"《倚醉》:"倚醉无端寻旧约,却令惆怅转难胜。静中楼阁深春雨,远处帘栊半夜灯。抱柱立时风细细,绕廊行处思腾腾。分明窗下闻裁剪,敲遍阑干唤不膺。"他如《绕廊》《寒食日重游李氏园亭有怀》《惆怅》等等多是青年男女真纯深挚的爱恋相思之情,清丽而纯洁的恋情之语,让人久久品味而感动于中的佳什。因此我们认为《香奁集》中除少数诗歌难免色情之讥外,绝大多数诗篇尽管有的也情辞绮丽,乃至香艳,但其用语情感却绝非浮艳淫靡之"诲淫之言",也无"得罪名教"之辞。因此《香奁集》诗赢得了当代诗评家较为客观公允的评价。如著名诗评家陈伯海先生在《韩偓生平及其诗作简论》中既指出"'香奁诗'中有一定数量作品反映士大夫的狭邪生活,感情浮薄,作风轻靡"的作品,同时也指出"'香奁诗'中也不乏较为清新沉挚之作。且看这首《绕廊》:'浓烟隔帘香漏泄,斜灯映竹光参差。绕廊倚柱堪惆怅,细雨轻寒花落时。'写一帘阻隔、两地相思之情,纯从室外人的感受、动作和周围的环境景物来烘托那种'咫尺有如天涯'的惆怅心理,分外见得婉约而情深。再如七绝《闻雨》:'香侵蔽膝夜寒轻,闻雨伤春梦不成。罗帐四垂红烛背,玉钗敲着枕函声。'写女子夜深不寐的情怀,用玉钗触枕,玎玲有声这一细节,反映辗转反侧的神态意绪,真切而有余味。《香奁集》里像这类题咏男女欢爱相思,写得情浓意挚的篇章,亦不在少数"。又谓"'香奁诗'在技巧上也有可取之处。除了长于抒写人的情思外,一些作品还从外观上塑造了年轻妇女在爱情生活中的生动形象,楚楚动人。如:'学梳蝉鬓试新裙,消息佳期在此春。为爱好多心转惑,偏将宜称问傍人。'(《新上头》)'秋千打困解罗裙,指点醍醐索一尊。见客人来和笑走,手搓梅子映中门。'(《秋千》)前者描写刚成年的姑娘学梳头样、试穿新裙等候婚期的天真神情,后者刻画闺中少女打秋千时见客进门、带笑走避的娇憨意态,都有呼之欲出的效果"。陈先生还从艺术表现技巧上归纳"香奁诗"的成就,云:"善于借助环境景物来传达人的情思,是'香奁诗'艺术表现上的又一特征。有的作品甚至完全把人的情感隐藏在景物画面的背后,笔意含蓄,耐人寻味。像这首历来传诵的小诗《已凉》:'碧阑干外绣帘垂,猩色屏风画折枝。八尺龙须方锦褥,已凉天气未寒时。'……全诗没有一个字涉及情,可仍然是在言情。"

除《香奁集》外,韩偓还有《韩偓诗》约二百二十六首。这些诗除了少数为入仕前之作外,绝大多数是诗人登第入仕后直至寓居福建南安时的作品。其中那些入内廷为翰林学士、翰林学士承旨、兵部侍郎,直至遭贬、流寓于河南、湖南、江西、福建等地的诗什,尤能展现诗人嫉恨谗邪,抗御强暴,"死生患难,百折不渝",忠于唐室的高风亮节,同时也记录了唐末政局动乱乃至唐亡的历史,具有珍贵的历史文献价值。如天复元年十一月,唐昭宗为宦官韩全诲勾结凤翔节帅李茂贞挟持至凤翔,时诗人随驾前往,赋《辛酉岁冬十一月随驾幸岐下作》诗中云:"曳裾谈笑殿西头,忽听征铙从冕旒。凤驾行时移紫气,鸾旗驻处认皇州。晓题御服颁群吏,夜发宫嫔诏列侯。雨露涵濡三百载,不知谁拟杀身酬。"末句实是表露诗人以身报国之意,而全诗则概述了唐昭宗被韩全诲等人挟持往凤翔的史实。天复二年十一月冬至,诗人仍伴随唐昭宗被困于凤翔,时有《冬至夜作》诗,诗末写道"阴冰莫向河源塞,阳气今从地底回。不道惨舒无定分,却忧蚊响又成雷"。方回阐释末二句谓:"是时朱全忠围岐甚急,李茂贞有连合之意,偓之孤忠处此,殆知其必一反一覆,终无定在欤?此关时事,不但咏至节也。"(《瀛奎律髓汇评》卷一六节序类)吴汝纶评"阴冰"以下四句云:"是时昭宗幸凤翔,朱全忠自河中率兵围凤翔,奉表迎驾,所谓'阴冰莫向河源塞'也。'阳气今从地底回'者,谓李茂勋救凤翔,王师范讨朱全忠,诈为贡献,包束兵仗入汴西,至陕华也。末句恐勤王之师又将尾大不掉尔。"所释颇得诗人心曲。天祐元年八月,唐昭宗被朱全忠杀害。是年寒冬,诗人贬后流寓于湖南,他痛恨朱全忠之凶残,嫉恨宰相柳璨之奸邪,故咏两首梅花诗以明此意,并寓寄自己不畏强暴,不与他们同流合污之心志。其《梅花》诗中云:"梅花不肯傍春光,自向深冬著艳阳。……风虽强暴翻添思,雪欲侵凌更助香。应笑暂时桃李树,盗天和气作年芳。"《湖南梅花一冬再发偶题于花援》诗云:"寒气与君霜里退,阳和为尔腊前来。夭桃莫倚东风势,调鼎何曾用不材。"天祐二年九月,李唐王朝实际上已经被朱全忠所把持,此时韩偓闻知召他复官,他即赋诗表明绝不回朝与朱全忠政权同流合污之决心:"事往凄凉在,时危志气销。若为将朽质,犹拟杖于朝。"(《乙丑岁九月在萧滩镇驻泊两月忽得商马杨迢员外书贺余复除戎曹依旧承旨还缄后因书四十字》)又有《病中初闻复官二首》中云:"闻道复官翻涕泗,属车何在水茫茫";"宦途巇崄终难测,稳泊渔舟隐姓名。"这些颇为沉郁深婉而不无愤激悲怆之气的诗歌,真可体现诗人"富贵不能淫,威武不能屈"的高尚节操。

在这部分诗歌中,尚有诗人痛悼被弑的唐昭宗以及裴枢、王溥、赵崇、赵赞等三十几位被杀于白马驿,投入黄河的忠耿大臣,指斥崔胤、朱全忠、李振、蒋玄晖之流之负恩背主篡国的诗作,如《八月六日作四首》《感旧》,哀伤长安被荒废的《故都》,以及纪述唐昭宗朝兴亡历程的《感事三十四韵》诗。这些激楚悲凉、沉郁苍茫的诗作极为鲜明地表现了诗人的爱憎之情,体现了他对李唐王朝、唐昭宗以及朝中忠耿重臣的深挚情感。而《感事三十四韵》

《八月六日作四首》亦可谓以诗歌的形式记载下唐末一段重要的政治历史。从这意义上说,这五首诗实际上可以作为活生生的唐末信史来读,而且无论在诗歌内容上或是艺术风格上均具有可称道的价值。

当然,除上所述外,尚有不少作品记述了韩偓贬官后流寓各地,乃至寓居于福建南安的生活历程以及思想情感,同时也描述了所经地方的地理风光景色,风物与节候特色等。如《小隐》:"借得茅斋岳麓西,拟将身世老锄犁。清晨向市烟含郭,寒夜归村月照溪。炉为窗明僧偶坐,松因雪折鸟惊啼。灵椿朝菌由来事,却笑庄生始欲齐。"《赠湖南李思齐处士》云:"两板船头浊酒壶,七丝琴畔白髭须。三春日日黄梅雨,孤客年年青草湖。燕侠冰霜难狎近,楚狂锋刃触凡愚。知余绝粒窥仙事,许到名山看药炉。"以及《雪中过重湖信笔偶题》《寄湖南从事》等上述四首诗均流寓湖南时作。而赋于江西的诗作也有不少,如《丙寅二月二十二日抚州如归馆雨中有怀诸朝客》诗、《三月二十七日自抚州往南城县舟行见拂水蔷薇因有是作》诗。诗人入闽后所作诗歌更多,如《荔枝三首》《登南神光寺塔院》《访明公大德》《寒食日沙县雨中看蔷薇》《余寓汀州沙县病中闻前郑左丞璘随外镇举荐赴洛兼云继有急征旋见脂辖因作七言四韵戏以赠之或冀其感悟也》《桃林场客舍之前有池半亩木槿栉比阕水遮山因命仆夫运斤梳沐豁然清朗复睹太虚因作五言八韵以记之》《江岸闲步》《余卧疾深村闻一二郎官今称继使闽越笑余迂古潜于异乡闻之因成此篇》《残春旅舍》《驿步》《南安寓止》《安贫》等等。其中《登南神光寺塔院》诗云:"无奈离肠日九回,强搋怀抱立高台。中华地向城边尽,外国云从岛上来。四序有花长见雨,一冬无雪却闻雷。日宫紫气生冠冕,试望扶桑病眼开。"再如《江岸闲步》:"一手携书一杖筇,出门何处觅情通。立谈禅客传心印,坐睡渔师着背蓬。青布旗夸千日酒,白头浪吼半江风。淮阴市里人相见,尽道途穷未必穷。"又如《南安寓止》:"此地三年偶寄家,枳篱茅厂共桑麻。蝶矜翅暖徐窥草,蜂倚身轻凝看花。天近函关屯瑞气,水侵吴甸浸晴霞。岂知卜肆严夫子,潜指星机认海槎。"还有《安贫》诗云:"手风慵展八行书,眼暗休寻九局图。窗里日光飞野马,案头筠管长蒲卢。谋身拙为安蛇足,报国危曾捋虎须。举世可能无默识,未知谁拟试齐竽。"这些诗作为我们了解诗人贬官后的生活情感,乃至所经之处特别是福建地区的社会风貌、地理环境提供了丰富具体的宝贵资料,也同样值得我们重视与研究。

而且这部分诗歌也为了解韩偓贬官前后的生活、思想心态变化,诗歌艺术表现手法与风格的前后变异提供了珍贵的资料。概而言之其生活、情感、心态的复杂多样及其诗歌艺术表现手法与风格的变异有以下种种。

其一,对朝廷和往昔朝中生活的深情怀念。其二,对误国篡权的权奸的痛恨蔑视,以及坚贞抗暴的不屈的心态。其三,远祸避害,宁肯隐居的心态。其四,伤悼故国,欲报国而不能的怅恨。诗人贬官后的心态使其诗歌立意、艺术表现手法与风格产生了变异。首先,在诗歌立意上,诗人因贬后心态的作用,常喜借用各种事物来表达贬后的各种感受与心境,如《失鹤》《柳》《观斗鸡偶作》《火蛾》《净兴寺杜鹃一枝繁艳无比》《玩水禽》《翠碧鸟》等诗皆是如此。其次,与上述特色直接相关,在贬官后的涉及政治局势和与此有关的一己情志的诗歌创作中,其表现手法也有值得注意之处:一,在抒情写志叙事上,在朝时多采用直抒胸臆,据事铺写的方法,如《与吴子华侍郎同年玉堂同直怀恩叙恳因成长句四韵兼呈诸同年》《雨后月中玉堂闲坐》《从猎三首》《锡宴日作》等均是;而贬官后上述手法呈现逐渐弱化趋向,转向更多地采用含蓄婉转的表现方法,如上举《火蛾》《观斗鸡偶作》《失鹤》等作皆如此。二,更多地应用比喻寓托的手法。在朝时,他极少有比喻寓托而成的诗篇,但贬官后则大量采用此法。这不仅是个别诗句,而且多有通首如此者。如作于湖南的两首咏梅之作,即以梅花自寓,以夭桃喻朝中得势权奸;《鹊》《柳》等咏物之作,实际上均是寓托之什;《翠碧鸟》之"挟弹小儿",《玩水禽》之"依倚雕梁"的"社燕","抑扬金距"的"晨鸡",也均有所喻指。三,典故的应用较贬前增多。贬官之前韩偓较少用典故,而贬谪流寓中,尤其在涉及政局、时事人物以及抒发自己情志的诗篇中,诗人较多应用典故。如《感事三十四韵》《八月六日作四首》《有感》《余卧疾深村闻一二郎官今称继使闽越笑余迂古潜于异乡闻之因成此篇》《余寓汀州沙县病中闻前郑左丞璘随外镇举荐赴洛……冀其感悟也》等作皆运用大量典故。且其所用典故,均有其时现实的人物与事件与之对应,而诗人之意乃在于用旧典喻指比附现实的人物与事件之今典。这些表现手法的采用,均与诗人贬后已变化了的特殊的心态直接相关。最后,贬后的心态也影响及其诗歌风格。这种影响主要表现在三方面:一,诗人目睹权奸当道、兵连祸结,经历忠而遭贬,唐室衰亡的沧桑巨变,他的心态情感遽然顿改,变得忠愤悲郁、黯然沉挚。此时已罕有早年风流轻靡,词致婉丽的香奁之作,也有异于在朝时的温婉和丽的主流诗风。其不少涉及政治与个人遭遇的诗作如《故都》《安贫》《感旧》《八月六日作四首》等，诚如纪昀《四库全书总目·韩内翰别集提要》所评："浑厚不及前人，而忠愤之气时时溢于言外。性情既挚，风骨自遒，慷慨激昂，迥异当时靡靡之响。"《全唐诗录》谓其"后遭故远逋，出语依于节义，得诗人之正焉"，指的也是这类风概的诗作。因此，我们说这种悲愤沉郁、风骨凛然诗风的出现，正是贬后遭遇与心态影响所致。二，由于唐亡前后政局混乱残酷，诗人又惨遭谗毁贬斥，在易代换朝之际，拒不称臣于新朝，现实已逼得他改换旧心肠，怀有避难远祸唯恐不及之心理。在这种心理的作用下，当忠愤之气冲激得他情不自禁赋诗抒发情志时，他也就有意识地采用曲笔，或用比喻寓托，或借典实暗指，或委婉立意，将诗作写得意蕴深藏，若显若晦。有时有的诗则诗旨迷离，甚至有点晦涩难解。如《天鉴》《再思》《八月六日作四首》的某些诗句等均如此。以此也就形成了他部分诗作含蓄委曲的风格特色。三，韩偓贬官入闽，最后寓止南安村居至卒。其间村居生活的平淡闲静，自然环境的幽美，甘于隐逸不仕的心态，让诗人欣赏热爱这一生活与环境，他的心态情趣与之逐渐谐调融合，以此在描述村居生活与景色的不少诗篇中，呈现出前所少见的自然冲淡且不乏韵致的特色。这种风格韵致的诗作颇让前人称赏。罗大经云："农圃家风，渔樵乐事，唐人绝句模写精矣。余摘十首题壁间，每菜羹豆饭饱后，啜苦茗一杯，偃卧松窗竹榻间，令儿童吟诵数过，自谓胜如吹竹弹丝。"其所摘即有韩偓的"闻说经旬不启关，药窗谁伴醉开颜。夜来雪压村前竹，剩看溪南几尺山"、"万里清江万里天，一村桑柘一村烟。渔翁醉着无人唤,过午醒来雪满船"诗(《鹤林玉露》甲编卷之二《农圃渔樵》)。这类诗作尚有不少,如《深院》《野塘》《即目》《蜻蜓》《清兴》《晨兴》《山院避暑》等,而"树头蜂抱花须落,池面鱼吹柳絮行"(《残春旅舍》)、"细水浮花归别涧,断云含雨入孤村"(《春尽》)、"断年不出僧嫌癖,逐日无机鹤伴闲"(《睡起》)诸诗句亦颇能见此诗风。

本书选择韩偓具有代表性的若干文诗词作品,并加以精要的注释、品评与系年。其中诗歌分为两部分,其一是《香奁集》中的作品,因其大多乃其入仕前之作,作年难确定,故未加系年。其二是《香奁集》外的诗作。这些诗歌多能据其内容、原小注以及编排次第等系年。本书仅系年而未说明系年依据,然其系年与依据均本《韩偓集系年校注》,有欲明其所以然者,可参看是书。

吴在庆写于厦大海韵北区寓所<br>二〇一七年七月二十日

文　选

## 黄蜀葵赋①

色配中央,②心倾太阳。布叶近临于玉砌,移根远自于铜梁。③萼绿华未遇杨羲,④冠簪駊騀;⑤杜兰香喜逢张硕,⑥巾帔飘扬。⑦银汉之星玑欲曙,⑧金台之漏箭初长。⑨动人妖艳,馥鼻生香。千里鹄雏,滥得名于太液;⑩三秋菊蕊,虚长价于柴桑。⑪向日微困,迎风欲翔。周昉神疲,⑫呓笔而深惭思拙;江淹色沮,⑬擘笺而所恨才荒。⑭

蝶翅堪憎,蜂须可妒;几多之金粉遭窃,⑮一点之檀心被污。⑯何须逼视,汉夫人之鸳寝多羞;⑰不待含情,晋天子之羊车自驻。⑱激电寒暄,⑲跳丸乌兔;⑳得不淹留,深劳顾慕。㉑懊恨张京兆,㉒唯将桂叶添眉;怅望齐东昏,㉓却把莲花衬步。

骚人易老,㉔绝色多愁;曷忍在绮窗侧畔,唯当居绣户前头。目断犹驻,魂消未收。映叶而似擎歌扇,偎栏而若堕妆楼。㉕感荀粲之殷勤,㉖誓无缄著;怨谢鲲之强暴,㉗未近风流。

清旦莺啼,黄昏客散;鹤颈兮长引,㉘猿肠兮屡断。攀条立处,林乌应笑于后栖;欹枕看时,梁燕或闻于长叹。已而已而,唯有醉眠于丛畔。㉙

【注释】

①此赋以及《红芭蕉赋》,清人周昂为《十国春秋》作《拾遗》(见《十国春秋》卷一一五),于《闽》末记云:"黄滔诗如'寺寒三伏雨,松偃数朝枝','青山寒带雨,古木夜啼猿。'又如《闻雁》之'一声初触梦,半白已侵头'。与韩致光、吴融辈并游……滔以词赋名家,有《红芭蕉》《黄蜀葵》诸赋,皆脍炙人口。"则将《红芭蕉》《黄蜀葵》二赋属之于黄滔,未知何据?今检诸典籍,未见将此二赋属之黄滔者,故所记恐有误。唐科举试诗赋,故文士多于应试前有诗赋之作,而及第后则少有再作赋者。韩偓所留赋作唯《红芭蕉赋》《黄蜀葵赋》两篇,均未能考其作年,或即为其及进士第前之习作欤?蜀葵:植物名。春生苗叶,叶尖狭多刻缺。夏末开花,浅黄色。花有红、紫、黄、白等色,可供观赏。　②色配中央:谓黄蜀葵的色彩为黄色。古代以五方配五行,中央表土,土色黄,故又以中央代表黄色。　③铜梁:山名。在重庆市合川区南。山有石梁横亘,色如铜。《古文苑·扬雄〈蜀都赋〉》:"铜梁金堂,火井龙湫。"章樵注:"铜梁山在宕渠县。"　④萼绿华:据陶弘景《真诰·运象》篇载,传说萼绿华是女仙名。自言是九嶷山中得道女罗郁。晋穆帝时,夜降羊权家,赠权诗一篇,火浣手巾一方,金玉条脱各一枚。杨羲:张君房《云笈七签》卷一〇六《杨羲真人传》:"杨羲者不知何许人也,仕晋简文帝为舍人。……少好道,服食精思,遂能进灵接真,屡降玄人。……羲恭受勤行得仙。简文后师羲得道。"倪涛《六艺之一录》卷三二〇《杨羲》:"杨羲字义和,吴郡人,徙家句容。幼而通灵,美姿容,善言笑,工书画,与王右军并名海内。"　⑤駊騀:高大貌。《文选·扬雄〈甘泉赋〉》:"崇丘陵之駊騀兮,深沟嶄

岩而为谷。"李善注:"駴駴,高大貌也。" ⑥"杜兰香"句:杜兰香,神话传说中的仙女。干宝《搜神记》卷一载:汉时有杜兰香者,自称南康人氏。以建兴四年春,数诣张傅(硕)家,"可十六七,说事邈然久远……作诗曰:'阿母处灵岳,时游云霄际。众女侍羽仪,不出墉宫外。飘轮送我来,岂复耻尘秽。从我与福俱,嫌我与祸会。'"嗣后时来时去。又,《太平广记》卷六二《杜兰香》引前蜀杜光庭《墉城集仙录》:"杜兰香者,有渔父于湘江洞庭之岸,闻儿啼声,四顾无人,惟三岁女子在岸侧,渔父怜而举之。十余岁,天姿奇伟,灵颜姝莹,迨天人也。忽有青童灵人自空而下,来集其家,携女而去。临升天,谓其父曰:'我仙女杜兰香也,有过谪于人间,玄期有限,今去矣!'自后时亦还家。其后于洞庭包山降张硕家,盖修道者也。兰香降之三年,授以举形飞化之道,硕亦得仙。" ⑦巾帔:头巾和披肩。 ⑧星玑:又作星机,指星座、星星。李商隐《寓怀》:"星机抛密绪,月杼散灵氛。" ⑨金台:神话传说中神仙居处。《海内十洲记·昆仑》:"其一角有积金为天墉城,而方千里,城上安金台五所,玉楼十二所。"刘义庆《幽明录》:"海中有金台,出水百丈,结构巧丽,穷尽神功。"漏箭:漏壶的部件。上刻时辰度数,随水浮沉以计时。白居易《闻杨十二新拜省郎遥以诗贺》:"晓日鸡人传漏箭,春风侍女护朝衣。" ⑩太液:古池名。汉太液池,在陕西省西安市长安区西。据《三辅黄图》卷四,太液池乃武帝元封元年开凿,周回十顷。池中筑渐台,高二十余丈;又起三山,以象瀛洲、蓬莱、方丈三神山,刻金石为鱼龙奇禽异兽之属。 ⑪柴桑:古县名。西汉置,因县西南有柴桑山得名,治所在今江西省九江市西南。此处借指晋陶潜。因其故里在柴桑,故称。陶潜有"采菊东篱下,悠然见南山"诗。 ⑫周昉:唐代著名画家。张彦远《历代名画记》卷一〇:"周昉字景玄,官至宣州长史。初效张萱画,后则小异。颇极风姿,全法衣冠,不近闾里。衣裳劲简,彩色柔丽,菩萨端严,妙创水月之体。"朱景玄《唐朝名画录·神品中一人》:"周昉字仲朗,京兆人也,节制之后,好属文,穷丹青之妙,游卿相间,贵公子也。……又画士女,为古今冠绝。……其画佛像、真仙、人物、士女,皆神品也;惟鞍马、鸟兽、草木、林石,不穷其状。" ⑬江淹:南朝梁著名作家,传见《梁书》卷一四、《南史》卷五九。《梁书》本传谓"江淹字文通,济阳考城人也。少孤贫好学,沉静少交游。……淹少以文章显,晚节才思微退,时人皆谓之才尽。凡所著述百余篇,自撰为前后集,并《齐史》十志,并行于世"。 ⑭擘笺:谓裁纸。钱珝《江行无题一百首》:"擘笺嘲白鹭,无意喻泉鸾。" ⑮金粉:黄色的花粉。此处指黄蜀葵的花粉。 ⑯檀心:浅红色的花蕊。苏轼《黄葵》诗:"檀心自成晕,翠叶森有芒。"纳兰性德《洞仙歌·咏黄葵》词:"无端轻薄雨,滴损檀心。" ⑰汉夫人:盖指汉武帝李夫人。鸳寝:比喻夫妇共眠之处。魏承班《满宫花》词:"玉郎何处狂饮,醉时想得纵风流,罗帐香帷鸳寝。" ⑱"晋天子"句:晋天子指晋武帝。《晋书》卷三一《后妃上·胡贵嫔》:"胡贵嫔名芳……时帝多内宠,平吴之后,复纳孙皓宫人数千,自此掖庭殆将万人,而并宠者甚众。帝莫知所适,常乘羊车恣其所之,至便宴寝。宫人乃取竹叶插户,以盐汁洒地而引帝车。然芳最蒙爱幸,殆有专房之宠焉。" ⑲寒暄:犹冬夏。指岁月。李商隐《为贺拔员外上李相公启》:"葭灰檀火,屡变于寒暄。" ⑳跳丸:比喻日月运行。谓时间过得很快。韩愈《秋怀诗》之九:

"忧愁费晷景,日月如跳丸。"乌兔:神话谓日中有乌,月中有兔,故以"乌兔"指日月。左思《吴都赋》:"笼乌兔于日月,穷飞走之栖宿。" ㉑顾慕:眷念爱慕;向往。刘禹锡《鹤叹二首并引》:"鹤轩然来睨,如记相识。徘徊俯仰,似含情顾慕。" ㉒"懊恨张京兆"二句:《汉书》卷七六《张敞传》:"敞为京兆,朝廷每有大议,引古今,处便宜,公卿皆服,天子数从之。然敞无威仪,时罢朝会,过走马章台街,使御吏驱,自以便面拊马。又为妇画眉,长安中传张京兆眉怃。有司以奏敞。上问之,对曰:'臣闻闺房之内,夫妇之私,有过于画眉者。'上爱其能,弗备责也。然终不得大位。" ㉓"怅望齐东昏"二句:《南史》卷五:"废帝东昏侯讳宝卷,字智藏,明帝第二子也。……又别为潘妃起神仙、永寿、玉寿三殿,皆匝饰以金璧。……庄严寺有玉九子铃,外国寺佛面有光相,禅灵寺塔诸宝珥,皆剥取以施潘妃殿饰。……又凿金为莲华以帖地,令潘妃行其上,曰:'此步步生莲华也。'涂壁皆以麝香,锦幔珠帘,穷极绮丽。" ㉔骚人:诗人,文人。萧统《〈文选〉序》:"骚人之文,自兹而作。" ㉕堕妆楼:此盖以绿珠为喻。堕楼,跳楼自杀。堕楼人,指晋石崇侍女绿珠。绿珠为晋石崇爱妾,相传本白州梁氏女,美而艳,善吹笛,后为孙秀所逼,坠楼而死。杜牧《题桃花夫人庙》诗:"至竟息亡缘底事,可怜金谷堕楼人。" ㉖"感荀粲"句:荀粲,三国魏国人。字奉倩,颍川颍阴人。据《晋阳秋》:"何劭为粲传曰:粲字奉倩。……粲常以妇人者,才智不足论,自宜以色为主。骠骑将军曹洪女有美色,粲于是聘焉,容服帷帐甚丽,专房欢宴。历年后,妇病亡,未殡,傅嘏往唁粲;粲不哭而神伤。嘏问曰:'妇人才色并茂为难。子之娶也,遗才而好色。此自易遇,今何哀之甚?'粲曰:'佳人难再得!顾逝者不能有倾国之色,然未可谓之易遇。'痛悼不能已,岁余亦亡,时年二十九。"又,《世说新语·惑溺》:"荀奉倩与妇至笃,冬月妇病热,乃出中庭自取冷,还以身熨之。妇亡,奉倩后少时亦卒。以是获讥于世。" ㉗"怨谢鲲"二句:谢鲲,晋人,传见《晋书》卷四九。其本传载:"谢鲲字幼舆,陈国阳夏人也。……邻家高氏女有美色,鲲尝挑之,女投梭,折其两齿。时人为之语曰:'任达不已,幼舆折齿。'鲲闻之,傲然长啸曰:'犹不废我啸歌。'……鲲以时方多故,乃谢病去职,避地于豫章。尝行经空亭中夜宿,此亭旧每杀人。将晓,有黄衣人呼鲲字令开户,鲲憺然无惧色,便于窗中度手牵之,胛断,视之,鹿也,寻血获焉。尔后此亭无复妖怪。" ㉘长引:指声音拉得很长。成公绥《啸赋》:"喟仰抃而抗首,嘈长引而憀亮。" ㉙丛畔:此以晋陶渊明自喻。

# 【品评】

韩偓此赋以种种典故、人物以及多种艺术表现手法赋咏黄蜀葵。如以仙女萼绿华、杜兰香,倾国倾城的李夫人等名媛美女比喻黄蜀葵之"动人妖艳,馥鼻生香";又以"千里鹄雏"、"三秋菊蕊"之"滥得名于太液"、"虚长价于柴桑"来衬托黄蜀葵之"向日微困,迎风欲翔"之风神姿貌;再以"周昉神疲"、"江淹色沮"二句以展现黄蜀葵之难于描绘形容之神态风姿之美。此后又以"汉夫人之鸳寝多羞"、"晋天子之羊车自驻"等句表现黄蜀葵之柔美多情而动人。赋之后半篇则以"懊恨张京兆,唯将桂叶添眉;怅望齐东昏,却把莲花衬步"等等句子转而为黄蜀葵之不能"居绣户前头",而只能屈处于"绮窗侧畔"、醉眠于东篱丛畔之不遇而遗憾不平,以此与前半首形成感叹才人不遇之主旨。韩偓之前诗人歌咏梅花、牡丹、蔷薇、海棠、桃花、梨花、荷花等名花乃多见,歌咏黄蜀葵者则较少,即如唐崔涯《黄蜀葵》诗云:"野栏秋景晚,疏散两三枝。嫩蘖浅轻态,幽香闲澹姿。露倾金盏小,风引道冠欹。独立悄无语,清愁人讵知。"虽亦有赞美与惋惜之意,终比不上韩偓此赋篇幅之宏大、形容描绘之细致、感情之浓烈,赞美寄托之遥深。于此可见韩偓于黄蜀葵之情有独钟与深沉感喟。韩偓此赋亦赢得后代文士之瞩目与称赏,宋葛立方《蜀葵》咏云:"倾心小圃阳初照,束火中庭雨不沾。袅娜腰支浑欲舞,好令韩偓赋香奁。"(陈思《两宋名贤小集》卷八二《归愚集·蜀葵》)明代高士奇云:"院落晓生凉,新罗试薄妆。倚风微侧面,映日独倾阳。叶影纷披翠,花容浅淡黄。何人称赋手,韩偓擅词场。"(《高士奇集·秋葵》,见《苑西集》卷七)

## 香奁集序①

余溺于章句,信有年矣。诚知非士大夫所为,不能忘情,天所赋也。自庚辰、辛巳之际,②迄己亥、庚子之间,③所著歌诗,不啻千首。其间以绮丽得意者,亦数百篇,往往在士大夫口,或乐工配入声律。粉墙椒壁,④斜行小字,窃咏者不可胜纪。大盗入关,⑤缃帙都坠,⑥迁徙流转,不常厥居。求生草莽之中,岂复以吟咏为意。或天涯逢旧识,或避地遇故人，醉咏之暇，时及拙唱。自尔鸠集⑦，复得百篇，不忍弃捐，随即编录。遐思宫体，⑧未解称庾信工文；⑨却诮《玉台》，⑩何必使徐陵作序。⑪粗得捧心之态，⑫幸无折齿之惭。⑬柳巷青楼，⑭未尝糠粃；⑮金闺绣户，⑯始预风流。⑰咀五色之灵芝，⑱香生九窍；⑲咽三危之瑞露，⑳美动七情。㉑若有责其不经，㉒亦望以功掩过。玉山樵人韩偓序。

【注释】

①此篇《香奁集序》乃韩偓贬官入闽后晚年所作。《香奁集》中收有《无题》诗，其诗序云："余辛酉年戏作《无题》十四韵，故奉常王公相国首于继和……是岁十月末，余在内直，一旦兵起，随驾西狩，文稿咸弃，更无孑遗。丙寅年九月，在福建寓止，有前东都度支院苏昈端公，挈余沦落诗稿见授，中得《无题》一首。因追味旧作，缺忘甚多，唯第二、第四首仿佛可记，其第三首才得数句而已。今亦依次编之，以俟他时偶获全本。馀五人所和，不复忆省矣。"据此序知，韩偓"丙寅年九月，在福建寓止"方得到包括《无题》诗在内的"沦落诗稿"，则此序之作当在"丙寅年九月"之后。丙寅年乃唐昭宣帝天祐三年（906），其年九月诗人已在福州。又今《香奁集》诗尚存《多情》一诗，此诗乃开平四年所作，则至是年《香奁集》恐尚未编成，如此则《香奁集序》盖作于开平四年或之后欤？其确年则未能确知。　②庚辰、辛巳：指唐懿宗咸通元年（庚辰）、咸通二年（辛巳），即公元860、861年。　③己亥、庚子：指唐僖宗乾符六年（己亥）、广明元年（庚子），即公元879、880年。④椒壁：以椒和泥所涂的墙壁。　⑤大盗入关：指黄巢攻入长安

事,而非朱温入长安之谓。故陈寅恪《唐代政治史述论稿》中篇谓:"此集冬郎自序中'大盗入关'之语实指黄巢陷长安而言。震钧(即唐晏)作《韩承旨年谱》乃误以大盗属之朱全忠,遂解释诗旨,多所附会,殊不可信也。" ⑥缃帙都坠:谓书籍书卷均失落。缃帙,浅黄色书套。亦泛指书籍、书卷。《宋书·顺帝纪》:"诏曰:'……姬夏典载,犹传缃帙;汉魏余文,布在方册。'"萧统《〈文选〉序》:"词人才子,则名溢于缥囊;飞文染翰,则卷盈乎缃帙。" ⑦鸠集:搜集;聚集。葛洪《抱朴子·金丹》:"余考览养性之书,鸠集久视之方,曾所披涉篇卷以千计矣。" ⑧宫体:指宫体诗。南朝梁简文帝萧纲为太子时,与徐摛、徐陵及庾肩吾、庾信等人在东宫互相赋诗唱和。其内容多描写宫廷生活和男女私情,形式上追求辞藻靡丽,华而不实,时称其为宫体。后亦将艳情诗称为宫体。 ⑨庾信:《周书·庾信传》云:"庾信,字子山,南阳新野人也。……父肩吾,梁散骑常侍,中书令。信幼而俊迈,聪敏绝伦,博览群书,尤善《春秋左氏传》。……起家湘东国常侍,转安南府参军。时肩吾为梁太子中庶子掌管记,东海徐摛为左卫率,摛子陵及信并为抄撰学士。父子在东宫,出入禁闼,恩礼莫与比隆。既有盛才,文并绮艳,故世号为徐庾体焉。当时后进竞相模范,每有一文,京都莫不传诵。"传见《周书》卷四一,《北史》卷八三。 ⑩玉台:指南朝陈徐陵所辑之《玉台新咏》。该书前八卷录自汉至梁五言诗,第九卷为歌行,末卷录五言二韵之诗。保存了一部分乐府民歌及六朝前已佚诗篇,然大部分皆为艳情宫体之作。 ⑪徐陵作序:指徐陵为《玉台新咏》撰序。徐陵,南朝东海剡人。字孝穆。仕梁为通直散骑常侍,入陈官至尚书,当时诏策诰命,多出其手。其文章绮艳,与庾信齐名,时称徐庾体。《陈书·徐陵传》:"大通二年,王立为皇太子。东宫置学士,陵充其选。……起为南平王府行参军,迁通直散骑侍郎。梁简文在东宫,撰长春殿义记,使陵为序。……陵为尚书吏部郎,掌诏诰。……世祖、高宗之世,国家有大手笔,皆陵草之。其文颇变旧体,缉裁巧密,多有新意。每一文出手,好事者已传写成诵,遂被之华夷,家藏其本。后逢丧乱多散失,存者三十卷。"传见《陈书》卷二六、《南史》卷六二。 ⑫捧心之态:相传春秋时美女西施有心痛病,常捧心而颦。邻居有丑女认为西施此姿态美,亦学着捧心皱眉,却显得更丑,故为大家所厌恶。事见《庄子·天运》。后因以"捧心"喻拙劣之模仿。南朝梁刘勰《文心雕龙·杂文》:"可谓寿陵匍匐,非复邯郸之步;里丑捧心,不关西施之颦矣。" ⑬"幸无折齿"句:《晋书》卷四九《谢鲲传》载:"谢鲲字幼舆,陈国阳夏人也。……邻家高氏女有美色,鲲尝挑之,女投梭,折其两齿。时人为之语曰:'任达不已,幼舆折齿。'鲲闻之,傲然长啸曰:'犹不废我啸歌。'……鲲不徇功名,无砥砺行,居身于可否之间,虽自处若秽,而动不累高。" ⑭柳巷青楼:柳巷与青楼,旧时皆指妓院。王禹偁《寄砀山主簿朱九龄》诗:"歌楼夜宴停银烛,柳巷春泥污锦鞯。"孔尚任《桃花扇·却奁》:"人宿平康深柳巷,惊好梦门外花郎。"杜牧《遣怀》:"十年一觉扬州梦,赢得青楼薄幸名。" ⑮未尝糠粃:糠粃,原是谷皮和瘪谷。《后汉书·安帝纪》:"虽有糜粥,糠粃相半。"比喻粗劣而无价值之物。《隋书·律历志中》:"盖是失其菁华,得其糠粃者也。"此句意为未尝与柳巷青楼之女交游。 ⑯金闺绣户:金闺与绣户皆是闺阁的美称。王昌龄《从军行》之一:"更吹羌笛关山月,无那金闺万里愁。"沈佺期《梅花落》:"铁骑几时回,金闺怨早梅。"江淹《丽色赋》:"于是雕台绣户,当衢横术;椒庭承月,碧幌延日。"此处喻指名门望族之女子。 ⑰风流:此处指男女私情事。孙鲂《杨柳枝》:"不知天意风流处,要与佳人学画眉。" ⑱五色:青、赤、白、黑、黄五种颜色。古代以此五者为正色。《书·益稷》:"以五采彰施于五色,作服,汝明。"孙星衍疏:"五色,东方谓之青,南方谓之赤,西方谓之白,北方谓之黑,天谓之玄,地谓之黄,玄出于黑,故六者有黄无玄为五也。" ⑲九窍:指耳、目、口、鼻及尿道、肛门的九个孔道。《周礼·天官·疾医》:"两之以九窍之变。"郑玄注:"阳窍七,阴窍二。"《楚辞·高唐赋》:"九窍通郁,精神察滞。" ⑳三危:指三危山,传说中的仙山。《山海经·西山经》:"又西二百二十里,曰三危之山,三青鸟居之。"晋陶潜《读山海经》之五:"朝为王母使,暮归三危山。"瑞露:象征吉祥之露;甘露。郑畋《麦穗两歧》:"瑞露纵横滴,祥风左右吹。" ㉑七情:人的七种感情或情绪。《礼记·礼运》:"何谓七情?喜、怒、哀、惧、爱、恶、欲,七者弗学而能。"南朝梁刘勰《文心雕龙·明诗》:"人禀七情,应物斯感。" ㉒不经:谓近乎荒诞,不合常理。《后汉书·郭太传》:"后之好事,或附益增张,故多华词不经,又类卜相之书。"

**【品评】**

《香奁集序》乃韩偓晚年寓居福建,编成《香奁集》后所撰。序首记叙其早年所赋诗千余首,因遭黄巢之乱而散失云:"自庚辰辛巳之际,迄己亥庚子之间,所著歌诗,不啻千首……大盗入关,缃帙都坠,迁徙流转,不常厥居。求生草莽之中,岂复以吟咏为意。"

据此可知其自唐懿宗咸通元年至唐僖宗广明时曾作诗千余首。后因时局动荡变乱,所作诗歌多散失。后又记叙其贬官后,"或天涯逢旧识,或避地遇故人,醉咏之暇,时及拙唱。自尔鸠集,复得百篇,不忍弃捐,随即编录"成《香奁集》之过程。以此亦知其早年所成之香奁诗,均作于未及第前之咸通广明之间。序中所谓"大盗入关",并非指朱全忠军入长安,而是指黄巢攻入长安之事。震钧谓"序中所书甲子,大都迷谬其词,未可信也。其谓庚辰辛巳迄己丑(庆按,'己丑'应为'己亥')庚子之间者,考其时在僖宗之代,致尧方居翰林也。而一卷《香奁》,全属旧君故国之思,彼时安所用此?此未可信也",(《香奁集发微》卷首论《香奁集》语)此说实误。韩偓在僖宗时尚未及第入仕,何能"居翰林"?而《香奁集》亦非"全属旧君故国之思"。此诚如陈寅恪《唐代政治史述论稿》中篇所驳"此集冬郎自序中'大盗入关'之语实指黄巢陷长安而言。震钧(即唐晏)作《韩承旨年谱》乃误以大盗属之朱全忠,遂解释诗旨,多所附会,殊不可信也。"可见震钧等人以为《香奁集》中诗多有香草美人之寄托,并以韩偓在唐昭宗朝以及贬官后事加以解说,称"乃本诗人忠厚之旨,为屈子幽忧之辞,托诸美人,著为篇什,以抒爱,此《香奁集》之所为作也"(雷瑨《香奁集发微跋》,见震钧《香奁集发微》卷首)云云实不可信。序中又谓其早年"所著歌诗,不啻千首。其间以绮丽得意者,亦数百篇,往往在士大夫口,或乐工配入声律。粉墙椒壁,斜行小字,窃咏者不可胜纪"。可见其早年所作的"以绮丽得意"之诗歌传唱流播于士大夫与乐工士人间之盛况。序中所称"遐思宫体,未解称庾信工文;却诮《玉台》,何必使徐陵作序",诗人对于《香奁集》诗之不逊于宫体诗与《玉台新咏》之高度自信与自矜可谓见于辞色矣。"粗得捧心之态,幸无折齿之惭。柳巷青楼,未尝糠秕;金闺绣户,始预风流"数语分明乃高自标置之语,意为所交接来往而为之赋诗者绝非"柳巷青楼"之流,而是"金闺绣户"之女。"咀五色之灵芝,香生九窍;咽三危之瑞露,美动七情"云云,则可见诗人沉醉于《香奁集》诗绝美情韵意绪中之洋洋自得之情态。

诗选一

## 幽　窗①

刺绣非无暇,幽窗自尠欢②。手香江橘嫩,③齿软越梅酸。④密约临行怯,私书欲报难。⑤无凭谙鹊语,⑥犹得暂心宽。

【注释】

①《全唐诗》卷六八三韩偓诗所收第一首即此《幽窗》诗,其题下小注云"以下《香奁集》"。故此部分诗歌即收于《全唐诗》中的《香奁集》诗。据《香奁集序》,《香奁集》诗多为韩偓于唐懿宗咸通初至广明年间(860—880)所作。故本部分诗歌除个别作品(如《无题》《寄远》《思录旧诗于卷上凄然有感因成一章》《代小玉家为蕃骑所房后寄故集贤裴公相国》《袅娜》《多情》等等后来所作增入者)外,皆是此期间之作,未能一一编年。　②尠欢:少欢乐。尠,同鲜,少。《说文·是部》:"尠,是少也。"段玉裁注:"《易·系辞》:'故君子之道鲜矣。'郑本作'尠',云:少也。"唐玄奘《大唐西域记·蓝摩国》:"窣堵波侧不远,有一伽蓝,僧众尠矣。"　③江橘:产于江南之橘子。张九龄《感遇》之七:"江南有丹橘,经冬犹绿林。"　④越梅:即越地所产之梅子。　⑤私书:私人书信。此处盖为约会之情书。　⑥无凭:没有凭据。晏幾道《鹧鸪天》:"相思本是无凭语,莫向花笺费泪行。"鹊语:鹊噪,俗谓喜兆。窦巩《早

春松江野望》诗："耕地人来早,营巢鹊语频。"

**【品评】**

此写淑女幽独少欢,含情密约,欲赴而复矜持不往之情态。震钧谓此诗"起四句极形容其窈窕修洁,而后四句又极形容其贞静自持",所说颇得诗意。然其谓《香奁》之所以同于《离骚》,以其同是爱君也;所以异于《离骚》,《离骚》以美人比君,《香奁》以美人自比。如第一首《幽窗》,纯描怨女之态,而实以写羁臣也。大抵致尧素性修洁,不肯同流合污,故以静女自方"。(见《香奁集发微》此诗下评)如此比附,则全非此诗之本意。屈复析此诗云:"写美人从虚处比拟,不落熟径。临行转怯,欲报又难,写尽低回一寸心也。"(《唐诗成法》)何义门谓"五、六为'幽'字写神。三、四承'尠欢'意。结句反激,暗寓'喜'字。止闻'鹊语',仍见其'幽'",(《瀛奎律髓汇评》卷七风怀类。下引同)所说颇为中肯。纪昀斥"此真正淫词",则无乃太过矣!

# 春尽日

树头初日照窗檐,树底蔫花夜雨沾。<sup>①</sup>外院池亭闻动锁,后堂阑槛见垂帘。<sup>②</sup>柳腰入户风斜倚,<sup>③</sup>榆荚堆墙水半淹。<sup>④</sup>把酒送春惆怅在,年年三月病厌厌。<sup>⑤</sup>

**【注释】**

①蔫花:枯萎之花。蔫,花草枯萎;颜色不鲜艳。秦观《辇下春晴》:"乱絮迷春阔,蔫花困日长。" ②阑槛:栏杆。《说文·木部》:"楯,阑槛也。"段玉裁注:"阑槛者,谓凡遮阑之槛,今之阑干是也。"欧阳修《朝中措·送刘仲原甫出守维扬》词:"平山阑槛倚晴空,山色有无中。" ③柳腰:形容杨柳的柔条。庾信《和春日晚景宴昆明池》:"上林柳腰细,新丰酒径多。" ④榆荚:亦作"榆筴"。榆树的果实。初春时先于叶而生,联缀成串,形似铜钱,俗呼榆钱。《太平御览》卷九五六引汉崔寔《四民月令》:"二月榆荚成者,收干以为酱。" ⑤厌厌:同恹恹。精神萎靡貌。亦用以形容病态。刘兼《春昼醉眠》诗:"处处落花春寂寂,时时中酒病恹恹。"

**【品评】**

此春末送春伤春之作。首句写春杪初临,后句"蔫花"点"春尽","夜雨沾"暗指昨夜风雨摧花,其伤春之意亦寓焉。"外院"句谓夜尽天晓,故"闻动锁",春末最后一日开始了。第二、五、六句皆是春末景象,后两句则直抒送春伤春之情。清末民初震钧谓"致尧之贬,在天复三年二月十一日,到濮州,当在三月也。故集中屡致憾于三月。"(《香奁集发微》此诗下评)所说非是,盖此诗乃其未及第时作,与其贬后之情感实无关涉。前人对此诗亦有批评,无名氏(甲)云:"义山《无题》,妙在别有托讽,自觉意味深长。若《香奁》,只是靡词,不作可也。"(《瀛奎律髓汇评》卷七风怀类)所评此诗缺乏"托讽"虽是实情,然此类写儿女情之诗作,却以"靡词"贬之,认为"不作可也",则似为苛评。

# 别　绪

别绪静惛惛,①牵愁暗入心。已回花渚棹,②悔听酒垆琴。③菊露凄罗幕,④梨霜恻锦衾。⑤此生终独宿,到死誓相寻。月好知何计,歌阑叹不禁。⑥山巅更高处,⑦意上上头吟。⑧

【注释】

①惛惛:幽深貌,悄寂貌。蔡琰《胡笳十八拍》:"雁飞高兮邈难寻,空肠断兮思惛惛。"　②花渚:开着花的水中小洲。棹:原为船桨。《楚辞·九歌·湘君》:"桂棹兮兰枻,斲冰兮积雪。"此处代指船。徐彦伯《采莲曲》:"春歌弄明月,归棹落花前。"　③"酒垆琴"句:据《史记·司马相如列传》,卓文君窃听司马相如弹琴,而夜奔相如,以致触怒其父卓王孙,两人遂"俱之临邛,尽卖其车骑,买一酒舍酤酒,而令文君当垆。相如身自着犊鼻裈,与保庸杂作,涤器于市中。"　④菊露:即露水。因露白如菊,故称。凄罗幕:使罗幕显得凄冷。　⑤梨霜:即霜。因霜白如梨花,故称。恻锦衾:使锦衾显得凄恻。　⑥歌阑:歌将尽。阑,将尽;将完。嵇康《琴赋》:"于是曲引向阑,众音将歇。"　⑦"山巅"句:意为登上更高之山峰以远望怀人。犹如望夫石之喻女子怀念丈夫之坚贞。⑧上头:此处似指山峰之最高处。

## 【品评】

此诗乃写怀念离人之深情。其中"菊露凄罗幕,梨霜恻锦衾。此生终独宿,到死誓相寻"四句犹可见其缠绵反侧,誓死非它之深挚情感。故此四句为人称为"真好"(顾随、叶嘉莹、顾之京著《驼庵诗话·续编》卷四)。黄世中先生亦评"感人至深!令我们不禁会想起李商隐《无题》诗那千古不朽的名句:'春蚕到死丝方尽,蜡炬成灰泪始干。'"(《韩偓其人及"香奁诗"本事考索》)陈伯海先生《韩偓生平及其诗作简论》也评《别绪》诗"挚着自誓,都称得上情至之语"。

## 见 花

褰裳拥鼻正吟诗,①日午墙头独见时。血染蜀罗山踯躅,②肉红宫锦海棠梨。③因狂得病真闲事,欲咏无才是所悲。看却东风归去也,争教判得最繁枝④。

## 【注释】

①褰裳:撩起下裳。《诗·郑风·褰裳》:"子惠思我,褰裳涉溱。"拥鼻:即拥鼻吟。《晋书·谢安传》:"安本能为洛下书生咏,有鼻疾,故其音浊,名流爱其咏而弗能及,或手掩鼻以效之。"后以"拥鼻吟"指用雅音曼声吟咏。唐彦谦《春阴》诗:"天涯已有销魂别,楼上宁无拥鼻吟。" ②"山踯躅"句:山踯躅,杜鹃花的别称。李时珍《本草纲目·草六·山踯躅》:"山踯躅,时珍曰:处处山谷

有之,高者四五尺,低者一二尺。春生,苗叶浅绿色,枝少而花繁,一枝数萼。二月始开花,如羊踯躅,而蒂如石榴花。有红者、紫者、五出者、千叶者。小儿食其花,味酸无毒。一名红踯躅,一名山石榴,一名映山红,一名杜鹃花。其黄色者即有毒,羊踯躅也。"此句谓山踯躅如血染之蜀罗。 ③"海棠梨"句:海棠梨,即海棠果,又名"海红"。又名"秋子"。又名"柰子"。落叶小乔木。叶卵圆至椭圆形,果圆形或卵圆形。此句谓海棠梨如肉红色的官锦。④争教:怎教。白居易《遣怀》诗:"遂使四时都似电,争教两鬓不成霜!"判得:舍得。判,通"拼",舍弃。元稹《遣春》诗之一:"学问慵都废,声名老更判。"韦庄《离筵诉酒》诗:"不是不能判酩酊,却忧前路醉醒时。"

## 【品评】

此诗乃赏花惜花之作。三、四句描写春花之艳丽,以"血染蜀罗"、"肉红官锦"比喻之。首句以及五、六两句乃是赏花、咏花,以见其怜香惜玉之情。末两句则抒发惜花之心,仍是其怜爱春花之深情。至于震钧以为此诗"不能忘情于君国,惓惓三致意焉";(《香奁集发微》此诗下评)徐复观《韩偓诗与香奁集论考》认为韩偓此诗乃伤宫人宋柔之作,认为"宫人宋柔们的惨死,必给韩偓以很大的刺激,而她也会是执烛送韩偓归院的宫人之一。在韩偓晚年凄凉的回忆中,必会把她和赵国夫人,融织在一起,以咏叹出哀感顽艳的音调,这是决无可疑的"。所说均乃附会之言,盖此诗乃诗人早年未仕时之作,不可能有上述二人所说之情感。陆时雍"此三诗(指《倚醉》《见花》《有忆》)是开词曲法门"(《唐诗镜》卷五四)之说,则从韩偓诗与词曲之关系着眼,乃颇有见地。

# 马 上 见

骄马锦连钱,①乘骑是谪仙。②和裙穿玉镫,③隔袖把金鞭。去带懵腾醉,④归成困顿眠。自怜输厩吏,⑤余暖在香鞯。⑥

【注释】

①骄马:壮健的马。白居易《武丘寺路》:"银勒牵骄马,花船载丽人。"连钱:代称连钱障泥。障泥上饰花纹如连钱。刘义庆《世说新语·术解》:"王武子善解马性,尝乘一马,着连钱障泥。" ②谪仙:谪居世间的仙人。常用以称誉才学优异的人。李白《玉壶吟》:"世人不识东方朔,大隐金门是谪仙。" ③和裙:连带着裙。和,连带。元稹《贬江陵途中寄乐天》诗:"紫芽嫩茗和枝采,朱橘香苞数瓣分。"裙:古谓下裳,男女同用。马缟《中华古今注·裙》:"古之前制,衣裳相连,至周文王令女人服裙,裙上加翟衣,皆以绢为之。"玉镫:马镫之美称。梁简文帝《紫骝马》诗:"青丝悬玉镫,朱汗染香衣。" ④懵腾:朦胧;迷糊。冯延巳《金错刀》词:"只销几觉懵腾睡,身外功名任有无。"苏东坡《上元夜》:"浩歌出门去,我亦归懵腾。" ⑤输:逊;差。此处意为不如、比不上。厩吏:管理马厩之小吏。《管子》卷一六《小问》:"桓公观于厩,问厩吏曰:'厩何事最难?'厩吏未对。" ⑥鞯:马鞍下的垫子。《魏书·

段承根传》:"晖置金于马鞯中,不欲逃走,何由尔也?"

## 【品评】

此诗诗题"马上见",而诗中除末两句外,所写均是旁观者所见他人骑在马上之情景,故锺惺称赏此诗题谓"妙题"(锺惺、谭元春辑《唐诗归》卷三六晚唐四)。前人称赏、贬斥此诗者不一。冯班谓"五、六好,落句太亵,'香奁体'如此"。(《瀛奎律髓汇评》卷七风怀类,下引同)纪昀谓"三、四猥极,然此种体裁不必绳之过刻"。陈启源则谓:"'之子于归,言秣其马',笺疏解此本谓:'于之子出嫁之时,我愿秣其马,乘之以致礼饩,示欲其适己。'文似乎迂,意则正也。永叔解之曰:'之子出游而归,我愿秣其马,犹古人言虽执鞭,犹欣慕焉者是也。'朱传敬之深意亦同欧,文较顺而意稍嫖焉。唐人《香奁诗》曰:'自怜输厩吏,余暖在香鞯',此即欧、朱意也。孰谓周南正风,乃艳情之滥觞哉!"(朱鹤龄《诗经通义》卷一《国风》)所评均就香奁体之艳情而言,本无所政治寓意。故震钧"全集中独此似以美人况君。自以不得扈跸,不如厩吏之尚得承恩,日近清光"(《香奁集发微》此诗下评)云云,实乃强为比附之言,不可信也。

## 绕　廊

浓烟隔帘香漏泄,①斜灯映竹光参差。②绕廊倚柱堪惆怅,细雨轻寒花落时。

【注释】

①浓烟:此指房中熏香之浓郁烟气。香漏泄:谓熏香之烟气从房内漏泄出来。 ②光参差:参差,不齐貌。《诗·周南·关雎》:"参差荇菜,左右流之。"汉张衡《西京赋》:"华岳崨崨,冈峦参差。"光参差,谓灯光映竹而参差不齐。

【品评】

此诗应是恋情之作。首二句乃以衬托手法写所恋之房中女子。所谓"漏泄"之香,"参差"之光,均是房中女主人公所熏之香、所点之灯所漏泄映照出者,以此映衬房中之女子。后二句则写"绕廊"之人。绕廊倚柱而惆怅,细雨轻寒而见花落,均是表现恋中人一时未能亲近所恋者之情态。陈伯海先生《韩偓生平及其诗作简论》以为此诗"写一帘阻隔、两地相思之情,纯从室外人的感受、动作和周围的环境景物来烘托那种'咫尺有如天涯'的惆怅心理,分外见得婉约而情深"。所说诚是。

## 青 春

眼意心期卒未休,①暗中终拟约秦楼。②光阴负我难相偶,情绪牵人不自由。遥夜定嫌香蔽膝,③闷时应弄玉搔头。④樱桃花谢梨花发,肠断青春两处愁。⑤

**【注释】**

①眼意心期:眼中之情意,心中之期盼。心期,期望。《南齐书·豫章王嶷传》:"居今之地,非心期所及。" ②约秦楼:秦楼,秦穆公为其女弄玉所建之楼。亦名凤楼。《列仙传》卷上《萧史》:"萧史者,秦穆公时人也,善吹箫,能致孔雀、白鹤于庭。穆公有女字弄玉,好之,公遂以女妻焉。日教弄玉作凤鸣,居数年,吹似凤声,凤凰来止其屋。公为作凤台,夫妇止其上,不下数年,一旦皆随凤凰飞去。"李煜《谢新恩》词:"秦楼不见吹箫女,空余上苑风光。"约秦楼:谓相约结为夫妻。 ③蔽膝:围于衣服前面的大巾,用以蔽护膝盖。毛文锡《甘州遍》词之一:"花蔽膝,玉衔头。寻芳逐胜劝宴,丝竹不曾休。" ④玉搔头:即玉簪。古代女子的一种首饰。《西京杂记》卷二:"武帝过李夫人,就取玉簪搔头。自此后宫人搔头皆用玉,玉价倍贵焉。"白居易《长恨歌》:"花钿委地无人收,翠翘金雀玉搔头。" ⑤两处愁:谓男女双方两处皆发愁。

**【品评】**

此诗写青春男女相恋相许,然相隔未偶时之相思愁绪。本应是恋情诗,故黄世中先生《韩偓其人及"香奁诗"本事考索》认为"如《青春》《春恨》《中春忆赠》《旧馆》《有忆》《两处》等皆是"情诗,"所咏实同一情事,其所怀皆为李氏女一人"。所言可参。至于震钧以为"此则虽遭轻弃,而仍忠怀耿耿,且明君弃己之非得已,故云'两处愁'"(《香奁集发微》此诗下评)云云,实不符此诗本旨,不可信也。"樱桃花谢梨花发,肠断青春两处愁",李清照《一剪梅》词"花自飘零水自流,一种相思,两处闲愁。此情无计可消除,才下眉头,却上心头",盖自韩偓诗句脱化而来。

# 闻　雨

香侵蔽膝夜寒轻,闻雨伤春梦不成。罗帐四垂红烛背,①玉钗敲着枕函声。②

**【注释】**

①红烛背:即背对着红烛。　②"玉钗"句:玉钗,玉制之钗。由两股合成,燕形。司马相如《美人赋》:"玉钗挂臣冠,罗袖拂臣衣。"李白《白纻辞》诗之三:"高堂月落烛已微,玉钗挂缨君莫违。"枕函:中间可以藏物的枕头。司空图《杨柳枝寿杯词》之六:"偶然楼上卷珠帘,往往长条拂枕函。"汤显祖《牡丹亭·闹殇》:"枕函敲破漏声残,似醉如呆死不难。"此句谓女子睡时辗转反侧,故玉钗不时碰着枕函,发出声响。

**【品评】**

此诗乃春夜闻雨而伤春怀人,然其伤春怀人之意颇是蕴藉含蓄,诚如俞陛云所评"闻雨由闺思着笔,帐垂烛背,幽寂无声,惟闻玉钗敲枕。但写景物,而深宵听雨,伤春怀人之意,自在其中。句殊妍婉。"(《诗境浅说续编》二)陆次云所说"写意而不及情,艳诗佳手"(陆次云辑《五朝诗善鸣集》),乃就一、三、四句而言,其第二句则明谓"伤春",是"及情"矣。陈伯海《韩偓生平及其诗作简论》

评此诗谓:"写女子夜深不寐的情怀,用玉钗触枕,琤琮有声这一细节,反映辗转反侧的神态意绪,真切而有余味。《香奁集》里像这类题咏男女欢爱相思,写得情浓意挚的篇章,亦不在少数。"

## 懒 起

百舌唤朝眠,①春心动几般。②枕痕霞黯澹,③泪粉玉阑珊。④笼绣香烟歇,⑤屏山烛焰残。⑥暖嫌罗袜窄,瘦觉锦衣宽。昨夜三更雨,临明一阵寒。海棠花在否,侧卧卷帘看。

【注释】

①百舌:鸟名。善鸣,其声多变化。《淮南子·说山训》:"人有多言者,犹百舌之声。"高诱注:"百舌,鸟名,能易其舌效百鸟之声,故曰百舌也。以喻人虽多言无益于事也。" ②春心:春景所引发的意兴或情怀。《楚辞·招魂》:"目极千里兮伤春心,魂兮归来哀江南。"亦指男女之间相思爱慕的情怀。梁元帝《春别应令》诗之一:"花朝月夜动春心,谁忍相思不相见?"李商隐《无题》:"春心莫共花争发,一寸相思一寸灰。"此处两者皆有之。 ③霞:此处指女子睡时留在枕上之红色脂粉。黯澹:此处意同模糊。 ④泪粉:和着泪水之脂粉。玉:指泪珠。阑珊:零乱;歪斜。李贺《李夫人歌》:"红璧阑珊悬佩珰,歌台小妓遥相望。"陆龟蒙《置酒行》:"落尘花片排香痕,阑珊醉露栖愁魂。" ⑤笼:指熏香炉外之笼子。 ⑥屏山:指屏风。温庭筠《南歌子》词:"扑蕊添黄子,呵

花满翠鬟,鸳枕映屏山。"欧阳修《蝶恋花》词:"枕畔屏山围碧浪,翠被华灯,夜夜空相向。"烛焰:谓灯烛的光焰。梁简文帝《和湘东王古意咏烛》:"花中烛,似将人意同。忆啼流膝上,烛焰落花中。"

## 【品评】

　　此诗乃春闺之女伤春自怜之作,非吴乔所云"亦必伤时之作"。(《围炉诗话》卷一)其描摹少女伤春自怜之情态,诚如震钧所评:"形容闺房静女,宛约极矣。"(《香奁集发微》此诗下评)故杨诚斋尤称其"昨夜三更雨,临明一阵寒。海棠花在否,侧卧卷帘看"为"四句皆好"。(《诚斋诗话》)从内容情韵上看,此诗将怀春少女之伤春自怜情态形容尽致,且婉约含蓄,自是春闺静女之情思体段,不必以"非常俗恶"(徐复观《韩偓诗与香奁集论考》)贬斥之。此诗之含蓄蕴藉,用词之婉约,颇有词体之韵味,可见诗词相互影响之迹。故明代张綖《草堂诗余别录》前集称李清照《如梦令》:"昨夜雨疏风骤。浓睡不消残酒。试问卷帘人,却道海棠依旧。知否,知否?应是绿肥红瘦。"谓:"韩偓诗云:'昨夜三更雨,今朝一阵寒。海棠花在否?侧卧卷帘看。'此词盖用其语点缀,结句尤为委曲精工,含蓄无穷之意焉,可谓女流之藻思者矣。"


# 已　凉

　　碧阑干外绣帘垂,猩色屏风画折枝。<sup>①</sup>八尺龙须方锦褥,<sup>②</sup>已凉天气未寒时。

## 【注释】

①猩色:鲜红色。色如猩猩之血,故称。韦庄《乞彩笺歌》:"留得溪头瑟瑟波,泼成纸上猩猩色。"萨都剌《鹦鹉曲题杨妃绣枕》:"水昌帘垂宫昼长,猩色屏风围绣床。"折枝:花卉画法之一。不画全株、只画连枝折下来的部分,故名。宋仲仁《华光梅谱·取象》:"(六枝)其法有偃仰枝、覆枝、从枝、分枝、折枝。" ②龙须:此指用龙须草编成的席子,即龙须席。《初学记》卷二五引《晋东官旧事》:"太子有独坐龙须席、赤皮席、花席、经席。"亦省称"龙须"。孟浩然《襄阳公宅饮》诗:"绮席卷龙须,香杯浮碼碯。"赵执信《海鸥小谱·夜合花》:"龙须凤枕,黛眉几许低横?"

## 【品评】

此诗多获前人赞誉:"通首布景,并不露情思,而情愈深远。"(孙洙《唐诗三百首》)"中具多少情事,妙在不明说,令人思而得之。"(周咏棠《唐贤小三昧集续集》)"《已凉》一首如工笔仕女图,古今传诵以此。"(刘永济《唐人绝句精华》)此诗以具体景致写已凉天气及女子情态,其可圈点处乃如俞陛云所说"此则由阑干绣帘,而至锦褥,迤逦写来,纯是景物;而景中有人,隐有小怜玉体,在凉凉罗帐掩映之中。丽不伤雅,《香奁集》中隽咏也"。(《诗境浅说续编》二)亦如刘拜山、富寿荪所云:"设色浓丽,大似宋人院画,妙在此中无人,而其人又未尝不在。《深院》诗从帘外写,此诗从帘内写,用笔不同,而凄艳入骨则一也。"(《千首唐人绝句》)陈香《晚唐诗人韩偓》引《味诗录》谓:"写空疏之境,韩偓为一能手。人或谓其艳而弱,吾却谓其朴而健。《已凉》一诗可举为例。……

字面虽艳,意境极朴。先写室内,次写床中,不露情思,而情思自在言外;不夹人迹,而人迹宛在境中。"陈伯海《韩偓生平及其诗作简论》评析此诗亦谓:"展现在我们眼前的,是一间华丽的卧室。镜头由室外逐渐移向室内,经过帘幕、栏干、屏风一道道曲障,投影在那张陈设精致的八尺大床上,显示出是一位贵家少妇的深闺。主人公并没有出现在镜头里,她在做什么、想什么也不得而知。但猩红屏风上画着的折枝图,却不免使人生发起'花开堪折直须折,莫待无花空折枝'(无名氏《金缕衣》)的意念。配上床席、锦褥以及季节转换的展示,主人公在深闺寂寞中渴望爱情生活的情思也就隐约可见了。全诗没有一个字涉及'情',可仍然是在言情。像这样命意曲折、用笔委婉的情诗,唐代诗人中李商隐以外还是不多见的。"

# 欲　去

纷纭隔窗语,① 重约踏青期。纵得相逢处,无非欲去时。恨深书不尽,② 宠极意多疑。惆怅桃源路,③ 惟教梦寐知。

【注释】

①"纷纭"句:纷纭,亦作"纷云"。多盛貌。《汉书·司马相如传下》:"威武纷云,湛恩汪濊。"颜师古注:"纷云,盛貌。"梅尧臣《五月十三日大水》诗:"纷纭闾里儿,踊跃竞学泅。"此句意为隔窗

说了许许多多话。　②恨:失悔;遗憾。《史记·商君列传》:"梁惠王曰:'寡人恨不用公叔座之言也。'"书:表达、诉说。　③桃源路:此用刘晨、阮肇入天台山遇见天台二女事。刘义庆《幽明录》:"剡县刘晨、阮肇共入天台山取谷皮,迷不得返……遥望山上有一桃树,大有子实,而绝岩邃涧,永无登路。攀援藤葛,乃得至上。各啖数枚,而饥止体充。复下山……得度山出一大溪,溪边有二女子,姿质妙绝……二女便呼其姓,如似有旧,乃相见忻喜。问:'来何晚邪?'因邀还家。……有一群女来,各持五三桃子,笑而言:'贺汝婿来。'酒酣作乐,刘、阮欣怖交并。至暮,令各就一帐宿,女往就之,言声清婉,令人忘忧。……遂停半年。……求归甚苦。女曰:'罪牵君,当可如何?'遂呼前来女子有三四十人,集会奏乐,共送刘、阮,指示还路。既出,亲旧零落,邑屋改异,无复相识。问讯得七世孙,传闻上世入山,迷不得归。至晋太元八年,忽复去,不知何所。"

## 【品评】

此诗乃写男女青年相恋时复杂微妙心理感受之作,而非震钧所谓"此则追忆初贬官时情事。其时尚有再起之望也,至终则无复它想,惟托之梦寐而已"。(《香奁集发微》此诗下评)盖此为儿女恋情之作,而非诗人晚年之政治寓托诗。诗中"纵得相逢处,非无欲去时。恨深书不尽,宠极意多疑"之句,将内心矛盾与复杂微妙心理描绘得入木三分,惟妙惟肖,真为情至之语,颇为精彩。末"惆怅桃源路,惟教梦寐知"二句,亦是"欲去"之意,再次扣题,表明此诗主旨。

# 五　更

往年曾约郁金床,①半夜潜身入洞房。②怀里不知金钿落,③暗中唯觉绣鞋香。此时欲别魂俱断,自后相逢眼更狂。④光景旋消惆怅在,⑤一生赢得是凄凉。

【注释】

①郁金床:谓发散出郁金香味的床。郁金,多年生草本植物,姜科。叶片长圆形,夏季开花,穗状花序圆柱形,白色。中医以块根入药,古人亦用作香料,泡作郁鬯,或浸水作染料。沈佺期《独不见》:"卢家小妇郁金堂,海燕双栖玳瑁梁。"　②洞房:幽深的内室。多指卧室、闺房。《楚辞·招魂》:"姱容修态,絙洞房些。"③金钿:指嵌有金花的妇人首饰。丘迟《敬酬柳仆射征怨》诗:"耳中解明月,头上落金钿。"　④眼更狂:谓眼波更为放纵。狂,纵情;恣意。《后汉书·蔡邕传》:"狂淫振荡,乃乱其情。"白居易《玩半开花赠皇甫郎中》诗:"醉玩无胜此,狂嘲更让谁。"　⑤光景:光阴;时光。李白《相逢行》:"光景不待人,须臾成发丝。"旋消:不久即消逝。旋,不久。《后汉书·董卓传》:"卓既杀琼珌,旋亦悔之。"

【品评】

此诗乃回首往年与相恋女子热恋幽会情景,而如今则韶光已逝,唯留惆怅与凄凉。故结尾有"光景旋消惆怅在,一生赢得是凄凉"之遗憾终生语。震钧以香草美人之寓托解此诗,谓"天复二年,帝行武德殿,因至尚食局,使官人招偓。偓至再拜,曰:'崔胤无恙,全忠军必捷。'帝喜。偓曰:'愿陛下还宫,勿为人所知。'帝赐以面豆而去。诗咏此事也。"(《香奁集发微》此诗下评)所说实强为比附。前人对此诗是否猥亵有见仁见智之评,方回谓"前四句太猥太亵,后四句始是诗";(《瀛奎律髓汇评》卷七风怀类)又曰:"风怀之题,须意有余而不及于亵。如韩偓咏《偶见》,三四云'仙树有花难问种,御香闻气不知名',此两句佳。至咏《五更》,三四云'怀里不知金钿落,暗中惟觉绣鞋香',则太猥太亵矣!如《席上有赠》诗,五六云'鬓垂香颈云遮藕,粉着兰胸雪压梅',语虽亵,然止形容其貌。如巧笑美目之诗,不及乎淫也。"(蔡钧《诗法指南》卷四)然清人冯舒批驳云:"此公都不解。不如此终未尽兴,岂病在猥亵耶?'猥'字直至杨铁崖方可加,唐人决下不得此评语。"(均见《瀛奎律髓汇评》卷七风怀类)

## 寒 食 夜

清江碧草两悠悠,各自风流一种愁。正是落花寒食雨,夜深无伴倚南楼。

**【品评】**

此诗乃抒发浓郁深挚相思之情。震钧《香奁集发微》解读此诗谓："自伤孤客天涯,旧侣散失,独郁郁而谁语。故曰无伴也。"而关于此诗之本事,黄世中先生《韩偓其人及"香奁诗"本事考索》以为韩偓年轻时曾与一李姓女子相恋,其中考索云:"首先,关于爱情发生的时间。三月寒食日当是他(她)们相遇定情、互诉衷曲的日子。上篇七律之题目(庆按,指《寒食日重游李氏园亭有怀》)首揭'寒食日',即可为据。此外《集》中直接点出'寒食'并有恋情寄托或忆念者尚有八首:《寒食夜》《夜深》(一作《寒食夜》)《寒食夜有寄》《想得》《夕阳》《避地寒食》《三月》《寒食日沙县雨中看蔷薇》(后三首在《翰林集》)。连前篇共有九首。看来诗人每逢寒食日即忆及其人,并抒其相思哀怨之作。如《寒食夜》云:'正是落花寒食夜,夜深无伴倚南楼'。《寒食夜有寄》云:'风流大抵是怅怅,此际相思必断肠'。《夕阳》云:'花前洒泪临寒食,醉里回头问夕阳。不管相思人老尽,朝朝容易下西墙'。《想得》云:'两重门里画堂前,寒食花枝月午天',这当然是一次未成眷属的爱情,所以叹夜深无伴,此际相思,感花前洒泪,缠绵哀怨。"所论可聊备一说,供参考。

## 哭　花

　　曾愁香结破颜迟,①今见妖红委地时。②若是有情争不哭,③夜来风雨葬西施。④

## 【注释】

①香结:谓花蕾,花朵未开放。破颜:露出笑容;笑。此处谓花开。 ②妖红:艳红。此处谓艳红色的花朵。妖,艳丽。《文选·宋玉〈神女赋〉》:"近之既妖,远之有望。"李善注:"近看既美,复宜远望。"曹植《美女篇》诗:"美女妖且闲,采桑歧路间。" ③争不哭:怎不哭。争,犹怎。白居易《题峡中石上》诗:"诚知老去风情少,见此争无一句诗?" ④西施:本为春秋时越国美女。此处以西施比喻艳丽之红花。

## 【品评】

震钧称"此为朱全忠弑何后而作,故云'葬西施'。大抵何后被弑,正在盛年,故比之于花"。(《香奁集发微》此诗下评)此说恐未必是。此为伤花诗,哀伤之情感深挚,前人颇推许之,诚为佳什。黄叔灿谓"第三句'若是有情争不哭',致尧悲感身世,牢落结塞之怀,俱于此句中一恸矣。'夜来'句是比。"(《唐诗笺注》)。吴乔《围炉诗话》卷三云:"开成以后,诗非一种,不当概以晚唐视之。如落花之'高阁客竟去,小园花乱飞'、'夜来风雨葬西施',皆是初唐人未想到者,故能发学者之心光,岂可轻视!"贺裳云:"诗有同出一意而工拙自分者。……韩偓《哭花》:'若是有情争不哭,夜来风雨葬西施。'韦庄《残花》:'十日笙歌一宵梦,苎萝烟雨失西施。'两君同时,当非相袭,然韩语自胜。"(《载酒园诗话》卷一《三偷》)刘克庄谓:"《哭花》云:'曾愁香结破颜迟,今见妖红委地时。人若有情争不哭,夜来风雨葬西施。'美成词云'葬楚宫倾国',本此。"(《后村集》卷一八四)

# 宫 词

绣裙斜立正销魂,<sup>①</sup>侍女移灯掩殿门。燕子不来花着雨,春风应自怨黄昏。

**【注释】**

①绣裙:此指穿着绣裙之宫女。销魂:谓灵魂离开肉体。形容极其哀愁。江淹《别赋》:"黯然销魂者,唯别而已矣。"钱起《别张起居》诗:"有别时留恨,销魂况在今。"

**【品评】**

此诗既以《宫词》为题,则所描摹者乃春日黄昏时,宫女有所祈盼而不得之幽怨。后两句尤含蓄蕴藉,韵味无穷,于短短两句之中含无限韵致,故宋人赵令畤特为赏爱之。既为宫怨之作,故首句之"正销魂",末句之"怨黄昏",皆言怨也。怨者何人?乃"绣裙斜立"者,"春风应自"者,实皆为宫女。而为何有怨?乃"燕子不来花着雨"也。此句既为景语,实亦含比意。燕子亦比所盼之人,花亦自喻也。燕子春时应来而今不来,则爽约失信;宫女"斜立"等候,直至黄昏而"移灯掩殿门",则难免失望而怨泣,所谓"花着雨"也。诗虽为《宫词》,然自不必以为宫女即诗人之化身,故震钧以为此诗乃"以阿娇长门自比。静女城隅,如是如是"。(《香奁集发微》此诗下评)所说恐失于比附。

## 踏 青

踏青会散欲归时,金车久立频催上。①收裙整髻故迟迟,②两点深心各惆怅。③

**【注释】**

①金车:用铜作装饰的车子。《易·困》:"来徐徐,困于金车。"高亨注:"金车,以黄铜镶其车辕衡等处,车之华贵者也。"焦赣《易林·小畜之剥》:"孔鲤伯鱼,北至高奴,木马金车,驾游大都。" ②整髻:整理发髻。髻,在头顶或脑后盘成各种形状的发髻。《后汉书·马廖传》:"长安语曰:'城中好高髻,四方高一尺。'"故迟迟:故意迟缓。迟迟,缓慢、慢慢地。陈子昂《感遇》诗之一:"迟迟白日晚,袅袅秋风生。" ③两点深心:指双方两颗心。

**【品评】**

诗写踏青会散时,女子有所眷恋而迟迟不忍遽归之情态。诗题虽为"踏青",然而着重点并不在于踏青,而是描摹女子有所眷恋,不愿遽归之情态,故此诗实可看作"无题"。中二句描摹女子有所属意,眷恋不愿遽归之情态颇为栩栩如生。谓"久立",谓"频催";既"收裙",又"整髻",后复明揭出"故迟迟",在在显示女子之有所属意依恋,不肯遽然离去也。末句"两点深心各惆怅",则直揭女子如此情态之原委。震钧谓此诗"被迫去国,情景如见"(《香荟集发微》此诗下评),乃以为此诗是韩偓晚年被贬时所作,并加以政治比附,皆为不实之词。

# 夜 深

恻恻轻寒剪剪风,①杏花飘雪小桃红。②夜深斜搭秋千索,③楼阁朦胧烟雨中。

【注释】

①恻恻:寒冷貌。韩愈《秋怀诗十一首》之四:"秋气日恻恻,秋空日凌凌。"周邦彦《渔家傲》词:"几日轻阴寒恻恻,东风急处花成积。"剪剪:风拂或寒气侵袭貌。张翰《再过包公寺》诗:"轻寒剪剪侵驰褐,小雪霏霏入蜃楼。"《红楼梦》第七十六回:"谁家不启轩?轻寒风剪剪。" ②杏花飘雪:谓杏花白,有如飘雪。 ③斜搭:斜挂。搭,挂;披;戴。白居易《石楠树》诗:"伞盖低垂金翡翠,熏笼乱搭绣衣裳。"林逋《湖山小隐》诗:"步穿僧径出,肩搭道衣归。"

【品评】

此诗乃写春寒之夜,女子荡罢秋千时景象。即如俞陛云所谓"写庭院之景。楼阁宵寒,秋千罢戏,其中有剪灯听雨人在也"。(《诗境浅说续编》二)亦如刘拜山、富寿荪所云"纯写景色,而其中自有'爱而不见,搔首蜘蹰'之意"(《千首唐人绝句》)。震钧谓诗

"追忆在翰林时事",恐未谛。论家亦称韩偓此诗:"《遁斋闲览》云:韩致尧诗,词致婉丽,如此绝者是也。"(蔡正孙《诗林广记》前集卷九)田艺蘅《留青日札》卷六谓:"李贺'桃花乱落如红雨',韩偓'杏花飘雪小桃红',桃花红而长吉以雨比之,杏花红而致光以雪比之,皆可为善用不拘拘于故常者,所以为奇。不然,柳雪、李月、梨雪、桃霞,谁不能道?"《蕉窗夜话》谓:"韩冬郎集中,数提秋千,而境界无一相类。《闺怨》云:'初拆秋千人寂寞。'《夜深》云:'夜深斜搭秋千索。'《偶见》云:'秋千打困解罗裙。'《效崔国辅体》云:'风动秋千索。'《补李波小妹歌》云:'海棠花下秋千畔。'《想得》云:'娇羞不肯上秋千。'其善使景物,殊为晚唐诸家之冠。"(陈香《晚唐诗人韩偓》引《蕉窗夜话》)

# 新上头①

学梳蝉鬓试新裙,②消息佳期在此春。为要好多心转惑,偏将宜称问傍人。③

【注释】

①上头:指女子束发插笄,为成年的象征。梁章钜《退庵随笔·家礼一》:"女子至十四,则择日为蓄发,谓之上头。"萧纲《和人渡水》诗:"婉娩新上头,湔裙出乐游。" ②蝉鬓:古代妇女的一种发式。两鬓薄如蝉翼,故称。崔豹《古今注·杂注》:"魏文帝宫人绝所宠者,有莫琼树、薛夜来、田尚衣、段巧笑,日夕在侧。琼树

乃制蝉鬓,缥眇如蝉翼,故曰蝉鬓。"梁元帝《登颜园故阁》诗:"妆成理蝉鬓,笑罢敛蛾眉。" ③宜称:适当(的状态);合适;相宜。贾谊《新书·容经》:"故身之倨佝,手之高下,颜色声气,各有宜称,所以明尊卑,别疏戚也。"元稹《杨嗣复授尚书兵部郎中制》:"然而操剸吏事,细大无遗,用副虚求,允谓宜称。"

**【品评】**

　　此诗描摹新上头之女子妆扮时之特别复杂心态,诚如锺惺所云:"全是一片徘徊自赏之意。"(锺惺、谭元春辑《唐诗归》卷三六晚唐四)震钧所说"此初入翰林也",虽不中,然所云"与'画眉深浅入时无'同意"(《香奁集发微》此诗下评)则颇是。沈祖棻先生对此诗有颇为详悉到家之分析,今迻录如下以为参考。"诗写这位姑娘新近才上了头,而因为古代通行早婚,所以就在这个春天,又要做新娘子了。既然已有消息,佳期在即,所以更有必要习惯于这种成人的装束,于是学着梳那种薄如蝉翼的鬓发,试着穿新制的衣裙。……正因初试新妆,爱好心切,自己看来看去,反而疑虑起来,这种妆扮,究竟对自己是否合宜、相称呢?实在把握不定,就只好去遍问旁人了。起句之蝉鬓新裙,本是当时女子一般的妆扮,而蝉鬓之上加以'学梳',新裙之上加以'试',就极其准确地写出了刚刚成年少女的特定情况,画出了她感到新鲜而又生疏的心理状态,从而缴足了题面。次句忽然从远处着笔,写起姑娘的佳期来,表面上似乎与上句毫不相干,而实质上却是对上句所写试妆心情的加倍渲染。正因为这位少女刚成了年,不久又将出嫁,学梳头,试穿裙,就有了双重意义,这句诗也就更能从另外一个角度烘托出她试妆时兴奋激动的心情。这样,它就一直贯穿到下面两句。因为如果只是成年而不出嫁,那么爱好也许不至如此之'多',以至于心里都反而'惑'了。所以,从结构上探讨,次句虽似宕开,实则承上启下。第三、四句十四个字,实有六层意思。爱好,一也。爱好多,二也。因爱好多而心转惑,三也。所惑乃是否宜称,四也。由于不能定其是否宜称而问傍人,五也。一问不足,因而遍问,六也。由于层次之多,更见出诗人用笔之曲折,针线之细密,但另外一方面,语言却极其晓畅明白,使人感到真实、生动而且自然,毫无做作。"(沈祖棻《唐人七绝诗浅释》)

# 席上有赠

矜严标格绝嫌猜,<sup>①</sup>嗔怒难逢笑靥开。<sup>②</sup>小雁斜侵眉柳去,<sup>③</sup>媚霞横接眼波来。<sup>④</sup>鬟垂香颈云遮藕,<sup>⑤</sup>粉着兰胸雪压梅。<sup>⑥</sup>莫道风流无宋玉,<sup>⑦</sup>好将心力事妆台。<sup>⑧</sup>

## 【注释】

①矜严:仪态矜持庄重。徐铉《和歙州陈使君见寄》:"织络文章丽,矜严道义尊。"标格:风范,风度。杨敬之《赠项斯》诗:"几度见诗诗总好,及观标格过于诗。" ②嗔怒:恼怒。颜之推《颜氏家训·治家》:"齐吏部侍郎房文烈,未尝嗔怒。"笑靥:笑容,笑颜。萧统《拟古》诗:"眼语笑靥近来情,心怀心想甚分明。" ③小雁:比喻笑时两眉形如小雁状。眉柳:即柳眉。形容女子细长秀美之

眉。李商隐《和人题真娘墓》："柳眉空吐效颦叶,榆荚还飞买笑钱。" ④媚霞:明媚之霞彩。此处比喻女子明丽灿烂之笑容。 ⑤"鬟垂"句:谓鬟发垂遮香颈,有如云遮雪白之莲藕。 ⑥"粉着"句:谓女子兰胸粉白,犹如白雪覆压着梅花。 ⑦宋玉:宋玉为战国时期楚国著名辞赋家,著有《九辩》《高唐赋》《登徒子好色赋》等。《登徒子好色赋》云:"玉曰:'天下之佳人,莫若楚国;楚国之丽者,莫若臣里;臣里之美者,莫若臣东家之子。东家之子,增之一分则太长,减之一分则太短;着粉则太白,施朱则太赤;眉如翠羽,肌如白雪,腰如束素,齿如含贝;嫣然一笑,惑阳城,迷下蔡。然此女登墙窥臣三年,至今未许也。"此处诗人以风流宋玉自拟。 ⑧心力:心思和能力。《左传·昭公十九年》:"尽心力以事君。"事妆台:妆台,即梳妆台。卢照邻《梅花落》诗:"因风入舞袖,杂粉向妆台。"事妆台,谓精心妆扮。

### 【品评】

此诗乃宴席间赠所心仪之女子,非有所寄托。故除末两句外,均着力描摹此女之"矜严标格"与蕙心兰质,艳丽巧笑之美。末两句则以"风流宋玉"自拟,寄情于所赠之女。此类唐人风流场中有赠之作,其体格风韵固多如此,诚如方回所云"五、六虽亵,然止形容其貌,如'巧笑'、'美目'之诗,不及乎淫也"。(《瀛奎律髓汇评》卷七风怀类)至于震钧谓此诗"结有陶长沙运甓意,所以深望中兴有人也。集中《有感》诗云'万里关山如咫尺,女床惟待凤栖鸾',是致尧始尚有起复之想也"。(《香奁集发微》此诗下评)所说"陶长沙运甓意",据《晋书·陶侃传》,"王敦深忌侃功。……敦果留侃不遣,左转广州刺史……侃在州无事,辄朝运百甓于斋外,暮运于斋内。人问其故,答曰:'吾方致力中原,过尔优逸,恐不堪事。'其励志勤力,皆此类也。"则震钧乃谓韩偓作是诗乃在贬官之后,故是诗乃表明"致尧始尚有起复之想也"。此说未谛,诗非贬官后作,所说未免强加比附也。

# 金陵杂言①

风雨萧萧,石头城下木兰桡。②烟月迢迢,金陵渡口去来潮。自古风流皆暗销,才鬼妖魂谁与招。③彩笺丽句今已矣,④罗袜金莲何寂寥。⑤

【注释】

①此诗或约作于唐懿宗咸通十三年(872),时诗人游于金陵时。金陵:古邑名。今南京市的别称。谢朓《鼓吹曲·入朝曲》:"江南佳丽地,金陵帝王州。" ②石头城:古城名。又名石首城。故址在今江苏省南京市清凉山。本楚金陵城,汉建安十七年孙权重筑改名。城负山面江,南临秦淮河口,当交通要冲,六朝时为建康军事重镇。唐以后城废。《文选·谢灵运〈初发石首城〉诗》李善注引伏韬《北征记》:"石头城,建康西界临江城也,是曰京师。"岳珂《桯史·石城堡寨》:"六朝建国江左,台城为天阙,复筑石头城于右,宿师以守,盖如古人连营之制。"木兰桡:小舟的美称。唐太宗《帝京篇》之六:"飞盖去芳园,兰桡游翠渚。"桡,原意为桨,此

处代指舟。木兰桡,即言木兰舟。任昉《述异记》卷下:"七星洲中,有鲁班刻木兰为舟,舟至今在洲中。诗家云木兰舟,出于此。" ③才鬼妖魂:此处指昔时历朝的才子佳人。 ④彩笺丽句:此处指歌咏金陵的诗文佳什。 ⑤罗袜金莲:此处指代昔时与金陵有关的风流女子。罗袜,丝袜。曹植《洛神赋》:"凌波微步,罗袜生尘。"金莲,此指女子的纤足。吴融《和韩致光侍郎无题》之二:"玉箸和妆裛,金莲逐步新。"此处亦暗用《南史·齐纪下·废帝东昏侯》"凿金为莲华以帖地,令潘妃行其上,曰'此步步生莲华也'"之故典。李商隐《南朝》诗:"谁言琼树朝朝见,不及金莲步步来。"

**【品评】**

　　此乃咏金陵之作,有如怀古诗。诗乃诗人未及第时之作,故震钧所谓"此似讥徐知诰之不能拥戴皇家,徒知僭窃者"(《香奁集发微》此诗下评),实在不可信。诗前半首似有刘禹锡《金陵五题·石头城》"山围故国周遭在,潮打空城寂寞回。淮水东边旧时月,夜深还过女墙来"之意绪;后半首则亦囊括刘禹锡《乌衣巷》"朱雀桥边野草花,乌衣巷口夕阳斜。旧时王谢堂前燕,飞入寻常百姓家",《台城》"台城六代竞豪华,结绮临春事最奢。万户千门成野草,只缘一曲后庭花"二诗之诗旨意趣,可见此诗乃受刘禹锡《金陵五题》诗之影响。

## 懒卸头①

侍女动妆奁,②故故惊人睡。③那知本未眠,背面偷垂泪。懒卸凤皇钗,羞入鸳鸯被。④时复见残灯,和烟坠金穗。⑤

**【注释】**

①卸头:妇女卸去头上的装饰。司空图《灯花》诗:"姊姊教人且抱儿,逐他女伴卸头迟。"薛昭蕴《浣溪沙》词:"钿匣菱花锦带垂,静临兰槛卸头时,约鬟低珥算归期。" ②妆奁:女子梳妆用的镜匣。庾信《镜赋》:"暂设妆奁,还抽镜屉。"刘禹锡《泰娘歌》:"妆奁虫网厚如茧,博山炉侧倾寒灰。" ③"故故"句:故故,故意;特意。徐铉《九月三十夜雨寄故人》诗:"别念纷纷起,寒更故故迟。" ④鸳鸯被:绣有鸳鸯图案的被子。《古诗十九首》:"文彩双鸳鸯,裁为合欢被。" ⑤金穗:指灯花。因灯花形如麦、稻子之金穗,故称。

**【品评】**

此诗乃描写女子因相思愁苦,而终夜未眠之情景。其"懒卸凤凰钗,羞入鸳鸯被"乃扣"懒卸头"题面。首二句侍女之所以"动妆奁",乃因女子之未卸头钗,而欲以此"故故惊人睡",促使女子卸头钗也。"那知本未眠,背面偷垂泪",则谓侍女不晓女子尚"偷垂泪"而未眠也。四句中两人之举动心态,展现得细腻婉曲而场面活现。再与"时复见残灯,和烟坠金穗"等句并读,可见女子彻夜苦思之"柔情蜜意"。丁绍仪《听秋声馆词话》卷一《韩致尧词》谓此诗乃诗人"蒿目时艰,自甘贬死,深鄙杨涉辈之意,更昭然若揭矣"。所云杨涉事,据《新五代史·唐六臣传》:天祐四年"三月,唐哀帝逊位于梁,遣中书侍郎同中书门下平章事张文蔚为册礼使,礼部尚书苏循为副,中书侍郎同中书门下平章事杨涉为押传国宝使,翰林学士、中书舍人张策为副,御史大夫薛贻矩为押金宝使,尚书左丞赵光逢为副。四月甲子,文蔚等自上源驿奉册宝,乘辂车……朝梁于金祥殿。梁王衮冕南面,臣文蔚、臣循奉册升殿进读已,臣涉、臣策奉传国玺,臣贻矩、臣光逢奉金宝以次升进,读已降,率文武百官北面舞蹈再拜贺"。则杨涉等大臣,乃于唐天祐四年(907)主动称臣于朱全忠之后梁。韩偓此诗乃未仕时所作艳情诗,当无"自甘贬死,深鄙杨涉辈"之政治寓意。

## 倚　醉<sup>①</sup>

倚醉无端寻旧约,却令惆怅转难胜。<sup>②</sup>静中楼阁深春雨,远处帘栊半夜灯。抱柱立时风细细,<sup>③</sup>绕廊行处思腾腾。<sup>④</sup>分明窗下闻裁剪,敲遍阑干唤不膺。<sup>⑤</sup>

**【注释】**

①倚醉:仗着醉意。李贺《少年乐》:"陆郎倚醉牵罗袂,夺得宝钗金翡翠。"　②转难胜:反而难于承受。转,反而;反倒。《诗·小雅·谷风》:"将恐将惧,维予与女。将安将乐,女转弃予。"高亨注:"到了安乐时,你反而抛弃了我。"　③抱柱:抱着廊柱。此处抱柱亦暗用尾生抱柱典。《庄子·盗跖》:"尾生与女子期于梁下,女子不来,水至不去,抱梁柱而死。"《玉台新咏·古诗

八首》之"穆穆如春风"首:"安得抱柱信,皎日以为期。" ④思腾腾:腾腾,不停地翻腾滚动。思腾腾,此处意为思绪翻涌。纳兰性德《别意》诗之三:"独拥余香冷不胜,残更数尽思腾腾。" ⑤譍:亦作"膺"。意为应,答话。《玉篇》:"譍,于甑切,譍对也。"辛弃疾《满江红·游南岩和范先之》词:"正仰看、飞鸟却譍人,回头错。"

## 【品评】

此诗为《香奁集》中之艳情诗。然此诗中之情事究为如何,则所说有异。清人吴乔谓"昭宗在凤翔,制于李茂贞,使赵国夫人调学士院二使不在,亟召韩偓、姚洎,窃见之于土门外,执手相泣。观此情事,必是又曾召偓而为事所阻,故有'寻旧约'之语。下文则叙立伺机会之情景也。"(《围炉诗话》卷一)则将此事作韩偓天复间与唐昭宗约会而不得解。徐复观《韩偓诗与香奁集论考》则以为韩偓晚年曾有一次畸恋,这首诗即写其与宫中赵国夫人或宫人宋柔之恋情事。认为"在韩偓晚年凄凉的回忆中,必会把她和赵国夫人,融织在一起,以咏叹出哀感顽艳的音调,这是决无可疑的"。所说其实均是附会之言,盖此诗为韩偓入仕唐朝廷前之作,乃写其年轻时之恋情。前人对此诗多有品评议论,即如此诗是否猥亵即有相左之见。方回谓"此诗方有味而不及乎猥"。(《瀛奎律髓》卷七《风怀类》)许学夷云"'静中楼阁深春雨,远处帘栊半夜灯',亦颇有致。又'分明窗下闻裁剪,敲遍栏干故不应',则曲尽艳情"。(《诗源辩体》卷三二)冯舒云:"如此诗设景言情,几入神矣,正不病其猥亵。若忌猥亵,则亦更无可加。"冯班云:"第三联亦未雅。"纪昀则谓:"三四空中淡写,何尝不有余于情?虚谷讥致尧《五更》诗太猥亵,未为不是。冯氏乃曰不猥亵不尽兴,何哉?"(以上均见《瀛奎律髓汇评》)平心而论,此诗"曲尽艳情"则有之,然谓其"猥亵"则未必。此诗之风致情韵深得好评,宋长白云"韩偓'静中楼阁深春雨,远处帘栊半夜灯',不独上下融化,风致嫣然,尤妙在不斤斤作二五句法。举一脔以该全鼎,无亦为含英咀华之一助乎?"(《柳亭诗话》卷一五)查慎行《初白庵诗评》于"静中楼阁"联下评云:"有景,有情,有味。"陆时雍《唐诗镜》卷五四则从诗与词曲关系之角度评云:"此三诗(指韩偓《倚醉》《见花》《有忆》)是开词曲法门。"

## 惆 怅

身情长在暗相随,生魄随君君岂知。被头不暖空沾泪,钗股欲分犹半疑。[1]朗月清风难惬意,词人绝色多伤离。[2]何如饮酒连千醉,席地幕天无所知。[3]

【注释】

①钗股欲分:意为分钗断带。钗,为钗子,妇女之首饰。由两股簪子交叉汇编成的一种首饰,用来绾住头发。钗分,比喻夫妻或恋人分离。分钗断带,喻夫妻离异。晋袁宏《后汉纪·灵帝纪上》:"夏侯氏父母曰:'妇人见去,当分钗断带。'"《艺文类聚》卷三二引南朝梁陆罩《闺怨》诗:"自怜断带日,偏恨分钗时。" ②词人绝色:谓词人与美女。绝色,即指绝色佳人。 ③席地幕天:即幕

天席地。以天为幕,以地为席。形容行为放旷。刘伶《酒德颂》:"行无辙迹,居无室庐,幕天席地,纵意所如。"

## 【品评】

此诗乃抒发被阻隔两地而情深难忘之惆怅心曲。首二句即抒发"身情长在"之深情。"被头不暖"二句,则描述被阻隔而难于分离之愁苦。"朗月清风"二句,谓才子佳人为分离而伤怀也。末二句则谓惆怅痛楚难于释怀,唯有"席地幕天"之大醉而已。此乃惆怅难解所致也,意脉又回归"惆怅"题意。震钧谓此诗"当是闻昭宗被弑而作,故有'生魄随君'语。似醉后愤激走笔,故重押'知'字。其语意之悲,直继《天问》"。(《香奁集发微》此诗下评)然此意与诗中"被头不暖空沾泪,钗股欲分犹半疑"、"词人绝色多伤离"等句意不合,所说乃附会之言。

# 咏　柳

袅雨拖风不自持,<sup>①</sup>全身无力向人垂。玉纤折得遥相赠,<sup>②</sup>便似观音手里时。<sup>③</sup>

## 【注释】

①袅雨拖风:袅,摇曳;颤动。沈约《十咏·领边绣》:"不声如动吹,无风自袅枝。"此处"袅雨拖风"乃描状柳枝被风雨吹袭时摇动披拂貌。不自持:此谓柳枝被风雨吹拂而随风雨披拂摇荡,不

能自制。　②玉纤:女子纤细嫩白的手指。此处代指美丽的女子。　③"观音手里"句:观音,即观世音。唐时避太宗李世民讳,省称观音。张说《观音菩萨像颂》:"我闻上古有圣人,心入群有,身包大空,普观一切音声,其名曰观音菩萨。"佛教有三十三观音,中有杨柳观音,即手持杨柳枝之观音菩萨。

## 【品评】

此诗乃咏柳之作,当别无寓意。诗描绘柳树在风雨中披拂荡漾之柔媚情态,风姿特为柔美。尤其后两句,将柳条与手持杨柳枝的观世音菩萨联系在一起,更具美妙之意蕴。震钧所谓"一朝得柄,何难泽被苍生,今则低首向人而已"。(《香奁集发微》此诗下评)此诗恐无所说意思,未免过于比附。

# 偶　见

秋千打困解罗裙,指点醍醐索一尊。<sup>①</sup>见客入来和笑走,手搓梅子映中门。<sup>②</sup>

## 【注释】

①醍醐:从酥酪中提制出的油,即精制奶酪。　②搓:揉擦。戴叔伦《赋得长亭柳》:"雨搓金缕细,烟袅翠丝柔。"中门:内、外室之间的门。

**【品评】**

刘拜山、富寿荪选注《千首唐人绝句》谓此诗乃"活画打罢秋千,见客走避之少女形象,生动传神,娇痴如见"。而震钧所谓"此讥崔胤之恃功而骄,指挥如意。及引全忠入朝,又不能制,但旁观而生妒也"(《香奁集发微》此诗下评)之寓托解说,当不可信。沈祖棻先生《唐人七绝诗浅释》赏析此诗颇为精到,云:"韩偓像一个高明的摄影师,他善于捕捉少女们生活中一些稍纵即逝的镜头,实时地将形神兼备地拍摄下来,如其《偶见》一首⋯⋯诗人在这里,给我们精心地拍下了一位半大不小的姑娘日常生活中一个侧面镜头。秋千是古代少女喜爱的娱乐运动。她们荡起秋千来,体态轻盈,姿势健美,好像仙女在空中飞舞⋯⋯这种运动相当激烈,何况这时又已在农历四五月间,梅已结子的时候。所以这位姑娘荡完秋千,又热又渴。一面脱掉裙子,一面要喝醍醐(精制奶酪)。事情也真凑巧,正在这时,却来了客人,这位又热又渴的姑娘不免有些狼狈了,她只好赶忙朝屋里走。可是,好奇心又吸引着她,于是就又躲在中门之后,向外窥探客人。她脱了裙子以后,随手在树上摘了一个梅子,这时,她就一面下意识地搓着手中的梅子,一面有意识地从门旁向外瞭望,其形象也就掩映于中门之间了。这正是一个半大不小的、还不太害羞却已经知道应该害羞的十三四岁的古代少女的行动和神情。"

# 后魏时相州人作李波小妹歌疑其未备因补之①

李波小妹字雍容,②窄衣短袖蛮锦红。③未解有情梦梁苑,④何曾自媚妒吴宫。⑤谁教牵引知酒味,⑥因令怅望成春慵。⑦海棠花下秋千畔,背人撩鬓道匆匆。⑧

【注释】

①后魏:北朝之一。鲜卑族拓跋珪自立为代王,国号魏,亦称北魏、拓跋魏、元魏。为区别于以前之三国魏,故史称后魏。相州:北魏天兴四年分冀州置,治所在邺县(今河北临漳县西南邺镇)。李波小妹歌:《魏书》卷五三《李安世传》:"初,广平人李波宗族强盛,残掠生民。前刺史薛道㯹亲往讨之,波率其宗族拒战,大破㯹军,遂为逋逃之薮,公私成患。百姓为之语曰:'李波小妹字雍容,褰裙逐马如卷蓬,左射右射必叠双。妇女尚如此,男子那可逢!'安世设方略,诱波及诸子侄三十余人,斩于邺市,境内肃然。"②字:取表字。《礼记·曲礼上》:"男子二十,冠而字……女子许嫁,笄而字。" ③蛮锦:西南和南方少数民族所织的锦。张碧《游春引》之二:"五陵年少轻薄客,蛮锦花多春袖窄。" ④梁苑:西汉梁孝王所建的东苑。故址在今河南省开封市东南。园林规模宏大,方三百余里,宫室相连属,供游赏驰猎。梁孝王在其中广纳宾客,当时名士司马相如、枚乘、邹阳等均为座上客。也称兔园、梁园。事见《史记·梁孝王世家》。 ⑤自媚:主动去谄媚、巴结他

人。吴宫:春秋时吴国的宫殿。此指吴国宫女。　⑥牵引:引诱;吸引。姚合《游春十二首》之一:"诗酒相牵引,朝朝思不穷。"　⑦春慵:春天的懒散情绪。刘兼《昼寝》诗:"花落青苔锦数重,书淫不觉避春慵。"　⑧撩鬓:整理鬓发。撩,整理;料理。《说文·手部》:"撩,理也。"

## 【品评】

　　此诗乃诗人因疑相州人所作《李波小妹歌》所言未完备而补作者。前人对此诗有所批评,如姚宽谓"韩偓所补似言闺房之意,大非其实"(《西溪丛语》卷下);而胡震亨等人则针对姚宽之说谓:"安知当时不别有所感,托之此女子乎?"(见胡震亨《唐音统签》本此诗题下注)按,胡震亨等人之说较有理。或诗人乃有憾于《李波小妹歌》所言未完备而补作,亦即补上李波小妹作为红妆女子之另一面禀赋。震钧所说:"似讥当世门第流品甚高,而轻仕非族者。语甚蕴藉,不觉为刺,岂因柳璨而发乎?"(《香奁集发微》此诗下评)乃是附会,未必是。黄世中《韩偓其人及"香奁诗"本事考索》解读此诗有如下之说,可参考:"这是一首歌颂李波的小妹勇武善战的杂歌谣辞,与诗人所恋女子了无关系,只不过其姓李氏,便有意拈来,托言'疑其未备,因补之'为诗。实际上那时无所谓'未备',而韩偓此首亦非'补',而是'改'。诗云:'李波小妹字雍容,窄衣短袖蛮锦红。未解有情梦梁苑,何曾自媚妒吴宫。难教牵引知酒味,因令怅望成春慵。海棠花下秋千畔,背人撩鬓道匆匆。'作者留第一句,分明只为了取'李'其姓,'小妹'其称,'雍容'其态;改第二句、去三、四、五句,以'李氏小妹'窄衣红锦、苗条纤弱的装束仪态去取代'李波小妹'褰裙逐马、雄武善射的英姿……三句言其年尚幼,'未解有情'。四句称其貌美。五、六云难以牵动其心,令己怅望。七句点出私遇地点'海棠花下秋千畔'。结以描写'李氏小妹'背向诗人,用手撩拨着鬓发的含羞及初恋的紧张之态。这首'小妹'二字最须重看:称其'小妹'即暗寓其为表妹。末云'海棠花下秋千畔,背人撩鬓道匆匆',是即'寒食'、'秋千'诗所怀之同一女子。"

## 六言三首

### 一

春楼处子倾城,①金陵狎客多情。②朝云暮雨会合,③罗袜绣被逢迎。华山梧桐相覆,④蛮江荳蔻连生。⑤幽欢不尽告别,⑥秋河怅望平明。⑦

## 【注释】

①处子:犹处女。待字闺中之女子。《庄子·逍遥游》:"藐姑射之山,有神人居焉,肌肤若冰雪,绰约若处子。"倾城:即倾国倾城,谓极为美丽之女子。 ②狎客:旧称嫖客。孟元老《东京梦华录·驾回仪卫》:"妓女旧日多乘驴,宣政间惟乘马……少年狎客往往随后。" ③朝云暮雨:宋玉《高唐赋序》:"昔者楚襄王与宋玉游于云梦之台,望高唐之观,其上独有云气……王问玉曰:'此何气也?'玉对曰:'所谓朝云者也。'王曰:'何谓朝云?'玉曰:'昔者

先王尝游高唐,怠而昼寝,梦见一妇人,曰:'妾,巫山之女也,为高唐之客。闻君游高唐,愿荐枕席。'王因幸之,去而辞曰:'妾在巫山之阳,高丘之阻,旦为朝云,暮为行雨,朝朝暮暮,阳台之下。'"会合:此处谓男女欢会事。 ④"华山梧桐"句:《孔雀东南飞》:"两家求合葬,合葬华山傍。东西植松柏,左右种梧桐。枝枝相覆盖,叶叶相交通。"此句即用上述诗意表示两情之交欢。 ⑤蛮江:指四川青衣江。因自塞外流入乐山境与岷江会合,故称。亦泛指南方少数民族聚居地带的江水。苏轼《初发嘉州》诗:"锦水细不见,蛮江清可怜。"王十朋注引林子仁曰:"蛮江,阳山与青衣江也。"查慎行注:《太平寰宇记》:青衣水,濯衣即青,故名。至龙游县,与汶水合,以其来自徼外,故曰蛮江。"豆蔻:植物名,多年生常绿草本,有肉豆蔻、红豆蔻、白豆蔻等种,均可入药。红豆蔻生于南海诸谷中,南人取其花尚未大开者,名含胎花,言如怀妊之身。诗人或以喻未嫁少女,言其少而美。杜牧《赠别》:"娉娉袅袅十三余,豆蔻梢头二月初。"豆蔻连生,喻男女亲密接触。 ⑥幽欢:男女幽会之欢乐。柳永《昼夜乐》词:"何期小会幽欢,变作离情别绪。" ⑦秋河:即银河。谢朓《暂使下都夜发新林至京邑赠西府同僚》诗:"秋河曙耿耿,寒渚夜苍苍。"

**【品评】**

　　此乃写男女欢爱之诗,别无寓意,故首两句从"春楼处子"、"金陵狎客"写起,后又有"朝云暮雨"、"幽欢不尽"等句咏男女之幽会。震钧所谓"此初去国也。追忆旧恩而言,有沅芷澧兰之慨"(《香奁集发微》此诗下评),所说失于附会。

## 二

一灯前雨落夜,三月尽草青时。半寒半暖正好,花开花谢相思。惆怅空教梦见,懊恼多成酒悲。红袖不干谁会,<sup>①</sup>揉损联娟澹眉。<sup>②</sup>

**【注释】**

①红袖不干:意为女子伤心,不断落泪,泪湿衣袖,久久未干。红袖,女子的红色衣袖。王俭《白纻辞》之二:"情发金石媚笙簧,罗袿徐转红袖扬。"谁会:谁能领悟、理解。会,领悟、理解。《韩非子·解老》:"其智深则其会远。" ②联娟:微曲貌。《文选·宋玉〈神女赋〉》:"眉联娟以蛾扬兮,朱唇的其若丹。"李善注:"联娟,微曲貌。"

**【品评】**

此诗乃写女子于春三月为相思而愁泣。所谓"半寒半暖正好",乃谓此时节乃欢会之佳时;"花开花谢相思",乃言女子目睹花开花谢,而感青春大好时光之流逝,盼相会以度华年。"惆怅"、"懊恼"二句,谓相思成梦,空相见于梦中,反而更为懊恼,以致得以酒解愁,然饮酒不仅未能消愁,反而更为悲哀矣。震钧谓"此居贬所也"(《香奁集发微》此诗下评),意为诗乃韩偓被贬后所作,借此诗以写其贬中心情。所说乃附会,难于据信。

## 三

此间青草更远,不唯空绕汀洲。<sup>①</sup>那里朝日才出,还应先照西楼。忆泪因成恨泪,梦游常续心游。<sup>②</sup>桃源洞口来否,<sup>③</sup>绛节霓旌久留。<sup>④</sup>

## 【注释】

①汀洲:水中小洲。《楚辞·湘夫人》:"搴汀洲兮杜若,将以遗兮远者。"　②心游:谓因想念而神游。　③桃源洞:此处指刘义庆《幽明录》所载刘晨、阮肇共入天台山,迷不得返,遥望山上有一桃树,遂"攀援藤葛,乃得至上。各啖数枚,而饥止体充"。后下山遇见"溪边有二女子",邀其至家中,"食毕行酒,有一群女来,各持五三桃子,笑而言:'贺汝婿来。'酒酣作乐"。半年后,两人方得出山回家。　④绛节:传说中上帝或仙君的一种仪仗。杜甫《玉台观》诗之一:"中天积翠玉台遥,上帝高居绛节朝。"霓旌:相传仙人以云霞为旗帜。《楚辞·刘向〈九叹·远逝〉》:"举霓旌之墆翳兮,建黄纁之总旄。"王逸注:"扬赤霓以为旌。"

## 【品评】

此《六言三首》乃一组诗,均咏男女之情爱相思。首篇乃总写,合咏男女双方之欢爱。第二首乃分写相思中之女子,以女子为主角;第三首则写男子之思念女子,以男子为主角。故"此间"指男方,"那里"指女方。"忆泪"、"梦游"两句,均写男子之思念盼望女子。末两句亦紧承上两句意脉,喻女子为神仙,盼望其来临也。震钧所谓"此忆京师也。'此间',自谓也。'那里',指长安也。'西楼',唐翰林在禁中西偏。'朝日',比君恩。'桃源洞口',指昔日锡宴之处,如曲江等处玉辇常经之所也"(《香奁集发微》)此诗下评)亦失于附会,不可信。

## 寒食日重游李氏园亭有怀①

往年同在鸾桥上,见倚朱阑咏柳绵。②今日独来香径里,③更无人迹有苔钱。④伤心阔别三千里,屈指思量四五年。料得他乡遇佳节,亦应怀抱暗凄然。

**【注释】**

①李氏园:李姓家的园林。据黄世中先生所考,疑此李氏园,乃李执方之园林,谓"李商隐逝于大中十二年(858),时女儿十三岁,尚未上头及笄,儿子仅十一岁(而韩偓应是十七岁)。由于父母双亡,姐弟当仍依倚李执方家,或时而往来于韩家与王家"。又谓"或即寄养于商隐妻子的舅舅李执方家。据《寒食日重游李氏园亭有怀》,似以李执方家之可能性为大。李执方文宗时为金吾卫将军,家住长安招国坊,第宅广大,并有园馆之胜。商隐婚于王氏即是李执方作合,并借其第宅南园内为洞房。韩瞻妻与商隐妻为亲姐妹,执方是其亲舅,则韩偓少时亦可常住李家。因此商隐女与韩冬郎当是青梅竹马,日日相处而耳鬓厮磨矣"(详见《韩偓其人及"香奁诗"本事考索》)。此聊备一说,所言供参考。②"咏柳绵"句:柳绵,即柳絮。李商隐《临发崇让宅紫薇》诗:"桃绶含情依露井,柳绵相忆隔章台。"按,此句亦暗用谢道韫咏絮典。刘义庆《世说新语·言语》:"谢太傅寒雪日内集,与儿女讲论文

义。俄而雪骤,公欣然曰:'白雪纷纷何所似?'兄子胡儿曰:'撒盐空中差可拟。'兄女(谢道韫)曰:'未若柳絮因风起。'"　③香径:花间小路,或指落花满地的小径。戴叔伦《游少林寺》诗:"石龛苔藓积,香径白云深。"　④苔钱:苔点形圆如钱,故曰"苔钱"。刘孝威《怨诗》:"丹庭斜草径,素壁点苔钱。"

## 【品评】

　　此诗为诗人于寒食日再游李氏园,回想起往昔与所恋女子同在李氏园之情景;而今则踪迹杳然,所恋者已在三千里外之远方,不由得思量伊人他乡遇此寒食节,当亦暗自凄然矣。震钧谓此诗"所云'三千里'、'四五年',此被谪后情事也。至于李氏园亭,李乃国姓,意可见也"。(《香奁集发微》此诗下评)所说乃失于比附。黄世中先生于韩偓之"寒食"诗有如下解说:"韩偓《香奁集》爱情诗的抒情主人公,就是一个对爱情执着追求,贞情操守的形象。诗人把纯真专一的爱情奉献给自己所倾心依恋的女子,其热切爱恋,虽经数十年而不衰,甚而更显其深沉挚至。《香奁集》中的'寒食诗'透露了这一消息。先看《寒食日重游李氏园亭有怀》……这是一首真挚的忆旧怀人诗。有时间,寒食日;有地点,李氏园亭;有对象,某一女子(或李姓)。更重要的是它告诉我们:四、五年前的寒食日,同所恋在李家园亭的鸾桥上倚着朱栏倾诉吟咏,五年后的今天,她已经到了'三千里'外的'他乡'了。作者'独来香径',旧地重游,感物是人非而'伤心',想到她在异乡遇此节日,亦当会凄然想起往事吧。题目'有怀',分明即是怀念其人。"(《韩偓其人及"香奁诗"本事考索》)所说可参。

## 思录旧诗于卷上凄然有感因成一章①

缉缀小诗钞卷里,②寻思闲事到心头。③自吟自泣无人会,肠断蓬山第一流。④

【注释】

①此诗据诗中"思录旧诗于卷上"及"缉缀小诗钞卷里"句,知是韩偓晚年入闽后编录《香奁集》时有感之作。其《香奁集》中诗《多情》乃作于开平四年(910),而此时《香奁集》尚未编定,则此《思录旧诗于卷上凄然有感因成一章》诗当作于是年或稍后。 ②缉缀:编辑缀合。《梁书·胡僧佑传》:"(胡僧佑)性好读书,不解缉缀。" ③闲事:无关紧要的事。诗词中时指男女恋情之事,即"闲情"之谓。韩偓此诗中之"闲事",实亦指男女情事。牟融《写意二首》之二:"闲情欲赋思陶令,卧病何人问马卿。" ④"肠断蓬山"句:蓬山,即蓬莱山,相传为仙人所居。《山海经·海内北经》:"蓬莱山在海中。"《史记·封禅书》:"自威宣燕昭使人入海求蓬莱、方丈、瀛洲。此三神山者,其传在勃海中,去人不远。……诸仙人及不死之药皆在焉。"李商隐《无题》诗:"蓬山此去无多路,青鸟殷勤为探看。"又《无题》:"刘郎已恨蓬山远,更隔蓬山一万重。"肠断蓬山,此处盖谓与某女子相恋之痛楚之事。第一流:第一等。刘义庆《世说新语·品藻》:"桓大司马下都,问真长曰:'闻会稽王语奇进,尔邪?'刘曰:'极进,然故是第二流中人耳。'桓曰:

'第一流复是谁?'刘曰:'正是我辈耳。'"此处"第一流",指所恋女子犹如蓬莱山中第一等绝色之仙女。

## 【品评】

此诗乃诗人晚年编录《香奁集》时有感之作。诗中所谓"寻思闲事到心头"之"闲事",乃指其年轻时所曾经历之与一女子刻骨铭心相恋之事。所谓"肠断蓬山第一流",乃谓所恋之女子宛如仙山中第一等之绝色仙姝。此段未果之恋情,乃最是令人伤心欲绝之事。所谓"自吟自泣",即是"凄然有感"之意;"无人会",则谓此情事虽令自己"自吟自泣",万般凄楚,然他人则不能深切知晓领会矣。冯浩所谓"《香奁》寄恨,仿佛《无题》,皆楚骚之苗裔也",(《玉溪生诗详注》卷二《有感》诗下注)震钧所言"'自吟自泣无人会',盖早知后人必以《香奁集》为郑卫之音矣"(《香奁集发微》此诗下评)云云,均未得其肯綮。


## 荐福寺讲筵偶见又别<sup>①</sup>

见时浓日午,<sup>②</sup>别处暮钟残。景色疑春尽,襟怀似酒阑。<sup>③</sup>两情含眷恋,一饷致辛酸。<sup>④</sup>夜静长廊下,难寻屐齿看。<sup>⑤</sup>

## 【注释】

①荐福寺:寺庙名,在今陕西省西安市南。讲筵:讲经、讲学

的处所。唐任蕃《梦游录·樱桃青衣》："见一精舍中有僧开讲,听徒甚众。卢子方诣讲筵,倦寝。" ②浓日午:艳阳高照的中午。③酒阑:谓酒筵将尽。《史记·高祖本纪》："酒阑,吕公因目固留高祖。"裴骃集解引文颖曰:"阑言希也。谓饮酒者半罢半在,谓之阑。" ④一饷:片刻。白居易《对酒》诗:"无如饮此销愁物,一饷愁消直万金。" ⑤屐齿:原谓屐底之齿。此处指鞋印,足迹,游踪。独孤及《山中春思》诗:"花落没屐齿,风动群不香。"

## 【品评】

此诗乃回忆与所恋女子偶然相见于荐福寺,其时"两情含眷恋",而别后又思念辛酸之情景。震钧所谓"此首在朝日作。唐代重行香,此是因行香晤及宰相,碍于全忠,不得尽言也",(《香奁集发微》此诗下评)所说乃附会之言。黄世中先生谓诗人年轻时曾与一李姓女子相恋,后虽未果而诗人终生遗憾铭记。此诗即与此情事有关,谓他们"除了相约于园中秋千架下相会外,有时也能'偶见'之。看来诗人与此女子似曾同住一处坊院或一处园亭。《集》中有'偶见诗'六首。《荐福寺讲筵偶见又别》写与此女日午时相见,傍晚分手,有'两情含眷恋,一饷致辛酸'句。……大约此女不住这园亭搬往外面以后,他(她)们还曾不止一次地相见过。荐福寺那次相遇就盘桓了半天,相互倾诉了别后的辛酸。末云:'夜静长廊下,谁寻屐齿看。'可证那女子确已外迁,诗人感叹地问自己,即使夜里再在那廊下绕行,又有谁来寻找他的足迹呢"?(《韩偓其人及"香奁诗"本事考索》)所说可参。

# 复偶见三绝

## 一

雾为襟袖玉为冠,①半似羞人半忍寒。别易会难长自叹,②转身应把泪珠弹。

【注释】

①雾为襟袖:犹言襟袖如雾縠,谓襟袖轻薄,有如轻纱。《文选·宋玉〈神女赋〉》:"动雾縠以徐步兮,拂墀声之珊珊。"李善注:"縠,今之轻纱,薄如雾也。"《文选·司马相如〈子虚赋〉》:"于是郑女曼姬,被阿緆,揄纻缟,杂纤罗,垂雾縠。"刘良注:"雾縠,其细如雾,垂之为裳也。"玉为冠:谓玉饰之冠。 ②别易会难:曹丕《燕歌行》:"别日何易会日难,山川悠远路漫漫。"曹植《当来日大难》:"今日同堂,出门异乡。别易会难,各尽杯觞。"李商隐《无题》:"相见时难别亦难,东风无力百花残。"

## 二

桃花脸薄难藏泪,①柳叶眉长易觉愁。密迹未成当面笑,②几回抬眼又低头。

## 【注释】

①桃花脸:似桃花一般美艳之脸。薄:谓皮肤细腻,有似吹弹得破般。 ②密迹:此谓男女之间隐秘亲密之形迹。

## 三

半身映竹轻闻语,一手揭帘微转头。①此意别人应未觉,②不胜情绪两风流。③

## 【注释】

①揭帘:掀起门帘。 ②此意:指上句"一手揭帘微转头"所含之情意。 ③不胜:不尽、无穷。情绪:缠绵的情意。韩偓《青春》诗:"眼意心期卒未休,暗中终拟约秦楼。光阴负我难相偶,情绪牵人不自由。"风流:此处指男女间相恋之情怀风韵。

## 【品评】

此三首诗次第描述相恋男女再偶然相见、临分别之情形。三首均侧重描写见面时女子之情态,惟第三首末两句双写两人之会心情意。其描摹女子之情态极惟妙惟肖,若"半似羞人半忍寒"、"几回抬眼又低头"、"半身映竹轻闻语,一手揭帘微转头"等句皆是。又其"别易会难长自叹"句,固有受曹植等诗家之影响,然亦可见其师学其姨丈李商隐"相见时难别亦难,东风无力百花残"诗之迹。震钧谓"三首似咏朝臣之献媚于全忠者,故题云《复偶见》,旁观之词也",(《香奁集发微》此诗下评)所说全是附会之辞,不足采信。诗歌所写情事,当是诗人年轻时所经历者,此可参上一首

《荐福寺讲筵偶见又别》诗所引黄世中先生之说。

## 偶见背面是夕兼梦

酥凝背胛玉搓肩,①轻薄红绡覆白莲。②此夜分明来入梦,当时惆怅不成眠。眼波向我无端艳,③心火因君特地然。④莫道人生难际会,⑤秦楼鸾凤有神仙。⑥

【注释】

①酥凝背胛:此形容美女背胛洁白光滑柔嫩,有如酥酪凝成。玉搓肩:比喻肩膀有如明玉揉成。搓,揉擦。苏轼《满庭芳》词:"腻玉圆搓素颈,藕丝嫩、新织仙裳。" ②红绡:红色薄绸。白居易《琵琶行》:"五陵年少争缠头,一曲红绡不知数。"轻薄红绡,此谓以轻薄红绡制成的衣裳。白莲:白莲花。此处比喻诗中之女子。 ③眼波艳:谓眼波闪烁。艳,照耀;闪耀。张先《好事近》词:"双歌声断宝杯空,妆光艳瑶席。" ④心火:谓心中炽烈的爱情之火。然:即燃,燃烧。 ⑤际会:遇合、时机。王充《论衡·偶会》:"圣主龙兴于仓卒,良辅超拔于际会。" ⑥"秦楼"句:刘向《列仙传》卷上《萧史》:"萧史者,秦穆公时人也,善吹箫,能致孔雀、白鹤于庭。穆公有女字弄玉,好之,公遂以女妻焉。日教弄玉作凤鸣,居数年,吹似凤声,凤凰来止其屋。公为作凤台,夫妇止其上,不下数年,一旦皆随凤凰飞去。故秦人为作凤女祠于雍,宫中时有箫声而已。"

**【品评】**

　　此诗乃咏见到所爱恋女子之背影,而后遂入梦之情景与期盼。其本事黄世中先生有如下之说:谓诗人早年曾与一女相恋,"除了相约于园中秋千架下相会外,有时也能'偶见'之。看来诗人与此女子似曾同住一处坊院或一处园亭。《集》中有'偶见诗'六首。《荐福寺讲筵偶见又别》写与此女日午时相见,傍晚分手,有'两情含眷恋,一饷致辛酸'句。《复偶见三绝》云:'别易会难长自叹,转身应把泪珠弹'。又一次《偶见背面是夕兼梦》,诗云:'酥凝背胛玉搓肩,轻薄红绡覆白莲。此夜分明来入梦,当时惆怅不成眠。眼波向我无端艳,心火因君特地然。莫道人生难际会,秦楼鸾凤有神仙。'原来诗人看到'那人'的背影,夜来便作了梦,梦见她多情的眼波向自己瞟来,引起了心中爱火的燃烧。最后叹人生际会之难而幻想能像仙人萧史弄玉那样结为夫妻"。(详见其《韩偓其人与"香奁诗"本事考索》)震钧所谓此诗"言自古风云际会者多矣,何至于我而生不逢时。自伤之辞与瞻洛裳华同意。结用秦楼鸾凤,尤见衷曲"(《香奁集发微》此诗下评)云云,乃附会之辞,与诗意不符。


## 寄　恨

　　秦钗柱断长条玉,①蜀纸虚留小字红。②死恨物情难会处,③莲花不肯嫁春风。④

【注释】

①秦钗:此指宝钗。用秦嘉赠其妻徐淑宝钗事。《艺文类聚》卷三二引秦嘉《重报妻书》:"间得此镜,既明且好,形观文彩,世所希有。意甚爱之,故以相与。并宝钗一双,好香四种。素琴一张,常所自弹也。明镜可以鉴形,宝钗可以耀首,芳香可以馥身,素琴可以娱耳。"徐淑答云:"未奉光仪,则宝钗不列也。"长条玉:此指宝钗。 ②蜀纸:指蜀笺。自唐以来蜀地所制精致华美的纸。李贺《湖中曲》:"越王娇郎小字书,蜀纸封巾报云鬟。" ③死恨:长恨、痛恨。物情:物理人情。 ④"莲花不肯"句:莲花,喻指女子。春风,喻指男子。此句以莲花开在夏季,而不肯迎着春风开放,比喻女子不肯出嫁。

【品评】

此诗亦咏男女情事,非震钧所谓"喻君宠不终,赐环无日也"(《香奁集发微》此诗下评)云云。韩偓深得唐昭宗恩宠,其被贬官乃因朱全忠之逼,昭宗其时受制于朱全忠,虽爱诗人而莫能助。天祐元年八月,昭宗竟为朱温所弑杀。己身尚且不保,安能召回韩偓欤?况诗人一生始终忠于昭宗,感戴不尽,绝不愿复官以仕受控于朱温之哀帝朝,故有"紫泥虚宠奖,白发已渔樵……若为将朽质,犹拟杖于朝"、"宦途巇崄终难测,稳泊渔舟隐姓名"之作,以抒绝不仕伪朝之情致。其实观此诗意,乃咏男子尽管倾情于所恋之女,然最终留下"莲花不肯嫁春风"之遗恨。诗中"秦钗枉断"、"蜀纸虚留"、"死恨"、"莲花不肯"云云,均扣紧诗题"寄恨"二字。其"莲花不肯嫁春风"句意,或从唐彦谦《离鸾》诗"闻道离鸾思故乡,也知情愿嫁王昌"句脱化而来,而后多影响及后世诗词作者,如贺铸《踏莎行》之"断无蜂蝶慕幽香,红衣脱尽芳心苦。……当年不肯嫁东风,无端却被西风误";范成大《菩萨蛮》之"冰明玉润天然色,凄凉拼作西风客。不肯嫁东风,殷勤霜露中";邓肃《古意》之"妾如傍篱菊,不肯嫁春风。郎如出谷莺,飞鸣醉乱红";乾隆帝《芍药》之"度牖麝兰味,猗阶锦绣丛。……洁映冰盘白,艳争榴朵红。花王常欲傲,不肯嫁东风"等。清人黄之隽《香屑集》卷一七《采莲棹歌》"采莲湖上红更红,莲花不肯嫁春风。轻舟短棹唱歌去,惊散游鱼莲叶东"诗,则径采韩偓诗句入集句诗中,此皆可见后人效仿之迹。

## 袅娜丁卯年作[①]

袅娜腰肢澹薄妆,[②]六朝宫样窄衣裳。[③]著词暂见樱桃破,[④]飞盏遥闻荳蔻香。[⑤]春恼情怀身觉瘦,[⑥]酒添颜色粉生光。[⑦]此时不敢分明道,[⑧]风月应知暗断肠。[⑨]

【注释】

①此诗作于后梁开平元年丁卯(907),时诗人流寓于闽国福州。袅娜:此处为女子体态轻盈柔美貌。 ②澹薄妆:指妆饰雅淡朴素。张籍《倡女词》:"画罗金缕难相称,故着寻常淡薄衣。" ③"六朝宫样"句:谓穿着六朝宫中流行样式的窄衣裳。 ④著词:谓说话。樱桃破:指嘴唇张开。樱桃,本为果实名,此处喻指

女子小而红润的嘴。李商隐《赠歌妓》诗之一:"红绽樱桃含白雪,断肠声里唱《阳关》。"孟棨《本事诗·事感二》:"白尚书姬人樊素善歌,妓人小蛮善舞。尝为诗曰:'樱桃樊素口,杨柳小蛮腰。'"⑤飞盏:谓传杯痛饮。元稹《放言》诗之一:"五斗解酲犹恨少,十分飞盏未嫌多。"荳蔻:此处用荳蔻比喻年轻女子。荳蔻,亦名豆蔻。植物名,多年生常绿草本。红豆蔻生于南海诸谷中,南人取其花尚未大开者,名含胎花,言如怀妊之身。诗人或以喻未嫁少女,言其少而美。杜牧《赠别》:"娉娉袅袅十三余,荳蔻梢头二月初。" ⑥春恼情怀:谓女子怀春之烦恼情绪。 ⑦"酒添颜色"句:谓女子因饮酒而粉脸晕红泛光。 ⑧分明道:明白说出。分明,明白;显然。杜甫《历历》诗:"历历开元事,分明在眼前。" ⑨风月:此处风月既有清风明月,泛指美好景色之义,亦用指男女间情爱之事。韦庄《多情》诗:"一生风月供惆怅,到处烟花恨别离。"

## 【品评】

震钧谓"此诗作于丁卯时,正朱全忠受禅,唐社已墟时也。故云'不敢分明道'也"。(《香奁集发微》此诗下评)又云:"《香奁集》《袅娜》一首乃感唐亡赋也,故自注为'丁卯年作'。诗中所谓'此时不敢分明道',是其意矣。"(震钧《韩承旨年谱》)此说恐未必。盖当唐亡之际,诗人感伤国事唐亡之作,多直陈痛哭,虽有以典实比喻言之,亦分明可见所咏之意,而未见整首或大多诗句以儿女风月情事寓托之者。如唐亡前一年之《故都》诗之"天涯烈士空垂泪,地下强魂必噬脐。掩鼻计成终不觉,冯驩无路敩鸣鸡";丁卯唐亡时作之《感事三十四韵》等。徐复观先生以为韩偓晚年有所谓"畸恋"事，将包括此诗在内之数首诗均以为乃咏此"畸恋"事，中云："若许我作进一步的推测，韩偓畸恋的对象，可能是我未及详考的赵国夫人；也可能是官人宋柔。"（详其《韩偓诗与香奁集论考》）所说属臆想，亦不足信据。考诗题明题"袅娜"，且诗中所言皆为儿女情事，虽"不敢分明道"透，然末句"风月应知暗断肠"，则十分明确道出此乃"风月"情事。据此诗题下小注，乃知作于丁卯唐亡之年。然诗中所咏儿女情事，并非指是年所发生之事，私以为乃追咏其年轻时之恋情事。其理由为，韩偓今存《香奁集》中诗，并非均是其早年之作，亦有少数作于入仕后，此读其《香奁集序》即可知。此诗小注既明谓丁卯年之作，又两见于《香奁集》与《香奁集》外之正集者（此诗玉山樵人本、韩集旧钞本、统签本、屈抄本、《全唐诗》、吴校本、石印本《香奁集》均收入《香奁集》；其它本如汲古阁本、麟后山房刻本则收入正集，韩集旧钞本、吴校本正集中亦收），可见，前人虽均认为此诗内涵属香奁体之作，但也有认为并非诗人早年所作的香奁诗，以其作于晚年，故另又收于《香奁集》外之正集中以为区别。诗人于其早年恋情事始终铭记于心，如《病忆》云"信知尤物必牵情，一顾难酬觉命轻。曾把禅机销此病，破除才尽又重生"；《五更》诗云"往年曾约郁金床……光景旋消惆怅在，一生赢得是凄凉"。直至其晚年之《思录旧诗于卷上凄然有感因成一章》亦云"缉缀小诗钞卷里，寻思闲事到心头。自吟自泣无人会，肠断蓬山第一流"。可见其晚年编录《香奁集》时，对于早年那些引发他创作某些香奁诗之背景情事，依然刻骨铭心，令其"自吟自泣"不已，故丁卯年有此追忆追思其早年情事之

《袅娜》之作,亦在情理中也。据此,此诗乃诗人丁卯年追忆早年情事之作,当非臆断之辞可决矣。


## 多情<sub>庚午年在桃林场作①</sub>

天遣多情不自持,②多情兼与病相宜。蜂偷野蜜初尝处,莺啄含桃欲咽时。③酒荡襟怀微駊騀④,春牵情绪更融怡。⑤水香剩置金盆里,⑥琼树长须浸一枝。

**【注释】**

①此诗题下有"庚午年在桃林场作"小注,则诗乃作于后梁开平四年(910),时诗人寓居于闽中桃林场。桃林场:即今福建永春县,唐长庆二年置。《闽书》卷一二《方域志》永春县:"东抵南安,西抵龙岩,南抵南安,北抵德化。本隋南安县之桃林场。五代唐长兴三年,王延钧升为县;晋天福三年,王昶改县曰永春。" ②遣:使,让。贾思勰《齐民要术·杂说》:"先耕荞麦地,次耕余地,务遣深细,不得趁多。"不自持:不能自我控制。自持,自我克制。元稹《莺莺传》:"非礼之动,能不愧心。特愿以礼自持,毋及于乱。" ③含桃:樱桃的别称。《礼记·月令》:"是月(仲夏之月)也,天子乃以雏尝黍,羞以含桃先荐寝庙。"郑玄注:"含桃,樱桃也。"《淮南子·时则训》:"羞以含桃。"高诱注:"含桃,莺所含食,故言含桃。" ④駊騀:原形容马起伏奔腾、纵恣奔突。《楚辞·远游》"服偃蹇以低昂兮,骖连蜷以骄骜",汉王逸注:"驷马駊騀而鸣

骧也。"此处指起伏不平。　⑤融怡:融洽;和乐。杜牧《杜秋娘诗》:"低鬟认新宠,窈袅复融怡。"　⑥水香:泽兰的别名。洪刍《香谱·兰香》:"一名水香,生大吴池泽,叶似兰,尖长有歧,花红白色而香,煮水浴以治风。"李时珍《本草纲目·草三·泽兰》:"吴普《本草》一名水香,陶氏云亦名都梁,今俗通呼为孩儿菊,则其与兰草为一物二种,尤可证矣。"剩:尚;犹。刘禹锡《和仆射牛相公见示长句》:"唯应加筑露台上,剩见终南云外峰。"

## 【品评】

震钧《韩承旨年谱》谓:"《多情》一首自注云:'庚午年在桃林场作'。所云'水香剩置金盘里,琼树长须浸一枝'。国破家亡,一身仅在,亦如琼树之剩此一枝而已。"又云:"此作于梁开平四年。所云'剩置金盆里','剩'字着眼。国破家亡,一身仅在,如琼树之剩一枝而已。"(《香奁集发微》此诗下注)如此解读此诗旨意实在乃附会之言,不可信。此诗乃诗人初移居桃林场时之作。时在春日,闽南景色融怡,故敏感多情之诗人颇为沉醉愉悦,故有"春牵情绪更融怡"之句。而诗题以"多情"命之,亦以见诗人所禀赋之敏感诗情诗心也。清人吴骞评析此诗云:"'蜂偷崖蜜初尝处,莺啄含桃欲咽时。'窃谓上句盖即古乐府'宁断娇儿乳,不断郎殷勤'意,故下联云'酒荡襟怀微骕骦,春牵情绪更融怡',亦各承一句。'骕骦',马摇头貌。而'初尝'、'欲咽'、'骕骦'、'融怡',安双声迭韵于四句中,弥见晚唐人诗律之工细。"(《拜经楼诗话》卷一)所说亦有助于品味此诗之奥妙。

# 偶 见

千金莫惜旱莲生,①一笑从教下蔡倾。②仙树有花难问种,御香闻气不知名。③愁来自觉歌喉咽,瘦去谁怜舞掌轻。④小迭红笺书恨字,⑤与奴方便寄卿卿。⑥

**【注释】**

①旱莲:即旱莲花,荷花的一种。苏鹗《苏氏演义》卷下:"芙蓉,一名荷花……花大者至百叶,又有金莲花、青莲花、碧莲花、千叶莲花、石莲花、旱莲花。"此处用以比喻清丽之美女。 ②从教:从此使得;从而使。下蔡倾:即"迷下蔡"之意。宋玉《登徒子好色赋》:"东家之子,增之一分则太长,减之一分则太短;着粉则太白,施朱则太赤;眉如翠羽,肌如白雪,腰如束素,齿如含贝;嫣然一笑,惑阳城,迷下蔡。"后因以"迷下蔡"形容女子艳丽迷人。《文选·阮籍〈咏怀诗〉之二》:"倾城迷下蔡,容好结中肠。"张铣注:"言美貌倾人之城,迷惑下蔡之邑。"下蔡,古邑名。即春秋楚邑州来。鲁昭公二十三年为吴所有。鲁哀公二年,吴迁蔡昭侯于此,改称下蔡。故城在今安徽凤台县。 ③御香:宫中御炉之香。岑参《寄左省杜拾遗》:"晓随天仗入,暮惹御香归。" ④舞掌轻:谓体态轻盈,能舞于掌上。 ⑤红笺:即红色笺纸。多用以题写诗词或作名片等。白居易《江楼夜吟元九律诗成三十韵》:"斜行题粉壁,短卷写红笺。"五代王仁裕《开元天宝遗事·风流薮泽》:"长

安有平康坊,妓女所居之地,京都侠少,萃集于此。兼每年新进士以红笺名纸,游谒其中,时人谓此坊为风流薮泽。" ⑥奴:古代妇女自称的谦词。《敦煌变文集·王昭君变文》:"异方歌乐,不解奴愁。"李煜《菩萨蛮》词:"奴为出来难,教郎恣意怜。"卿卿:南朝宋刘义庆《世说新语·惑溺》:"王安丰妇常卿安丰,安丰曰:'妇人卿婿,于礼为不敬,后勿复尔。'妇曰:'亲卿爱卿,是以卿卿;我不卿卿,谁当卿卿?'遂恒听之。"上"卿"字为动词,谓以卿称之;下"卿"字为代词,犹言你。后两"卿"字连用,作为相互亲昵之称。李贺《休洗红》诗:"休洗红,洗多红色浅。卿卿骋少年,昨日殷桥见。封侯早归来,莫作弦上箭。"

## 【品评】

震钧谓此诗"仙树御香,均见身分,而故君之思,自在言外",(《香奁集发微》此诗下注)乃以香草美人寓托之说解此诗,当未得其实。此诗乃咏女子之作,故方回《瀛奎律髓》选录此诗于风怀类,又曰:"风怀之题,须意有余而不及于亵。如韩偓咏《偶见》,三四云:'仙树有花难问种,御香闻气不知名',此两句佳。"(蔡钧《诗法指南》卷四)前人评"仙树有花难问种,御香闻气不知名"为"艳不伤雅"(查慎行《初白庵诗评》),诚是。方回评"尾句太猥"(《瀛奎律髓汇评》卷七风怀类)则未必,嫌其俗或可也。周珽谓:"观致尧《偶见》诗,寓感良不浅,秾丽清婉,极其描写,莫以寻常艳诗目之。"(《唐诗选脉会通评林》)褚人获谓"小迭红笺书恨字,与奴方便寄卿卿"乃"诗媒词逗也",亦颇有见于韩偓诗句之滋味。

# 闺　情

轻风滴砾动帘钩,①宿酒犹酣懒卸头。②但觉夜深花有露,不知人静月当楼。何郎灯暗谁能咏,③韩寿香焦亦任偷。④敲折玉钗歌转咽,一声声作两眉愁。

**【注释】**

①滴砾:象声词。　②宿酒:犹宿醉。白居易《早春即事》诗:"眼重朝眠足,头轻宿酒醒。"卸头:妇女卸去头上的装饰。司空图《灯花》:"姊姊教人且抱儿,逐他女伴卸头迟。"　③"何郎灯暗"句:何郎,即南朝梁何逊,传见《梁书》卷四九、《南史》卷三三。其《临行与故游夜别》诗云:"历稔共追随,一旦辞群匹。复如东注水,未有西归日。夜雨滴空阶,晓灯暗离室。相悲各罢酒,何时同促膝。"　④"韩寿香焦"句:此用韩寿偷香事。刘义庆《世说新语·惑溺》:"韩寿美姿容,贾充辟以为掾。充每聚会,贾女于青璅中看,见寿,说之。……寿闻之心动,遂请婢潜修音问。及期往宿,寿蹻捷绝人,逾墙而入,家中莫知。自是充觉女盛自拂拭,说畅有异于常。后会诸吏,闻寿有奇香之气……疑寿与女通,而垣墙重密,门合急峻,何由得尔?乃托言有盗,令人修墙。使反曰:'其余无异,唯东北角如有人迹,而墙高非人所逾。'充乃取女左右婢考问,即以状对。充秘之,以女妻寿。"

【品评】

　　此诗震钧《韩承旨年谱》系于乾化三年(913),且谓"《闺情》一首,与集中《感旧》一首相应,皆为座主赵崇也。《感旧》有'指座恩深刻寸肠'句,又有'入室故僚零落尽'句。《闺情》'何郎烛暗',用何逊与亲故别事。'韩寿香焦',用贾充婿韩寿事。皆《感旧》意也"。所说不可信。此诗乃代女子抒发闺情之作,盖为诗人早年所作。黄世中先生《韩偓其人及"香奁诗"考索》以为乃写诗人早年与李氏女恋爱情事,中云:"最后他(她)们终于冲破阻力,欢会在一起。这有《自负》《意绪》《闺情》《惜春》《春恨》《春尽》《春尽日》《欲明》以及两首《五更》(五、七言各一首)共十首可以为证。那是诗人学韩寿偷香而'半夜潜身入洞房'(《五更》)的。《闺情》云:'韩寿香焦亦任偷。'《自负》诗就更明白说出他(她)们的欢会共有三次:'偷桃三度到瑶台。'但是,或许这第三次的私遇为阻绝者(如长辈)发觉,立即采取措施,隔断了他(她)们的来往。所以《五更》诗末云:'光景旋消惆怅在,一生赢得是凄凉'。"所说可参。


# 旧　馆

　　前欢往恨分明在,酒兴诗情大半亡。还似墙西紫荆树,①残花摘索映高塘。②

【注释】

①紫荆树:树名。落叶乔木或灌木。叶圆心形,春开红紫色花。供观赏。树皮、木材、根均可入药。　②摘索:犹言瑟缩。林逋《又咏小梅》:"摘索又开三两朵,团栾空绕百千回。"

【品评】

此诗题为"旧馆",又云"前欢往恨分明在",寻味其诗旨,盖乃回首往年在此旧馆所经历之事而生发之慨叹。谓"酒兴诗情大半亡",则此旧馆往昔之事,乃曾激发其浓郁之"酒兴"与"诗情"者。且此种情感既有欢乐亦有遗憾,其中之往事至今犹历历在目耳。可叹今重来此旧地,往日之"酒兴诗情"已大半消逝,犹如那凋零将尽之紫荆花朵,尚瑟瑟缩缩于墙西头之枝头上。此往日发生于旧馆之刻骨铭心之事究是何事?黄世中先生《韩偓其人及"香奁诗"本诗考索》以为乃诗人早年与李氏女子恋爱而遭阻绝之事,此事在韩偓诗中多有涉及,其中谓"此外如《青春》《春恨》《中春忆赠》《旧馆》《有忆》《两处》……皆是……所咏实同一情事,其所怀皆为李氏女一人"。

# 秋　千

池塘夜歇清明雨,绕院无尘近花坞。①五丝绳系出墙迟,②力尽才瞵见邻圃。③下来娇喘未能调,④斜倚朱阑久无语。无语兼动所思愁,转眼看天一长吐。⑤

【注释】

①花坞:四周高起中间凹下的种植花木的地方。 ②五丝绳:五色丝拧成的绳索。此处指系秋千的彩色绳索。 ③瞵:视貌。瞪眼看。《说文解字》:"瞵,目精也。"《文选·潘岳〈射雉赋〉》:"奋劲骹以角槎,瞵悍目以旁睐。"徐爰注:"瞵,视貌。" ④调:调理,调息。陆贾《新语·道基》:"调气养性,仁者寿长。" ⑤一长吐:长长吐出一口气。此处指因愁闷而长叹。

【品评】

此诗咏女子清明时节打秋千之场面与情思,颇为生动传神。黄世中先生《韩偓其人及"香奁诗"本事考索》以为韩偓诗中之"寒食"、"秋千"等诗多与其早年与李氏女相恋事有关,其中谓"《集》中虽未直接点出'寒食'而写到'秋千',实际上与'寒食诗'所咏同一情事的诗尚有八首。如《效崔国辅体》云:'独立俯闲阶,风动秋千索。'《后魏时相州人作李波小妹歌》云:'海棠花下秋千畔,背人撩鬓道匆匆。'又《闺怨》云:'初坏秋千人寂寞,后园青草任他长。'《偶见》云:'秋千打困解罗裙,指点醍醐索一尊。'更有一首以《秋千》为题的古体,直接描写'那人'打了秋千后'下来娇喘未能调,斜倚朱栏久无语'的情景。看来,诗人与所恋自始即未能谐,其原因当不在爱恋双方本身,恐在于外力的干预。所以才又写到'那人'下了秋千斜倚朱栏不说一句话,心中十分哀愁而不便言明,只好对天长叹的情景:'无语兼动所思愁,转眼看天一长吐。'观察入微,表现细贴。末一句'转眼看天一长吐',以景结情,宕出远神,极其含蓄"。所说可参。

# 诗选二

## 雨后月中玉堂闲坐①

银台直北金銮外,②暑雨初晴皓月中。③唯对松篁听刻漏,④更无尘土翳虚空。⑤绿香熨齿冰盘果,⑥清冷侵肌水殿风。⑦夜久忽闻铃索动,⑧玉堂西畔响丁东。⑨禁署严密,⑩非本院人,⑪虽有公事,不敢遽入。至于内夫人宣事,亦先引铃。每有文书,即内臣立于门外,⑫铃声动,本院小判官出受。⑬受讫,授院使,院使授学士。⑭

## 【注释】

①此诗作于唐昭宗天复元年(901)夏,时作者在朝中任翰林学士。玉堂:官署名。汉侍中有玉堂署,后翰林院亦称玉堂。韩偓时任翰林学士,故其所在翰林院亦称玉堂。《汉书·李寻传》:"过随众贤待诏,食太官,衣御府,久污玉堂之署。"颜师古注:"玉堂殿在未央宫。"王先谦补注引何焯曰:"汉时待诏于玉堂殿,唐时待诏于翰林院,至宋以后,翰林遂并蒙玉堂之号。" ②"银台"句:银台,即指银台门,唐长安宫门名,亦省称银台。唐时翰林院、学士院都在银台门附近,后因以银台门指代翰林院。《旧唐书·职官志二》:"翰林院,天子在大明宫,其院在右银台门内。"直北:即正北面。《史记·封禅书》:"汉文帝出长安门,若见五人于道北,遂因其直北立五帝坛,祠以五牢具。"杜甫《小寒食舟中作》诗:"云

白山青万余里,愁看直北是长安。"金銮:此处指金銮殿,唐朝宫殿名,文人学士待诏之所。《两京记》:"大明宫紫宸殿北曰蓬莱殿。西龙首山支陇起平地,上有殿名金銮殿,殿旁坡名金銮坡,与翰林院相对。"宋沈括《梦溪笔谈·故事一》:"唐翰林院在禁中,乃人主燕居之所,玉堂、承明、金銮殿皆在其间。" ③暑雨:《书·君牙》:"夏暑雨。"杜甫《遣闷》:"暑雨留蒸湿,江风借夕凉。" ④"松篁"句:松篁,松与竹。郦道元《水经注·洈水二》:"池中起钓台,池北亭,郁墓所在也,列植松篁于池侧。"刻漏:古定时器。以铜为壶,底穿孔,壶中立一有刻度之箭形浮标,壶中水滴漏渐少,箭上度数即渐次显露,视之可知时刻。《说文·水部》:"漏,以铜受水,刻节,昼夜百刻。"《汉书·哀帝纪》作"漏刻以百二十为度"。颜师古注:"旧漏昼夜共百刻,今增其二十。" ⑤"更无"句:尘土,细小的灰土。《尔雅》:"孙炎曰:大风扬尘土,从上下也。"翳:遮蔽;隐藏;隐没。《楚辞·离骚》:"百神翳其备降兮,九疑缤其并迎。"王逸注:"翳,蔽也。"虚空:即天空。苏轼《前赤壁赋》:"浩浩乎如凭虚御风。" ⑥"绿香"句:绿香,此谓水果又绿又香。熨齿:使牙齿感到凉爽或寒冷。梅尧臣《和正月六日沈文通学士遗温柑》:"诵句擘露囊,香甘冷熨齿。"陆游《入蜀记》卷一:"井在道旁观音寺,名列水品,色类牛乳,甘冷熨齿。"冰盘:盘内放置碎冰,上面摆列藕菱瓜果等食品,叫作冰盘。夏季用以解渴消暑。韩愈《李花》诗之一:"冰盘夏荐碧实脆,斥去不御惭其花。" ⑦水殿:临水的殿堂。隋炀帝《望江南词》:"水殿春寒幽冷艳,玉轩晴照暖添华。"李白《口号吴王美人半醉》:"风动荷花水殿香,姑苏台上宴吴王。" ⑧"夜久"句:夜久,即夜永、夜深。戴叔伦《白苎词》:"美人不眠怜夜永,起舞亭亭乱花影。"铃索:系于铃以便扯响之绳索。 ⑨丁东:亦作丁冬,象声词。此指铃声。韦庄《捣练篇》:"临风缥缈迭秋雪,月下丁冬捣寒玉。" ⑩禁署:宫中近侍官署。《旧唐书·路岩传》:"数年之间,出入禁署,累迁中书舍人、户部侍郎。" ⑪本院:此指翰林学士院。孙逢吉《职官分纪》卷一五:"唐韦执谊《翰林故事》:翰林院者在右银台门内,麟德殿西重廊之后。盖天下以艺能伎术见召者之所处也。学士院者,开元二十六年之所置,在翰林院之南。"又"开元二十六年始以翰林供奉改称学士,由是遂别建学士院,俾专内命。" ⑫内臣:此指翰林院内之小宦官。⑬本院小判官:此为翰林学士院内属官,掌判翰林院内事。参本诗注释⑭。 ⑭"院使授学士"句:院使,唐翰林院使。"有高品使二人知院事。每日晓暮执事于思政殿,退而传旨。小使衣绿黄青者逮至十人,更番守曹。"事详见孙逢吉《职官分纪》卷一五。学士:即翰林学士。唐置,专掌内命,亦草诏敕等事。《职官分纪》卷一五云:"学士之职,本以文学言语被顾问,出入侍从,因得参谋议纳谏诤,其礼尤宠。"又云:"有唐学士院深严,非本院人不可遽入,虽中使宣事,及有文书,必先动铃索立于门外。俟本院小判官出授,授讫,授院使,院使授学士。"

## 【品评】

　　此诗咏诗人于翰林院值夜闲坐之情景,如金圣叹《贯华堂选批唐才子诗》所释:"此诗乃致尧正为学士时所作。一言银台门北,金銮殿外,此是学士上直之处也。二言时雨洗暑,凉月在空,此是学士下直之时也。三言更无闲事,承一也。四言更无余暑,承二也。五言金盘何器,而果熨臣齿。六言水殿何处,而风侵臣衣。一时反复寻求,久之不能自得。而忽闻悬铃声动,始悟微臣仅仅只以三寸柔翰,辱此九重厚恩也。"以此均显示翰林学士处境之优渥。如"清冷侵肌水殿风"句,据彭大翼《山堂肆考·太子纳凉》所云:"唐宫中有水殿,太子纳凉处也。韩偓禁中诗'清冷浸肌水殿风'即此。"而"闻铃索动"末两句,如"李德裕云:'翰林院有悬铃,以备警急。……以代传呼也!'唐制,禁署严密,非本院人虽有公事,不敢遽入。于内夫人宣事,亦先引铃。每有文书,即内臣立于门外。铃声达本院,小判官出受讫,授院使,院使授学士。郑綮诗'缘铃无响网珠宫',韩偓诗'坐久忽闻铃索动,玉堂西畔响丁东'。"(杨慎《升庵集》卷五〇《铃索》)寻味此诗所咏,诗人身处宫中翰林院之受尊崇及其恬静舒畅之心情,不禁油然流露于笔端。

## 六月十七日召对自辰及申方归本院①

　　清署帘开散异香,②恩深咫尺对龙章。③花应洞里寻常发,④日向壶中特地长。⑤坐久忽疑槎犯斗,⑥归来兼恐海生桑。⑦如今冷笑东方朔,唯用诙谐侍汉皇。⑧

【注释】

　　①此诗所谓"六月十七日"即指唐昭宗天复元年(901)六月十七日,诗即作于此时。诗题所云背景《资治通鉴》卷二六二昭宗天

复元年六月癸亥有载:"上之返正也,中书舍人令狐涣、给事中韩偓皆预其谋,故擢为翰林学士,数召对,访以机密。……时上悉以军国事委崔胤……胤志欲尽除之(庆按,指宦官),韩偓屡谏曰:'事禁太甚。此辈亦不可全无,恐其党迫切,更生他变。'胤不从。丁卯,上独召偓,问曰:'敕使中为恶者如林,何以处之?'对曰:'东内之变,敕使谁非同恶!处之当在正旦,今已失其时矣。……夫人主所重,莫大于信,既下此诏,则守之宜坚;若复戮一人,则人人惧死矣。……陛下不若择其尤无良者数人,明示其罪,置之于法,然后抚谕其余曰:"吾恐尔曹谓吾心有所贮,自今可无疑矣。"乃择其忠厚者使为之长。其徒有善则奖之,有罪则惩之,咸自安矣。今此曹在公私者以万数,岂可尽诛邪!夫帝王之道,当以重厚镇之,公正御之,至于琐细机巧,此机生则彼机应矣,终不能成大功,所谓理丝而棼之者也。况今朝廷之权,散在四方,苟能先收此权,则事无不可为者矣。'上深以为然,曰:'此事终以属卿。'"辰、申,皆十二时辰之一。辰乃地支第五位,指午前七时至九时。申为一日中的十五时至十七时。 ②清署:清要之官署。此指韩偓所在之翰林学士院。盖翰林学士乃清要之职,故以清署称其翰林学士院。梅尧臣《次韵和韩子华内翰于李右丞家移红薇子种学士院》:"丞相旧园移带土,侍臣清署看临除。" ③"恩深"句:恩深,此指韩偓所蒙受唐昭宗之深恩。咫尺:形容距离近。《左传·僖公九年》:"天威不违颜咫尺。"龙章:画或绣龙之服,乃天子之所服。此借指唐昭宗。《后汉书·邓禹传论》:"及其威损枸邑,兵散宜阳,褫龙章于终朝,就侯服以卒岁。"李贤注:"龙章,衮龙之服也。" ④"花应"句:洞里,此处洞犹谓洞天,乃指道家所居之仙境。道家以为世间有三十六洞天,乃神仙所居。任昉《述异记》卷下:"人间有三十六洞天,知名者十耳,余二十六天出《九微志》,不行于世也。"此处用以指唐昭宗召见诗人之所。此句谓诗人为昭宗所召见,其召见处所之胜景,自感乃如仙境一般。　⑤"日向"句:壶中,比喻仙境。《后汉书》卷八二《方术列传》:"费长房者,汝南人也。曾为市掾。市中有老翁卖药,悬一壶于肆头,及市罢,辄跳入壶中。市人莫之见,唯长房于楼上睹之,异焉,因往再拜奉酒脯。翁知长房之意其神也,谓之曰:'子明日可更来。'长房旦日复诣翁,翁乃与俱入壶中。唯见玉堂严丽,旨酒甘肴,盈衍其中,共饮毕而出。翁约不听与人言之。后乃就楼上候长房曰:'我神仙之人,以过见责,今事毕当去,子宁能相随乎?楼下有少酒,与卿为别。'长房使人取之,不能胜,又令十人扛之,犹不举。翁闻,笑而下楼,以一指提之而上。视器如一升许,而二人饮之终日不尽。"此事晋葛洪《神仙传》卷五《壶公》亦载及。此句意为昭宗召见韩偓商议国事时间之长。　⑥槎犯斗:槎,亦作查,木筏。张华《博物志》卷一〇《杂说》下:"旧说云,天河与海通。近世有人居海渚者,年年八月有浮槎,去来不失期。人有奇志,立飞阁于查上,多赍粮,乘槎而去。……去十余日,奄至一处,有城郭状,屋舍甚严。遥望宫中多织妇,见一丈夫牵牛渚次饮之。牵牛人乃惊问曰:'何由至此?'此人具说来意,并问此是何处。答曰:'君还至蜀郡,访严君平则知之。'竟不上岸,因还如期。后至蜀问君平,曰:'某年月日,有客星犯牵牛宿。'计年月,正是此人到天河时也。"　⑦海生桑:沧海变为桑田,比喻世事变迁之大。葛洪《神仙传》:"麻姑自说'接待以来,已见东海三为桑田。向到蓬莱,水又浅于往昔,会时略半也,岂将复还为陵陆乎。'方平笑曰:'圣人皆言,海中行复扬尘也。'" ⑧"如今"二句:冷笑,含有讽刺、轻蔑、不满、无可奈何等心情的笑。此处为轻蔑之笑。《北史·崔赡传》:"赡别立异议,收读讫笑而不言。赡正色曰:'圣上诏群臣议国家大典,少傅名位不轻,赡议若是,须赞其所长;若非,须诘其不允。何容读国士议文,直此冷笑?'"东方朔:平原厌次(今山东惠民)人,字曼倩,汉武帝之文学侍从,常以诙谐滑稽之语讽谏武帝,官至太中大夫。《汉书》卷六五《东方朔传》载"而朔尝至太中大夫,后常为郎,与枚皋、郭舍人俱在左右,诙啁而已。久之,朔上书陈农战强国之计,因自讼独不得大官,欲求试用。其言专商鞅、韩非之语也,指意放荡,颇复诙谐,辞数万言,终不见用。朔因著论,设客难己,用位卑以自慰谕"。又称其"朔虽诙笑,然时观察颜色,直言切谏,上常用之。自公卿在位,朔皆敖弄,无所为屈"。诙谐:谈吐幽默风趣。《汉书·东方朔传》:"其言专商鞅、韩非之语也,指意放荡,颇复诙谐。"杜甫《社日》诗之一:"尚想东方朔,诙谐割肉归。"

## 【品评】

此诗题下吴汝纶评注谓"是时崔胤为相,欲尽诛宦官。昭宗独召韩公问计,公请择数人置之于法,抚谕其余,使咸自安。此时召对是其事也"。此即诗人赋此诗之背景。诗乃叙写诗人为昭宗所召对之情景,与受宠若惊之感受。首二句言在翰林院异香芬馥之处所,诗人独能获咫尺面对昭宗之恩宠。三四句如吴汝纶所谓:"记宫禁之景,明外人所不得见。"亦即写召对处所有如洞中仙境,且召对时间之长,即诗题所说之"自辰及申",以见恩宠之优渥。下半首亦如吴汝纶所说"五句自喻亲幸,六句忧乱之悑,收借东方生以明己之密筹大计也"。(高步瀛《唐宋诗举要》本诗下注评引)方回则指出此诗之特色谓:"三四真有仙家之意,五六用事变陈为新,末句诋东方朔尤有味。"(《瀛奎律髓》卷二朝省类)范晞文亦谓:"李商隐《贾谊》诗云:'可怜夜半虚前席,不问苍生问鬼神。'韩偓云:'如今冷笑东方朔,唯用诙谐侍汉皇。'又'长卿只为长门赋,未识君臣际会难',皆反其事而言之。是时韩在翰林,故出此语,视李为切。"(《对床夜语》卷四)

# 与吴子华侍郎同年玉堂同直怀恩叙恳因成长句四韵兼呈诸同年[①]

往年莺谷接清尘,[②]今日鳌山作侍臣。[③]二纪计偕劳笔研,[④]余与子华,俱久困名场。一朝宣入掌丝纶。[⑤]声名烜赫文章士,[⑥]金紫雍容富贵身。[⑦]绛帐恩深无路报,[⑧]语余相顾却酸辛。

## 【注释】

①此诗作于唐昭宗天复元年(901),时吴融为户部侍郎,韩偓为翰林学士。吴子华侍郎:即吴融,字子华,越州山阴(今浙江绍兴)人。龙纪元年与韩偓同登进士第。韦昭度讨蜀,任掌书记。后坐累去官,流浪荆南。召为左补阙,以礼部郎中为翰林学士,拜中书舍人。天复元年昭宗反正后,擢为户部侍郎。天复三年,复

入为翰林学士,迁翰林学士承旨。传见《新唐书》卷二〇三。同年:古代科举考试同科中试者之互称。唐代同榜进士称"同年"。李肇《唐国史补》卷下:"进士为时所尚,俱捷谓之同年。"诸同年,指与韩偓、吴融同年登进士第者。是年知贡举为礼部侍郎赵崇。 ②莺谷:即莺处幽谷。比喻人未显达时的处境。王涯《广宣上人以诗贺发榜和谢》:"龙门变化人皆望,莺谷飞鸣自有时。"此处为出莺谷之意,即谓登进士科第。《诗·小雅·伐木》:"伐木丁丁,鸟鸣嘤嘤。出自幽谷,迁于乔木。"裴庭裕《东观奏记》卷上:"后宣宗索科名记,颢表曰:'自武德以后,便有进士诸科。出莺谷而飞鸣,声华虽茂,经凤池而阅视,史策不书。'"清尘:车后扬起的尘埃。亦用作对尊贵者的敬称。三国魏繁钦《定情》诗:"我出东门游,邂逅承清尘。"陈陶《寄兵部任畹郎中》诗:"常思剑浦别清尘,荳蔻花红十二春。"此处清尘代指吴融。 ③鳌山:此处意指鳌头上之蓬莱、瀛洲等仙山,用以代指宫廷中之翰林院。唐宋时翰林学士、承旨等官朝见皇帝时立于镌有巨鳌的殿陛石正中,因称入翰林院为上鳌头。姚合《和卢给事酬裴员外》:"鸳鹭簪裾上龙尾,蓬莱宫殿压鳌头。"侍臣:侍奉帝王的廷臣。李商隐《汉宫词》:"侍臣最有相如渴,不赐金茎露一杯。" ④"二纪计偕"句:二纪,二十四年。一纪为十二年。计偕,《史记·儒林列传》:"郡国县道邑有好文学、敬长上、肃政教、顺乡里、出入不悖所闻者……当与计偕,诣太常,得受业如弟子。"司马贞索隐:"计,计吏也。偕,俱也。谓令与计吏俱诣太常也。"《汉书·武帝纪》:"征吏民明当世之务……令与计偕。"颜师古注:"计者,上计簿吏也。郡国每岁遣诣京师上之,令所征之人与上计俱来。"后遂用"计偕"称举人赴京会试。此句意为诗人经历二纪之科举考试后方登科,即其自注所谓"余与子华俱久困名场"。 ⑤掌丝纶:意谓在朝中为皇帝代草诏书。《礼记·缁衣》:"王言如丝,其出如纶。"孔颖达疏:"王言初出,微细如丝,及其出行于外,言更渐大,如似纶也。"后因称帝王诏书为"丝纶"。杨炯《为刘少傅谢敕书慰劳表》:"虔奉丝纶,躬亲政事。" ⑥烜赫:此谓声名盛大。《尔雅·释训三》:"赫兮烜兮,威仪也。"李白《侠客行》:"千秋二壮士,烜赫大梁城。" ⑦"金紫雍容"句:金紫,金鱼袋和紫衣,唐时一定品级的官员所穿戴。《新唐书·李泌传》:"众指曰:'着黄者圣人,着白者山人。'帝闻,因赐金紫。"《新唐书·车服志》:"自是百官赏绯、紫,必兼鱼袋,谓之章服。当时服朱紫,佩鱼者众矣。"雍容:形容仪态温文大方,从容不迫。《文选·班固〈两都赋〉序》:"雍容揄扬,著于后嗣。"吕向注:"雍,和;容,缓。"《汉书·薛宣传》:"宣为人好威仪,进止雍容,甚可观也。" ⑧"绛帐"句:《后汉书·马融传》:"融才高博洽,为世通儒,教养诸生……常坐高堂,施绛纱帐,前授生徒,后列女乐,弟子以次相传,鲜有入其室者。"后因以"绛帐"为师门、讲席之敬称。刘禹锡《送前进士蔡京赴学究科》:"朱门达者谁能识,绛帐诸生尽不如。"恩深无路报:此指诗人难于报答座主赵崇之深恩。《唐摭言》卷六载韩偓奏昭宗云:"臣座主右仆射赵崇。"则所谓"绛帐恩深",乃指赵崇之深恩。

**【品评】**

此诗为诗人与同年吴融同值朝中时,感念座主赵崇拔擢自己进士及第,方才有如今之声名烜赫与雍容富贵,然而却自感难于回报恩人,故赋此诗以抒怀。首联回顾昔年与吴融同时及第,有如莺出幽谷,故今日得以在翰林院任显职。颔联回首当年读书觅第,久困举场之艰难辛苦,而所幸终于及第入仕,如今得以入翰林院为皇上撰写诏书。腹联咏唱自己与吴融今日已是声名赫赫之文士,雍容华贵之朝臣,不禁流露春风得意之色。尾联乃反念及今日之荣宠,乃来源于座主赵崇恩师之提携,用以回扣诗题之"怀恩";而又深愧难于回报师恩,故与同年吴融相顾而辛酸,怅怅不已。此后昭宗亦命韩偓为相,而韩偓则让而推荐赵崇为宰相,可见诗人真乃知恩能报者。

# 中秋禁直①

星斗疏明禁漏残,②紫泥封后独凭阑。③露和玉屑金盘冷。④月射珠光贝阙寒。⑤天衬楼台笼苑外,⑥风吹歌管下云端。⑦长卿只为长门赋,⑧未识君臣际会难。⑨

【注释】

①此诗《唐音统签》本以为乃"天复元年入翰林后作"。则此诗乃作于天复元年(901)中秋。禁直:在宫廷官署中值班。禁,帝王宫殿。《文选·谢庄〈宋孝武宣贵妃诔〉》:"掩彩瑶光,收华紫禁。"李善注:"王者之宫,以象紫微,故谓宫中为紫禁。"罗愿《水调歌头·中秋和施司谏》词:"来岁公归何处?照耀彩衣簪橐,禁直且休催。" ②"星斗"句:星斗,此处泛指天上的星星。《晋书·元

帝纪论》:"驰章献号,高盖成阴,星斗呈祥,金陵表庆。"疏明:指疏淡的光辉。朱淑真《闲步》诗:"乍得好凉宜散步,朦胧新月弄疏明。"禁漏:宫中计时漏刻。陆畅《宿陕府北楼奉酬崔大夫》诗之一:"人定军州禁漏传,不妨秋月城头过。"禁漏残,谓夜深将尽时。　③紫泥:古人以泥封书信,泥上盖印。皇帝诏书则用紫泥。赵彦卫《云麓漫钞》卷一二:"古印文作白字,盖用以印泥,紫泥封诏是也。"《后汉书·光武帝纪上》"奉高皇帝玺绶",李贤注引汉蔡邕《独断》:"皇帝六玺,皆玉螭虎纽……皆以武都紫泥封之。"后即以指诏书。　④"露和玉屑"句:《史记·孝武本纪》:"又作柏梁、铜柱、承露仙人掌之属矣。"司马贞《索隐》引《三辅故事》云:"建章宫承露盘高二十丈,大七围,以铜为之。上有仙人掌承露,和玉屑饮之。"《三辅黄图》卷五引《汉武故事》:通天台"上有承露盘、仙人掌,擎玉杯以承云表之露"。玉屑,玉的碎末。《周礼·天官·玉府》"王齐则共食玉",汉郑玄注:"玉是阳精之纯者,食之以御水气。郑司农云:'王齐当食玉屑。'"《三国志·魏志·卫觊传》:"昔汉武信求神仙之道,谓当得云表之露以餐玉屑,故立仙掌以承高露。"　⑤"月射珠光"句:珠光,珍珠的光华。汉王充《论衡·自纪》:"玉色剖于石心,珠光出于鱼腹。"此处指明洁耀眼的光芒。唐太宗《赋帝》诗:"珠光摇素月,竹影乱清风。"贝阙:以紫贝为饰的宫阙。本指河伯所居的龙宫水府,后用以形容壮丽的宫室。语出《楚辞·九歌·河伯》:"鱼鳞屋兮龙堂,紫贝阙兮朱宫。"王逸注:"言河伯所居,以鱼鳞盖屋,堂画蛟龙之文,紫贝作阙,朱丹其宫,形容异制,甚鲜好也。"　⑥天衬楼台:谓天空衬托着高崇的楼台。　⑦歌管:谓唱歌奏乐。鲍照《送别王宣城》诗:"举爵自惆怅,歌管为谁清?" ⑧"长卿"句:长卿,即司马相如,汉代著名辞赋家。《文选》司马长卿《长门赋序》曰:"孝武皇帝陈皇后时得幸,颇妒,别在长门宫,愁闷悲思,闻蜀郡成都司马相如天下工为文,奉黄金百斤为相如、文君取酒,因于解悲愁之辞。而相如为文以悟主上,陈皇后复得亲幸。"传见《史记》卷一一七、《汉书》卷五七。⑨际会:机遇;时机;遇合。《汉书·王莽传上》:"安汉公莽辅政三世,比遭际会,安光汉室"。《旧唐书·马怀素传论》:"马怀素、褚无量好古嗜学,博识多闻,遇好文之君,隆师资之礼,儒者之荣,可谓际会矣。"

## 【品评】

此诗诗后吴汝纶评注谓:"旧说此为朱全忠之毁,非也。昭宗待韩公始终不衰,并不以全忠之毁而异。此诗当是未播迁时入直禁中之作。"按,吴说是。此诗亦正如《唐诗鼓吹》所云:"韩偓《中秋禁直》诗结联云:'长卿只为长门赋,未识君臣际会难。'只'君臣际会难'五字,是通篇主意。起云'星斗疏明禁漏残,紫泥封后独凭阑',言当禁漏初残,星斗疏明之际,何地何时仅以三寸柔翰,出入殿庭,凭栏独望,此何等际会也!三、四'露和玉屑金盘冷,月射珠光贝阙寒'二句,写禁中秋景也。五、六'天衬楼台归苑外,风吹歌管下云端'二句,写禁中入直之所见所闻也。当此君臣际会,自有一段忠君爱国念头,一番忠君爱国事业。托长卿正以自勉耳!读是诗,可悟立意之式。"(见蔡钧《诗法指南》卷四引)吴汝纶评此诗所云"此奏封事后作,前六句皆自幸遭际,故末句云云,言为《长门赋》者徒知沦落可怜,未知遭际后之弥不易也。盖公与昭宗有鱼水之契,而事势至亟,故叹其不易,此其忠悃勃郁处,词意至为深沉。"(高步瀛《唐宋诗举要》本诗下注评引)所说可参。然诗末"长卿"二句,似谓司马相如只是以《长门赋》之文才为汉皇所赏而已,而做梦也未能体会到如我般的君臣在国家大事上的际会遇合之难。至于薛雪《一瓢诗话》所云:"韩致尧《中秋禁直》,望宫阙于九霄,听弦歌于五夜,欲使主上亲贤远佞而不可得,展转不寐,隐约可念。"则所说不确,盖此处全无"欲使主上亲贤远佞而不可得"之意。此诗在诗艺上亦颇为前人称道,陆贻典称"中四句是中秋禁中,挪移不得"(《瀛奎律髓汇评》卷二朝省类)。纪昀云:"致尧诗或纤或俚,此独深稳。第五句'衬'字炼得稳,以新巧论之,则胜下句,而下句却以天然胜。"又云:"胜前篇处,在结句深挚。"(《瀛奎律髓汇评》卷二朝省类)王寿昌《小清华园诗谈》亦载:"记幼时先祖铁庵公每于花间小酌,辄呼寿昌至前,口授唐诗数首。一日,诵'星斗疏明禁漏残,紫泥封后独凭阑……'诵至前六句,忽觉无限晶光异彩,陆离于眉睫之间,一片金石清音,琳琅于檐隙之际。此盖有自然之神韵,溢乎楮墨之外,初非人力所能与也。"

# 宫 柳①

莫道秋来芳意违,②宫娃犹似妒蛾眉。③幸当玉辇经过处,④不怕金风浩荡时。⑤草色长承垂地叶,⑥日华先动映楼枝。⑦涧松亦有凌云分,⑧争似移根太液池。⑨

【注释】

①此诗乃唐昭宗天复元年入翰林后作,诗又有"莫道秋来芳意违"句,故乃作于天复元年(901)秋。 ②芳意:指春意。徐彦伯《同韦舍人元旦早朝》诗:"相问韶光歇,弥怜芳意浓。"李德裕《牡丹赋》:"独含芳意,幽怨残春。"此处所谓"芳意违",意谓柳因秋来而浓浓春意已衰飒。此诗句亦有寓托。 ③"宫娃"句:宫娃,宫女。王维《从岐王夜宴卫家山池应教》诗:"座客香貂满,宫娃绮帐张。"蛾眉:蚕蛾触须细长而弯曲,因以比喻女子美丽的眉毛。《诗·卫风·硕人》:"螓首蛾眉,巧笑倩兮。" ④玉辇:天子所乘之车,以玉为饰。应劭《汉官仪》:"光武封禅,乘玉辇以升山。"杜牧《洛阳长句》之二:"连昌绣岭行宫在,玉辇何时父老迎?" ⑤金风:秋风。《文选·张协〈杂诗〉》:"金风扇素节,丹霞启阴期。"李善注:"西方为秋而主金,故秋风曰金风也。" ⑥"草色"句:承,承接。垂地叶:指下垂之柳叶。 ⑦日华:太阳的光华,日光。谢朓《和徐都曹》:"日华川上动,风光草际浮。"王光庭《奉和圣制扈从南出雀鼠谷》:"灞陵桃李色,应待日华开。" ⑧涧松:涧谷底部的松树。多喻德才高而官位卑的人。左思《咏史》诗之二:"郁郁涧底松,离离山上苗。……世胄蹑高位,英俊沈下僚。"亦省作"涧松"。陈陶《寄兵部任畹郎中》诗:"昆玉已成廊庙器,涧松犹是薜萝身。" ⑨争似:怎似,哪能比得上。太液池:古池名。唐太液池,在大明宫中含凉殿后,中有太液亭。李白《宫中行乐词》之八:"莺歌闻太液,凤吹绕瀛洲。"

## 【品评】

王达津先生释此诗以柳自比之意云:"表面上咏官苑柳树,实际是用柳树比喻朝中坚持对抗宦官军阀的人。诗第一联比喻他们在政治上受人嫉妒排挤。第二联写有昭宗的支持,不怕金风浩荡。第三联写下有同情柳的芳草,上有日光照耀它的劲枝。第四联则希望涧松那样的在野人物,移根官苑共救危亡。"(王达津《〈官柳〉诗和韩偓的生卒年》)清人陈沆《诗比兴笺》卷四亦以为"此诗以官柳自比,而忧全忠之见妒,末则言草野尚有贤者,恨不能荐之于朝,以为己助也"。所说已揭橥诗人寓托之用心。然其以"宫娃"为朱全忠则未确。盖此诗作于天复元年秋,时朱全忠未在宫内,且其嫉恨韩偓乃在此后。据《资治通鉴》卷二六二天复元年闰六月载:"崔胤请上尽诛宦官,但以宫人掌内诸事;宦官属耳,颇闻之,韩全诲等涕泣哀于上,上乃令胤,'有事封疏以闻,勿口奏。'宦官求美女知书者数人,内之宫中,阴令伺察其事,尽得胤密谋,上不之觉也。"又《新唐书·韩偓传》载:"李彦弼见帝倨甚,帝不平,偓请逐之,赦其党许自新……彦弼谮偓及(令狐)涣漏禁省语,不可与图政,帝怒曰:'卿有官属,日夕议事,奈何不欲我见学士邪?'"此事《资治通鉴》记于天复元年八、九月,亦与此诗作于秋时符合。则诗中"妒蛾眉"之"宫娃",或即指李彦弼辈以及"美女知书者"之指使者如宦官韩全诲之流欤?

## 辛酉岁冬十一月随驾幸岐下作①

曳裾谈笑殿西头,②忽听征铙从冕旒。③凤盖行时移紫气,④鸾旗驻处认皇州。⑤晓题御服颁群吏,⑥夜发宫嫔诏列侯。⑦雨露涵濡三百载,⑧不知谁拟杀身酬。⑨

### 【注释】

①辛酉岁:即指唐昭宗天复元年,则诗乃天复元年(901)十一月作。随驾:跟随帝王左右。朱庆余《上翰林蒋防舍人》诗:"看花在处多随驾,召宴无时不及旬。"幸:封建时代称帝王亲临。《史记·孝文本纪》:"五月,匈奴入北地,居河南为寇。帝初幸甘泉。"岐下:岐山下,此指凤翔,岐山在唐凤翔府辖境。岐山上古称"岐"。《诗·大雅·绵》:"率西水浒,至于岐下。" ②曳裾:拖着长襟。此谓作为皇帝的侍从之臣。《汉书·邹阳传》引邹阳上吴王书云:"今臣尽智毕议……则何王之门不可曳长裾乎?"李白《行路难》之二:"弹剑作歌奏苦声,曳裾王门不称情。" ③征铙:出行所敲打之铙。铙,古代军中用以止鼓退军的乐器。青铜制,体短而阔,有中空的短柄,插入木柄后可执。《周礼·地官·鼓人》:"以金铙止鼓。"郑玄注:"铙,如铃,无舌,有秉,执而鸣之,以止击鼓。"贾公彦疏:"进军之时击鼓,退军之时鸣铙。"此处所谓"征铙",实际上指唐昭宗为宦官韩全诲劫幸凤翔事。冕旒:古代大夫以上的礼冠。顶有延,前有旒,故曰"冕旒"。此处指皇冠,借指唐

昭宗。沈约《劝农访民所疾苦诏》:"冕旒属念,无忘夙兴。"此句实谓唐昭宗忽为韩全诲劫持,故诗人随昭宗出幸凤翔。 ④凤盖:一种饰有凤凰图案伞盖的皇帝仪仗。《文选·班固〈西都赋〉》:"张凤盖,建华旗。"李善注:"桓子《新论》曰:乘车,玉爪、华芝及凤凰三盖之属。"紫气:紫色云气。古代以为祥瑞之气。附会为帝王、圣贤等出现的预兆。《史记·老子韩非列传》"莫知其所终"司马贞索隐引汉刘向《列仙传》:"老子西游,关令尹喜望见有紫气浮关,而老子果乘青牛而过也。" ⑤鸾旗:天子仪仗中的旗子,上绣鸾鸟,故称。《汉书·贾捐之传》:"鸾旗在前,属车在后。"颜师古注:"鸾旗,编以羽毛,列系橦旁,载于车上,大驾出,则陈于道而先行。"皇州:指帝都;京城。鲍照《侍宴覆舟山》诗之二:"繁霜飞玉闼,爱景丽皇州。"岑参《和贾舍人早朝大明宫》:"鸡鸣紫陌曙光寒,莺啭皇州春色阑。" ⑥御服:帝王所用的衣服。《汉书·外戚传下·孝成许皇后》:"椒房仪法,御服舆驾……遗赐外家群臣妾。" ⑦宫嫔:帝王的侍妾。薛调《无双传》:"我闻宫嫔选在掖庭,多是衣冠子女。"列侯:泛指诸侯。曹操《奏定制度》:"三公列侯,门施内外塾,方三十亩。"此处指朝中多重臣。 ⑧雨露:比喻恩泽。高适《送李少府贬峡中王少府贬长沙》诗:"圣代即今多雨露,暂时分手莫踟蹰。"张说《踏歌词》:"花萼楼前雨露新,长安城里太平人。"涵濡:滋润;沉浸。元结《大唐中兴颂》:"凶徒逆俦,涵濡天休。"《乐府诗集》卷九六《云门》:"玄云溟溟兮,垂雨蒙蒙,类我圣泽兮,涵濡不穷。" ⑨杀身:舍身、丧生。《论语·卫灵公》:"志士仁人,无求生以害仁,有杀身以成仁。"

**【品评】**

此诗所涉及"随驾幸岐下"事,《新唐书·韩偓传》云:"及(崔)胤召朱全忠讨全诲,汴兵将至,偓劝胤督茂贞还卫卒。又劝表暴内臣罪,因诛(韩)全诲等;若(李)茂贞不如诏,即许(朱)全忠入朝。未及用,而全诲等已劫帝西幸。偓夜追及鄠,见帝恸哭。至凤翔,迁兵部侍郎,进承旨。"又《资治通鉴》卷二六二天复元年十一月亦载此事:"韩全诲等以李继昭不与之同,遏绝不令见上。时崔胤居第在开化坊,继昭帅所部六十余人及关东诸道兵在京师者共守卫之;百官及士民避乱者,皆往依之。庚戌,上遣供奉官张绍孙召百官,崔胤等皆表辞不至。壬子,韩全诲等陈兵殿前,言于上曰:'全忠以大兵逼京师,欲劫天子幸洛阳,求传禅;臣等请奉陛下幸凤翔,收兵拒之。'上不许,杖剑登乞巧楼。全诲等逼上下楼,上行才及寿春殿,李彦弼已于御院纵火。是日冬至,上独坐思政殿,翘一足,一足踏阑干,庭无群臣,旁无侍者。顷之,不得已,与皇后、妃嫔、诸王百余人皆上马,恸哭声不绝,出门,回顾禁中,火已赫然。是夕,宿鄠县。"末联"雨露"、"不知"之慨叹,乃慨叹"崔胤等皆表辞不至",百官不知杀身酬报皇恩也。

## 冬至夜作 天复二年壬戌随驾在凤翔府①

中宵忽见动葭灰,②料得南枝有早梅。③四野便应枯草绿,九重先觉冻云开。④阴冰莫向河源塞,⑤阳气今从地底回。⑥不道惨舒无定分,⑦却忧蚊响又成雷。⑧

## 【注释】

①此诗题下小注谓"天复二年壬戌随驾在凤翔府"。汲古阁本《韩偓集》在诗后注云:"是年为翰林学士承旨,汴军围凤翔。"则此诗乃作于唐昭宗天复二年(902)十一月冬至,时韩偓为翰林学士承旨。冬至:二十四节气之一。此日太阳经过冬至点,北半球白天最短,夜间最长。《逸周书·时训》:"冬至之日蚯蚓结,又五日麋角解,又五日水泉动。"王鏊《震泽长语·象纬》:"冬至之日,一阳自地而升。"凤翔府:《旧唐书》卷三八:"隋扶风郡,武德元年改为岐州……至德二年……十月克复两京,十二月置凤翔府,号为西京。与成都、京兆、河南、太原为五京。"  ②中宵:中夜,半夜。陆机《赠尚书郎顾彦先》诗之二:"迅雷中宵激,惊电光夜舒。"葭灰:葭莩之灰。古人烧苇膜成灰,置于律管中,放密室内,以占气候。某一节候到,某律管中葭灰即飞出,示该节候已到。动葭灰,即谓节气正在改变。杨炯《和骞右丞省中暮望》:"玄律葭灰变,青阳斗柄临。"  ③南枝:朝南的树枝。简文帝《双燕》诗:"衔花落北户,逐蝶上南枝。"李白《山鹧鸪词》:"苦竹岭头秋月辉,苦竹南枝鹧鸪飞。"  ④九重:即九重天。指天门;天。《乐府诗集·汉郊祀歌一》:"九重开,灵之斿,垂惠恩,鸿祐休。"冻云:严冬的阴云。方干《冬日》诗:"冻云愁暮色,寒日淡斜晖。"陆游《好事近》词:"扶杖冻云深处,探溪梅消息。"  ⑤阴冰:阴冷之冰。鲍照《登庐山诗》:"阴冰实夏结,炎树信冬荣。"河源:河流的源头。古代特指黄河的源头。《山海经·北山经》:"敦薨之山……出于昆仑之东北隅,实惟河原。"杨炯《唐昭武校尉曹君神道碑》:"一举而清海外,再战而涤河源。"  ⑥阳气:暖气,生长之气。徐卓《节序日考》

卷一《冬至节》:"大雪后十五日,斗指子为冬至。十一月中,阴极而阳始至,日南至,渐长至也。" ⑦不道:犹不料。元稹《雉媒》诗:"信君决无疑,不道君相覆。"张耒《诗上尧夫先生兼寄伯淳正叔》之二:"人怜旧病新年减,不道新添别病深。"惨舒:谓阴阳,此处意指局势。张衡《西京赋》:"夫人在阳时则舒,在阴时则惨,此牵乎天者也。"刘峻《广绝交论》:"阳舒阴惨,生民大情。"定分:宿命论谓人事均由命运前定,人力难以改变,称为"定分"。《宋书·顾觊之传》:"觊之常谓命有定分,非智力所移。" ⑧蚊响又成雷:即聚蚊成雷。《汉书·中山靖王刘胜传》:"夫众煦漂山,聚蟁成靁,朋党执虎,十夫桡椎,是以文王拘于牖里,孔子厄于陈蔡,此乃烝庶之成风,增积之生害也。"颜师古注:"蟁,古蚊字。靁,古雷字。言众蚊飞声若有雷也。"因用以喻众口诋毁,积小可以成大。刘知几《史通·叙事》:"夫聚蚊成雷,群轻折轴。"

### 【品评】

此诗方回解云:"是时朱全忠围岐甚急,李茂贞有连合之意,偓之孤忠处此,殆知其必一反一覆,终无定在欤?此关时事,不但咏至节也。"(《瀛奎律髓汇评》卷一六节序类)陈伯海《韩偓生平及其诗作简论》亦谓"诗用比兴体,借冬至日气候的变化,写时局的转变。前四句即景,从'动葭灰'、'有早梅',进一步悬想'枯草绿'、'冻云开',虚实结合,情味倍增。腹联点明冬至过后阴阳二气的消长更迭,象征着眼前军事形势向有利于朱温勤王军的方向发展,以昭宗为首的唐朝廷挣脱李茂贞、韩全诲的挟持在望。可是,清醒的政治头脑不容许诗人盲目乐观,他已经在转机中预见到孕育着新的危险。且不说战争的胜负尚未定局,即便朱温获得胜利,新的权势者不又要构成新的祸患吗?这就是诗篇结语提出的发人深省的警告……全诗寓意深长,喜悦与忧虑、希望与怀疑各种情绪交织一起,充分反映了动乱中人们的复杂心理感受"。所说甚是。细读此诗可知此诗前半四句咏冬至节候,后半四句则借咏冬至节候有所寓托发挥。此诚如此诗诗题后吴汝纶评注云:"是时昭宗幸凤翔,朱全忠自河中率兵围凤翔,奉表迎驾,所谓'阴冰莫向河源塞'也。'阳气今从地底回'者,谓李茂勋救凤翔,王师范讨朱全忠,诈为贡献,包束兵仗入汴西,至陕华也。末句恐勤王之师又将尾大不掉尔。"然所说末句之意尚有可说者。盖此句"又成雷"之"又",乃分明暗示前此已有"成雷"之事矣。据《资治通鉴》与两《唐书》所载,天复元年冬至三年初间,唐昭宗为李茂贞、韩全诲所劫出幸凤翔,而强藩朱全忠亦欲挟持昭宗往洛阳,以此李、朱等军为争夺昭宗而混战。天复元年十一月,"朱全忠引四镇兵七万趣同州",乃欲入京城从韩全诲等人手中夺得昭宗。故"壬子,韩全诲等陈兵殿前,言于上曰:'全忠以大兵逼京师,欲劫天子幸洛阳,求传禅;臣等请奉陛下幸凤翔,收兵拒之。'上不许,杖剑登乞巧楼。全诲等逼上下楼,上行才及寿春殿,李彦弼已于御院纵火。是日冬至……上独坐思政殿……庭无群臣,旁无侍者。顷之,不得已,与皇后、妃嫔、诸王百余人皆上马,恸哭声不绝,出门,回顾禁中,火已赫然"。据此知天复元年冬至,唐昭宗为韩全诲等人所劫幸凤翔,至天复二年冬至已周年,故诗人抚今思昔,借冬至为题,深慨而成咏。故此诗末两句乃鉴往忧今。"惨舒无定分",其意即指时局变化莫测,结局难以预料。故以"却忧蚊响又成雷"

深寓忧患之思。又检《通鉴》、两《唐书》所载,天复二年冬,诸强藩为争夺控制昭宗之权,互相恶斗。后局势恶化,昭宗只能默许并劝诸藩议和,朱全忠亦"遣幕僚司马邺奉表入城;甲申,又遣使献熊白;自是献食物、缯帛相继。上皆先以示李茂贞,使启视之,茂贞亦不敢启。丙戌,复遣使请与茂贞议连和……丁亥,全忠表请修官阙及迎车驾"。昭宗此时有意借助朱全忠,而韩偓亦知此内情,"再拜哭曰:'崔胤甚健,全忠军必济。'帝喜"。此事《通鉴》记在天复二年十一月甲辰(初二),即在是年冬至韩偓赋诗稍前。故"却忧蚊响又成雷"句之意,乃在于担心借助朱全忠等强藩后,虽然可以解一时之围,但朱全忠更为强项难制,昭宗将会更深地陷进他的挟制之中而难于自拔,此犹如文王之拘牖里,蚊响成雷,"增积之生害"。诗人审时度势,虑患于未来,借典实以寓意抒忧之情于此可见。

## 出官经硖石县天复三年二月二十二日①

谪宦过东畿,②所抵州名濮。③是月十一日贬濮州司马。④故里欲清明,⑤临风堪恸哭。⑥溪长柳似帷,⑦山暖花如醭。⑧逆旅讶簪裾,⑨南路以久无儒服经过,⑩皆相聚悲喜。野老悲陵谷。⑪瞑鸟影连翩,惊狐尾蘱遬。⑫尚得佐方州,⑬信是皇恩沐。

**【注释】**

①此诗据诗题下自注"天复三年二月二十二日",知即作于唐昭宗天复三年(903)二月二十二日。出官:即贬官。硖石县:县名。汉为陕县地,属弘农郡。唐贞观十四年移崤县于此,属陕州。以地有硖石坞,因名硖石县。治所在今河南陕县东南五十二里硖石乡。 ②谪宦:贬官。东畿:指东都洛阳。唐代以洛阳为东都,以其在西京长安之东,故称。畿,京畿,此指洛阳及其附近地区。 ③濮:即濮州。隋开皇十六年改濮阳郡置,治所在鄄城县。辖境相当于今山东鄄城及河南濮阳地区。 ④司马:州佐官名。唐制,节度使属僚有行军司马。又于每州置司马,常安排贬谪或闲散之人为之。 ⑤故里:故乡。此指诗人家乡京兆万年县,即今陕西西安。清明:节气名,即清明节,时间一般在夏历三月初。《淮南子·天文训》:"春分后十五日,斗指乙为清明。" ⑥临风:迎风;当风。《楚辞·九歌·少司命》:"望美人兮未来,临风怳兮浩歌。"恸哭:痛哭。李白《古风》:"燕臣昔恸哭,五月飞秋霜。"杜甫《北征》:"恸哭松声回,悲泉共幽咽。" ⑦柳似帷:柳树连绵像帷帐。帷,帷帐。《周礼·天官·幕人》:"掌帷、幕、幄、帟、绶之事。"郑玄注:"在旁曰帷,在上曰幕……帷、幕皆以布为之。" ⑧醭:酒、酱、醋等因败坏而生的白霉。亦泛指一切东西受潮而表面出现霉斑。贾思勰《齐民要术·作酢法》:"下酿……三日便发;发时数搅,不搅则生白醭。"花如醭,谓山花白茫茫。 ⑨逆旅:客舍;旅馆。《左传·僖公二年》:"今虢为不道,保于逆旅。"杜预注:"逆旅,客舍也。"《庄子·山木》:"阳子之宋,宿于逆旅。"簪裾:显贵之服饰。此处借指朝中显贵。簪,古人用来绾定发髻或冠的长

针。裾,衣服前后襟。　⑩南路:硖石县在唐河南道,故称。儒服:古代儒者的服饰。《礼记·儒行》:"鲁哀公问于孔子曰:'夫子之服,其儒服与?'"《史记·仲尼弟子列传》:"子路后儒服委质,因门人请为弟子。"此借指士人。　⑪野老:村野老人。丘迟《旦发渔浦潭》诗:"村童忽相聚,野老时一望。"陵谷:比喻自然界或世事巨变。《诗·十月之交》:"高岸为谷,深谷为陵。"庾信《周大将军司马裔神道碑》:"是以勒此丰碑,惧从陵谷,植之松柏,不忍凋枯。"　⑫蘱遫:毛密而蓬松貌。《尔雅·释言》:"蘱,翳也。"郭璞注:"舞者所以自蔽翳。"《广雅·释诂》:"遫,张也。"　⑬佐方州:指任濮州司马。《旧唐书·职官志三》:"司马掌贰府州之事。"佐,辅佐。方州,指州郡长官。《资治通鉴·宋顺帝升平元年》:"诉以其私用人为方州。"胡三省注:"古者八州八伯,谓之方伯,后世遂以州刺史为方州。"

## 【品评】

诗人咏此诗乃在于其"出官"、"谪宦"时。其被贬之事《新唐书·韩偓传》记:"初,偓侍宴,与京兆郑元规、威远使陈班并席,辞曰:'学士不与外班接。'主席者固请,乃坐。既元规、班至,终绝席。全忠、胤临陛宣事,坐者皆去席,偓不动,曰:'侍宴无辄立,二公将以我为知礼。'全忠怒偓薄己,悻然出。有谮偓喜侵侮有位,胤亦与偓贰。会逐王溥、陆扆,帝以王赞、赵崇为相,胤执赞、崇非宰相器,帝不得已而罢。赞、崇皆偓所荐为宰相者。全忠见帝,斥偓罪,帝数顾胤,胤不为解。全忠至中书,欲召偓杀之。郑元规曰:'偓位侍郎、学士承旨,公无遽。'全忠乃止,贬濮州司马。帝执其手流涕曰:'我左右无人矣。'"此诗描述其初贬濮州司马,途经硖石县之情景及悲恸心境。首句述其所贬之地与途经东畿。三四谓时已近清明节,念及身在贬中,未能在故里祭扫先人坟墓,故临风悲痛,直欲恸哭一场。五六句描写途中山水花柳春景,意欲显示在此春光明媚之春日,本应在故里京城与亲友或踏青赏春,或拜祭先人坟墓,而今却贬官孤身在外,令人难免悲哀。此乃以乐景写其悲哀,其哀之深从可知矣!"逆旅"、"野老"二句,一写当地人见到朝廷来的诗人而惊讶,一叹山川世事之变迁,自己被贬之遭际。"暝鸟"、"惊狐"两句,乃于暮色中见鸟群惊狐,则起"鸟飞返故乡兮,狐死必首丘"之思,以扣三四"故里"、"临风"二句。末则一表感念皇恩之意,并与首二句相呼应。诗人谓"皇恩沐",乃如其所说"信是"。盖如《资治通鉴》所载其时"全忠至中书,欲召偓杀之","上见全忠怒甚,不得已,癸未,贬偓濮州司马。上密与偓泣别,偓曰:'是人非复前来之比,臣得远贬及死乃幸耳,不忍见篡弑之辱!'"读此史载,可见唐昭宗庇护韩偓之用心。

## 访同年虞部李郎中<sub>天复四年二月在湖南</sub>①

策蹇相寻犯雪泥,②厨烟未动日平西。③门庭野水让㶉鶒,④邻里短墙咿喔鸡。⑤未入庆霄君择肉,⑥畏逢华毂我吹齑。⑦地炉贳酒成狂醉,⑧更觉襟怀得丧齐。⑨

【注释】

①此诗诗题下小注谓"天复四年二月在湖南",则诗即作于唐昭宗天复四年(904)二月。时诗人贬官后流寓于湖南。同年:古代科举考试同科中试者之互称。唐代同榜进士称"同年"。李肇《唐国史补》卷下:"进士为时所尚,俱捷谓之同年。"虞部李郎中:据徐松《登科记考》卷二四所考,疑为与韩偓同于龙纪元年登进士第之李冉。虞部郎中,唐工部属官。《旧唐书·职官二》,虞部"郎中、员外郎之职,掌京城街巷种植,山泽苑囿,草木薪炭,供顿田猎之事"。 ②策蹇:乘着驽马。策,用鞭棒驱赶骡马役畜等。蹇,劣马或跛驴。《汉书·叙传上》:"是故驽蹇之乘,不骋千里之途。"孟浩然《寄杨使君诗》:"访人留后信,策蹇赴前程。"犯:冒着、不顾(危险、恶劣环境等)。《吕氏春秋·禁塞》:"犯流矢,蹈白刃。"雪泥:雪后泥路。苏辙《怀渑池寄子瞻兄》诗:"相携话别郑原上,共道长途怕雪泥。" ③厨烟:炊烟。杜甫《题新津北桥楼》:"池水观为政,厨烟觉远庖。"日平西:指黄昏太阳将落山时。 ④襕褋:羽毛濡湿黏合貌。皮日休《奉和鲁望白鸥》:"雪羽襕褋半惹泥,海云深处旧巢迷。" ⑤短墙:矮墙。《左传·襄公二十五年》:"吴子门焉,牛臣隐于短墙以射之,卒。" ⑥庆霄:即庆云。《文选·谢瞻〈张子房诗〉》:"明两烛河阴,庆霄薄汾阳。"李善注:"庆霄,即庆云也。"刘禹锡《唐故衡州刺史吕君集纪》:"天子之文章焕乎垂光,庆霄在上,万物五色。"庆云,此处喻尊显之位。《楚辞·王褒〈九怀·思忠〉》:"贞枝抑兮枯槁,枉车登兮庆云。"王逸注:"庆云,喻尊显也。"择肉:本谓选取吞噬对象。张衡《东京赋》:"嬴氏搏翼,择肉西邑。"司马相如《上林赋》:"择肉而后发,先中而命处。"此处

"君择肉",意为李郎中选择食肉之途,即入朝做官。 ⑦华毂:饰有文采的车毂。用以指华美的车。《史记·张耳陈余列传》:"令范阳令乘朱轮华毂,使驱驰燕赵郊。"《汉书·刘向传》:"王氏一姓朱轮华毂者二十余人。"此处代指显贵者。吹齑:齑,原指用酱腌渍的细切的韭菜。《太平御览》卷八五五引汉服虔《通俗文》:"淹韭曰齑。"吹齑,屈原《九章·惜诵》:"惩于羹者而吹齑兮,何不变此志也。"王逸注:"言人有歠而中热……见齑则恐而吹之。言易改移也。"《新唐书·傅奕传》:傅奕上言云:"惩沸羹者吹冷齑,伤弓指鸟惊曲木。"韩偓此句意为昔日在朝中已遭朱全忠等显贵的迫害,如今如惊弓之鸟,畏见显贵者。意即不愿再入朝了。 ⑧地炉:就地砌就的火炉。岑参《玉门关盖将军歌》:"军中无事但欢娱,暖屋绣帘红地炉。"贳酒:赊酒。《史记·高祖本纪》:"常从王媪、武负贳酒。"裴骃集解引韦昭曰:"贳,赊也。" ⑨襟怀:胸襟、胸怀。刘禹锡《秋江早发》:"草树含远思,襟怀有余清。"得丧:犹得失。指名利的得到与失去。《庄子·田子方》:"而况得丧祸福之所介乎!"梅尧臣《村墅闲居》诗:"古来得丧何须问,世上荣枯只等闲。"得丧齐,齐,相同。得丧齐,意谓将得与失等量齐观,置之度外。

**【品评】**

诗作描述韩偓拜访同年虞部李郎中之情景,以及遭迫害贬官后不将得丧萦系于怀之态度。首二句写于炊烟未起之黄昏时,策蹇冒雪造访李郎中。三四句状李郎中所住门庭及周遭之景象。其门庭之"野水",邻里之"短墙咿喔鸡",正是乡居光景。再观诗人另有《同年前虞部李郎中自长沙赴行在余以紫石砚赠之赋诗代书》诗,则此李郎中盖亦因朝廷动乱而至湖南者。"未入庆霄"句谓李郎中其时虽未显贵,然而将有华贵之仕途。"畏逢华毂"句则云我因已经遭受朱全忠之流的迫害,如今已是尝过苦头,再也不愿回朝廷与显贵相处了。这犹如一朝遭热汤所烫,现在因怕被烫,连冷食也要吹它几口了。末尾二句则写与李郎中煮酒共饮,以致酩酊大醉,然而此时更觉豁达开怀,等同得失,直置人生得失于度外矣。此诗"门庭野水襕鹡鸰,邻里短墙咿喔鸡"二句,将乡村景象描摹得活灵活现,景致真确,故为前人称为写景佳句。

## 奉和峡州孙舍人肇荆南重围中寄诸朝士二篇时李常侍洵严谏议龟李起居殷衡李郎中冉皆有继和余久有是债今至湖南方暇牵课①

一

敏手何妨误汰金,敢怀私忿敦羊斟。②直应宣室还三接,未必丰城便陆沉。③炽炭一炉真玉性,浓霜千涧老松心。④私恩尚有捐躯誓,况是君恩万倍深。⑤

【注释】

①韩偓入湖南约在天复四年初春,此诗第二首有"黄篾舫中梅雨里"句,则此二首诗乃作于唐昭宗天复四年(904)初夏。峡州孙舍人肇:即中书舍人孙肇。峡州,即硖州。北周改拓州置,治所

在夷陵县(今湖北宜昌市西北)。隋大业初改为夷陵郡。唐初复为峡州。贞观九年移治步阐垒(今宜昌市)。辖境相当今湖北宜昌、枝城、长阳、远安等市县地。荆南重围中:《资治通鉴》卷二六四天复三年五月载:"成汭行未至鄂州,马殷遣大将许德勋将舟师万余人,雷彦威遣其将欧阳思将舟师三千余人会于荆江口,乘虚袭江陵,庚戌,陷之,尽掠其人及货财而去。将士亡其家,皆无斗志。"此事此诗题下吴汝纶评注云:"是时淮南将李神福击鄂州节度使杜洪,朱全忠令荆南节度使成汭及湖南马殷救鄂。汭兵东下,殷乘虚袭陷江陵,大掠而去。汭将士以家亡无斗志,为神福所败,雷彦威遂袭据荆南。赵匡凝又令其弟匡明击走彦威,取荆南地。"李常侍洵:即李洵,时任常侍。黄滔有《祭右省李常侍(洵)文》,则李洵官至右散骑常侍。《旧唐书·职官二》:"常侍掌侍奉规讽,备顾问应对。从三品。"严谏议龟:即谏议大夫严龟。《旧唐书·职官二》:门下省"谏议大夫掌侍从赞相,规谏讽谕。"李起居殷衡:即起居郎李殷衡。《旧唐书·职官二》:"起居郎二员。……起居郎掌起居注,录天子之言动法度,以修记事之史。"李郎中冉:《新唐书·宰相世系二上》李氏姑臧大房:"冉,右司郎中。"《旧唐书·职官二》尚书都省:"左右司郎中各一员,左司郎中,副左丞所管诸司事,省署钞目,勘稽失,知省内宿直之事。若右司郎中阙,则并行之。……左右司郎中、员外郎各掌副十有二司之事,以举正稽违,省署符目焉。"并从五品上。牵课:犹勉强;强作。《南史》卷六〇:"兼吾年时朽暮,心力稍单,牵课奉公,略不克举。"欧阳修《与程文简公书》:"所要碑文,今已牵课……愧汗而已。" ②"敏手"二句:敏手,快手,犹能手。指能干之人。叶盛《水东日记·奏止议事官入朝》:"侍郎于公巡抚河南、山西,妙年敏手,下视无人。"此处敏手乃谓唐昭宗。敩羊斟:效法羊斟。敩,效法;模仿。颜之推《颜氏家训·序致》:"魏晋以来所著诸子,理重事复,递相模敩,犹屋下架屋,床上施床耳。"羊斟,春秋时宋国的御夫。《左传·宣公二年》:"郑公子归生,受命于楚伐宋,宋华元、乐吕御之。……将战,华元杀羊食士,其御羊斟不与。及战,曰:'畴昔之羊子为政,今日之事我为政。'与入郑师,故败。君子谓羊斟非人也,以其私憾,败国殄民。" ③"直应宣室"二句:直应,应该,该当。唐白居易《罗子》:"直应头似雪,始得见成人。"唐陆龟蒙《和袭美送孙发百篇游天台》:"直应天授与诗情,百咏唯消一日成。"宣室:古代宫殿名。指汉代未央宫中之宣室殿。此处指汉代贾谊为孝文帝征见于宣室事。《史记·屈原贾生列传》:"后岁岁余,贾生征见,孝文帝方受釐,坐宣室。上因感鬼神事,而问鬼神之本。贾生因具道所以然之状。至夜半,文帝前席。既罢,曰:'吾久不见贾生,自以为过之,今不及也。'居顷之,拜贾生为梁怀王太傅。"司马贞索隐引《三辅故事》云:"宣室在未央殿北。"三接:《周易》:"晋康侯用锡马蕃庶,昼日三接。"孔颖达疏:"昼日三接者,言非惟蒙赐蕃多,又被亲宠频数,一昼之间三度接见也。"丰城:即丰城县。治所在今江西丰城市南四十一里丰水荣塘。此处用晋雷焕发见丰城宝剑故事。《晋书·张华传》:"初吴之未灭也,斗牛之间常有紫气。道术者皆以吴方强盛,未可图也,惟华以为不然。及吴平之后,紫气愈明。华闻豫章人雷焕妙达纬象,乃要焕宿……因登楼仰观,焕曰:'仆察之久矣,惟斗牛之间颇有异气。'华曰:'是何祥也?'焕曰:'宝剑之精,上彻于天耳!'华……因问曰:'在何郡?'焕曰:'在豫章丰城。'华曰:'欲屈君为宰,密共寻之,可乎?'焕许之,华大喜,即补焕为丰城令。焕到县掘狱屋基,入地四丈余,得一石函,光气非常,中有双剑并刻题,一曰龙泉,一曰太阿。其夕斗牛间气不复见焉。"陆沉:比喻埋没,不为人知。王维《送从弟蕃游淮南》诗:"高义难自隐,明时宁陆沉。"周密《齐东野语·范公石湖》:"吴台、越垒,距门才十里,而陆沉于荒烟野草者千七百年。"两句以丰城宝剑终有被发现启用为喻,期盼自己再被起用。 ④"炽炭一炉"二句:炽炭,炽热之炭。韦应物《易言》:"洪炉炽炭燎一毛,大鼎炊汤沃残雪。"此二句乃韩偓自述历尽磨难而越坚贞不屈。 ⑤"私恩尚有"二句:捐躯誓,为国家为正义而死之誓言。袁康《越绝书·外传纪策考》:"子胥至直,不同邪曲,捐躯切谏,亏命为邦。"此诗诗后吴汝纶评注云:"私恩谓孙于荆南帅也,君恩谓己于昭宗。"

## 【品评】

此诗全从自己写起,叙述自己被贬之遭际,相信仍有召回之机会;表明自己依然铭记唐昭宗宠信之深恩,誓为报答君恩而捐躯。首二句谓自己被贬非昭宗之过,乃因朱全忠之专权迫害而不得不如此,所以自己不敢因此私愤而如羊斟似地因私怨而置国难不顾,贻误救国大事。颈联谓相信自己仍有被皇上礼遇接回,不会像丰城的宝剑长久被埋没于地底。腹联以被炽热的炭火锤炼过的真玉,和久经严霜的松柏,比喻自己虽遭迫害磨难而愈坚刚不屈。尾联表明孙舍人为报答私恩尚肯捐躯以报,更何况自己蒙受皇上之宠爱深恩,则为此而捐躯更不在话下了。由此诗可见诗人遭贬一年后,仍然不忘报国效忠昭宗之心,也尚未完全泯灭回朝报国之念。

## 二

征途安敢更迁延,①冒入重围势使然。②众果却应存苦李,③五瓶惟恐竭甘泉。④多端莫撼三珠树,⑤密策寻遗七宝鞭。⑥黄篾舫中梅雨里,⑦野人无事日高眠。⑧

【注释】

①迁延:拖延。多指时间上的耽误。李商隐《行次西郊作一百韵》:"临门送节制,以锡通天班。破者以族灭,存者尚迁延。"《三国演义》第一一七回:"如迁延日久,姜维兵到,我军危矣。" ②重围:指当时"荆南重围"。势使然:谓当时荆南重围的紧急情势不得不如此。 ③苦李:《晋书·王戎传》:"戎幼而颖悟,神采秀彻,视日不眩。……尝与群儿戏于道侧,见李树多实,等辈竞趣之,戎独不往。或问其故,戎曰:'树在道边而多子,必苦李也。'取之信然。"此句意为围城中粮食当已尽而仰靠野果,而恐怕连苦涩的李子也不多了。杜甫《彭衙行》:"小儿强解事,故索苦李餐。" ④五瓶:《太平御览》卷一八六:"鲁连子曰:'一井五瓶,泄可立待。一灶五突,烹饪十倍,分烟者众。'"《太平御览》卷七五八:"曾子曰:'一井五瓶,泄之可待,监流者众也。'"此句意为围城中人多井少,担心久围而城中饮水用尽。甘泉:甜美的泉水。此指一般的饮用水。 ⑤多端:多头绪,多方面。《楚辞·九辩》:"彼日月之照明兮,尚黯黮而有瑕。何况一国之事兮,亦多端而胶加。"《晋

书·艺术传论》:"法术纷以多端,变态谅非一绪。"此处意指敌方的多种攻城办法。三珠树:《山海经·海外南经》:"三株树在厌火北,生赤水上,其为树如柏,叶皆为珠。"《新唐书·王勃传》:"初,(王)勔、(王)据、(王)勃皆著才名,故杜易简称为三珠树。"此处三珠树用以称许孙肇。 ⑥密策:指孙肇将会想出突破围城脱身的周密办法。七宝鞭:《晋书·明帝纪》:"六月,(王)敦将举兵内向,帝密知之,乃乘巴滇骏马微行,至于湖,阴察敦营垒而出。有军士疑帝非常人。又敦正昼寝,梦日环其城,惊起曰:'此必黄须鲜卑奴来也!'……于是使五骑物色追帝,帝亦驰去。马有遗粪,辄以水灌之。见逆旅卖食妪,以七宝鞭与之曰:'后有骑来,可以此示也!'俄而追者至,问妪,妪曰:'去已远矣!'因以鞭示之。五骑传玩,稽留遂久。又见马粪冷,以为信远而止不追。帝仅而获免。" ⑦黄篾舫:用黄色薄竹片编成船篷的船。此指诗人现今所乘之篷船。梅雨:《太平御览》卷九七〇引汉应劭《风俗通》:"五月有落梅风,江淮以为信风。又有霜霪,号为梅雨,沾衣服皆败黩。"明李时珍《本草纲目·水一·雨水》:"梅雨或作霉雨,言其沾衣及物,皆生黑霉也。芒种后逢壬为入梅,小暑后逢壬为出梅。" ⑧野人:泛指村野之人;农夫。三国魏嵇康《与山巨源绝交书》:"野人有快炙背而美芹子者,欲献之至尊,虽有区区之意,亦已疏矣。"此处乃诗人自谓。时韩偓因贬官流落于湖南,故称。

**【品评】**

此诗诗后吴汝纶评注云:"后一首己与孙合写,承前首,收二句。两首相联为章法。"所说甚是。此诗上半首先写孙舍人之勇武突入围城,以及自己担心围城中缺粮断水之困境。谓"征途安敢"、"冒入重围",正写出重兵压城,形势紧急,而救援者之义无退缩,冒死突入重围之忠勇忘身也。三四两句借用典故准确描述围城中之艰困境况。"却应"、"惟恐",亦微妙地流露诗人对围城中友人与兵众之忡忡忧心。五六句又坚信敌方纵然多方围攻,终难撼损围城中孙舍人等一班才智之士,相信他们会有周密良策摆脱围杀,脱身而出,赢得胜利。"三珠树"、"遗七宝鞭"两故实之应用,将此层意思全然表出,可谓善于用典。末两句则回视己身,感叹自己如今只是被流贬在外之野人,只能在梅雨纷纷的篷船里终日无事高卧,未能一展报国之志。末两句可谓有志报国而未能,其慨叹之深沉从可知矣。"梅雨里"三字妙甚,一指季节,一谓愁绪如纷纷不断之梅雨也。既是写景,亦是以景抒情,诗家之高妙如此。

# 雪中过重湖信笔偶题①

道方时险拟如何,②谪去甘心隐薜萝。③青草湖将天暗合,④白头浪与雪相和。旗亭腊酎逾年熟,⑤水国春帆向晚多。⑥处困不忙仍不怨,⑦醉来唯是欲徯徯。⑧

【注释】

①韩偓泛洞庭湖时已过天复三年春,据本诗"雪中过重湖"、"青草湖"、"白头浪与雪相合"以及"水国春帆(一作寒)"等语,知

诗乃唐昭宗天复四年(904)初春所作。重湖:即洞庭湖别称。洞庭湖南与青草湖相通,故称。据诗中"青草湖"句,此处重湖谓青草湖。张孝祥《念奴娇》词:"星沙初下,望重湖远水,长云漠漠。"文廷式《过洞庭湖》诗:"借取重湖八百里,肄吾十万水犀军。"青草湖,乃古五湖之一。亦名巴丘湖,在今湖南省岳阳市西南,和洞庭湖相连。因青草山而得名。 ②道方时险:道,指政治主张、思想或为人之道。《论语·卫灵公》:"道不同,不相为谋。"刘禹锡《学阮公体》诗之一:"少年负志气,信道不从时。"方,方正、正派。时险,其时方镇谋叛,昭宗为朱全忠之流所裹挟,朝政日非,诸大臣时遭残杀贬谪,故诗人有"时险"之感。 ③隐薜萝:意为隐居山野。薜萝,指薜荔和女萝。两者皆野生植物,常攀缘于山野林木或屋壁之上。《楚辞·九歌·山鬼》:"若有人兮山之阿,被薜荔兮带女萝。"此处乃借指隐者或高士的住所。吴均《与顾章书》:"仆去月谢病,还觅薜萝。"刘长卿《使回次杨柳渡过元八所居》:"薜萝诚可恋,婚嫁复如何。" ④"青草湖"句:将,与、和。白居易《和裴侍中尚园静兴见示》:"静将鹤为伴,闲与云相似。"此句谓青草湖湖水广阔迷茫,远与天接,水天一色。 ⑤旗亭:酒楼。悬旗为酒招,故称。刘禹锡《武陵观火》诗:"花县与琴焦,旗亭无酒濡。"杜牧《郡斋独酌》:"旗亭雪中过,敢问当垆娘。"腊酎:腊月所酿之醇酒。腊,腊月,农历十二月称腊月。酎,反复多次酿成的醇酒。《礼记·月令》:"(孟夏之月)天子饮酎。"郑玄注:"酎之言醇也。谓重酿之酒也。"杜牧《惜春》:"即此醉残花,便同尝腊酒。"逾年熟:指酒跨年而酿成熟。 ⑥水国:水乡。颜延之《始安郡还都与张湘州登巴陵城楼作》诗:"水国周地险,河山信重复。" ⑦处困:

生活在困境或困苦之中。李绅《肥河维舟阻冻只待敕命》诗:"食蘖苦心甘处困,饮冰持操敢辞寒。"许浑《送林处士》诗:"处困道难固,乘时恩易酬。"其时韩偓正遭朱全忠忌恨,贬谪流落于湖南江湖间,故谓处困。 ⑧佌佌:不止或醉舞失态貌。《诗·小雅·宾之初筵》:"侧弁之俄,屡舞佌佌。"毛传:"佌佌,不止也。"《晏子春秋·杂上》:"晏子饮景公酒,日暮,公呼具火。晏子辞曰:'《诗》云:"侧弁之俄",言失德也。"屡舞佌佌",言失容也。'"

## 【品评】

此诗乃作于唐昭宗天复四年(904)初春。天复三年二月,韩偓因力争国是,敢于"报国危曾捋虎须",而为朱全忠所忌恨贬濮州司马。诗人赋此诗时则已经流落入湖南。稍前之天复三年中,藩镇间多争权混战,而朱全忠实际上已控制朝廷,挟天子以令诸侯,官吏生杀予夺之权乃听命于朱全忠。《旧唐书·昭宗纪》即记天复三年十一月,"王师范以青州降杨师厚,全忠复令师范知青州事。邠州、凤翔兵士逼京畿。汴军屯河中。青州牙将刘鄩以兖州降葛从周,禀师范命也。全忠嘉之,署为元帅府都押衙,权知郓州留后事。……汴州扈驾指挥使朱友谅杀胤及元规、皇城使王建勋、飞龙使陈班、合门使王建袭、客省使王建义、前左仆射上柱国河间郡公张浚。全忠将逼车驾幸洛阳,惧胤、浚立异也"。此即此诗首句所谓之"道方时险"。故此诗首二句乃全诗之主脑,表明于"道方时险"之处境下,诗人唯有"甘心隐薜萝"之一途矣。"青草"、"白头浪"一联,乃以实景扣诗题"雪中过重湖",并以景寓时局之危乱险恶。五六两句点明诗人所处之时地,并以"旗亭蜡酎"

为末句之"醉来"云云伏笔。末两句则是诗人于此"时险"处境中之生活方式与态度,亦是"甘心隐薜萝"之具体形象写照。冯班评此诗云:"致尧诗句,胸中流出,不是寻思捏就。"清人纪昀云:"六句佳,结不成语。"(均见《瀛奎律髓汇评》卷三四川泉类)

## 玩水禽 在湖南醴陵县作①

两两珍禽渺渺溪,②翠衿红掌净无泥。③向阳眠处莎成毯,④踏水飞时浪作梯。⑤依倚雕梁轻社燕,⑥抑扬金距笑晨鸡。⑦劝君细认渔翁意,莫遣罝罗误稳栖。⑧

【注释】

①据韩偓《甲子岁夏五月自长沙抵醴陵贵就深僻以便疏慵由道林之南步步胜绝……》诗,知天祐元年(即甲子岁)五月诗人已由长沙抵醴陵。本诗小注谓"在湖南醴陵县作",则此诗乃作于唐昭宗天祐元年(904)五月后。醴陵:县名。属湖南省。汉临湘县地东汉置醴陵县,属长沙郡。《太平寰宇记·醴陵县》:"县北有陵,陵上有井,涌泉如醴,因以名县。" ②珍禽:珍奇的鸟类。《书·旅獒》:"珍禽奇兽,不育于国。"李白《赋得鹤送史司马赴崔相公幕》诗:"珍禽在罗网,微命若游丝。"渺渺:幽远貌;悠远貌。刘长卿《七里滩重送严维》:"秋江渺渺水空波,越客孤舟欲榜歌。" ③翠衿:翠绿色的头颈。衿,古代衣服的交领或前幅。《诗·郑风·子衿》:"青青子衿,悠悠我心。"毛传:"青衿,青领也。学子之

所服。"颜之推《颜氏家训·书证》:"按,古者,斜领下连于衿,故谓领为衿。"祢衡《鹦鹉赋》:"绀趾丹觜,绿衣翠衿。"此处用以比喻禽鸟的颔下部分。 ④莎:草名。即莎草。多年生草本植物。多生于潮湿地区或河边沙地。茎直立,三棱形。叶细长,深绿色,质硬有光泽。李白《忆旧游寄谯郡元参军》诗:"浮舟弄水箫鼓鸣,微波龙鳞莎草绿。" ⑤踏水:此指水禽掠着浪峰飞翔。浪作梯:以波浪为梯子。此处指水禽在浪峰上飞翔,好似将波浪作为登高的梯子似的。 ⑥社燕:即燕子。燕子春社时来,秋社时去。故有"社燕"之称。春社,古时于春耕前(周用甲日,后多于立春后第五个戊日)祭祀土神,以祈丰收,谓之春社。秋社,古代秋季祭祀土神的日子。陈元靓《岁时广记·二社日》:"《统天万年历》曰:立春后五戊为春社,立秋后五戊为秋社。"羊士谔《郡楼晴望》诗:"地远秦人望,天晴社燕飞。" ⑦抑扬:按下与上举。贾谊《新书·容经》:"手有抑扬,各尊其纪。"蔡邕《琴赋》:"左手抑扬,右手徘徊。"金距:装在斗鸡距上的金属假距。《左传·昭公二十五年》:"季郈之鸡。季氏介其鸡,郈氏为之金距。"杨伯峻注:"《说文》:'距,鸡距也。'……即鸡跗跖骨后方所生之尖突起部,中有硬骨质之髓,外被角质鞘,故可为战斗之用。郈氏盖于鸡脚爪又加以薄金属所为假距。"李白《答王十二寒夜独酌有怀》诗:"君不能狸膏金距学斗鸡。"王琦注引高诱曰:"金距,施金芒于距也。" ⑧绲罗:绲为粗绳索,罗为网罗。《三国志·魏志·王昶传》:"昶诣江陵,两岸引竹绲为桥,渡水击之。"《新唐书·康承训传》:"诸道兵屯海州,度贼至,作机桥,维以长绲,贼半渡,绲绝,半溺死。"此处绲罗谓罗网。稳栖:安稳地栖息。此处意为稳妥的栖息处。

## 【品评】

　　此诗作于韩偓贬官一年多后,流寓于湖南醴陵时。此时因身遭朱全忠之流迫害流贬,故诗人时有戒惕之心。故此诗咏水禽游戏于溪流上,不忘连及讥讽社燕、晨鸡,并借水禽以自警警人,提醒应时时提防设置罗网之陷害者。诗前半首乃咏水禽,故写双双成对之珍禽安栖于溪水边、自在地飞翔于水上。谓其"翠衿红掌净无泥",正显示其为清丽纯洁之"珍禽"也。"向阳眠处"、"踏水飞时"两句,写其自在祥和与矫健自得也。水禽确是"比高尚清幽之士",亦实有自比之意。五、六句则稍转笔借水禽而抒发寓托之情感。轻蔑倚雕梁之社燕,实乃诗人借轻社燕,以讥讽那些投靠依傍朱全忠势力之官员;又借耻笑抑扬金距之晨鸡,以斥责那般为虎作伥、趾高气扬地残害本是同侪士人的帮凶。末两句之"劝君",既是劝水禽,亦更是自劝自警。"渔翁"实比喻那些不怀好意,企图捕杀陷害忠良之居心险恶者。"莫遣"句则提醒应时时怀戒惕之心,莫将险恶者所设置之"罝罗",误认作可安栖之地,以免遭受陷害也。以此可见诗人此时洞察险恶时局,处处如履薄冰,具有高度戒惕之心之清醒意识。钱牧斋、何义门《评注唐诗鼓吹》谓"此以水禽比高尚清幽之士,末则致其谆嘱之词"。秋谷评此诗曰:"虑患深矣。"(复旦大学图书馆藏《唐音统签》本此诗眉批)所说皆得之。

# 欲 明

欲明篱被风吹倒,<sup>①</sup>过午门因客到开。忍苦可能遭鬼笑,<sup>②</sup>息机应免致鸥猜。<sup>③</sup>岳僧互乞新诗去,<sup>④</sup>酒保频征旧债来。<sup>⑤</sup>唯有狂吟与沉饮,<sup>⑥</sup>时时犹自触灵台。<sup>⑦</sup>

【注释】

①此诗韩集旧钞本等多个版本此诗诗题下均有"在醴陵"小注。韩偓天祐元年五月后方至醴陵,故此诗作于天祐元年(904)五月后。欲明:即拂晓天欲亮时。篱:篱笆。《楚辞·招魂》:"兰薄户树,琼木篱些。"王逸注:"柴落为篱。"陶潜《饮酒》诗之五:"采菊东篱下,悠然见南山。" ②忍苦:忍受贫苦。遭鬼笑:《南史·刘粹传》:"有刘伯龙者,少而贫薄。及长,历位尚书左丞、少府、武陵太守,贫窭尤甚。常在家慨然,召左右将营十一之方,忽见一鬼在旁抚掌大笑。伯龙叹曰:'贫穷固有命,乃复为鬼所笑也!'遂止。"韩偓诗此处乃在于表现诗人贫窭尤甚,故下文又有"酒保征债"之句以明之。其"遭鬼笑",乃在于如刘伯龙因贫窭"为鬼所笑"。 ③息机:息灭机心。《楞严经》卷六:"息机归寂然,诸幻成无性。"杜甫《将赴成都草堂途中有作先寄严郑公》诗之五:"侧身天地更怀古,回首风尘甘息机。"鸥猜:《列子·黄帝》:"海上之人有好沤(庆按,沤即鸥。)鸟者,每旦之海上从沤鸟游,沤鸟之至者百住而不止。其父曰:'吾闻沤鸟皆从汝游,汝取来吾玩之!'明日

之海上,沤鸟舞而不下。"陈陶《题赠高闲上人》:"猕猴深爱月,鸥鸟不猜人。" ④岳僧:即山僧,居住山间之僧人。李咸用《友生携修睦上人诗见访》:"雪中敲竹户,袖出岳僧诗。"张乔《题湖上友人居》:"远无朝客信,闲寄岳僧书。" ⑤酒保:货酒者;酒店的伙计。《鹖冠子·天则》:"酒保先贵食者。"陆佃解:"酒保,货酒者也。"《史记·季布栾布列传》:"栾布者,梁人也。……穷困赁佣于齐,为酒人保。"裴骃《集解》引《汉书音义》:"酒家作保佣也,可保信,故谓之保。" ⑥狂吟:纵情吟咏。白居易《洪州逢熊孺登》诗:"靖安院里辛夷下,醉笑狂吟气最粗。"刘禹锡《赠乐天》:"痛饮连宵醉,狂吟满坐听。"沉饮:谓大量喝酒。颜延之《五君咏·刘参军》:"韬精日沉饮,谁知非荒宴?"《新唐书·李白》:"更客任城,与孔巢父、韩准、裴政、张叔明、陶沔居徂徕山,日沉饮。" ⑦灵台:指心。《庄子·庚桑楚》:"不可内于灵台。"郭象注:"灵台者,心也。"

## 【品评】

诗题《欲明》,乃取首句"欲明篱被风吹倒"首二字而成,犹如李商隐之《无题》也。诗之主旨恐难于诗题显明,故取首句二字以为题。然诗题"欲明"二字,亦非与诗之主旨无关,实乃借此以显示潜藏于诗人心中之真正意蕴,作者虽想明示而难于明白表出,故只能出之以朦胧隐晦,欲明而未明之"欲明"二字也。以此反味诗题"欲明"之意,或意味着欲明而未能明之心曲,正如拂晓时天欲明而未明之朦胧也。以此意读全诗,也确实能体味如此情味。此诗多前后关联绾合之句,针脚细密,相互勾连。诗先写天将拂晓而篱笆为风吹倒,以见屋居之简陋也,又为以下"忍苦"句、酒保

"征旧债"先点一笔,前后呼应。第二句谓午后门方为来客开,可见闲来无事而疏慵也。而门开,亦起岳僧乞诗、酒保征债之事。而酒保征债,既与遭鬼笑之忍受贫苦前后绾合,又关联下句之"沉饮",说明所以欠债之由。"息机"一句乃此诗最逗露诗人处境心事之句,以此可见其时诗人因局势处境之险恶,尽管已经闲居疏散,然犹需韬光养晦,以避猜疑迫害,此亦其"忍苦"之一斑也。末两句之狂吟沉饮,虽亦是韬光养晦之息机之举,然其心中之苦楚却也是欲罢而不能,常借此狂吟痛饮以发泄耳。谓"狂吟",又反转与岳僧之"乞新诗"相呼应;谓"沉饮",亦与"酒保征债"前后互绾合也。

# 梅 花

梅花不肯傍春光,①自向深冬著艳阳。②龙笛远吹胡地月,③燕钗初试汉宫妆。④风虽强暴翻添思,雪欲侵凌更助香。应笑暂时桃李树,⑤盗天和气作年芳。⑥

**【注释】**

①此诗作于天祐元年(904)深冬,时诗人流寓于湖南。傍春光:依傍春光。傍,依傍、依附、依托。此处春光为比喻之言,盖指当时控制朝廷大权,煊赫一时的朱全忠之流。王翰《立春日有感诗》:"堤边杨柳开青眼,肯傍梅花共岁寒?"凌濛初《二刻拍案惊奇》卷七:"婿是守公所择,颇为得人,终身可傍矣。" ②向:介词。

表示动作的地点。犹在。崔曙《登水门楼见亡友题黄河诗因以感兴》诗:"人随川上逝,书向壁中留。"陆游《风云昼晦夜遂大雪》诗:"已矣可奈何?冻死向孤村。"深冬:即严冬。此处亦有比喻当时严酷时局之意。著艳阳:朝向闪耀的太阳。著,向,朝。表示动作行为的方向。袁去华《安公子》词:"庾信愁如许,为谁都著眉端聚。"陈亮《最高楼·咏梅》词:"花不向沉香亭上看,树不著唐昌宫里观。"按,此处"著艳阳"亦有比喻之意,意为诗人如梅花朝向闪亮的太阳一样,亦心向唐昭宗皇帝,以示忠于李唐王朝。 ③龙笛:指笛。据说其声似水中龙鸣,故称。语本汉马融《长笛赋》:"龙鸣水中不见已,截竹吹之声相似。"后则多指管首为龙形的笛。《律吕正义后编》卷六四:"龙笛制如笛,七孔横吹之管。首制龙头,衔同心结带。"又,"龙笛远吹胡地月",亦用笛曲"梅花三弄"、"落梅花"以咏梅之典故。梅花三弄乃古曲名。据朱权《神奇秘谱》称,此曲系由晋桓伊所作的笛曲改编而成,内容写傲霜斗雪的梅花,全曲主调出现三次,故称。胡地:古代泛称北方和西方各族居住的地方。旧题汉李陵《答苏武书》:"胡地玄冰,边土惨裂。"④燕钗:旧时妇女别在发髻上的一种燕子形的钗。郭宪《洞冥记》卷二:"神女留玉钗以赠帝,帝以赐赵婕妤。至昭帝元凤中,宫人犹见此钗。黄琳欲之。明日示之,既发匣,有白燕飞升天。后宫人学作此钗,因名玉燕钗。言吉祥也。"李贺《湖中曲》:"燕钗玉股照青渠,越王娇郎小字书。"汉宫妆:原为汉代宫女额上涂黄粉,因称汉宫妆。明代张萱《疑耀》卷三云:"一说黑妆亦以饰眉,汉给宫人螺子黛,故云黛眉。……额上涂黄,亦汉宫妆。"又《佩文斋广群芳谱》卷二二引《金陵志》:"宋武帝女寿阳公主,人日卧于含章殿檐下,梅花落于额上,成五出花,拂之不去,号梅花妆。宫人皆效之。"后代常用汉宫妆和寿阳公主梅花妆之故典以咏梅。如韩驹《次韵吉父曾园梅花》:"路入君家百步香,隔帘初识汉宫妆。"吕本中《腊梅》:"学得汉宫妆,偷传半额黄。"又如辛次膺《水龙吟》:"夜来深雪前村,料应是早梅初绽。……空肠断,别有玉溪仙馆,寿阳人初匀粉面,天教占了百花头上。"吴履斋《壶中天》:"正南枝初放,两花三蕊千古,春风头上立,羞退秾桃繁李。姑射神游,寿阳妆褪,色界尘都洗。"故韩偓此诗之"汉宫妆"句,或亦绾合上述诸事以咏梅。　⑤暂时桃李树:指桃李树芬芳之时间极为短暂。暂时,一时,短时间。费昶《秋夜凉风起》诗:"红颜本暂时,君还讵相及。"按,此处之"暂时桃李树",盖指唐末投靠依附朱全忠势力的奸臣柳璨之流。　⑥盗天:窃取自然生长之物。《列子·天瑞》:"夫禾稼、土木、禽兽、鱼鳖,皆天之所生,岂吾之所有?然吾盗天而亡殃。"王符《潜夫论·遏利》:"盗人必诛,况乃盗天乎!"顾炎武《与潘次耕书》:"列子盗天之说,谓取之造物而无争于人。"和气:古人认为天地间阴气与阳气交合而成之气。万物由此"和气"而生。《老子》:"万物负阴而抱阳,冲气以为和。"《韩非子·解老》:"孔窍虚,则和气日入。"年芳:指美好的春色。沈约《三月三日率尔成篇》诗:"丽日属元巳,年芳具在斯。开花已匝树,流嘤复满枝。"白居易《石榴树》:"见说上林无此树,只教桃柳占年芳。"按,此处以"年芳"比喻柳璨之流之得势而煊赫一时。

【品评】

　　此诗既是咏梅,然更是借咏梅而多有托喻讥刺之作。故方回谓:"五、六善评梅心事者,并起句岂自喻耶!"冯班云:"全自喻也。"冯舒云:"此托喻,非咏梅也。"冯班云:"有讽刺。"查慎行云:"末句有讽刺。"(均见《瀛奎律髓汇评》卷二〇梅花类)从咏梅言,此诗前六句均是咏梅之句,而尤以"龙笛"、"燕钗"二句更多采用咏梅常用事典。此二句乃绾合多种事典,将梅花比喻为风韵独具之风姿绰约之古代美女。"龙笛远吹胡地月",以在悠扬飘逸之梅花三弄笛声中,以写梅花之清迥风韵,冷艳风姿。"燕钗初试汉宫妆",盖乃将梅花比喻为刚以燕钗妆扮罢之矜持美艳飘逸之赵飞燕。此诗咏梅善于刻画梅花所处之严寒时令,梅花之神态风韵,以及凌寒御暴,斗雪愈芳之品格。然此诗之主旨,则非纯为咏梅,实乃借梅自喻,且寓比喻讥刺之意。如首句乃谓自身不肯依傍朱全忠之流之强权势力也。第二句则表明于严冬般残酷之局势下,仍心向唐室,忠于唐皇也。五、六二句虽为人批评为"粗野特甚",然乃借"风虽强暴"、"雪欲侵凌"以显梅花之不畏强暴,凌寒而愈香,从而实际上寓托自己不屈服于朱全忠之流之残暴邪恶势力,以此显示诗人之政治品格。末二句则如查慎行所说"有讽刺"。"暂时桃李树",乃讥刺"盗天和气",投靠依附朱全忠之流,竭力残害忠臣士人,一时暴贵为宰相之奸臣柳璨之徒。所谓"暂时",乃极轻蔑之言,言粗鄙凶残之柳璨,其夤缘得势,所盗取之宰相之职,势必不久耳!诗人所言果真应验,《资治通鉴》天祐二年十二月记:"初,璨陷害朝士过多,全忠亦恶之。璨与蒋玄晖、张廷范朝夕宴聚,深相结,为全忠谋禅代事。"后终于还是为朱全忠所厌恶,并诛杀之。

# 病中初闻复官二首(选一)①

## 一

抽毫连夜侍明光,②执靮三年从省方。③烧玉谩劳曾历试,④铄金宁为欠周防。⑤也知恩泽招谗口,⑥还痛神祇误直肠。⑦闻道复官翻涕泗,⑧属车何在水茫茫。⑨

**【注释】**

①此诗作于唐昭宗被弑后之天祐二年(905)九月,时诗人在江西萧滩镇驻泊。 ②抽毫:抽笔出套。亦借指写作。吴融《壬戌岁阌乡卜居》诗"六载抽毫侍禁闱,不堪多病决然归。"明光:即明光宫,汉宫名。《三辅黄图·甘泉宫》:"武帝求仙起明光宫,发燕赵美女二千人充之。"《汉书·元后传》:"成都侯商尝病,欲避暑,从上借明光宫。"后亦用以代指宫殿。高适《塞下曲》:"画图麒麟阁,入朝明光宫。""抽毫连夜侍明光"句谓诗人曾在朝中为翰林学士、中书舍人,为昭宗起草诏敕。《新唐书·韩偓传》:"王溥荐为翰林学士,迁中书舍人。偓尝与胤定策诛刘季述,昭宗反正,为功臣。" ③"执靮三年"句:靮,马缰绳。《礼记·少仪》:"牛则执纼,马则执靮。"郑玄注:"纼、靮,皆所以系制之者。"孔颖达疏:"纼、靮,俱牵牛马之物。"韩愈《画记》:"执羁靮立者二人。"执靮,握马缰。借指骑马。三年:谓诗人"尝与(崔)胤定策诛刘季述,昭宗反正,为功臣"而入侍唐昭宗之天复元年,至天复三年被贬濮州

司马,凡三年。省方:巡视四方。《易·观》:"先王以省方观民设教。"孔颖达疏:"省视万方,观看民之风俗。"班固《东都赋》:"乃动大辂,遵皇衢,省方巡狩。"从省方,诗人谓随从唐昭宗巡视各地,实际上乃指随昭宗出幸避难。据《旧唐书·昭宗纪》,天复元年十月"朱全忠引四镇之师七万赴河中,京师闻之大恐,豪民皆亡窜山谷"。十一月,昭宗即出幸凤翔,时韩偓随驾。至天复三年正月,韩偓方随昭宗回京。 ④烧玉:《淮南子·俶真训》:"譬若钟山之玉,炊以炉炭,三日三夜而色泽不变。则至德天地之精也。"白居易《放言》之三:"试玉要烧三日满,辨材须待七年期。"谩劳:徒劳。⑤铄金:即众口铄金,谓伤人之谗言。《国语·周语下》:"故谚曰:众心成城,众口铄金。"《楚辞·九章》:"故众口其铄金兮,初若是而逢殆。"王逸注:"言众口所论,万人所言,金性坚刚,尚为销铄,以喻谗言多,使君乱惑也。"周防:谨密防患。杜甫《遣闷奉呈严公二十韵》:"周防期稍稍,太简遂忽忽。"柳宗元《上西川武元衡相公谢抚问启》:"某愚陋狂简,不知周防……陷在大罪。" ⑥"也知恩泽"句:此句自谓因蒙受昭宗的器重信任而招致幸臣谗毁。《新唐书·韩偓传》:"帝反正,励精政事,偓处可机密,率与帝意合……全忠怒偓薄己,悻然出。有谮偓喜侵侮有位……全忠至中书,欲召偓杀之。……贬濮州司马。帝执其手流涕曰:'我左右无人矣。'" ⑦神祇:天地之神。《书·微子》:"今殷民,乃攘窃神祇之牺牷牲。"《释文》:"天曰神,地曰祇。"直肠:比喻直性,直心眼。亦指心地直爽的人。误直肠,此谓贻误了诗人刚正不阿,公忠为国之心。据《新唐书·韩偓传》,偓在朝中"处可机密,率与帝意合,欲相者三四"。然因不阿附朱全忠、崔胤、韦贻范、李彦弼等人而遭迫害贬谪。　⑧复官:指天祐二年朝廷下诏欲召回诗人回朝复任兵部侍郎、翰林学士承旨。　⑨属车:帝王出行时的侍从车。秦汉以来,皇帝大驾属车八十一乘,法驾属车三十六乘,分左中右三列行进。《汉书·贾捐之传》:"鸾旗在前,属车在后。"颜师古注:"属车,相连属而陈于后也。"《文选·张衡〈东京赋〉》:"属车九九,乘轩并毂。"薛综注:"副车曰属。"又属车亦借指帝王。《汉书·张敞传》:"孝昭皇帝早崩无嗣,大臣忧惧,选贤圣承宗庙,东迎之日,唯恐属车之行迟。"颜师古注:"不欲斥乘舆,故但言属车耳。"按,此处属车乃代指唐昭宗。

## 【品评】

此诗写于初闻复官消息时,不禁回忆当年在朝中的种种经历,抒发其感慨悲痛之情。首联回忆其任中书舍人、翰林学士等职之三年中勤勉忠恳于职务,及随从唐昭宗避难出幸凤翔等地,侍奉皇上之情景。"烧玉"句乃谓在朝中多次经历错综复杂之激烈斗争与政治倾轧。第四句谓遭受谗毁贬谪,实在并非自己不检点而疏于周防,而是因不阿附朱全忠之流而遭受打击排挤。第五句点出之所以为宵小权奸所排挤谗毁,原因在于因尽忠于皇上,蒙受昭宗之格外器重而遭致。第六句则于回忆朝中种种经历后,不禁感叹天地不公,反误了如我般忠心耿直之士。末两句言如今听到招我回朝复官的消息,一时百感交集,泪流满面,此时对着眼前水茫茫的山川,又不禁想到对自己恩重如山的唐昭宗,如今皇上又在哪里呢! 其感慨苍凉,悲伤扼腕之情态宛然可见。

# 湖南梅花一冬再发偶题于花橼①

湘浦梅花两度开,②直应天意别栽培。③玉为通体依稀见,④香号返魂容易回。⑤寒气与君霜里退,⑥阳和为尔腊前来。⑦夭桃莫倚东风势,⑧调鼎何曾用不材。⑨

【注释】

①此诗作于唐昭宗天祐元年(904)腊月,时诗人流寓于湖南醴陵。再发:指梅花两度开放。花橼:即花橼,护花的篱笆。橼,篱笆。庾肩吾《暮游山水应令赋得碛字》:"细藤初上橼,新流渐涵碛。"一说为篱笆的支柱。徐锴《说文系传》:"又篱橼多作橼……橼即篱落之柱也,所以助篱,故谓之橼。"李商隐《杏花》诗:"橼少风多力,墙高月有痕。" ②湘浦:湘江水边。浦,水边,河岸。《诗·大雅·常武》:"率彼淮浦,省此徐土。"毛传:"浦,涯也。"《汉书·司马相如传上》:"出乎椒丘之阙,行乎州淤之浦。"颜师古注:"浦,水涯也。"两度开:即"再发",谓梅花一年中两次开放。③直应:应该,该当。白居易《罗子》:"直应头似雪,始得见成人。"陆龟蒙《和袭美送孙发百篇游天台》:"直应天授与诗情,百咏唯消一日成。" ④玉为通体:此谓梅花全身如玉之洁白。梅花色白,故有此喻。通体,全身;浑身。李商隐《柳》:"倾国宜通体,谁来独赏眉。" ⑤"香号返魂"句:《海内十洲记》:"聚窟洲在西海中申未之地,地方三千里。……洲上有大山……山多大树,与枫木相类,

而花叶香闻数百里,名为反魂树。……伐其木根心,于玉釜中煮取汁,更微火煎,如黑饧状,令可丸之,名曰惊精香。或名之为震灵丸,或名之为反生香……一种六名。斯灵物也,香气闻数百里,死者在地,闻香气乃却活,不复亡也。以香熏死人,更加神验。"此诗即以返魂香以谓梅花一年再发,犹如梅花之魂重新回返,再度绽开。容易回:即易于返魂之谓。　⑥与:为,替。《孟子·离娄上》:"所欲,与之聚之;所恶,勿施。"王引之《经传释词》卷一:"言民之所欲,则为民聚之也。"君:此指梅花。　⑦阳和:春天的暖气。《史记·秦始皇本纪》:"维二十九年,时在中春,阳和方起。"顾况《奉和韩晋公晦日呈诸判官》:"不是风光催柳色,欲缘威令动阳和。"腊:腊月,岁末。因腊祭而得名,通指农历十二月或泛指冬月。杨恽《报孙会宗书》:"田家作苦,岁时伏腊,烹羊炮羔,斗酒自劳。"　⑧夭桃:《诗·周南·桃夭》:"桃之夭夭,灼灼其华。"后以"夭桃"称艳丽的桃花。沈佺期《芳树》:"夭桃色若绶,秾李光如练。"东风:原指春风。此处盖以东风借以喻指朝中权贵朱全忠之流。　⑨调鼎:原指烹调食物。梁元帝《金楼子·立言上》:"余见宰人叹曰:'伊尹与易牙同知调鼎,而有贤不肖之殊。'"吴曾《能改斋漫录·事始一》:"《左传》:'晏子曰:"水火酰醢盐梅,以烹鱼肉。"'是古人调鼎用梅醢也。"《尚书·说命下》:"若作和羹,尔惟盐梅。"殷高宗任傅说为相,希望其治国如以盐、梅等调鼎和羹。后即以调鼎比喻宰相治理国家。不材:无用之材。《庄子·山木》:"庄子行于山中,见大木枝叶盛茂,伐木者止其旁而不取也。问其故,曰:'无所可用。'庄子曰:'此木以不材得终其天年。'"此处不材,乃喻指柳璨之流。

## 【品评】

此咏梅花之冰清玉洁,凌寒绽放,以幽香迎来春温,且借咏梅花以斥责夭桃也。此梅花亦有自勉自寓之意。诗中讽刺斥责"夭桃"之意,乃此诗之最紧要关键者。故"夭桃莫倚东风势,调鼎何曾用不材"二句何所指喻,乃本诗不可不明白者。"东风势"乃"夭桃"之所依仗者,究之当时朝中情势,此"东风"乃借以比喻其时掌控朝中政权之朱全忠权势势力。"夭桃"即是"不材",乃指投靠依仗朱全忠势力之权贵者。吴汝纶此诗诗后评注谓"结句似指崔远、柳璨辈"。然考之当时情势与崔远、柳璨之行迹,其中柳璨确是"夭桃"、"不材"之流,而崔远则非韩偓所欲指斥者。盖据诗中所言,其所欲指斥者乃"调鼎"者,亦即当时为宰相者。据《新唐书·宰相表》,天祐元年腊月前后,柳璨、崔远均为宰相。然《旧唐书·崔远传》谓"天祐初,从昭宗东迁洛阳。罢相,守右仆射。二年,为柳璨希朱全忠旨,累贬白州长史。行至滑州,被害于白马驿。远文才清丽,风神峻整,人皆慕其为人,当时目为'钉座梨',言席上之珍也。"《新唐书》本传亦称其"有文而风致整峻,世慕其为,目曰'钉座梨',言座所珍也。"则崔远如此之人品声望,当非诗人所斥之"倚东风势"者。惟柳璨则由拾遗而骤任宰相,且《新唐书·柳璨传》记其"同列裴枢、独孤损、崔远皆宿素名德,遽与璨同列,意微轻之,璨深蓄怨。昭宗迁洛,诸司内使、宿卫将佐,皆朱全忠腹心也,璨皆将迎,接之以恩,厚相交结,故当时权任皆归之。"据此可见,柳璨确乃诗中所欲指斥之依仗东风势之夭桃、不材者。

# 避　地①

西山爽气生襟袖,②南浦离愁入梦魂。③人泊孤舟青草岸,④鸟鸣高树夕阳村。偷生亦似符天意,⑤未死深疑负国恩。⑥白面儿郎犹巧宦,⑦不知谁与正乾坤。⑧

## 【注释】

①此诗作于天祐二年(905)春夏间,时诗人流寓于湖南醴陵。避地:谓迁地以避灾祸。《汉书·叙传上》:"始皇之末,班壹避墬于楼烦,致马牛羊数千群。"《汉书·叙传上》:"(班彪)知隗嚣终不寤,乃避墬河西。"颜师古注:"墬,古地字。"　②西山爽气:意谓明朗开豁的清爽之气。《世说新语·简傲》:"王子猷作桓车骑参军,桓谓王曰:'卿在府久,比当相料理。'初不答,直高视,以手版拄颊云:'西山朝来,致有爽气。'"柳宗元《邕州马退山茅亭记》:"手挥丝桐,目送还云,西山爽气,在我襟袖。"　③南浦:原指南面的水边。后常用称送别之地。《楚辞·九歌·河伯》:"子交手兮东行,送美人兮南浦。"江淹《别赋》:"春草碧色,春水渌波,送君南浦,伤如之何。"李贺《黄头郎》诗:"黄头郎,捞拢去不归。南浦芙蓉影,愁红独自垂。"王琦注引曾益曰:"南浦,送别之地。"梦魂:古人以为人的灵魂在睡梦中会离开肉体,故称"梦魂"。此处实际上谓因伤别以致入梦境。岑参《巴南舟中思陆浑别业》:"梦魂知忆处,无处不先归。"　④青草岸:此指长着青草的河岸边,指湖南醴陵之青草

岸。　⑤"偷生"句：偷生，苟且求活。《荀子·荣辱》："今夫偷生浅知之属，曾此而不知也。"杜甫《石壕吏》诗："存者且偷生，死者长已矣！"符天意：符合上天的意旨。此句诗人意为自己身在避地，未能除奸报国，似为偷生苟活，但似乎也符合上苍之意。⑥负国恩：此指辜负唐昭宗对诗人宠遇之恩。　⑦白面儿郎：即白面郎。原指粗疏无才，狂傲横行之纨绔子弟。杜甫《少年行》："马上谁家白面郎，临阶下马坐人床，不通姓字粗豪甚，指点银瓶索酒尝。"白居易《采地黄者》诗："凌晨荷锄去，薄暮不盈筐。携来朱门家，卖与白面郎。"此处白面儿郎当指柳璨之流。巧宦：善于钻营谄媚的官吏。潘岳《闲居赋》："岳尝读《汲黯传》，至司马安四至九卿，而良史书之，题以巧宦之目，未尝不慨然废书而叹。"陈子昂《题祁山烽树赠乔十二侍御》诗："汉庭荣巧宦，云阁薄边功。"按，此处巧宦非名词，乃意为善于钻营谄媚。　⑧正乾坤：乾坤即天地。《易·说卦》："乾，天也，故称乎父；坤，地也，故称乎母。"此处亦指江山、国家，亦即唐王朝。正乾坤，即整顿好被颠覆篡夺的唐王朝。

**【品评】**

　　此诗人于湖南醴陵避地咏景抒怀之作。首二句言虽有爽气吹拂襟袖，风景清佳，然而人在避地，则未免浓郁之南浦离愁进入梦境耳。三四句"人泊孤舟青草岸，鸟鸣高树夕阳村"，则简要刻画所处避地村野清幽山水风光，确是"致尧集中佳句"（余成教《石园诗话》）。"人泊孤舟"，"鸟鸣高树"，点染与亲友离别，孤身于避地，似有"嘤其鸣矣，求其友声"之意，以此回应"南浦离愁"句。下半首则感慨抒怀,乃见诗人系心国事,忠心于唐昭宗之耿耿情怀。其时昭宗已被弑,诗人未能以死报答昭宗宠重之恩,故深疑有负君恩耳。然而转念而思,今之未死,亦似符合在天君王之意。盖此时白面儿郎柳璨等奸巧钻营谄媚之徒,尚在朝中为非作歹,我等忠耿老臣当负除奸匡国之责耳,故不必匆遽一死了之。所叹者乃不知与何人共当此任,以整顿朝纲山河耳!

## 息 兵<sup>①</sup>

渐觉人心望息兵,老儒希觊见澄清。<sup>②</sup>正当困辱殊轻死,<sup>③</sup>已过艰危却恋生。多难始应彰劲节,<sup>④</sup>至公安肯为虚名。<sup>⑤</sup>暂时胯下何须耻,<sup>⑥</sup>自有苍苍鉴赤诚。<sup>⑦</sup>

**【注释】**

①此诗作于天祐二年(905)春夏间,其时诗人寓居于湖南醴陵。 ②老儒:诗人自谓。时韩偓年六十四,故自称如此。希觊:原意为妄想,此处释为希望、企图。《晋书·刘曜载记》:"安敢欲希觊非分!"《金史·孝友传序》:"孝义之人,素行已备,虽有希觊,犹不失为行善。"澄清:谓肃清混乱局面。《后汉书·党锢传·范滂》:"滂登车揽辔,慨然有澄清天下之志。"文及翁《贺新郎·西湖》词:"余生自负澄清志,更有谁,磻溪未遇,傅岩未起。" ③正当困辱:困辱,困窘和侮辱。《战国策·秦策三》:"大夫种事越王,主离困辱,悉忠而不解。"《史记·朝鲜列传》:"困辱亡卒,卒皆

恐。"此指韩偓在朝中受朱全忠、李茂贞等权奸逼迫打击之艰难处境。 ④彰劲节：彰，显扬；彰显。《书·盘庚上》："无有远迩,用罪伐厥死,用德彰厥善。"劲节,谓坚贞的节操。范云《咏寒松》："凌风知劲节,负雪见贞心。"李峤《松》："岁寒终不改,劲节幸多知。" ⑤"至公"句：至公,最公正；毫无偏私之意。《管子·形势解》："风雨至公而无私,所行无常乡。"《后汉书·荀彧传》："秉至公以服天下,大略也。"虚名：空名。此句或指诗人辞让为宰相而推荐赵崇事。《新唐书·韩偓传》："中书舍人令狐涣任机巧,帝尝欲以当国,俄又悔曰：'涣作宰相或误国,朕当先用卿。'辞曰：'涣再世宰相,练故事,陛下业已许之。若许涣可改,许臣独不可移乎？'帝曰：'我未尝面命,亦何惮？'偓因荐御史大夫赵崇劲正雅重,可以准绳中外。帝知偓,崇门生也,叹其能让。"又载："帝反正,励精政事,偓处可机密,率与帝意合,欲相者三四,让不敢当。苏检复引同辅政,遂固辞。" ⑥"暂时胯下"句：原指汉韩信受辱胯下之事。《史记·淮阴侯列传》："淮阴屠中少年有侮信者,曰：'若虽长大,好带刀剑,中情怯耳。'众辱之曰：'信能死,刺我；不能死,出我袴下。'于是信孰视之,俛出袴下,蒲伏。一市皆笑信,以为怯。"裴骃集解引徐广曰："袴,一作'胯'。胯,股也。"《后汉书·孔融传》："虽出胯下之负,榆次之辱,不知贬毁之于己,犹蚊虻之一过也。"李贤注："韩信贫贱,淮阴少年侮之,令信出胯下。" ⑦苍苍：指天。蔡琰《胡笳十八拍》："泣血仰头兮诉苍苍,胡为生兮独罹此殃。"李白《酬殷明佐见赠五云裘歌》："为君持此凌苍苍,上朝三十六玉皇。"鉴：照察,审辨。《后汉书·郭太传》："其奖拔士人,皆如所鉴。"

## 【品评】

"正当困辱殊轻死"句乃回忆当年在朝中遭到朱全忠之流迫害而临危不惧,置生死于度外之情景。此诚如《新唐书·韩偓传》所载:"宰相韦贻范母丧,诏还位,偓当草制,上言:'贻范处丧未数月,遽使视事,伤孝子心。……此非人情可处也。'学士使马从皓逼偓求草,偓曰:'腕可断,麻不可草!'从皓曰:'君求死邪?'偓曰:'吾职内署,可默默乎?'明日,百官至,而麻不出,宦侍合噪。茂贞入见帝曰:'命宰相而学士不草麻,非反邪?'艴然出。……自是宦党怒偓甚。"又载:"全忠、胤临陛宣事,坐者皆去席,偓不动,曰:'侍宴无辄立,二公将以我为知礼。'全忠怒偓薄已,悻然出。有谮偓喜侵侮有位,胤亦与偓贰。会逐王溥、陆扆,帝以王赞、赵崇为相,胤执赞、崇非宰相器,帝不得已而罢。赞、崇皆偓所荐为宰相者。全忠见帝,斥偓罪,帝数顾胤,胤不为解。全忠至中书,欲召偓杀之。郑元规曰:'偓位侍郎、学士承旨,公无遽。'全忠乃止,贬濮州司马。"后半首则以己在朝中多难处境下临危不惧,处辱忍辱,威武不屈,不求虚名之举,张扬应为至公而彰显坚贞之节操。此与诗人所赋《安贫》诗"谋身拙为安蛇足,报国危曾捋虎须"同一意趣。诚如《四库全书总目提要》所称"偓为学士时,内预秘谋,外争国是,屡触逆臣之锋,死生患难,百折不渝,晚节亦管宁之流亚,实为唐末完人。"而此等诗句,亦可谓"忠愤之气,时时溢于语外,性情既挚,风骨自遒,慷慨激昂,迥异当时靡靡之响"矣。

## 翠碧鸟 以上并在醴陵作①

天长水远网罗稀,保得重重翠碧衣。挟弹小儿多害物,②劝君莫近市朝飞。③

【注释】

①此诗题下有"以上并在醴陵作"小注,说明此时诗人尚在湖南醴陵,诗即约作于唐昭宗天祐二年(905)夏季。翠碧鸟:生活于江湖水边,毛羽翠色之鸟。一说乃百舌鸟之别称。宋祁《益部方物略记·百舌鸟》:"百舌鸟出中蜀山谷间,毛采翠碧。蜀人多畜之。一云翠碧鸟,善效他禽语,凡数十种。" ②"挟弹小儿"句:挟弹,挟着弹弓。《战国策·楚策》:"不知乎公子王孙,左挟弹,右摄丸,将加己乎十仞之上。"刘长卿《小鸟篇上裴尹》:"少年挟弹遥相猜,遂使惊飞往复回。"小儿,原指为皇家或军队服役的人。陈鸿《东城父老传》:"及即位,治鸡坊于两宫间……选六军小儿五百人,使驯扰教饲。"《资治通鉴·唐肃宗至德元载》:"潼关大军虽盛,而后无继,万一失利,京师可忧,请选监牧小儿三千于苑中训练。"胡三省注:"时监牧、五坊、禁苑之卒,率谓之小儿。"《资治通鉴·唐顺宗永贞元年》:"贞元之末政事为人患者,如宫市、五坊小儿之类,悉罢之。"胡三省注:"唐时给役者多呼为小儿。"此诗挟弹小儿盖借以指朱全忠手下之帮凶、爪牙。 ③君:指翠碧鸟。此处当借翠碧鸟指代可能遭朱全忠之流所迫害者。市朝:市场和朝

廷。《周礼·考工记·匠人》:"面朝后市,市朝一夫。"戴震《考工记图》引徐昭庆曰:"朝者官吏所会,市者商旅所聚,必须有一夫百亩之地,然后足以容之。"《礼记·檀弓下》:"君之臣不免于罪,则将肆诸市朝而妻妾执。"郑玄注:"肆,陈尸也。大夫以上于朝,士以下于市。"本诗此处偏指"朝",谓朝廷,官府。《旧唐书·隐逸传赞》:"结庐泉石,投绂市朝。"

**【品评】**

诗虽为咏翠碧鸟,然实借翠碧鸟之咏而有所寓托。首二句言翠碧鸟之所以能保有层层翠绿色羽毛,盖在处于天高水远,网罗较稀少之山野间。此虽为咏翠碧鸟之句,然实寄寓切身之感。诗人时在避地醴陵,此亦天长水远,"挟弹小儿"所布"网罗"较稀少之处,故得以躲避迫害自保也。后二句即顺前意而下,既自警戒亦劝告他人。"挟弹小儿",实指投靠朱全忠等权贵,仗势迫害士人的爪牙之流。"莫近市朝"句,乃劝诫莫回朝廷以免迫害。盖朝廷中不仅难于避免朱全忠等人之迫害,且更多"挟弹小儿"之流。此诗寓意深刻,可见诗人受迫害之深,对朱全忠政权体认之精确,故诗人远避祸害而隐居之意决矣。由于比喻之意较为直遂,故难免范晞文之批评,云:"若'挟弹少年多害物,劝君莫近五陵飞'。又'萧艾转肥兰蕙瘦,可能天亦妒馨香',是直讪耳,诗人比兴扫地矣。"(《对床夜语》卷四)

## 乙丑岁九月在萧滩镇驻泊两月忽得商马杨迢员外书贺余复除戎曹依旧承旨还缄后因书四十字①

旅寓在江郊,秋风正寂寥。紫泥虚宠奖,②白发已渔樵。事往凄凉在,时危志气销。若为将朽质,③犹拟杖于朝。④

## 【注释】

①据诗题"乙丑岁九月在萧滩镇驻泊两月"云云,知此诗作于天祐二年(905)乙丑九月,时诗人流寓于江西萧滩镇。萧滩镇:在江西清江县西萧水边。《方舆纪要》卷八七临江府清江县记:萧水,"在府(治今临江镇)四五十里。源出栖梧山及府西之乌塘,合流而为萧水,绕城西北复东北流,经清江镇而入大江。中有萧滩,亦曰萧洲。今城西四里有萧洲桥城,东有萧滩驿,皆以此水名也。"祝穆《方舆胜览》卷二一:"萧洲,旧志名萧滩镇。"驻泊:停留;居留。《古尊宿语录》卷一三:"是时迎师权在近院驻泊。获时选地建造禅宫。"杜光庭《录异记·鬼神》:"大王自来,且暂驻泊。"杨迢员外:杨迢,人名。《新唐书·宰相世系表一下》杨氏越公房有杨迢,仅谓"迢字文通"。乃同州刺史杨敬之孙,江西观察使杨戴之子。又《十国春秋》卷九本传记"杨迢,唐敬之之孙也,仕烈祖高祖,至驾部员外郎。武义元年,迁给事中,终于其职。"员外,唐员

外郎之简称。员外郎为从六品上阶官员。复除戎曹依旧承旨：戎曹，指兵部。承旨，指翰林学士承旨。此句谓依旧任命为兵部侍郎、翰林学士承旨。还缄：即回信。缄，书函。白居易《初与元九别后忽梦见之》诗："开缄见手札，一纸十三行。" ②紫泥：古人以泥封书信，泥上盖印。皇帝诏书则用紫泥。此处紫泥指诏书。李商隐《鸾凤》："王子调清管，天人降紫泥。" ③朽质：衰朽拙劣的资质。多作谦词。此为诗人自谦之辞。《晋书·何琦传》："岂可复以朽钝之质，尘黩清朝哉。"杜甫《宴王使君宅》："不材甘朽质，高卧岂泥蟠。" ④犹拟：还打算。杖于朝：扶杖于朝廷。意为年衰而犹官于朝廷。

## 【品评】

　　此诗乃诗人被贬官两年半后，得人贺其复官书信，有感抒怀之作。首联乃谓自己正在避地江郊，时秋风萧瑟冷落。此联既是写景，也是写自己之凄寂冷落之处境。"紫泥"句乃就现状而抒发感慨之言。意为如今诏书以复官宠奖我，然而对我而言乃是虚有而已。盖如下句所言，我如今已经年老，早已决意过着隐居的渔樵生活了，其辞不复官之意已然可见。"事往"二句，抚今思昔也。所谓"事往"，乃指诗人前此在朝中任兵部侍郎、翰林学士承旨时曾经历过之诸多往事，而如今事往而惟留凄凉痛楚而已，故缀以"凄凉在"三字。"时危"句则云今日时局之险恶，与己之无能为力，再抒发无力济世匡国之无奈感慨。"时危"，乃谓朱全忠把持下之险恶政局国事。末句则一表决然不复官，不与是时权要同流合污之态度。盖此时如吴汝纶所说"韩公不称年号，但纪甲子，此陶公旧例",诗人对新朝惟有怨愤,已不屑杖于宵小专横之新朝矣。其辞气凛然于此可见。

## 三月二十七日自抚州往南城县舟行见拂水蔷薇因有是作<sup>①</sup>

江中春雨波浪肥,<sup>②</sup>石上野花枝叶瘦。枝低波高如有情,浪去枝留如力斗。<sup>③</sup>绿刺红房战袅时,<sup>④</sup>吴娃越艳醺酣后。<sup>⑤</sup>且将浊酒伴清吟,<sup>⑥</sup>酒逸吟狂轻宇宙。<sup>⑦</sup>

### 【注释】

①此诗诗题中谓"三月二十七日自抚州往南城县舟行",此"三月二十七日"即指丙寅年"三月二十七日"。故此诗乃作于唐昭宗天祐三年(丙寅,906)三月二十七日自抚州往南城县舟行途中。南城县:西汉高帝六年(前201)置,属豫章郡。治所在石下(今江西南城县东南洪门水库内)。至唐时属抚州,唐僖宗乾符时移治今南城县治。五代时南唐于此置建武军。蔷薇:植物名。落叶灌木,茎细长,蔓生,枝上密生小刺,羽状复叶,小叶倒卵形或长圆形,花白色或淡红色,有芳香。花可供观赏,果实可以入药。②江中:此江指盱水,或作旴水,亦称旴江。即今江西临川市之抚河及南城县南之盱水。《水经·赣水注》:"盱水出南城县,西北流径南昌县南,西注赣水。"波浪肥:谓波浪大。盖因春雨多而江水涌涨,波浪汹涌而显得壮大。《广雅·释诂二》:"肥,盛也。"按,肥

亦有茁壮,粗大义。贾思勰《齐民要术·种葵》:"人足践踏之乃佳。践者菜肥。"韩愈《山石》诗:"升堂坐阶新雨足,芭蕉叶大支子肥。" ③如力斗:谓低垂的蔷薇花枝为激浪所冲击,犹如经过苦斗似的。 ④绿刺:指蔷薇花枝上的刺。杜审言《都尉山亭》:"紫藤萦葛藟,绿刺冒蔷薇。"储光羲《蔷薇》:"高处红须欲就手,低边绿刺已牵衣。"红房:指蔷薇红色花房。花房即花冠、花瓣的总称。白居易《画木莲花图寄元郎中》诗:"花房腻似红莲朵,艳色鲜如紫牡丹。"战袅:摇曳;颤动。沈约《十咏·领边绣》:"不声如动吹,无风自袅枝。" ⑤吴娃越艳:吴、越国的美女。娃,美女。《汉书·扬雄传上》:"资娵娃之珍髢兮,鬻九戎而索赖。"颜师古注:"娵、娃皆美女也。"《文选·左思〈吴都赋〉》:"幸乎馆娃之宫,张女乐而娱群臣。"李善注:"吴俗谓好女为娃。"孙光宪《河传》词之四:"木兰舟上,何处吴娃越艳,藕花红照脸。"越艳,古代美女西施出自越国,故以"越艳"泛指越地美貌女子。王勃《采莲赋》:"吴娃越艳,郑婉秦妍。"醺酣:酣醉貌。杜牧《郡斋独酌》:"醺酣更唱太平曲,仁圣天子寿无疆。"陆龟蒙《京口与友生话别》:"风云劳梦想,天地入醺酣。" ⑥浊酒:用糯米、黄米等所酿的酒,较混浊。嵇康《与山巨源绝交书》:"时与亲旧叙阔,陈说平生,浊酒一杯,弹琴一曲,志愿毕矣。"清吟:清美的吟哦;清雅地吟诵。白居易《与梦得沽酒且约后期》诗:"闲征雅令穷经史,醉听清吟胜管弦。" ⑦酒逸:指饮酒时安闲自在的情态。欧阳修《新营小斋凿地炉辄成五言三十七韵》:"面壁成僧禅,倒冠聊酒逸。"周行己《和任昌叔寄终南之什》:"诗工酒逸觉有神,此理浪传嗤俗子。"吟狂:即狂吟,指纵情吟咏。刘商《姑苏怀古送秀才下第归江南》:"君怀逸气还东吴,吟狂日日游姑苏。"贯休《山中作》："吟狂岳似动,笔落天琼瑰。"

## 【品评】

此诗乃如吴汝纶所谓"此仄韵律诗"。(《吴评韩翰林集》此诗下评)故所押皆为仄声韵。"此仄韵律诗"在韩偓律诗中实为少见。此诗乃舟行途中咏岸边蔷薇之作。首句述江行春雨中波浪汹涌之景色,而此句后五句则均咏蔷薇。"吴娃越艳醺酣后"一句,乃以醺酣后之吴娃越艳,比喻在水波中战袅之蔷薇。末二句则抒发诗人此时之清逸狂放之感受。此诗以"肥"修饰"江中春雨波浪",以"瘦"描摹"石上野花枝叶",均颇为传神精彩;"枝低波高如有情,浪去枝留如力斗"亦栩栩如生,乃传情写照之佳句。诗中以"绿刺红房战袅时,吴娃越艳醺酣后"二句描摹"拂水蔷薇",亦可谓情态逼真,香艳生色,实为写"拂水蔷薇"之难得佳句。

## 荔枝三首 丙寅年秋到福州,自此后并福州作①

### 一

遐方不许贡珍奇,②密诏唯教进荔枝。③汉武碧桃争比得,④枉令方朔号偷儿。

## 【注释】

①此诗题下小注云:"丙寅年秋到福州,自此后并福州作。"则本诗三首乃唐昭宗天祐三年丙午(906)秋至福州后作。　②遐

方:犹远方。此处指福州。扬雄《长杨赋》:"是以遐方疏俗,殊邻绝党之域……请献厥珍。"白居易《题郡中荔枝诗》:"已教生暑月,又使阻遐方。" ③"密诏唯教进荔枝"句:进贡荔枝事汉代起即有之,《资治通鉴》卷四八载:汉永元十五年,"岭南旧贡生龙眼、荔枝,十里一置,五里一候,昼夜传送"。李肇《唐国史补》卷上:"杨贵妃生于蜀,好食荔枝。南海所生,尤胜蜀者,故每岁飞驰以进。然方暑而熟,经宿则败,后人皆不知之。"《新唐书·礼乐志》:"帝幸骊山,杨贵妃生日,命小部张乐长生殿。因奏新曲,未有名,会南方进荔枝,因名曰荔枝香。"故诗人杜牧《过华清宫绝句三首》之一即有"一骑红尘妃子笑,无人知是荔枝来"诗。诗人此句盖咏唐玄宗时事。 ④"汉武碧桃"二句:碧桃,桃实的一种。古诗文中多特指传说中西王母给汉武帝的仙桃。许浑《故洛城》诗:"可怜缑岭登仙子,犹自吹笙醉碧桃。"董斯张撰《广博物志》卷五:"昆仑山者,天之中岳也。……上有琼华之阙,光碧之堂,瑶池翠水,即西王母统众仙居焉。绝顶之上有金台五所……琼柯瑶林,紫雀翠鸾,碧桃白李。"韩偓这两句诗用汉武帝见西王母,帝食西王母所种桃,以及东方朔盗桃故事。张华《博物志》卷八:"汉武帝好仙道……七月七日夜漏七刻,王母乘紫云车而至于殿西……有三青鸟,如乌大,立侍母旁。时设九微灯。帝东面西向,王母索七桃,大如弹丸,以五枚与帝,母食二枚。帝食桃辄以核着膝前,母曰:'取此核将何为?'帝曰:'此桃甘美,欲种之。'母笑曰:'此桃三千年一生实。'唯帝与母对坐,其从者皆不得进。时东方朔窃从殿南厢朱鸟牖中窥母,母顾之,谓帝曰:'此窥牖小儿,尝三来盗吾此桃。'帝乃大怪之。"柳宗元《摘樱桃赠元居士时在望仙亭》:"蓬莱仙客如相访,不是偷桃一小儿。"东方朔,字曼倩,平原厌次人。汉武帝之文学侍从,常以诙谐滑稽之语讽谏武帝,官至太中大夫。传见《汉书》卷六五本传。

**【品评】**

　　此诗乃咏荔枝之作,称赞荔枝乃极珍贵之佳果。首二句以密诏准许远方惟贡荔枝,而突出荔枝实乃为皇宫所好之珍品。后二句以东方朔不惜蒙"偷儿"之名,而所偷来的西王母碧桃,难以与荔枝相比,更赞美荔枝乃远胜天上仙果之佳品。

## 二

　　封开玉笼鸡冠涩,①叶衬金盘鹤顶鲜。②想得佳人微启齿,③翠钗先取一双悬。④

**【注释】**

　　①封开玉笼:将盛荔枝之笼子打开。玉笼,此指盛装荔枝之精美笼子。鸡冠涩:形容荔枝之表皮如鸡冠之色红而粗涩。涩,粗涩,不光滑,不滑润。贾思勰《齐民要术·种红蓝花及栀子》"手痛授勿住"原注:"痛授则滑美,不授则涩恶。"　②叶:指荔枝叶。摘荔枝时,连枝叶一起摘下,更能保持荔枝之新鲜。金盘:指盛荔枝之盘子。杜甫《野人送樱桃》:"金盘玉箸无消息,此日尝新任转蓬。"徐夤《咏荔枝》:"蛮山踏晓和烟摘,拜奉金盘献越王。"鹤顶鲜:鹤顶色红,此处用鹤顶鲜形容荔枝之鲜红。　③微启齿:即微笑。启齿,发笑。因笑必露齿,故云。《庄子·徐无鬼》:"奉事而

大有功者不可为数,而吾君未尝启齿。"王先谦集解:"笑也。"郭璞《游仙诗》:"灵妃顾我笑,粲然启玉齿。" ④翠钗:翡翠钗。刘孝绰《淇上戏荡子妇》诗:"翠钗挂已落,罗衣拂更香。"李商隐《蝶》诗之二:"为问翠钗钗上凤,不知香颈为谁回。"悬:出具赏格,即悬赏。陆贾《新语·道基》:"于是皋陶乃立狱制罪,悬赏设罚,异是非,明好恶。"

【品评】

　　此首状写荔枝之鲜美,想象必获佳人之喜爱也。首二句乃具状荔枝之鲜美。鸡冠涩,形容荔枝之鲜红也。涩,乃谓荔枝表皮之粗涩。此非仅言其表皮之原态,且皮粗涩,乃谓初摘荔枝之新鲜也。鹤顶鲜与鸡冠,均状荔枝之鲜红色。荔枝鲜红,故鲜美。若摘久而色变,则不鲜而味败矣。此诚如《旧唐书·白居易传》引白居易《木莲荔枝图》所云:荔枝"若离本枝一日而色变,二日而香变,三日而味变,四、五日外色香味尽去矣"。后两句以设想美人见到荔枝而微笑,先悬赏以双翠钗,赞美荔枝之鲜美喜人也。悬赏双翠钗而修饰以"先取",可想见更有重赏在后也,荔枝之令人喜爱于此更可见矣。

## 三

　　巧裁霞片裹神浆,①崖蜜天然有异香。②应是仙人金掌露,③结成冰入蒨罗囊。④

**【注释】**

①霞片:荔枝壳殷红,故此处以霞片喻之。神浆,荔枝肉凝白,故以神浆比喻之。神浆即谓甘露。卢思道《为百官贺甘露表》:"神浆可挹,流味九户之前;天酒自零,凝照三阶之下。" ②崖蜜:山崖间野蜂所酿之蜜。又称石蜜、岩蜜。色青,味微酸。《本草纲目·虫一·蜂蜜》(集解)引南朝梁陶弘景曰:"石蜜即崖蜜也。在高山岩石间作之,色青,味小酸。"杜甫《发秦州》诗:"充肠多薯蓣,崖蜜亦易求。"此处用崖蜜比喻荔枝之味道。 ③仙人金掌露:金铜仙人掌上所承接的露水。《史记·孝武本纪》:"又作柏梁、铜柱、承露仙人掌之属。"裴骃《集解》引苏林曰:"仙人以手掌擎盘承甘露也。" ④结成冰:荔枝瓤厚而莹,凝如水精,故此处谓其如仙人掌上露水所凝结成之冰。蒨罗囊:绛红色的丝囊袋。荔枝壳如红绘,故此处用蒨罗囊以比喻之。蒨,指绛色。杜牧《村行》:"篱唱牧牛儿,篱窥蒨裙女。"苏轼《浣溪沙》:"旋抹红妆看使君,三三五五棘篱门,相挨踏破蒨罗裙。"

**【品评】**

宋人蔡襄赞美荔枝谓"香气清远,色泽鲜紫,壳薄而平,瓤厚而莹,膜如桃花红,核如丁香母。剥之凝如水精,食之消如绛雪。其味之至,不可得而状也"。此第三首即咏赞荔枝乃瓤厚而莹,凝如水精,食之消如绛雪之佳品。首句谓荔枝如霞片包裹神浆,既状其形亦赞其神品。第二句以崖蜜喻其瓤肉之甜蜜与香味。末二句则称赞荔枝应是仙人掌中露水凝成冰后,再装入红丝囊之神品。其赞美荔枝色香味之佳美,可谓极致无比。韩偓这三首诗多方形容比喻刻画荔枝之形态、色泽与美味,可谓极尽其美。故前人即称赞云:"韩偓《荔枝》诗云:'封开玉笼鸡冠涩,叶衬金盘鹤顶鲜。想得佳人微启齿,翠钗先取一双悬。'又'巧裁霞片裹神浆,崖蜜天然有异香。应是仙人金掌露,结成冰入蒨罗囊'。可谓形容之妙矣。"(陈懋仁《泉南杂志》卷上)

## 登南神光寺塔院①

无奈离肠日九回,强摅怀抱立高台。②中华地向城边尽,③外国云从岛上来。④四序有花长见雨,⑤一冬无雪却闻雷。日宫紫气生冠冕,⑥试望扶桑病眼开。⑦

## 【注释】

①此诗作于天祐三年(906)冬末,时诗人寓居于福州。南神光寺:唐时寺在离福州城南九里南台山。梁克家《(淳熙)三山志》卷三三《寺观类》一云:"钓龙台山,南州九里临江,旧记昔越王余善于此钓得白龙,以为瑞,遂于所坐之处筑为坛台。"又据鲁曾煜《(乾隆)福州府志》卷一四载:"南台山,去福州城九里,崇阜屹立,俯瞰闽江,旧名钓台山。东越王余善曾钓于此,筑台曰钓龙。后曰越王台,曰南台山。今则尽忘其故,直呼之曰南台矣!" ②高台:即指南神光寺塔院之南台。 ③"中华地向"句:福州乃唐时中华东边之边隅城市,故此处有此之谓。 ④"外国云从"句:福州面临东海,海上多有岛屿。此处外国指唐时海外之琉球岛。

⑤四序:指春、夏、秋、冬四季。《魏书·律历志上》:"然四序迁流,五行变易。"王勃《守岁序》:"春、秋、冬、夏,错四序之凉炎。"
⑥日宫:指太阳。唐高宗《谒大慈恩寺》诗:"日宫开万仞,月殿耸千寻。"周利用《奉和九月九日登慈恩寺浮图应制》:"山豫乘金节,飞文焕日宫。"紫气:紫色云气。古代以为祥瑞之气。附会为帝王、圣贤等出现之预兆。冠冕:古代帝王、官员所戴的帽子。《后汉书·明帝纪》:"宗祀光武皇帝于明堂,帝及公卿列侯始服冠冕、衣裳、玉佩、绚履以行事。" ⑦扶桑:本指神话中树名。《山海经·海外东经》:"汤谷上有扶桑,十日所浴,在黑齿北。"郭璞注:"扶桑,木也。"《海内十洲记·带洲》:"多生林木,叶如桑。又有椹,树长者二千丈,大二千余围。树两两同根偶生,更相依倚,是以名为扶桑也。"又,传说日出于扶桑之下,拂其树杪而升,因谓为日出处。亦代指太阳。《楚辞·九歌·东君》:"暾将出兮东方,照吾槛兮扶桑。"王逸注:"日出,下浴于汤谷,上拂其扶桑,爰始而登,照曜四方。"此处盖指日出之处。

## 【品评】

南台山在福州城南九里临江处,韩偓于贬后流离中来到福州后,登上此山上神光寺,远眺江海浩淼景色,惊异于南国海畔之奇异气候与天容海色,遂有此诗之作。前人对此诗多有评议,方回云:"此乃闽中依王审知时诗,谓近海迫南风土如此。"而冯班则谓:"不言风土。"冯舒云:"平平八句,意态无尽,盖此中有作诗人性情在,非仅述风土也。"冯班又称此诗:"颔联妙,哀而不伤。"纪昀亦称:"格弱是晚唐通病,此尚有健气。"(均见《瀛奎律髓汇评》

卷四七释梵类）

# 有 瞩①

晚凉闲步向江亭，默默看书旋旋行。②风转滞帆狂得势，③潮来渚水寂无声。谁将覆辙询长策，④愿把棼丝属老成。⑤安石本怀经济意，⑥何妨一起为苍生。⑦

【注释】

①此诗作于唐天祐三年（906）秋后。有瞩：有所瞩目。瞩，注视。《隋书·外戚传·萧岿》："岿被服端丽，进退闲雅，天子瞩目，百僚倾慕。"《南史·张畅传》："音姿容止，莫不瞩目，见者皆愿为尽命。" ②旋旋：缓缓。皮日休《网》："闲来发其机，旋旋沉平丝。"萨都剌《游西湖》诗之二："少年豪饮醉忘归，不觉湖船旋旋移。" ③滞帆：此处指静止不动的帆船。滞，静止；停止。《淮南子·原道训》："是故能天运地滞，轮转而无废。"张华《鹪鹩赋》："栖无所滞，游无所盘。" ④覆辙：翻车的轨迹。比喻招致失败的教训。语出《后汉书·范升传》："今动与时戾，事与道反，驰骛覆车之辙，探汤败事之后，后出益可怪，晚发愈可惧耳。"《南齐书·刘瓛传》："对曰：陛下诚前轨之失，加之以宽厚，虽危可安。若循其覆辙，虽安必危矣。"长策：犹良计。《史记·平津侯主父列传》："靡毙中国，快心匈奴，非长策也。"《北齐书·王琳传》："吴兵甚锐，宜长策制之，慎勿轻斗。" ⑤棼丝：乱丝。语本《左传·隐公

四年》:"臣闻以德和民,不闻以乱。以乱,犹治丝而棼之也。"葛洪《抱朴子·审举》:"立之朝廷,则乱剧于棼丝。"此处喻指纷乱之国事。属老成:属,委托;嘱咐。《左传·隐公三年》:"宋穆公疾,召大司马孔父而属殇公焉。"曹操《与荀彧书追伤郭嘉》:"以其通达……欲以后事属之。"老成:指精明练达;精明强干之人。李商隐《有感》:"古有清君侧,今非乏老成。" ⑥"安石本怀"句:安石即东晋名将谢安。《晋书·谢安传》:"谢安字安石,尚从弟也。……时苻坚强盛,疆场多虞,诸将败退相继。安遣弟石及兄子玄等应机征讨,所在克捷。拜卫将军,开府仪同三司,封建昌县公。"经济:经世济民。《晋书·殷浩传》:"足下沈识淹长,思综通练,起而明之,足以经济。"杜甫《上水遣怀》:"古来经济才,何事独罕有。" ⑦"何妨一起"句:《晋书·谢安传》:初,隐居东山,累召不起,后"安始有仕进志,时年已四十余矣。征西大将军桓温请为司马,将发新亭,朝士咸送。中丞高崧戏之曰:'卿累违朝旨,高卧东山,诸人每相与言:安石不肯出,将如苍生何!苍生今亦将如卿何!安甚有愧色。"

【品评】

此诗乃睹景生情起念之作。诗人于江边闲步看书,忽见潮起风劲,猛然转动停滞于江中帆船之景象,忽起忧时念乱,愿为苍生一起振救国难民艰之心。"风转滞帆"二句,写所见眼前江中潮来风起,帆船狂得势而转之自然景象。诗人由此自然之变动景象而有所体悟。其所体悟者或为:只要潮来风起,滞帆即可猛然转动。则欲改变乱亡沉沦之国势,亦犹如眼前所见一般,所缺者乃须风起潮来耳。如此则振起后四句,一抒愿如谢安石为苍生而起之念头。故于此诗后四句,可见诗人尽管此时由于被迫害而流寓于边鄙处境中,但尚怀振世报国之心,其自始至终忠于李唐王朝,于此可见矣。

# 秋深闲兴①

此心兼笑野云忙,②甘得贫闲味甚长。③病起乍尝新橘柚,秋深初换熟衣裳。④晴来喜鹊无穷语,雨后寒花特地香。把钓覆棋兼举白,⑤不离名教可颠狂。⑥

【注释】

①此诗乃作于天祐三年(906)秋深,时诗人寓居于福州。 ②野云忙:此指野云飘动快。韦庄《山墅闲题》:"静极却嫌流水闹,闲多翻笑野云忙。" ③贫闲:清贫而多空闲。白居易《昭国闲居》诗:"贫闲日高起,门巷昼寂寂。"张耒《岁暮即事寄子由先生》诗:"岁暮淮阳客,贫闲两有余。"味甚长:指因贫闲而得到的情趣更深长。白居易《池上逐凉》:"簪缨怪我情何薄,泉石谙君味甚长。" ④熟衣:煮炼过的丝织品制成的衣服。白居易《西风》:"西风来几日,一叶已先飞。新霁乘轻屐,初凉换熟衣。"又《感秋咏意》:"炎凉迁次速如飞,又脱生衣著熟衣。"此处熟衣为秋衣,夏衣则谓生衣。王建《秋日后》诗:"立秋日后无多热,渐觉生衣不著身。" ⑤把钓:谓钓鱼、垂钓。温庭筠《送襄州李中丞赴从事》诗:

"把钓看棋高兴尽,焚香起草宦情疏。"覆棋:又作覆局。《三国志·魏志·王粲传》:"(王粲)观人围棋,局坏,粲为覆之。棋者不信,以帕盖局,使更以他局为之。用相比较,不失一道。"后谓棋局乱后,重行布棋如旧为"覆局"。《北齐书·河南王孝瑜传》:"(孝瑜)读书敏速,十行俱下,覆棋不失一道。"诗中此处指下棋。举白:原指罚酒。白,大白,用以罚酒的杯子。《文选·左思〈吴都赋〉》:"里燕巷饮,飞觞举白。"刘良注:"大白,杯名。有犯令者,举而罚之。"《汉书·叙传》:"设宴饮之会,及赵、李诸侍中皆引满举白,谈笑大噱。"颜师古注引服虔曰:"举满杯,有余白沥者,罚之也。"此处泛指饮酒。　⑥名教:指以正名定分为主的封建礼教。袁宏《后汉纪·献帝纪》:"夫君臣父子,名教之本也。"颠狂:形容放浪不受约束。元稹《厅前柏》:"我本颠狂耽酒人,何事与君为对敌。"

## 【品评】

　　此诗虽为纪昀批评为"语亦浅薄,尚未似秦、伍二诗之琐纤。次句浅率。"(《瀛奎律髓汇评》卷二三闲适类)然此诗风恐未足以为病,盖诗乃状其隐逸"闲兴"生活之情状,正以此展现其疏野闲散生活之情韵也。此诗写诗人深秋时节病后之闲散生活与体会。首句笑野云之匆忙,次句即释所以笑野云忙之缘故,乃在于因贫而闲,方能体会其中情味之深长也。中四句具写其秋来闲散有味之生活。"尝新橘柚"、"换熟衣裳",虽是平常生活琐事,然于"病起乍尝","秋深初换",则颇有一番欣喜味长之感受也。此既体现"味甚长"之句,同时扣紧诗题之"秋深"二字。"晴来"、"雨后"二句,写所见所闻之自然景象。鹊鸣之"无穷语"、寒花之"特地香",亦是体现"味甚长"之句。"把钓"句,即是"不离名教可颠狂"之所指,亦即扣诗题之"闲兴"。八句紧扣诗题,将"秋深闲兴"四字做足。

# 故　都①

故都遥想草萋萋,②上帝深疑亦自迷。③塞雁已侵池御宿,④宫鸦犹恋女墙啼。⑤天涯烈士空垂涕,⑥地下强魂必噬脐。⑦掩鼻计成终不觉,⑧冯驩无路敦鸣鸡。⑨

【注释】

①此诗乃作于天祐三年(906)秋深,时诗人寓居于福州。②故都:此谓长安。天祐元年朱全忠逼唐昭宗迁都洛阳,并于同年八月弑昭宗,另立新帝。本诗天祐三年作,时诗人避难于福州,故称长安为故都。《楚辞·离骚》:"国无人莫我知兮,又何怀乎故都。"草萋萋:萋萋为草木茂盛貌。《诗·周南·葛覃》:"葛之覃兮,施于中谷,维叶萋萋。"毛传:"萋萋,茂盛貌。"《楚辞·招隐士》:"春草生兮萋萋,王孙游兮不归。"此处草萋萋指荒草茂盛貌。③上帝句:上帝,君主,帝王。此谓唐昭宗。《诗·大雅·荡》:"荡荡上帝,下民之辟。"毛传:"上帝,以托君王也。"孔颖达疏:"王称天称帝,《诗》之通义。"《后汉书·党锢传·李膺》:"顷闻上帝震怒,贬黜鼎臣。"李贤注:"上帝谓天子。"此句谓迁都洛阳后,故都

长安已荒废太甚,连本熟谙长安风貌之唐昭宗,亦疑而迷惑,几乎未能认出长安矣。 ④塞雁:即塞鸿,塞外的鸿雁。塞鸿秋季南来,春季北去。杜甫《登舟将适汉阳》诗:"塞雁与时集,樯乌终岁飞。"白居易《赠江客》诗:"江柳影寒新雨地,塞鸿声急欲霜天。"池籞:指帝王的园林。桓宽《盐铁论·园池》:"先帝之开苑囿池籞。"《汉书·宣帝纪》:"池籞未御幸者,假与贫民。"颜师古注:"苏林曰:'折竹以绳,绵连禁御,使人不得往来,律名为籞。'应劭曰:'池者,陂池也;籞者,禁苑也。'" ⑤宫鸦:宫殿中乌鸦。此处用以自喻。女墙:城墙上呈凹凸形的小墙。《释名·释宫室》:"城上垣,曰睥睨……亦曰女墙,言其卑小,比之于城。"刘长卿《登余干古县城》诗:"官舍已空秋草绿,女墙犹在夜乌啼。" ⑥天涯烈士:此诗人自谓。天涯,犹天边。指极远的地方。语出《古诗十九首·行行重行行》:"相去万余里,各在天一涯。"烈士,有节气有壮志的人。《韩非子·诡使》:"而好名义不仕进者,世谓之烈士。"曹操《步出夏门行》:"老骥伏枥,志在千里;烈士暮年,壮心不已。"诗人乃忠于李唐之志士,此时远离长安,避难福州,故自谓如此。⑦"地下强魂"句:地下强魂指崔胤。吴汝纶谓"地下强魂,盖指当时贬死诸人",恐未谛。噬脐:自啮腹脐。喻后悔不及。《左传·庄公六年》:"亡邓国者,必此人也。若不早图,后君噬齐。"杜预注:"若啮腹齐,喻不可及也。"扬雄《太玄赋》:"岂特宠以冒灾兮,将噬脐之不及。"按:齐,脐之通借字。据《新唐书·崔胤传》,崔胤时为宰相,为铲除宫中宦官,引强藩朱全忠入朝,后又被朱全忠所杀。 ⑧掩鼻计成:掩鼻,捂住鼻子。表示对肮脏、发臭之物的厌恶。《孟子·离娄下》:"西子蒙不洁,则人皆掩鼻而过之。"掩鼻计成乃用《韩非子·内储说下》典:"魏王遗荆王美人,荆王甚悦之。夫人郑袖知王悦爱之也……因为(谓)新人曰:'王甚悦爱子,然恶子之鼻。子见王,常掩鼻,则王长幸子矣。'于是新人从之。每见王,常掩鼻。王谓夫人曰:'新人见寡人常掩鼻,何也?'对曰:'不知也。'王强问之,对曰:'顷尝言恶闻王臭。'王怒曰:'劓之。'"此句高步瀛《唐宋诗举要》本诗下注评谓"掩鼻句,盖讥朱梁以狐媚取天下也"。而陈寅恪以为"'掩鼻计'者,即郑元规之谋及传胤欲挟帝幸荆襄之说于全忠之类是也"。(陈寅恪《读书札记二集·韩翰林集之部》) ⑨"冯驩无路"句:冯驩为战国时孟尝君门客,其事迹见《战国策·齐策四》"齐人有冯谖者,贫乏不能自存,使人属孟尝君,愿寄食门下"云云。又,《史记·孟尝君列传》:孟尝君入秦,为秦昭王所囚,昭王"谋欲杀之。孟尝君使人抵昭王幸姬求解。幸姬曰:'妾愿得君狐白裘。'此时孟尝君有一狐白裘,值千金,天下无双,入秦献之昭王,更无他裘。孟尝君患之,遍问客,莫能对。最下坐有能为狗盗者,曰:'臣能得狐白裘。'乃夜为狗,以入秦宫臧中,取所献狐白裘至,以献秦王幸姬。幸姬为言昭王,昭王释孟尝君。孟尝君得出,即驰去,更封传,变名姓以出关。夜半至函谷关。秦昭王后悔出孟尝君,求之已去,即使人驰传逐之。孟尝君至关,关法鸡鸣而出客,孟尝君恐追至,客之居下坐者有能为鸡鸣,而鸡齐鸣,遂发传出。出如食顷,秦追果至关,已后孟尝君出,乃还。"此句诗人以冯驩自况,慨叹未能如孟尝君之门客敩鸡鸣而救君王。

## 【品评】

吴汝纶谓此诗云:"此国亡后作,忼慨欲报之意,情见乎词,至意旨之悲哀抑郁,与《离骚》《招魂》异曲同工矣。"(高步瀛《唐宋诗举要》本诗诗末注评引)又谓:"提笔挺起作大顿挫,凡小家作感愤诗,后半每不能撑起,大家气魄所争在此。"(高步瀛《唐宋诗举要》本诗"地下强魂"句下注评引)历代评者于此诗亦多好评,如方回:"此为昭宗作,第六句佳。"(《瀛奎律髓汇评》卷三怀古类,下引同)冯班:"三、四有比兴。"何义门:"次联妙极。第四自比,第六指崔昌遐。"纪昀:"此真所谓鬼诗,刘后村《老吏》诗从此生出而又加甚焉。"陈伯海《韩偓生平及其诗简论》谓"本诗前半写景,后半抒情,前半悲凉,后半激愤,哀感沉绵之中自有一股慷慨抑塞之气,跌宕起伏,动人心魄。"所说诚是。对于此诗某些诗句之理解,前人亦有胜解,如谓:"掩鼻句,盖讥朱梁以狐媚取天下也。"(高步瀛《唐宋诗举要》本诗注评)然亦有误解者,如谓:"地下强魂,盖指当时贬死诸人。"(吴汝纶《吴评韩翰林集》)此说实误。其实所指乃宰相崔胤。崔胤时为宰相,为铲除宫中宦官,引强藩朱全忠入朝,后又被朱全忠所杀。《新唐书·崔胤传》:胤"自凤翔还,揣全忠将篡夺,顾己宰相,恐一日及祸,欲握兵自固,谬谓全忠曰:'京师迫茂贞,不可无备,须募军以守。……全忠知其意,阳相然许。胤乃毁浮图,取铜铁为兵仗。全忠阴令汴人数百应募,以其子友伦入宿卫。会为球戏,坠马死,全忠疑胤阴计,大怒。时传胤将挟帝幸荆、襄,而全忠方谋胁乘舆都洛,惧其异议,密表胤专权乱国,请诛之。即罢为太子少傅。全忠令其子友谅以兵围开化坊第,杀胤,汴士皆突出,市人争投瓦砾击其尸,年五十一。"

# 梦 仙①

紫霄宫阙五云芝,②九级坛前再拜时。③鹤舞鹿眠春草远,山高水阔夕阳迟。每嗟阮肇归何速,④深羡张骞去不疑。⑤澡练纯阳功力在,⑥此心唯有玉皇知。⑦

【注释】

①此诗作于唐昭宗天祐三年(906)秋,为韩偓到福州后所作。②紫霄宫阙:即天上仙宫。紫霄,高空。曹毗《马射赋》:"状若腾虬而登紫霄,目似晨景之骇扶木。"李翱《赠毛仙翁》:"紫霄仙客下三山,因救生灵到世间。"五云芝:五云,五色瑞云。多作吉祥的征兆。《南齐书·乐志》:"圣祖降,五云集。"骆宾王《为齐州父老请陪封禅表》:"瑞开三眷,祥洽五云。"芝,灵芝。道教里面有"五芝"之说,即"五芝者,有石芝,有木芝,有草芝,有肉芝,有菌芝,各有百许种也"。(葛洪《抱朴子·仙药》)此处五云芝盖指仙宫中之仙药。《云笈七签》卷八〇《神仙导引图·真气颂》:"郁郁五云芝,玄辉吐玉光。" ③九级坛:即九层坛、九重坛。此指仙宫中高台。④"阮肇"句:刘义庆《幽明录》:"汉明帝永平五年,剡县刘晨、阮肇共入天台山取谷皮,迷不得返,经十三日,粮食乏尽,饥馁殆死。遥望山上有一桃树,大有子实……各啖数枚,而饥止体充。复下山……便共没水,逆流二三里,得度山出一大溪,溪边有二女子,姿质妙绝,见二人持杯出,便笑曰:'刘、阮二郎,捉向所失流杯

来。'晨、肇既不识之,缘二女便呼其姓,如似有旧,乃相见忻喜。问:'来何晚邪?'因邀还家。……有一群女来,各持五三桃子,笑而言:'贺汝婿来。'酒酣作乐,刘、阮忻怖交并。……十日后,欲求还去,女云:'君已来是,宿福所牵,何复欲还邪?'遂停半年。……既出,亲旧零落,邑屋改异,无复相识。" ⑤"张骞"句:张骞为西汉武帝时人,曾出使西域。从骠骑将军卫青有功,封为博望侯。传见《史记·卫将军骠骑传》附《张骞》《汉书·张骞传》。后人小说谓张骞乘槎穷河源,至天上得牛女支机石以还。太史占天,以其夜有客星犯牛女之事。周密《癸辛杂识·前集·乘槎》即云:"乘槎之事,自唐诸诗人以来,皆以为张骞,虽老杜用事不苟,亦不免有'乘槎消息近,无处问张骞'之句。……张华《博物志》云:旧说天河与海通,有人赍粮乘槎而去……然亦未尝指为张骞也。及梁宗懔作《荆楚岁时记》乃言武帝使张骞,使大夏,寻河源,乘槎见所谓织女牵牛,不知懔何所据而云。" ⑥澡练:犹修炼。束皙《读书赋》:"澡练精神,呼吸清虚。"纯阳:纯一的阳气。古代以为阴阳二气合成宇宙万物。火为纯阳,水为纯阴。《易·乾》"元、亨、利、贞"唐孔颖达疏:"言此卦之德,有纯阳之性。"《书·洪范》"炎上作苦"孔颖达疏:"火是纯阳,故炎上趣阳。" ⑦玉皇:即玉帝。道教称天帝曰玉皇大帝,简称玉帝、玉皇。李白《赠别舍人台卿之江南》诗:"入洞过天地,登真朝玉皇。"

【品评】

诗题作《梦仙》,自然乃是诗人心境祈向之反映,亦是其遭贬隐居时精神变化之流露。前半首写梦中身处天宫仙境情景。首二句谓梦中至仙芝朵朵之道家紫霄仙官,在九级坛前虔诚拜见玉皇天帝。三四句状仙境气象,只见仙鹤翩翩起舞,仙鹿眠卧于辽阔的芊绵绿草中;仙境群山高峻而湖水广阔,夕阳灿灿迟迟而未落,好是一派仙乡祥瑞高远景象。下半首为梦后抒发对道家仙界之向往。"每嗟"、"深羡"二句,一反一正,均用古人遇仙之事一表艳羡向往之情。末两句则直接向玉皇大帝表达欲澡练精神,培蓄纯阳之气,皈依道家仙境之心。

## 赠吴颠尊师 丙寅年作①

饮酒经何代,休粮度此生。②迹应常自浼,③颠亦强为名。④道若千钧重,⑤身如一羽轻。毫厘分象纬,⑥袒跣揖公卿。⑦狗窦号光逸,⑧渔阳裸祢衡。⑨笑雷冬蛰震,⑩岩电夜珠明。⑪月魄侵簪冷,⑫江光逼屐清。⑬半酣思救世,一手拟扶倾。⑭击地嗟衰俗,⑮看天贮不平。自缘怀气义,可是计烹亨。⑯议论通三教,⑰年颜称五更。⑱老狂人不厌,⑲密行鬼应惊。⑳未识心相许,㉑开襟语便诚。㉒伊余常仗义,㉓愿拜十年兄。㉔

## 【注释】

①据此诗诗题下"丙寅年作"小注,知诗作于天祐三年(906)秋诗人到福州后。尊师:此处为对道士的敬称。　②休粮:即辟

谷。谓不食五谷。道教的一种修炼术。辟谷时,仍食药物,并须兼做导引等工夫。贾岛《山中道士》诗:"头发梳千下,休粮带瘦容。"《史记·留侯世家》:"乃学辟谷,道引轻身。" ③自浼:浼,沾污;玷污。《孟子·公孙丑上》:"虽袒裼裸裎于我侧,尔焉能浼我哉?"《旧五代史·苏楷传》:"苏楷、卢鄙等四人……曾无学业,敢窃科名,浼我至公,难从滥进。"自浼,此谓不拘形迹。 ④强为名:勉强叫个名。老子《道德经》:"吾不知其名,字之曰道,强为之名曰大。" ⑤道:指道家之道,仙术,方术。《汉书·张良传》:"乃学道,欲轻举。"颜师古注:"道,谓仙道。"千钧:形容极重。钧,古代三十斤为一钧。张衡《西京赋》:"洪钟万钧。"薛综注:"三十斤曰钧。" ⑥"毫厘"句:象纬,象数谶纬。亦指星象经纬,谓日月五星。王嘉《拾遗记·殷汤》:"师延者,殷之乐人也。……至师延,精述阴阳,晓明象纬,莫测其为人。"齐治平注:"象纬,象数谶纬。象数谓龟筮之类;谶纬谓谶录图纬、占验术数之书。"杜甫《游龙门奉先寺》诗:"天阙象纬逼,云卧衣裳冷。"仇兆鳌注:"象纬,星象经纬也。"此句谓吴颠尊师精究天文,能精细分辨星象经纬。 ⑦"袒跣"句:袒跣,袒胸赤足。白居易《不出门》诗:"披衣腰不带,散发头不巾。袒跣北窗下,葛天之遗民。"揖,拱手行礼。《书·康王之诰》:"太保暨芮伯咸进相揖,皆再拜稽首。"此句谓吴颠尊师对公卿大臣颇为倨傲,毫无谄媚巴结之意。 ⑧"狗窦"句:狗窦,狗洞。《晋书·光逸传》:"光逸字孟祖,乐安人也。初为博昌小吏……寻以世难,避乱渡江,复依辅之。初至,属辅之与谢鲲、阮放、毕卓、羊曼、桓彝、阮孚散发裸裎,闭室酣饮已累日。逸将排户入,守者不听。逸便于户外脱衣,露头于狗窦中窥之而大叫。辅之惊曰:'他人决不能尔,必我孟祖也。'遽呼入,遂与饮,不舍昼夜。" ⑨"渔阳"句:渔阳,指渔阳掺挝。鼓曲名。刘义庆《世说新语·言语》:"祢衡被魏武谪为鼓吏,正月半试鼓,衡扬枹为《渔阳掺挝》,渊渊有金石声,四座为之改容。"此事详见《后汉书·祢衡传》。庾信《夜听捣衣》诗:"声烦《广陵散》,杵急《渔阳掺》。" ⑩笑雷:《易·震》:"震来虩虩,笑言哑哑。"孔颖达疏:"虩虩,恐惧之貌也;哑哑,笑语之声也。震之为用,天之威怒,所以肃整怠慢,故迅雷风烈,君子为之变容。施之于人事,则是威严之教行于天下也。"又《说卦》:"震为雷。"后因以谓笑语而施威严之教,如震雷之肃整怠慢。冬蛰:冬天蛰伏的动物。蛰,动物冬眠,潜伏起来不食不动。《易·系辞下》:"龙蛇之蛰,以存身也。"虞翻注:"蛰,潜藏也。"晋干宝《搜神记》卷一二:"虫土闭而蛰,鱼渊潜而处。"震:震动。《诗·鲁颂·閟宫》:"不亏不崩,不震不腾。"毛传:"震,动也。" ⑪岩电:即岩下电,比喻目光炯炯有神。《晋书·王戎传》:"戎幼而颖悟,神采秀彻,视日不眩,裴楷见而目之曰:'戎眼烂烂,如岩下电。'"此句谓吴颠目光炯炯有神,有若夜明珠般明亮。⑫月魄:泛指月亮,月光。《汉武帝内传》:"致日精得阳光之珠,求月魄获黄水之华。"李商隐《街西池馆》诗:"疏帘留月魄,珍簟接烟波。" ⑬屐:木制的鞋,底大多有二齿,以行泥地。也指一般的鞋子。《晋书·五行志上》:"初作屐者,妇人头圆,男子头方,圆者顺之义,所以别男女也。至太康初,妇人屐乃头方,与男无别。" ⑭扶倾:本指扶持倾危的建筑物。此处喻挽救堕落的世风。《文选·扬雄〈甘泉赋〉》:"炕浮柱之飞榱兮,神莫莫而扶倾。"李善注:"言檐宇高峻,若神清净而扶其倾危也。"《后汉书·隗嚣传》:"将军操执款款,扶倾救危。" ⑮衰俗:衰败的世俗。杜甫《望岳》:"牲璧忍衰俗,神其思降祥。" ⑯"可是"句:可是,岂是。《西游记》第五八回:"(众神)挡住道:'那里走!此间可是争斗之处?'"计烹亨:计,计虑;考虑。《管子·中匡》:"计得地与宝,而不计失诸侯。"亨:乃烹的古字。即烹饪。《易·鼎》:"以木巽火,亨饪也。圣人亨以享上帝,而大亨以养圣贤。"陆德明《释文》:"亨,本又作亯,同普庚反,煮也。"此句意为岂是去考虑彼此之区分呢? ⑰三教:佛教传入我国后,称儒、道、释为"三教"。《北史·周本纪下》:"十二月癸巳,集群官及沙门道士等,帝升高座,辨释三教先后。以儒教为先,道教次之,佛教为后。" ⑱"年颜"句:年颜,年纪容貌。五更:古代乡官名。用以安置年老致仕的官员。《魏书·尉元传》:"卿以七十之龄,可充五更之选。"古代设三老五更之位,天子以父兄之礼养之。《礼记·文王世子》:"适东序,释奠于先老,遂设三老、五更、群老之席位焉。"此句谓吴颠之年岁容貌可称得上具有三德五事品行,受人尊敬的年长者。 ⑲老狂:又老又颠狂。赵晔《吴越春秋·夫差内传》:"被离曰:'子胥欲尽诚于前王,自谓老狂。'" ⑳密行:佛教语。小乘指持戒严密的修行,大乘指蕴善于内而不外着的修行。释迦牟尼弟子罗睺罗以"密行第一"著称。《法华经·授学无学人记品》:"罗睺罗密行,惟我能知之。"张商英《护法论》:"僧者,佛祖所自出也,有苦行者,有密行者。" ㉑相许:赞许。王禹偁《谪居感事》诗:"流辈多相许,时贤亦见推。" ㉒开襟:敞开胸怀。李咸用《寄所知》诗:"从道趣时身计拙,如非所好肯开襟。" ㉓伊余:即自指,我。曹植《责躬诗》:"伊余小子,恃宠骄盈。"韩愈《陪杜侍御游湘西两寺》:"伊余凤所慕,陪赏亦去忝。" ㉔"愿拜"句:此句意为愿结拜比自己年长十岁的吴颠为兄长。

### 【品评】

此诗叙写吴颠道士之狂放倨傲而又"道若千钧重"之高尚人品,故为诗人称许为"议论通三教,年颜称五更",并希望拜其为兄。尤可注意者乃吴颠虽为道士,但却是一位"半酣思救世,一手拟扶倾。击地嗟衰俗,看天贮不平"之胸怀匡世救俗大志者。此种人物其实并非一心向道者,而是没落乱世中无力匡世正俗,愤而出世者。故清全祖望认为此人"非唐之贞士弃官隐于黄冠者乎?虽其名不可考,然当附之司空诸公之后",并以为"致光又有《送人弃官入道》诗云:'社稷俄如缀……回首笑吾徒。'是亦一吴颠也。然则其时之埋形晦迹,竟与草木同腐者,岂仅此哉?!岂仅此哉?!"(全祖望《鲒埼亭集外编》卷三三《题跋·跋韩侍郎致光赠吴颠尊师诗》)吴光耀亦以为"韩偓《赠吴颠尊师》曰:……《送人弃官入道》曰:'仙李浓阴润,皇枝密叶敷。俊才轻折桂……'《赠隐逸》曰:'……筑金总得非名士,况是无人解筑金。''仙李'一首,盖赠唐之宗室。三人名氏虽不可尽得,其愤时而去,非才不能用世,与甘心枯槁之流固又有加矣。"(《五代史记纂误续补》卷三)其实,韩偓诗末云"伊余常仗义,愿拜十年兄",亦以吴颠为同辈流,其写吴颠,亦怀以吴颠自许自状之意。

## 感事三十四韵丁卯已后①

紫殿承恩岁,②金銮入直年。③人归三岛路,④日过八花砖。⑤鸳鹭皆回席,⑥皋夔亦慕膻。⑦庆霄舒羽翼,⑧尘世有神仙。⑨虽遇河清圣,⑩惭非岳降贤。⑪皇慈容散拙,⑫公议逼陶甄。⑬江总参文会,⑭陈暄侍狎筵。⑮腐儒亲帝座,⑯太史认星躔。⑰侧弁聆神算,⑱濡毫俟密宣。⑲宫司持玉研,⑳书省擘香笺。㉑宫司,书省,皆宫人职名。唯理心无党,㉒怜才膝屡前。㉓焦劳皆实录,㉔宵旰岂虚传。始议新尧历,㉖将期整舜弦。㉗上自出东内幽辱,㉘励心庶政,㉙延接丞相之暇,日与直学士询以理道,㉚将致升平。去梯言必尽,㉛仄席意弥坚。㉜上相思惩恶,㉝中人讵省愆。㉞鹿穷唯抵触,㉟兔急且狓猭。㊱本是谋贻死,㊲因之致劫迁。㊳氛霾言下合,㊴日月暗中悬。㊵恭显诚甘罪,㊶韦平亦恃权。㊷畏闻巢幕险,㊸宁寤积薪然。㊹谅直寻钳口,㊺奸纤益比肩。㊻晋谗终不解,㊼鲁瘠竟难痊。㊽只拟诛黄皓,㊾何曾识霸先。嚛斁翻丑正,㊿养虎欲求全。㉛万乘烟尘里,㊿千官剑戟边。㊾斗魁当北圮,㊽地轴向西偏。㊻袁董非徒尔,㊹师昭岂偶然。㊸中原成劫火,㊶东海遂桑田。㊴溅血惭嵇绍,㊵迟行笑褚渊。㊳四夷同效顺,㉟一命敢虚捐。㉝山岳还青耸,穹苍旧碧鲜。㉛独夫长啜泣,㉛多士已忘筌。郁郁空狂叫,㊽微微几病癫。㉛丹梯倚寥廓,㊵终去问青天。

【注释】

①此诗题下小注云"丁卯已后"。统签本题下小注亦云:"丁卯作。是年唐亡,所云'东海遂桑田'也。"据此唐哀帝天祐四年丁卯(907)哀帝禅让帝位于朱温。四月,朱温即皇帝位,改元开平,唐亡。此诗当作于是年唐亡后,即开平元年(907)四月后。 ②紫殿:帝王宫殿。《三辅黄图·汉宫》:"武帝又起紫殿,雕文刻镂黼黻,以玉饰之。"谢朓《直中书省诗》:"紫殿肃阴阴,彤庭赫弘敞。"承恩岁:此指诗人任职朝中,受昭宗宠遇器重之时。 ③"金銮"句:金銮,即金銮殿。唐朝宫殿名,文人学士待诏之所。李白《赠从弟南平太守之遥》诗之一:"承恩初入银台门,著书独在金銮殿。"入直:亦作"入值"。谓官员入宫值班供职。杜甫《送顾八分适洪吉州》诗:"三人并入直,恩泽各不二。"入直年,此指韩偓入翰林院任职之年。《新唐书·韩偓传》载偓"王溥荐为翰林学士,迁中书舍人。"此句谓为翰林学士入直金銮殿。 ④三岛:指传说中的蓬莱、方丈、瀛洲三座海上仙山。亦泛指仙境。《史记·封禅书》:"自威、宣、燕昭使人入海求蓬莱、方丈、瀛洲。此三神山者,其传在渤海中,去人不远。……诸仙人及不死之药皆在焉。"葛洪《神仙传》:"海上有三神山,曰蓬莱、曰方丈、曰瀛洲,谓之三岛。"此处将皇宫喻为仙岛仙境。 ⑤花砖:表面有花纹的砖。唐时内阁北厅前阶有花砖道,冬季日至五砖,为学士入值之候。白居易《白孔六帖》卷七二《八砖学士》:"李程召为翰林学士,入署常视日影为候。程性懒,日过八砖乃至,时号'八砖学士'。"白居易《待漏入阁书事奉赠元九学士阁老》诗:"彩笔停书命,花砖趁立班。"此句意谓诗人入直于翰林学士院。 ⑥鸳鹭:鸳、鹭皆水鸟,止有

班,立有序,因以喻朝官班列。此处比喻朝臣。钱起《陪南省诸公宴殿中李监宅》诗:"壶觞开雅宴,鸳鹭眷相随。"柳宗元《上权德舆补阙温卷决进退启》:"今鸳鹭充朝而独干执事者,特以顾下念旧,收接儒素,异乎他人耳。"回席:即避席之意。古人席地而坐,离席起立,以示敬意。《吕氏春秋·慎大览》:"武王避席再拜之,此非贵房也,贵其言也。"此句意为朝臣们对自己极表敬意。 ⑦皋夔:皋陶和夔。皋陶,亦作"皋繇",传说虞舜时的司法官。《书·舜典》:"帝曰:'皋陶,蛮夷猾夏,寇贼奸宄,汝作士。'"《论语·颜渊》:"舜有天下,选于众,举皋陶,不仁者远矣。"夔,人名。相传舜时乐官。《礼记·乐记》:"昔者舜作五弦之琴,以歌《南风》。夔始制乐,以赏诸侯。"郑玄注:"夔,舜时典乐者也。"此处皋夔代指朝中贤臣。膻:指羊的气味。《周礼·天官·内饔》:"羊,泠毛而毳,膻。"慕膻,《庄子·徐无鬼》:"羊肉不慕蚁,蚁慕羊肉。羊肉,膻也。舜有膻行,百姓悦之。故三徙成都,至邓之虚,而十有万家。"后以"慕膻"喻因爱嗜而争相附集。骆宾王《骆丞集·萤火赋》:"陋蝉蜩之习蜕,休蝼蚁之慕膻。"元稹《献荥阳公诗五十韵并序》:"抵滞浑成醉,徘徊转慕膻。"此句意为朝臣们也羡慕自己。 ⑧"庆霄"句:庆霄,即庆云。《文选·谢瞻〈张子房诗〉》:"明两烛河阴,庆霄薄汾阳。"李善注:"庆霄,即庆云也。"庆云,五色云。古人以为喜庆、吉祥之气。《列子·汤问》:"庆云浮,甘露降。"《汉书·天文志》:"若烟非烟,若云非云,郁郁纷纷,萧萧轮囷,是谓庆云。庆云见,喜气也。"诗人此句意为自己得展凌云之志,有如鸿鹄在吉祥的云空中展翼飞翔。 ⑨"尘世"句:此句意为自己在尘世中有如神仙,过着快活自在的生活。 ⑩河清圣:太平盛世的圣君。此处指唐昭宗。河清,古人以"河清"为升平祥瑞的象征。《文选·张衡〈归田赋〉》:"徒临川以羡鱼,俟河清乎未期。"吕延济注:"河清喻明时。" ⑪"惭非"句:岳降贤,《诗·大雅·崧高》:"崧高维岳,骏极于天。维岳降神,生甫及申。维申及甫,维周之翰。"毛亨传:"宣王之舅申伯出封于谢,而尹吉甫作诗以送之。言岳山高大,而降其神灵和气,以生甫侯申伯,实能为周之桢干屏蔽,而宣其德泽于天下也。盖申伯之先神农之后,为唐虞四岳总领。方岳诸侯而奉岳神之祭,能修其职,岳神享之。故此诗推本申伯之所以生,以为岳降神而为之也。"此句意为惭愧自己并非甫侯、申伯似的贤臣。 ⑫皇慈:此指慈爱的唐昭宗。散拙,谓禀性散漫粗疏。白居易《过李生》:"我为郡司马,散拙无所营。" ⑬逼陶甄:比喻陶冶、教化。《文选·张华〈女史箴〉》:"茫茫造化,二仪既分。散气流形,既陶既甄。"李善注:"如淳曰:陶人作瓦器谓之甄。"《晋书·乐志上》:"弘济区夏,陶甄万方。"此处指权位或掌握权位的人。陆龟蒙《奉和袭美二游诗·徐诗》:"君抱王佐图,纵步凌陶甄。"此句意为自己为公议推举为权臣。《新唐书·韩偓传》记偓"后迁累左谏议大夫。宰相崔胤判度支,表以自副。王溥荐为翰林学士,迁中书舍人。偓尝与胤定策诛刘季述,昭宗反正,为功臣。"又记"帝反正,励精政事,偓处可机密,率与帝意合,欲相者三四,让不敢当。苏检复引同辅政,遂固辞"。 ⑭江总:南朝陈后主文学宠臣。传见《陈书》卷二七、《南史》卷三六。《南史·江总传》载"后主即位,历吏部,尚书仆射,尚书令,加扶。既当权任宰,不持政务,但日与后主游宴后庭,多为艳诗,好事者相传讽玩,于今不绝。唯与陈暄、孔范、王瑳等十余人,当时谓之狎客"。文会:文士饮酒赋诗或切磋学问的聚会。刘勰《文心雕龙·时序》:"逮明帝秉哲,雅好文会。" ⑮陈暄:传见《南史》卷六一。其传云:"学不师授,文才俊逸。尤嗜酒,无节操,遍历王公门……与义阳王叔达、尚书孔范、度支尚书袁权、侍中王瑳、金紫光禄大夫陈褒、御史中丞沈瓘、散骑常侍王仪等恒入禁中陪侍游宴,谓为狎客。"狎筵:谓不拘礼法的宴饮。 ⑯"腐儒"二句:腐儒,迂腐之儒者。《荀子·非相》:"故《易》曰:'括囊,无咎无誉。'腐儒之谓也。"《史记·黥布列传》:"上折随何之功,谓何为腐儒,为天下安用腐儒。"此处诗人自谦为腐儒。亲帝座:此指诗人亲近唐昭宗。太史:官名。西周、春秋时太史掌记载史事、编写史书、起草文书,兼管国家典籍和天文历法等。秦汉曰太史令,唐改为太史局,亦称司天台。《旧唐书·职官志二》:秘书省内设有司天台,太史令"掌观察天文,稽定历数。凡日月星辰之变,风云气色之异,率其属而占候之"。星躔:日月星辰运行的度次。梁武帝《阊阖篇》:"长旗扫月窟,凤迹辗星躔。" ⑱侧弁:弁,古代贵族的一种帽子,通常穿礼服时用之(吉礼之服用冕)。赤黑色的布做的叫爵弁,是文冠;白鹿皮做的叫皮弁,是武冠。《礼记·杂记上》:"大夫冕而祭于公,弁而祭于己。"郑玄注:"弁,爵弁也。侧弁,歪戴着帽子。"《诗·小雅·宾之初筵》:"侧弁之俄,屡舞傞傞。"郑玄笺:"侧,倾也。"神算:神妙的计谋。《文选·王俭〈褚渊碑文〉》:"公实仰赞宏规,参闻神算。"吕延济注:"算,计也。言有神秘之计策也。" ⑲濡毫:濡笔。此谓蘸笔书写。其时韩偓任翰林学士,故有为昭宗草诏之事。韦应物《酬刘侍郎使君》诗:"濡毫意傀俯,一用写悁勤。"密宣:指皇帝的秘密诏令。 ⑳官司:韩偓自注云:"官司,书省,皆宫人职名。"即掌后宫中事宜的人。《新唐书·后妃传上·文德长孙皇后》:"后尝采古妇人事著《女则》十篇……常戒守者:'吾以自检,故书无条理,勿令至尊见之。'及崩,宫司以闻,帝为之恸。"玉研:即玉砚。玉石制的砚台。《西京杂记》卷一:"以酒为书滴,取其不冰;以玉为砚,亦取其不冰。"此句意为诗人草诏时,宫司为其持砚研磨。 ㉑擘香笺:擘,分开;剖裂。《礼记·内则》:"炮之,涂皆干,擘之。"香笺,有香味的精美小幅纸张。供题诗、写信等用。徐陵《〈玉台新咏〉序》:"五色花笺,河北胶东之纸。"此句意为诗人草诏时,书省为其分开香笺,以便书写。 ㉒理:道理;事理。《易·坤》:"君子黄中通理。"孔颖达疏:"黄中通理者,以黄居中,兼四方之色,奉承臣职,是通晓物理也。"无党:不结党,不徇私。《书·洪范》:"无偏无党,王道荡荡;无党无偏,王道平平。"㉓怜才:爱惜人才。杜甫《不见》诗:"不见李生久,佯狂真可哀。世人皆欲杀,吾意独怜才。"膝屡前:《史记·商君列传》:"卫鞅复见孝公,公与语,不自知膝之前于席也。语数日不厌。"以上二句意为诗人公忠为国,毫无私心偏党,以此唐昭宗对诗人信任宠爱,言听计从。如《新唐书·韩偓传》即记:"帝疾宦人骄横,欲尽去之。偓曰:'陛下诛季述时,余皆赦不问,今又诛之,谁不惧死? 含垢隐忍,须后可也。……虽诛六七巨魁,未见有益,适固其逆心耳。'帝前膝曰:'此一事终始属卿。'" ㉔焦劳:焦虑烦劳。焦赣《易林·恒之大壮》:"病在心腹,日以焦劳。"实录:据实记录。《汉书·司马迁传赞》:"其文直,其事核,不虚美,不隐恶,故谓之实录。"韩愈《元和圣德诗序》:"指事实录,具载明天子文武神圣。"㉕宵旰:即宵衣旰食。意为天不亮就穿衣起身,天黑了才吃饭。

形容非常勤劳,多用以称颂帝王勤于政事。杜甫《秋日夔府咏怀奉寄郑监审李宾客之芳一百韵》:"宵旰忧虞轸,黎元疾苦骈。"以上二句赞唐昭宗日夜操劳国事。如《新唐书·韩偓传》即谓"帝反正,励精政事,偓处可机密,率与帝意合"。　㉖"始议"句:尧历,尧执政时期所成的历法。此句盖指诛杀刘季述,唐昭宗于反正后改元天复事。《旧唐书·昭宗纪》:"天复元年春正月甲申朔,昭宗反正,登长乐门楼,受朝贺。班未退,孙德昭执刘季述至楼前,上方诘责,已为乱棒击死,乃尸之于市。……四月……甲戌,天子有事于宗庙。是日,御长乐门,大赦天下,改元天复。"　㉗舜弦:《礼记·乐记》:"昔者舜作五弦之琴以歌南风,夔始制乐以赏诸侯。"汉郑氏注:"夔欲舜与天下之君共此乐也。南风长养之风也,以言父母之长养己。"孔颖达疏云:"昔者舜作五弦之琴以歌南风者,五弦谓无文武二弦,唯宫商等之五弦也。南风,诗名,是孝子之诗。南风长养万物,而孝子歌之。言己得父母生长,如万物得南风生也。舜有孝行,故以此五弦之琴歌南风之诗,而教天下之孝也。"此句盖指唐昭宗反正后整顿朝政,致力于国泰民安,以期育养万物百姓。也即此句后其小注所云:"上自出东内幽辱,励心庶政,延接丞相之暇,日与直学士询以理道,将致升平。"　㉘"东内幽辱"句:《旧唐书·昭宗纪》记唐昭宗东内幽辱,以及反正之事始末云:光化三年"十一月乙酉朔。……左右军中尉刘季述、王仲先废昭宗,幽于东内问安宫,请皇太子裕监国。……十二月乙卯朔。癸未夜,护驾盐州都将孙德昭、周承诲、董彦弼以兵攻刘季述、王仲先,杀仲先,携其首诣东宫门,呼曰:'逆贼王仲先已斩首讫,请陛下出宫慰谕兵士。'宫人破钥,帝与皇后方得出"。又记"天复元年春正月甲申朔,昭宗反正,登长乐门楼,受朝贺"。 ㉙励心:振奋心志。励,振奋。《陈书·傅縡传》:"呼吸顾望之客,唇吻纵横之士,奋锋颖,励羽翼。"庶政:各种政务。《易·贲》:"山下有火,贲。君子以明庶政,无敢折狱。" ㉚直学士:官名。唐门下省弘文馆、中书省集贤殿书院皆置学士,掌校理图籍,六品以下称直学士。以上小注所言,《新唐书·韩偓传》有所记载:"帝反正,励精政事,偓处可机密,率与帝意合。" ㉛"去梯"句:《后汉书·刘表传》:东汉荆州牧刘表有"二子琦、琮。表初以琦貌类于己,甚爱之。后为琮娶其后妻蔡氏之侄,蔡氏遂爱琮而恶琦,毁誉之言日闻于表。表宠耽后妻,每信受焉。……琦不自宁。尝与琅邪人诸葛亮谋自安之术,亮初不对。后乃共升高楼,因令去梯,谓亮曰:'今日上不至天,下不至地,言出子口,而入吾耳,可以言未?'亮曰:'君不见申生,在内而危,重耳居外而安乎?'琦意感悟,阴规出计。会表将江夏太守黄祖为孙权所杀,琦遂求代其任"。此句谓昭宗诚心征求韩偓等大臣的治国理政谋略,而诗人亦曾在秘密处境中向昭宗尽述己见。《资治通鉴》卷二六二天复元年六月即有类似记载:宰相崔胤欲尽除宦官,"韩偓屡谏曰:'事禁太甚。此辈亦不可全无,恐其党迫切,更生它变。'胤不从。丁卯,上独召偓……上深以为然,曰:'此事终以属卿。'" ㉜仄席:不正坐。谓侧坐以待贤良。古时形容帝王礼贤下士。《汉书·陈汤传》:"汤曰:'臣闻楚有子玉得臣,文公为之仄席而坐。'"罗隐《送进士臧濆下第后归池州》诗:"天子爱才虽仄席,诸生多病又沾襟。" ㉝"上相"句:上相,对宰相的尊称。《史记·郦生陆贾列传》:"足下位为上相,食三万户侯,可谓极富贵无欲矣。"此指宰相崔胤。此句指崔胤欲尽除宦官事。如《资治通鉴》卷二六二天复元年载:"刘季述、王仲先既死,崔胤、陆扆上言:'祸乱之兴,皆由中官典兵。乞令胤主左军,扆主右军,则诸侯不敢侵陵,王室尊矣。'" ㉞中人:宦官。《汉书·百官公卿表上》:"将行,秦官,景帝中六年更名大长秋,或用中人,或用士人。"颜师古注:"中人,奄人也。"此处中人,主要指以神策军中尉韩全诲为首之宦官。讵:岂。省愆:反省过失。《太平广记》卷一九引《神仙拾遗·马周》:"有宣言责之者,以其受命不恭,堕废所委,使还其旧署,自责省愆。" ㉟"鹿穷"句:抵触,触碰;用角顶撞。崔豹《古今注》:"鹿有角而不能触。"《淮南子·说山训》:"熊罴之动以攫搏,兕牛之动以抵触。"此句之鹿用以比喻宦官韩全诲等人。上句与此句意为宦官们岂能反省改过,他们处于困境,只能像困鹿一样拼命抵触反抗。 ㊱猵獥:兽疾走貌。左思《吴都赋》:"跇踰竹柏,猵獥杞楠。"李善《文选》注:"猵獥,逃也。" ㊲"本是"句:赊死,缓死。杜牧《上李太尉论江贼书》:"纵贼不捉,事败抵法,谓之赊死。"陆游《长歌行》:"但愿少赊死,得见平胡年。"此处谓宽容免于一死。此句意为在唐昭宗反正后,对于如何处置宦官,崔胤主张尽除之。而韩偓认为宦官亦不可全无,只要处理首恶者,其它人则免于追究。 ㊳"因之"句:昭宗反正后,因没有尽除宦官,而宦官韩全诲等人知道宰相崔胤存心欲尽除掉他们,故导致宦官密结强藩李茂贞劫持昭宗以自保。《旧唐书·崔胤传》即记:"明年夏,朱全忠攻陷河中晋、绛,进兵至同华。中尉韩全诲以胤交结全忠,虑汴军逼京师,请罢知政事,落使务。其年冬,全诲挟帝幸凤翔。" ㊴氛霾:云烟;阴霾。此处比喻当时劫持唐昭宗的宦官和李茂贞、朱全忠等强藩势力。 ㊵"日月"

句:此句比喻被劫持的唐昭宗君臣处在险恶环境中。 ㊶恭显:汉元帝所宠幸的宦官弘恭、石显。此处用以指韩全诲等宦官。《汉书·楚元王传》附《刘向传》:"四人同心辅政,患苦外戚许、史在位放纵,而中书宦官弘恭、石显弄权,望之、堪、更生议,欲白罢退之。"甘罪:犹服罪。《后汉书·冯绲传》:"焕欲自杀,绲疑诏文有异,止焕曰:'……必是凶人妄诈,规肆奸毒。愿以事自上,甘罪无晚。'" ㊷韦平:即汉代的韦氏与平氏。韦氏有韦贤、韦玄成,父子均为宰相。传见《史记》卷九六、《汉书》卷七三。平氏为平当、平晏,父子亦皆为宰相。传见《汉书》卷七一。此句以韦平喻指崔胤。崔胤父崔慎由亦曾任宰相。此句上一句谓韩全诲等宦官劫持唐昭宗,固是其罪恶;而此句谓宦官之所以如此,亦因宰相崔胤恃权,志欲尽除宦官,勾结朱全忠入京,逼之过甚,故宦官狗急跳墙,铤而走险,以致劫持昭宗以自保。 ㊸"畏闻巢幕"句:巢幕,筑巢于帷幕之上。喻处境危险。语本《左传·襄公二十九年》:季札"自卫如晋,将宿于戚,闻钟声焉,曰:'异哉!……夫子(孙文子)之在此也,犹燕之巢于幕上,君又在殡,而可以乐乎?'"杨伯峻注:"幕即帐幕,随时可撤。燕巢于其上,至为危险。"潘岳《西征赋》:"危素卵之累壳,甚玄燕之巢幕。" ㊹"宁寤积薪"句:宁寤,哪里醒悟。寤,醒悟,觉醒。《楚辞·离骚》:"闺中既以邃远兮,哲王又不寤。"积薪:《汉书·贾谊传》:"夫抱火厝之积薪之下而寝其上,火未及燃,因谓之安,方今之势,何以异此!"后以"积薪"喻隐伏危机。然:即燃,燃烧。以上两句比喻当时政局险恶,危机四伏,时时有爆发的危险,然而有的人却未能体察醒悟。 ㊺谅直:谅,诚信;诚实。《礼记·内则》:"朝夕学幼仪,请肄简谅。"郑玄注:"谅,信也。"孙希旦集解:"请肄简谅,谓所请肄习者贵乎简要而诚实也。"直,公正;正直。《书·舜典》:"夙夜惟寅,直哉惟清。"《韩非子·解老》:"所谓直者,义必公正,公心不偏党也。"谅直,诚实正直。《楚辞·九辩》:"私自怜兮何极,心怦怦兮谅直。"钳口:闭口。《淮南子·精神训》:"静耳而不以听,钳口而不以言。"陈子昂《谏用刑书》:"钳口下列,俯仰偷荣,非臣之始愿也。"　㊻奸纤:奸佞邪恶的小人。《旧唐书·贾悚传》:"悚中立,自持不能以身犯难,排斥奸纤。"《唐大诏令》卷五八《崔胤工部尚书令》:"令狐涣奸纤有素,操守无堪,用作腹心,共张声势。"比肩:一个连接一个。形容众多。《荀子·非相》:"弃其亲家而欲奔之者,比肩并起。"王充《论衡·效力》:"殷周之世,乱迹相属,亡祸比肩,岂其心不欲治乎?"　㊼晋逭:春秋时,晋献公为骊姬所惑,为立其子奚齐,骊姬逭害太子申生,诬申生欲毒死献公。献公怒,申生惧怕出逃,被迫自缢。事见《左传·襄公二十九年》。此句盖指韩偓受到权臣宵小之诽谤排挤。《新唐书·韩偓传》记:"(李)彦弼谮偓及涣漏禁省语,不可与图政,帝怒曰:'卿有官属,日夕议事,奈何不欲我见学士邪?'"　㊽"鲁瘠"句:《左传·襄公二十九年》,晋迫使鲁国归还所侵占的杞国之田,公告叔侯曰。叔侯曰:虞、虢、焦、滑、霍、扬、韩、魏皆姬姓也,晋是以大。若非侵小,将何所取?……鲁之于晋也,职贡不乏,玩好时至。公卿大夫,相继于朝,史不绝书,府无虚月,如是可矣。何必瘠鲁以肥杞?"本诗此处上下句多言朝中险恶以及诗人遭逭状况,故此句似指宦官危害侵逼之祸终难除去。故有此句下之"只拟诛黄皓,何曾识霸先"之句。　㊾"只拟"二句:黄皓,三国蜀后主刘禅时宦官,善于逢迎,为后主所宠信,擅权乱政。《三国志·蜀志》:"景耀元年,姜维还成都。史官言景星见,于是大赦改元。宦人黄皓始专政。"又"姜维常征伐在外,宦人黄皓窃弄机柄。"按,此句之黄皓喻指宦官韩全诲等人。韩全诲曾劫持唐昭宗,后被诛杀。霸先:即陈霸先,南朝陈开国君王。初仕梁为始兴太守,后起兵与王僧辩讨平侯景之乱,以功累迁为相国,封陈王。后灭梁,称帝,国号陈。《南史·陈武帝本纪》:"(太平二年)九月辛丑,梁帝进帝位相国,总百揆,封十郡为陈公……位在诸侯王上。"又"(十月)辛未,梁帝禅位于陈"。此处陈霸先用以喻朱全忠。以上二句意为崔胤只是为了诛杀韩全诲等宦官,故借助朱全忠势力以对付韩全诲以及韩全诲所勾结的强藩李茂贞,引其入京,但又何能识辨朱全忠拥兵自重,陷害忠良,篡权灭国的野心呢! 此事可详见《资治通鉴》卷二六二天复元年闰六月所载。　㊿"嗾獒"句:嗾獒,《左传·宣公二年》:"晋侯饮赵盾酒,伏甲将攻之。其右提弥明知之,趋登曰:'侍君宴,过三爵,非礼也。'遂扶(赵盾)以下。公嗾夫獒焉,明搏而杀之。盾曰:'弃人用犬,虽猛何为?'斗且出。"杜预注:"獒,猛犬也。"嗾,指使狗时口中所发的声音;口中发出声音来指使狗。獒,高大凶猛的狗。《书·旅獒》:"西旅献獒。"孔传:"西戎远国贡大犬。丑正:谓嫉害正直的人。《左传·昭公二十八年》:"叔敖曰:《郑书》有之:'恶直丑正,实蕃有徒。'"杨伯峻注:"恶、丑同义,直、正同义,恶直即丑正,同义复语。言嫉害正直者。"此句指宰相崔胤本想借助强藩朱全忠以铲除宦官,没料到朱全忠反而诣害仇杀朝中忠良,谋夺国家政权。　㊶"养虎"句:养虎,即养虎自遗患。比喻纵容敌人,自留后患。《史记·项羽本纪》:"项王已约,乃引兵解而东归。汉欲西归,张良、陈平说曰:'汉有天下太半,而诸侯皆附之。楚兵罢食尽,此天亡楚之时也,不如因其机而遂取之。今释弗击,此所谓"养虎自遗患"也。'汉王听之。"此句批评崔胤引入朱全忠以自保,但有如姑息养奸,引狼入室,养虎反自害。　㊷"万乘"句:万乘,周制,天子地方千里,能出兵车万乘,因以"万乘"指天子。《孟子·梁惠王上》:"万乘之国,弑其君者,必千乘之家。"赵岐注:"万乘,兵车万乘,谓天子也。"烟尘:烽烟和战场上扬起的尘土。指战乱。南朝梁萧统《七契》:"当朝有仁义之师,边境无烟尘之惊。"高适《燕歌行》:"汉家烟尘在东北,汉将辞家破残贼。"此句指唐昭宗因宦官和强藩的劫持与争夺,蒙尘离京出幸事。　㊸"千官"句:千官,众多的官员,百官。王维《敕赐百官樱桃》:"芙蓉阙下会千官,紫禁朱樱出上阑。"剑戟边:此处指处在被杀戮的境地里,或竟被杀害。《资治通鉴》卷二六三天复三年记"时凤翔所诛宦官已七十二人,朱全忠又密令京兆搜捕致仕不从行者,诛九十人"。又"朱全忠以兵驱宦官第五可范等数百人于内侍省,尽杀之,冤号之声,彻于内外"。又同上书卷二六五天祐二年六月载"戊子朔,敕裴枢、独孤损、崔远、陆扆、王溥、赵崇、王赞等并所在赐自尽。时全忠聚枢等及朝士贬官者三十余人于白马驿,一夕尽杀之,投尸于河。初,李振屡举进士,竟不中第,故深疾搢绅之士,言于全忠曰:'此辈常自谓清流,宜投之黄河,使为浊流!'全忠笑而从之。振每自汴至洛,朝廷必有窜逐者,时人谓之鸱枭。见朝士皆颐指气使,旁若无人"。　㊹斗魁:《史记·天官书》:"魁枕参首。"张守节《正义》:"魁斗,第一星也,言北方斗,斗衡直当北之魁,枕于参星之首。"此处指北斗。坼:裂开;分裂。

《淮南子·本经训》:“天旱地坼。”杜甫《登岳阳楼》诗:“吴楚东南坼,乾坤日夜浮。” (55)“地轴”句:地轴,古代传说中大地的轴。张华《博物志》卷一:“地下有四柱,四柱广十万里。地有三千六百轴,犬牙相举。”庾信《齐王进白兔表》:“德动天关,威移地轴。”以上两句以天地翻覆,比喻李唐王朝因宦官与藩镇勾结作乱,以及朱全忠谋夺政权而天翻地覆,摇摇欲坠。 (56)袁董:指东汉末年的袁绍和董卓,两人均为诛杀宦官,挟天子以令诸侯的大军阀。袁绍,传见《后汉书》卷七一、《三国志》卷六。董卓,传见《后汉书》卷七二、《三国志》卷六。此处以两人指军阀李茂贞、王建等人。 (57)师昭:指司马师和司马昭,两人为魏末司马懿之子,均是谋篡帝位之权臣,后曹魏政权为司马氏所夺。司马师,即晋景帝,事迹见《晋书》卷二。司马昭,即晋明帝,事迹见《晋书》卷六、《魏书》卷九六。此处师昭用以喻指篡夺李唐政权之朱全忠之流。 (58)劫火:佛教语。谓坏劫之末所起的大火。劫,佛教语。梵文 kalpa 的音译,“劫波”(或“劫簸”)的略称。意为极久远的时节。古印度传说世界经历若干万年毁灭一次,重新再开始,这样一个周期叫作一“劫”。后人借指天灾人祸。《仁王经》:“劫火洞然,大千俱坏。”唐白居易《送刘道士》:“苦海不能漂,劫火不能焚。” (59)东海遂桑田:即沧海桑田。大海变成农田,农田变成大海。语本晋葛洪《神仙传·王远》:“麻姑自说云:‘接侍以来,已见东海三为桑田。’”后以“沧海桑田”比喻世事变化巨大。此句意指由于军阀战乱,举目沧桑,山河巨变,世事动荡变幻。 (60)“溅血”句:嵇绍,字延祖,晋人,仕至侍中。传见《晋书》卷八九。《晋书·嵇绍传》:“嵇绍字延祖,魏中散大夫康之子也。……复为侍中。公主以下皆诣邺谢罪于颖，绍等咸见废黜，免为庶人。寻而朝廷复有北征之役，征绍，复其爵位。绍以天子蒙尘，承诏驰诣行在所。值王师败绩于荡阴，百官及侍卫莫不散溃，唯绍俨然端冕，以身捍卫。兵交御辇，飞箭雨集，绍遂被害于帝侧，血溅御服，天子深哀叹之。及事定，左右欲浣衣，帝曰：'此嵇侍中血，勿去。'"又《资治通鉴》卷二六五天祐元年记昭宗被杀情景云："八月，壬寅，帝在椒殿，玄晖选龙武牙官史太等百人夜叩宫门，言军前有急奏，欲面见帝。夫人裴贞一开门见兵，曰：'急奏何以兵为?'史太杀之。玄晖问：'至尊安在?'昭仪李渐荣临轩呼曰：'宁杀我曹，勿伤大家！'帝方醉，遽起，单衣绕柱走，史太追而弑之。渐荣以身蔽帝，太亦杀之。又欲杀何后，后求哀于玄晖，乃释之。"此句意为唐昭宗天祐元年八月被朱全忠杀害于洛阳时，其时诗人正流寓于湖南，未能像晋朝的嵇绍、本朝的昭仪李渐荣以身捍卫皇帝而死，故而深感惭愧。

(61)"迟行"句：褚渊，南朝宋齐间大臣。字彦回，河南阳翟人。宋文帝婿。文帝时任著作佐郎、秘书、尚书吏部郎等职。明帝即位，擢升吏部尚书、尚书右仆射，并受遗诏为中书令、护军将军，与袁粲共辅苍梧王(后废帝)。后又助萧道成代宋建齐。因其助萧道成代宋，故时人讥其无节操。传见《南齐书》卷二三、《南史》卷二八。据《南齐书·褚渊传》："渊美仪貌，善容止，俯仰进退，咸有风则。每朝会，百僚远国使莫不延首目送之。宋明帝尝叹曰：'褚渊能迟行缓步，便持此得宰相矣。'寻加尚书令，本官如故。"《南史·褚渊传》："彦回善弹琵琶，齐武帝在东宫宴集，赐以金镂柄银柱琵琶。性和雅，有器度，不妄举动。宅尝失火，烟焰甚逼，左右惊扰，彦回神色怡然，索舆徐去。然世颇以名节讥之，于时百姓语曰：'可怜石头城,宁为袁粲死,不作彦回生。'"此句意为诗人耻笑那些本为昭宗所器重的朝臣,如今反而为朱全忠效劳、称臣者。　㉒"四夷"句:四夷,古代华夏族对四方少数民族的统称。《书·毕命》:"四夷左衽,罔不咸赖。"孔传:"言东夷、西戎、南蛮、北狄,被发左衽之人,无不皆恃赖三君之德。"效顺,表示忠顺;投诚。汉贾谊《新书·五美》:"细民乡善,大臣效顺。"此句谓当时还有少数族军队如李克用效顺李唐王朝,反抗朱全忠。《旧五代史》卷二六《武皇纪》下记沙陁将领李克用(即后唐武皇帝)"天祐元年闰四月,汴帅迫天子迁都于洛阳。五月乙丑,天子制授武皇叶盟同力功臣……八月,汴帅遣朱友恭弑昭宗于洛阳宫,辉王即位。告哀使至晋阳,武皇南向恸哭,三军缟素"。《新唐书》卷二一八《沙陀》记"帝东迁,诏至太原,克用泣谓其下曰:'乘舆不复西矣。'遣使者奔问行在,俄加号'协盟同力功臣'。李茂贞、王建与邠州杨崇本遣使者来约义举,克用顾藩镇皆附汴,不可与共功,惟契丹阿保机尚可用,乃卑辞召之。保机身到云中,与克用会,约为兄弟,留十日去,遗马千匹、牛羊万计,期冬大举度河,会昭宗弑而止。四年,王建、李茂贞约克用大举"。　㉓"一命"句:一命,一人的生命。此指诗人自身生命。敢虚捐:岂敢虚掷。此句意为诗人尚存有报国之心,岂敢虚捐自己生命。　㉔穹苍:苍天。《诗·大雅·桑柔》:"靡有旅力,以念穹苍。"孔颖达疏:"穹苍,苍天,《释天》云。李巡曰:'古时人质仰视天形,穹隆而高,色苍苍然,故曰穹苍。'是也。"㉕独夫:指年老无妻者。《管子·问》:"独夫寡妇孤寡疾病者,几何人也?"此诗人自称。　㉖"多士"句:多士,古指众多的贤士。也指百官。《书·多方》:"猷告尔有方多士,暨殷多士。"《诗·大雅·文王》:"济济多士,文王以宁。"忘筌:忘记了捕鱼的筌。比喻目的达到后就忘记了原来的凭借。语出《庄子·外物》:"筌者所以在鱼,得鱼而忘筌。"此句意为朝廷的百官们多有忘掉唐昭宗的恩惠而不图报国者。　㊿郁郁:忧伤、沉闷貌。《楚辞·九章·哀郢》:"惨郁郁而不通兮,蹇侘傺而含戚。"王逸注:"中心忧满虑闭塞也。"　㊽病癫:精神错乱。《太平御览》卷七三九引《庄子》:"阳气独上,则为癫病。"　㊾丹梯:高入云霄的山峰。《文选·谢朓〈敬亭山诗〉》:"要欲追奇趣,即此陵丹梯。"李善注:"丹梯,谓山也。"李白《夜泛洞庭寻裴侍御清酌》诗:"遇憩裴逸人,岩居陵丹梯。"王琦注引吕延济曰:"丹梯,谓山高峰入云霞处。"此喻指上天之梯。寥廓,辽阔的天空。《汉书·司马相如传下》:"犹焦朋已翔乎寥廓,而罗者犹视乎薮泽,悲夫!"颜师古注:"寥廓,天上宽广之处。"韦应物《仙人祠》:"千载去寥廓,白云遗旧踪。"

## 【品评】

此诗为韩偓篇幅最长之诗作,于唐末诗歌实属少见。诗歌历叙诗人所亲历唐末昭宗一朝自己入翰林受宠、被器重,昭宗励精图治之盛况。后又描述朝政由盛转衰,政局险恶,宦官藩镇相互勾结,宰相崔胤引入朱全忠借以诛杀宦官,从而导致昭宗播迁,战乱交织,百官惨遭贬杀,以致昭宗被弑,朱温篡权,李唐覆没等等重要史实,洵乃一篇唐季兴衰史之纪实诗,颇富史料价值。诵读此诗,颇如纪昀所称"忠义之气,发乎情而见乎词,遂能风骨内生,声光外溢"(纪昀《纪文达公遗集》卷一一《书韩致尧翰林集后二则》);且可见"偓为学士时,内预秘谋,外争国是,屡触逆臣之锋,死生患难,百折不渝,晚节亦管宁之流亚,实为唐末完人。其诗虽局于风气,浑厚不及前人,而忠愤之气,时时溢于语外。性情既挚,风骨自道,慷慨激昂,迥异当时靡靡之响。其在晚唐,亦可谓文笔之鸣凤矣"!(《四库全书总目》卷一五一《韩内翰别集·提要》)吴铭道《韩偓集二首》其一亦云:"烧残宫烛泪条条,死恋君恩恨未消。《感事》一篇风义在,史家合恕玉山樵。"(《古雪山民诗后》卷三)

## 息 虑①

息虑狎群鸥,②行藏合自由。③春寒宜酒病,④夜雨入乡愁。道向危时见,⑤官因乱世休。⑥外人相待浅,⑦独说济川舟。⑧

【注释】

①此诗作于后梁开平元年(907)春,时诗人寓居福州。息虑:消除担忧杂念,静心无为。《云笈七签》:"游心虚静,息虑无为。"吕岩《沁园春》词:"不在劳神,不须苦行,息虑忘机合自然。" ②狎群鸥:《列子·黄帝》:"海上之人有好沤鸟者,每旦之海上从沤鸟游,沤鸟之至者百,住而不止。其父曰:'吾闻沤鸟皆从汝游,汝取来吾玩之。'明日之海上,沤鸟舞而不下也。"江淹《拟孙廷尉绰杂述》:"物我俱忘怀,可以狎群鸥。" ③行藏:指出处或行止。语本《论语·述而》:"用之则行,舍之则藏。"潘岳《西征赋》:"孔随

时以行藏,蘧与国而舒卷。" ④酒病:即病酒。饮酒沉醉。《晏子春秋·谏上三》:"景公饮酒,酲,三日而后发。晏子见曰:'君病酒乎?'公曰:'然。'" ⑤"道向"句:道,此处指为人之道,如道义、气节、操守等。此句意为一个人的道义气节可以在危难时显现出来。按此句实乃诗人自谓自评。 ⑥"官因"句:此句实亦诗人自谓。韩偓之贬官以及弃官不仕均是时危世乱,受朱全忠之流迫害所造成。《新唐书·韩偓传》即记此事云:"全忠、胤临陛宣事,坐者皆去席,偓不动,曰:'侍宴无辄立,二公将以我为知礼。'全忠怒偓薄己,悖然出。有谮偓喜侵侮有位,胤亦与偓贰。……全忠见帝,斥偓罪,帝数顾胤,胤不为解。全忠至中书,欲召偓杀之。……贬濮州司马。帝执其手流涕曰:'我左右无人矣。'再贬荣懿尉,徙邓州司马。" ⑦"外人"句:外人,他人;别人。此指对自己了解不深之人。《孟子·滕文公下》:"外人皆称夫子好辩,敢问何也?"相待浅:相待,对待。《韩非子·六反》:"犹用计算之以相待也,而况无父子之泽乎?"此句意别人对自己了解不深。⑧"独说"句:济川,语出《书·说命上》:"爰立作相,王置诸其左右。命之曰:'朝夕纳诲,以辅台德。若金,用汝作砺;若济巨川,用汝作舟楫;若岁大旱,用汝作霖雨。'"后多以"济川"比喻辅佐帝王。独孤及《庚子岁避地至玉山酬韩司马所赠》诗:"已无济川分,甘作乘桴人。"此处济川舟意为辅佐帝王之人。此句连上句意为别人对自己了解不深,到如今还把我看作是心存辅佐帝王之人。

【品评】

　　此诗之要旨乃"息虑",即如今已止息入世求功名之杂虑,以获得出处行止之自由了。故首两句即紧扣诗题，表明此主旨。中四句即以最简略之情事说尽入为翰林学士、遭遇贬官以及弃官之情事。末二句则谓如今尚有人以辅佐国事相称许，然而乃是不深知者之意，他哪里知道我而今已是"息虑狎群鸥，行藏合自由"之人矣！既道目前之事，亦反叩"息虑"主题。可谓以"息虑"一以贯之。诗人本胸怀壮志，实具匡国济时之才，且卷进昭宗朝激烈复杂之朝政斗争中。如今壮志消沉，息虑隐居，以亲群鸥，求自由为企盼，其间之思想巨变之缘由，应从"道向危时见，官因乱世休"二句中体悟。

## 味　道①

如含瓦砾竟何功，②痴黠相兼似得中。③心系是非徒怅望，④事须光景旋虚空。⑤升沉不定都如梦，毁誉无恒却要聋。弋者甚多应扼腕，⑥任他闲处指冥鸿。⑦

【注释】

①此诗作于后梁开平元年（907）。味道：此为体味为人处世之道之意。　②如含瓦砾：《南史·何尚之传》附《何胤传》："初，胤侈于味，食必方丈，后稍欲去其甚者，犹食白鱼、鲲脯、糖蟹，以为非见生物。疑蚶蛎，使门人议之。学生钟岏曰：'鲲之就脯，骤于屈申，蟹之将糖，躁扰弥甚。仁人用意，深怀如怛。至于车螯蚶蛎，眉目内阙，惭浑沌之奇，矿壳外缄，非金人之慎。不悴不荣，

曾草木之不若,无馨无臭,与瓦砾其何算。故宜长充庖厨,永为口实。'竟陵王子良见岋议大怒。" ③痴黠相兼:《晋书·顾恺之传》:"初,恺之在桓温府,常云:'恺之体中,痴黠各半。合而论之,正得平耳。'故俗传恺之有三绝:才绝,画绝,痴绝。"痴:不聪慧,愚笨。黠:聪慧;机敏。《后汉书·南蛮传》:"外痴内黠,安土重旧。"葛洪《抱朴子·道意》:"凡人多以小黠而大愚。" ④怅望:惆怅地看望或想望。谢朓《新亭渚别范零陵》诗:"停骖我怅望,辍棹子夷犹。"杜甫《咏怀古迹》之二:"怅望千秋一洒泪,萧条异代不同时。" ⑤事须光景:意为凡事如等待以后的时光。须,等待。《诗·邶风·匏有苦叶》:"人涉卬否,卬须我友。"毛传:"人皆涉,我反未至,我独待之而不涉。"光景:光阴;时光。沈约《休沐寄怀》诗:"来往既云倦,光景为谁留。"李白《相逢行》:"光景不待人,须臾成发丝。"虚空:即虚。虚,空无所有。与"实"相对。 ⑥弋者:射鸟者。扬雄《法言·问明》:"鸿飞冥冥,弋人何篡焉?"扼腕:亦作"扼捥"。用一只手握住另一只手腕、表示振奋、惋惜、愤慨等情绪。《战国策·燕策三》:"樊於期偏袒扼腕而进曰:'此臣之日夜切齿腐心,乃今得闻教!'"《韩非子·守道》:"人臣垂拱于金城之内,而无扼捥聚唇嗟唶之祸。"此处意为愤慨。 ⑦他:指弋者。闲处:僻静的处所。《史记·张释之冯唐列传》:"上怒,起入禁中。良久,召唐让曰:'公奈何众辱我,独无闲处乎?'"元稹《除夜》诗:"闲处低声哭,空堂背月眠。"此意为暗中之处。指冥鸿:意为觊觎冥冥中的飞鸿。《后汉书·逸民传序》李贤注引宋衷曰:"鸿高飞冥冥薄天,虽有弋人,何施巧而取也。喻贤者隐处,不离暴乱之害也。"

**【品评】**

　　此诗乃诗人历经人生患难,流寓入闽后回顾人生,体味为人处世之道之作。首句谓人生如不悴不荣,无馨无臭,如含瓦砾般又有何意思呢!第二句乃诗人所体味,亦即为人痴黠相兼最为相宜。第三句以为人若心系是非太甚,则徒然招致怅望而已。第四句乃"我生待明日,万事成蹉跎"之意。第五句谓世事无常,皆如梦般变幻不定,有如《庄子·德充符》所谓"死生存亡、穷达贫富、贤与不肖、毁誉、饥渴、寒暑,是事之变,命之行也"。第六句乃葛洪《抱朴子·自叙》所谓"毁誉皆置于不闻"也。末两句应看作诗人所面对之险恶处境与态度,意为可悲叹者乃心存谋害捕杀的人实在太多了,然而只要如冥鸿般隐逸高飞,他又能奈我何呢!

## 秋郊闲望有感①

　　枫叶微红近有霜,碧云秋色满吴乡。②鱼冲骇浪雪鳞健,③鸦闪夕阳金背光。心为感恩长惨戚,④鬓缘经乱早苍浪。⑤可怜广武山前语,⑥楚汉虚教作战场。

**【注释】**

　　①此诗约后梁开平元年(907)秋作于福州。　②碧云:青云,碧空中的云。《文选·江淹〈杂体诗·效惠休"别怨"〉》:"日暮碧云合,佳人殊未来。"张铣注:"碧云,青云也。"戴叔伦《夏日登鹤岩偶成》诗:"愿借老僧双白鹤,碧云深处共翱翔。"吴乡:吴,古国名。

三国时三国之一。公元222年孙权称吴王,都建业(今江苏南京市)。公元229年称帝,占有今之长江中下游,南至福建、两广以及越南北部和中部。吴乡,此处指福建福州一带。　③雪鳞:原为白色鱼鳞。此处借指鱼。罗邺《春日过寿安山馆》:"归期不及桃花水,江上何人绘雪麟。"陆游《游鄞》诗:"掠水翻翻沙鹭过,供厨片片雪鳞明。"　④感恩:此指诗人因曾获得唐昭宗之宠爱器重,故对昭宗心怀感恩之情。　⑤苍浪:花白。白居易《冬至夜》诗:"老去襟怀常濩落,病来须鬓转苍浪。"又《浩歌行》:"鬓发苍浪牙齿疏,不觉身年四十七。"　⑥"可怜广武山前语"二句:广武山,又名三皇山,地在今河南郑州市西北。《元和郡县图志》卷八《河南道四·荥泽县》:"广武山,在县西二十里,一名三皇山。"同上书卷五《河南道一·河阴县》:"三皇山……上有三城,即刘、项相持处。"秦末,楚汉两军曾隔鸿沟对峙,项羽据东广武称楚王城,刘邦据西广武称为汉王城。《三国志·魏书·王粲传》附《阮籍传》裴松之注引《魏氏春秋》:"遂纵酒昏酣,遗落世事。尝登广武,观楚、汉战处,乃叹曰:'时无英才,使竖子成名乎!'时率意独驾,不由径路,车迹所穷,则恸哭而反。"

【品评】

　　此诗前半首乃写秋郊景色,后半则诗题所谓"有感"也。其后半首乃此诗之侧重处。五、六两句言因感唐昭宗之恩惠而至今仍惨戚不已,而经历一场场宫廷内乱与藩镇间为篡夺政权之激烈复杂之战乱,自己也因百受磨难迫害而早就鬓发苍苍,垂垂老矣。末二句则借阮籍登广武山感叹楚汉相争之语,长叹如今亦是时无英雄,遂使战乱不休,世道陵替,竖子成名矣!钱牧斋、何义门《评注唐诗鼓吹》卷二谓:"据阮籍广武山前之语,楚、汉两无英雄,虚教争战,偓盖薄视当日英雄也。"陆次云辑《五朝诗善鸣集》对此诗之用字颇为赞赏,云:"冲字,闪字,健字,光字,皆有气力,有精神,奕奕生动。"

# 余寓汀州沙县病中闻前郑左丞璘随外镇举荐赴洛兼云继有急征旋见脂辖因作七言四韵戏以赠之或冀其感悟也己巳年①

莫恨当年入用迟,②通材何处不逢知。③桑田变后新舟楫,④华表归来旧路岐。⑤公幹寂寥甘坐废,⑥子牟欢抃促行期。⑦移都已改侯王第,⑧惆怅沙堤别筑基。⑨

## 【注释】

①据此诗诗题下"己巳年"小注,知诗乃作于己巳年,即后梁开平三年(909)。时诗人在闽汀州沙县。汀州:唐开元二十四年分福州、抚州置。治所在长汀县(今属福建)。因长汀溪以为名。辖境相当于今福建武夷山脉以东,三明、永安、漳平、龙岩、永定等市县以西地区。沙县:隋开皇初改沙村县置,唐大历十二年改属汀州。中和四年迁凤林冈,即今治。郑左丞璘:唐郑州荥阳人,字华圣。郑从谠子。昭宗大顺中,以考功员外郎充史馆修撰。乾宁中任翰林学士。累官尚书左丞。唐末乱,南入闽依泉州刺史王审

邦。著有《视草亭记》,已佚。左丞,尚书左丞。唐属尚书省,正四品上。《旧唐书·职官志二》:"左丞掌管辖诸司,纠正省内,勾吏部、户部、礼部十二司,通判都省事。若右丞阙,则并行之。……御史有纠劾不当,兼得弹之。"外镇:京城外设长官督守的要镇。亦指镇抚地方的官员。举荐赴洛:指因外镇举荐赴洛阳任官。此时乃朱全忠之后梁,洛阳为后梁西都,大梁为东都。脂辖:脂车。多谓准备驾车远行。《左传·哀公三年》:"校人乘马,巾车脂辖。"杨伯峻注:"辖为车轴两头之键,涂之以脂。古无机油,以动物脂肪代之,使车行滑利也。"此处指脂车。　②当年:指李唐唐昭宗时。入用,指被李唐所录用,即入仕。　③通材:即通才,学识广博兼备多种才能的人。《孔丛子·独治》:"其人通材,足以干天下。"　④"桑田"句:桑田,即沧海桑田。语本晋葛洪《神仙传·王远》:"麻姑自说云:'接侍以来,已见东海三为桑田。'"后以"沧海桑田"比喻世事变化巨大。储光羲《献八舅东归》诗:"独往不可群,沧海成桑田。"此处"桑田变后"指朱全忠篡夺李唐政权,新建后梁之政局。新舟楫:此喻被后梁新政权所任用的治理政务的官员。　⑤"华表归来"句:陶潜《搜神后记》卷一:"丁令威,本辽东人,学道于灵虚山。后化鹤归辽,集城门华表柱。时有少年,举弓欲射之。鹤乃飞,徘徊空中而言曰:'有鸟有鸟丁令威,去家千年今始归。城郭如故人民非,何不学仙冢累累。'遂高上冲天。"此句以丁令威归来城郭如故人民非典故,比喻现在已世道沧桑,已不是李唐天下了。　⑥"公幹寂寥"句:公幹,建安七子之一刘桢之字。《三国志·魏志·王粲传》:"粲与……东平刘桢字公幹并见友善。幹为司空军谋祭酒掾属,五官将文学。"裴松之注引《先贤行状》曰:"幹清玄体道,六行修备,聪识洽闻,操翰成章。轻官忽禄,不眈世荣。建安中,太祖特加旌命,以疾休息。后除上艾长,又以疾不行。"又同上书记"桢以不敬被刑,刑竟署吏"。此句诗人以刘桢甘心坐废寂寥,用以讽劝郑璘要轻官忽禄,不眈世荣,不为朱全忠效劳。坐废:因某事被认为有罪而被废去不用。《汉书·文三王传》:"有司奏(刘)年淫乱,年坐废为庶人。" ⑦"子牟欢抃"句:《庄子·让王》:"中山公子牟谓瞻子曰:'身在江海之上,心居乎魏阙之下,奈何?'瞻子曰:'重生,重生则利轻。'中山公子牟曰:'虽知之,未能胜也。'"欢抃:抃,鼓掌;拍手表示欢欣。《吕氏春秋·古乐》:"帝喾乃令人抃。"高诱注:"两手相击曰抃。"促:推动,催促。周邦彦《早梅芳近·别恨》词:"去难留,话未了。早促登长道。"此句以子牟身在江海之上,心居乎魏阙之下,比喻郑璘欢欣于为外镇举荐,急急忙忙将赶赴洛阳,为朱全忠效劳。 ⑧"移都"句:此句谓现在都城已被朱全忠由长安东移,李唐皇朝已经变为后梁政权,侯王宅第也变换了主人。 ⑨沙堤:唐代专为宰相通行车马所铺筑的沙面大路。唐李肇《唐国史补》卷下:"凡拜相,礼绝班行,府县载沙填路。自私第至于子城东街,名曰沙堤。"后用为典实。指枢臣所行之路。别筑基:此处意为新宰相别筑新沙堤。亦即谓现在李唐已沦替,新宰相已是后梁之人了。

## 【品评】

孙克宽《韩偓简谱》谓"此诗责郑即以明志",诚然。有学者释此诗云:"诗题云'璘随外镇举荐赴洛',即为王审知举荐赴梁朝官。从谠为唐名臣,璘则屈节辱身,故偓赠之诗,犹'冀其感悟也'。诗前四句,痛嘲其竟为贰臣,五六句以己之'甘坐废'对照其'促行期',实晓以大义。结联更陈以利害,意梁必败亡也。循循善诱,用心良苦。而偓之大节,凛然可感矣。前题所谓'脂辖',后题所'请为申达'者,皆指梁朝使臣。诗实婉言拒召。"按,所说大致可从,然亦有可辨析者。题中之"脂辖",与后题所'请为申达'者(指韩偓《又一绝请为申达京洛亲交知余病废》诗,本书未选入),恐皆非指梁朝使臣,据诗意当指"或冀其感悟"之"其",即郑璘也。且结联亦恐非"意梁必败亡也",乃谓如今已改朝换代,非复李唐王朝也。亦即吴汝纶于此诗后评注云"是时唐亡已三年矣,故诗欲感悟之。是年梁迁都洛"之具体情势。

# 梦中作①

紫宸初启列鸳鸾,②直向龙墀对揖班。③九曜再新环北极,④万方依旧祝南山。⑤礼容肃睦缨緌外,⑥和气熏蒸剑履间。⑦扇合却循黄道退,⑧庙堂谈笑百司闲。⑨

【注释】

①此诗作于后梁开平三年(909),时韩偓寓居于闽沙县。②紫宸:宫殿名,天子所居。唐宋时为接见群臣及外国使者朝见庆贺的内朝正殿,在大明宫内。程大昌《雍录》:"含光之北为宣政,宣政之北为紫宸。"杜甫《冬至》诗:"杖藜雪后临丹壑,鸣玉朝来散紫宸。"鸳鸾:此喻上朝之百官。列鸳鸾,指百官排列于朝廷

上。　③龙墀:犹丹墀。也代指皇帝。刘禹锡《杨柳枝》词之三:"凤阙轻遮翡翠帏,龙墀遥望曲尘丝。"对揖班:指百官在朝堂上分班排列,拱手相对而立。　④九曜:指北斗七星及辅佐二星。《文子·九守》:"天有四时、五行、九曜、三百六十日。"北极:即北极星。《尔雅·释天》:"北极谓之北辰。"郭璞注:"北极,天之中,以正四时。"北斗七星环绕北极星旋转,故古人用以喻帝王。张说《扈从温泉宫》:"骑仗联联环北极,鸣笳步步引南薰。"　⑤万方:万邦,各方诸侯。《书·汤诰》:"王归自克夏,至于亳,诞告万方。"亦引申指天下各地;全国各地。杜甫《登楼》诗:"花近高楼伤客心,万方多难此登临。"祝南山:即祝寿。南山,原指终南山,属秦岭山脉,在今陕西省西安市南。《诗·小雅·节南山》:"节彼南山,维石岩岩。"后有"寿比南山"语,用以祝寿。　⑥礼容:礼制仪容。《史记·孔子世家》:"孔子为儿嬉戏,常陈俎豆,设礼容。"《陈书·程文季传》:"文季最有礼容,深为高祖所赏。"缨緌:亦作"缨绥"。此处谓冠带与冠饰。亦借指官位或有声望的士大夫。《礼记·内则》:"冠绥缨。"孔颖达疏:"结缨颔下以固冠,结之余者,散而下垂,谓之绥。"张华《答何劭》诗之一:"吏道何其迫,窘然坐自拘。缨緌为徽纆,文宪焉可逾。"　⑦和气:祥和祥瑞之气。剑履:即剑履上殿之缩语。古代经帝王特许,重臣上朝时可不解剑,不脱履,以示殊荣。《史记·萧相国世家》:"于是乃令萧何赐带剑履上殿,入朝不趋。"　⑧扇合:此指皇帝退朝。扇,宫扇,皇帝的仪仗。合,此指宫扇合闭。《新唐书·仪卫志》:"皇帝步出西序门,索扇,扇合。皇帝升御座,扇开。"黄道:帝王出游时所走的道路。李白《上之回》诗:"万乘出黄道,千骑扬彩虹。"王琦注:"萧士赟曰:《前汉·天文志》:日有中道。中道者,黄道也。日,君象,故天子所行之道亦曰黄道。" ⑨百司:即百官。《宋书·恩幸传论》:"空置百司,权不外假。"

## 【品评】

此记梦中早朝肃穆祥和景象,乃诗人于唐亡之后企盼唐室再兴愿望之梦幻也。故陈寅恪谓"'再新''依旧'一联希望唐室复兴之意极显,宜其以'梦中作'为题也"。(《读书札记二集·韩翰林集之部》)邓小军《韩偓年谱》亦谓"此诗写唐廷早朝,境界庄严华美,实往事与梦想之合璧,与杜甫《秋兴八首》之五'云移雉尾开宫扇,日绕龙鳞识圣颜。一卧沧江惊岁晚,几回青琐点朝班'同一机杼。故国沦亡,新朝征召之际,乃有此等诗篇"。所说均颇得其实。以此可见诗人追怀故国之思,企盼复兴大唐之情,何其深切也。


## **此翁**此后在桃林场①

高阁群公莫忌侬,②侬心不在宦名中。③严光一唾垂绶紫,④何胤三遗大带红。⑤金劲任从千口铄,⑥玉寒曾试几炉烘。⑦唯应鬼眼兼天眼,⑧窥见行藏信此翁。⑨

## 【注释】

①统签本此诗题下小注谓"庚午桃林场作",则此诗乃庚午年,即后梁开平四年(910)作于桃林场。桃林场:唐长庆二年置,

即今福建永春县。岑仲勉《唐集质疑·韩偓南依记》:"《寰宇记》一〇二……两记桃林场之置年虽不同,但均是南安西界。今永春南之晋江上源,犹称桃林溪,偓当日所居即其地。" ②高阁群公:此指闽王审知幕府中官吏。依:我。《晋书·会稽王道子传》:"道子颔曰:'依知依知。'" ③"依心"句:此句谓我的心思完全不放在为官做宦上。 ④"严光"句:《后汉书·严光传》:"严光字子陵,一名遵,会稽余姚人也。少有高名,与光武同游学。及光武即位,光乃变名姓,隐身不见。帝思其贤,乃令以物色访之。……车驾即日幸其馆,光卧不起,帝即其卧所,抚光腹曰:'咄咄子陵,不可相助为理邪?'光又眠不应,良久乃张目熟视曰:'昔唐尧著德,巢父洗耳,士故有志,何至相迫乎?'帝曰:'子陵,我竟不能下汝邪?'于是升舆叹息而去。……除为谏议大夫,不屈,乃耕于富春山,后人名其钓处为严陵濑焉。"垂绶紫:谓为朝中贵官。绶,古代帽带的下垂部分。《礼记·内则》:"冠绥缨。"孔颖达疏:"结缨颔下以固冠,结之余者,散而下垂,谓之绥。"紫,指紫服,贵官朝服。元稹《有唐赠太子少保崔公墓志铭》:"紫服、金鱼之赐,其尚矣。" ⑤"何胤"句:南朝齐何胤任中书令,常怀止足,曾辞官归隐,后又两次拒绝征召,隐居而终。传见《南史·何尚之》附《何胤传》。大带红:指古时高官所用红色绶带。 ⑥"金劲"句:金劲,此处以金子之坚固,坚硬以喻人。劲,坚固,坚硬。《韩非子·十过》:"于是发而试之,其坚虽菌辂之劲弗能过也。"沈作喆《寓简》卷一〇:"其坚实不变者,劲如金石,是为沈水香。"千口铄:谓伤人的谗言。即众口铄金之意。比喻众口同声可混淆视听。《国语·周语下》:"众口铄金。"韦昭注:"铄,消也,众口所毁,虽金石犹可消也。"

⑦"玉寒"句：玉寒，玉之冰寒，此处用以比喻节操之清白坚贞。曾试几炉烘，谓良玉曾历经烧炼，用以比喻自己过去在朝中已历经多次磨难锤炼。 ⑧鬼眼：能窥见隐秘的鬼神之眼。常用以称相士之眼。张舜民《画墁录》卷一："(神宗)翌日喻执政曰：'杜常第四人及第，却一双鬼眼，可提举农田水利。'太祖常谓陶谷一双鬼眼。"天眼：佛教所说五眼之一。又称天趣眼，能透视六道、远近、上下、前后、内外及未来等。《大智度论》卷五："于眼，得色界四大造清净色，是名天眼。天眼所见，自地及下地六道中众生诸物，若近，若远，若粗，若细，诸色无不能照。" ⑨行藏：指出处或行止。语本《论语·述而》："用之则行，舍之则藏。"潘岳《西征赋》："孔随时以行藏，蘧与国而舒卷。"此翁，诗人自谓。

## 【品评】

　　此诗因诗人受闽王审知幕府官吏猜忌谗毁，为表明心迹而作。诚如孙克宽《韩偓简谱》所谓"《此翁》七律诗有'高阁群公莫忌侬'句，殆王审知参佐有忌之者"。故诗人此诗首联即表明无意仕宦，请群公莫相忌之态度。这正与其《失鹤》诗"为报鸡群虚媢妒，红尘向上有青冥"同一意趣。颔联则以严光、何胤之遗弃官爵，乐意隐居以自喻。腹联有如诗人《病中初闻复官二首》之一之"烧玉谩劳曾历试，铄金宁为欠周防"之意，更以众口铄金、玉曾历次烧炼，以表明自己已经百遭历练磨难，今任随众人之猜忌诋毁，于我已无妨害矣。尾联"唯应鬼眼兼天眼，窥见行藏信此翁"，乃希冀有能明察秋毫者，审察我向来为人处世之态度与行踪，庶可相信我已毫无仕宦之意矣。由此诗可见诗人入闽后，尽管王审知颇为器重他并有意延请他入幕,但诗人并无入幕之意,此中原因固有诗人绝不出仕已为后梁附属之闽国态度,而王审知幕僚对诗人之猜忌诋毁当亦是原因之一。

# 失　鹤①

正怜标格出华亭,②况是昂藏入相经。③碧落顺风初得志,④故巢因雨却闻腥。⑤几时翔集来华表,⑥每日沉吟看画屏。⑦为报鸡群虚嫉妒,⑧红尘向上有青冥。⑨

**【注释】**

①此诗乃后梁开平四年(910)所作,时诗人在闽中桃林场。②标格:风范,风度。《艺文类聚》卷七七引北魏温子升《寒陵山寺碑序》:"大丞相渤海王,命世作宰,惟机成务。标格千仞,崖壁万里。"杜甫《赠李八丈》:"早年见标格,秀气冲星斗。"华亭:此处指华亭鹤。《世说新语·尤悔》:"陆平原河桥败,为卢志所谮,被诛。临刑叹曰:'欲闻华亭鹤唳,可复得乎!'"刘孝标注引《八王故事》:"华亭,吴由拳县郊外墅也,有清泉茂林。吴平后,陆机兄弟共游于此十余年。"又引《语林》曰:"机为河北都督,闻警角之声,谓孙丞曰:'闻此不如华亭鹤唳。'故临刑而有此叹。"据此可见华亭鹤标格之特出。　③昂藏:气概轩昂貌。白居易《病中对病鹤》:"但作悲吟和嚗唳,难将俗貌对昂藏。"相经:指《相鹤经》。《郡斋读书志·后志》卷二:"《相鹤经》一卷。右题曰浮丘公撰。其传云:浮

丘公授于王子晋。后崔文子学道于子晋,得其文藏于嵩山之石室。淮南公采药得之,乃传于世。" ④碧落:道教语。天空;青天。杨炯《和辅先入昊天观星瞻》:"碧落三千外,黄图四海中。" ⑤"故巢"句:故巢,表面指华亭鹤之旧巢,实喻指唐朝廷。此句意为唐王朝为朱全忠之流所篡夺,因而处于腥风血雨之中。 ⑥"几时翔集"句:华表,古代设在桥梁、宫殿、城垣或陵墓等前兼作装饰用的巨大柱子。杜甫《陪李七司马皂江上观造竹桥》诗:"天寒白鹤归华表,日落青龙见水中。"来华表,用丁令威典故。《搜神后记》卷一:"丁令威,本辽东人,学道于灵虚山。后化鹤归辽,集城门华表柱。"此句以华亭鹤比喻自己,意为自己何时才能回到故都。 ⑦画屏:指画有华亭鹤的屏风。 ⑧鸡群:此处喻指嫉妒诗人者。取"鹤立鸡群"之语。《晋书·嵇绍传》:"如野鹤之在鸡群。"韩愈《醉赠张秘书》:"张籍学古淡,轩鹤避鸡群。" ⑨红尘:谓俗世。青冥:形容青苍幽远。指青天。《楚辞·九思》:"元鹤兮高飞,增逝兮青冥。"

## 【品评】

此诗乃诗人受闽王审知幕僚猜忌有感而作。诗乃用寓托之法,失鹤即自喻自谓,以离开故巢之华亭鹤,抒发自己被迫离开朝廷后之处境与心志。首二句以华亭鹤表明自己原本出身不凡,气宇轩昂,正不同于一般群类矣。颔联回首身世经历,谓原本在唐昭宗朝亦曾仕途通达得志,不料却因朱全忠之窃取朝政,屠戮排挤朝臣,以致自己不得不离开故都。颈联则抒写对昭宗朝之向往与怀念。"几时",表热切之盼望也;"每日",明无时不"看画屏",

无时不为思念往昔而"沉吟"也。尾联则归结至本诗原意,不无讽意地告诉猜忌者:我本有超脱红尘之高远志向,汝等正不必空嫉妒也。

# 晨 兴<sup>①</sup>

晓景山河爽,闲居巷陌清。<sup>②</sup>已能消滞念,<sup>③</sup>兼得散余醒。<sup>④</sup>汲水人初起,<sup>⑤</sup>回灯燕暂惊。<sup>⑥</sup>放怀殊未足,<sup>⑦</sup>圆隙已尘生。<sup>⑧</sup>

【注释】

①此诗作于后梁开平四年(910),时诗人隐居于闽中桃林场。②巷陌清:谓街巷清静。巷陌,街巷的通称。 ③滞念:凝结在心中的思念。亦泛指牵挂。陆机《拟青青陵上柏》诗:"戚戚多滞念,置酒宴所欢。"陶弘景《冥通记》卷二:"尔情无滞念,胸臆萧豁。" ④散余醒:谓昨夜醉酒,今朝已消退。余醒,犹宿醉,余醉。醒,醉酒。《诗·小雅·节南山》:"忧心如醒。"毛传:"病酒曰醒。"散余醒,谓昨夜醉酒,今朝已消退。 ⑤汲水:从井里取水。亦泛指打水。《易·井》:"井渫不食,为我心恻,可用汲。" ⑥回灯:重新掌灯。白居易《琵琶行》:"移船相近邀相见,添酒回灯重开宴。"暂惊:突然被惊吓。暂,突然。陶潜《与子俨等疏》:"五六月中北窗下卧,遇凉风暂至,自谓是羲皇上人。" ⑦放怀:开怀,放宽心怀。温庭筠《春日偶作》诗:"自欲放怀犹未得,不知经世竟如何?"殊未

足,犹未足够。殊,犹,尚。谢灵运《南楼中望所迟客》诗:"园景早已满,佳人殊未适。" ⑧圆隙:门上小圆孔,用以从门内往外窥视。黄宗炎《周易象辞》卷六:"窥,闪也,从门,从规。规指门中圆隙,人以目就之,而外视或见或否,闪烁不定也。其义与窥相侣。"王棨《麟角集·珠尘赋》:"丹海之滨,青珠似尘。盖轻细以无滞,遂飞扬而有因。……又云来或鸟衔,积如山岖。半穿圆隙,影寒于云母。"已尘生:已经落上了灰尘。意为时间已经过了很久。

## 【品评】

诗写因觉晓景之清爽而感发之兴致。首二句即写晓景之清之爽也。清爽既是山河景色、巷陌屋街之情景,亦是诗人之兴致感受。方回评此二句云:"'清'、'爽'一联好,亦多能述晨兴之味。"(《瀛奎律髓汇评》卷一四晨朝类)三、四两句,乃顺着首二句而说,实际亦写晨景使人清爽。"消滞念"、"散余醒",故令人清爽。"已能"、"兼得"下得妙,乃自然地表明连贯上下两联之意。五、六两句,既是晓景,亦是写"巷陌清"。"回灯"而"燕暂惊",乃写巷陌之清静也。纪昀谓"结有寓意"(《瀛奎律髓汇评》卷一四晨朝类)。此寓意谓何?"圆隙已尘生",乃表明"放怀"时间之长久,然而诗人犹感未足尽兴。故"放怀"二句,乃寓寄诗人处此晓景中,晨兴之浓厚深长,表明其沉溺于清爽晓景之悠长兴味也。

# 暴　雨<sup>①</sup>

电尾烧黑云,<sup>②</sup>雨脚飞银线。<sup>③</sup>急点溅池心,微烟昏水面。气凉氛祲消,<sup>④</sup>暑退松篁健。丛蓼亚赪茸,<sup>⑤</sup>擎荷翻绿扇。<sup>⑥</sup>风期谁与同,<sup>⑦</sup>逸趣余探遍。<sup>⑧</sup>欲去更迟留,<sup>⑨</sup>胸中久交战。<sup>⑩</sup>

## 【注释】

①此诗统签本题下有小注云:"庚午桃林场作。"据此此诗乃作于后梁开平四年(910),时诗人在闽中桃林场。　②电尾:闪电的光。其形如尾,故称。　③雨脚:密集落地的雨点。杜甫《茅屋为秋风所破歌》:"床头屋漏无干处,雨脚如麻未断绝。"杜牧《念昔游》:"云门寺外逢猛雨,林黑山高雨脚长。"　④氛祲:雾气。王僧达《七夕月下》诗:"远山敛氛祲,广庭扬月波。"　⑤丛蓼:丛生的蓼草。蓼,植物名。为一年生或多年生草本。味辛,又名辛菜,可作调味用。《诗·周颂·良耜》:"以薅荼蓼。"毛传:"蓼,水草也。"亚:垂;低垂。韦庄《对雪献薛常侍》诗:"松装粉穗临窗亚,水结冰锥簇溜悬。"柳永《柳初新》词:"东郊向晓星杓亚,报帝里,春来也。"赪茸:此指红色的细嫩蓼草。茸,草类初生细软貌。谢灵运《于南山往北山经湖中瞻眺诗》:"初篁苞绿箨,新蒲含紫茸。"　⑥"擎荷"句:此句意谓由于密集大雨点打在荷叶上,使得擎举的荷叶翻动,好像一把把翻动的绿扇似的。　⑦风期:风光。李白

《游敬亭寄崔侍御》诗："相去数百年,风期宛如昨。" ⑧逸趣:超逸不俗的情趣。沈约《钟山诗应西阳王教》:"君王挺逸趣,羽旆临崇基。" ⑨迟留:停留;逗留。王充《论衡·状留》:"贤儒迟留,皆有状故。" ⑩交战:此处指两种不同的思想互相斗争。

### 【品评】

此诗摹写夏日暴雨景象,笔致奇妙而细腻生动,将暴雨场面灵活灵现描绘而出。其中"雷尾烧黑云,雨脚飞银线",前人惊叹为"奇句"也。(彭端淑《雪夜诗谈》卷中)首联与"急点"、"微烟"两句,颇描摹出暴雨时天地间电闪雷鸣、大雨倾盆而下之飞动苍茫气势与景象。"丛蓼亚赪茸,擎荷翻绿扇"两句,描写风雨中丛蓼擎荷,颇具细腻生动气韵,亦乃诗中写物佳句。末二句乃见诗人对此景象欲去不得,流连不舍之情致,与其前二句相呼应。

## 闲　兴①

景寂有玄味,②韵高无俗情。③他山冰雪解,此水波澜生。影重验花密,④滴稀知酒清。⑤忙人常扰扰,⑥安得心和平。

### 【注释】

①此诗乃作于后梁开平四年(910),时诗人仍在闽中桃林场。②景寂:景色幽静空寂。玄味:深奥的旨趣,常指老庄之道。晋习

凿齿《与释道安书》:"清风藻于中夏,鸾响厉乎入冥,玄味远猷,何荣如之!"刘义庆《世说新语·轻诋》:"孙长乐作王长史诔云:'余与夫子,交非势利,心犹澄水,同此玄味。'"《云笈七签》卷四:"余少耽玄味,志爱经书。" ③韵高:风韵高迈。 ④影重:此指花影重迭。杜荀鹤《春宫怨》:"风暖鸟声碎,日高花影重。"验:验证;证实。《史记·孟子荀卿列传》:"其语闳大不经,必先验小物,推而大之,至于无垠。" ⑤滴稀:指酒味不浓。滴,酒滴。稀,薄,不浓。苏轼《次韵田国博部夫南京见寄》之二:"火冷饧稀杏粥稠,青裙缟袂饷田头。"酒清:即清酒,清醇的酒。《诗·大雅·凫鹥》:"尔酒既清,尔殽既馨。" ⑥扰扰:纷乱貌,烦乱貌。《国语·晋语六》:"唯有诸侯,故扰扰焉。凡诸侯,难之本也。"武元衡《南徐别业早春有怀》诗:"生涯扰扰竟何成,自爱深居隐姓名。"

## 【品评】

　　此诗乃诗人隐逸避世,颇为清闲时体味清闲生活之作。前六句均以具体例子阐明人间万事万物间之因果相关关系,如"景寂有玄味,韵高无俗情",即说明景色幽寂,则令人能体味到玄远之旨趣;风韵高迈,则使人脱离俗情。又如"他山冰雪解,此水波澜生",即说明此处江水波澜兴起,乃是他处山上冰雪融化之结果。以此得出此诗之要旨"忙人常扰扰,安得心和平",也即诗题《闲兴》之所感悟者。此诗之"他山冰雪解,此水波澜生"句,清人全祖望亦有如下之解读:"刘后村曰:'"唐史谓致光挈族入闽依王氏"。按,王氏据福唐,致光乃居南安,曷尝遂依之乎?'后村之言是也,而尚未尽。致光以丙寅至福唐主黄滔家,丁卯唐亡。……己巳寓汀州之沙县,庚午寓尤溪之桃林,辛未而后始至南安。……然致光之居南安,固不依王氏。即居福唐,亦非依王氏。何以知之?王氏固附梁者也,致光避梁而出,岂肯依附梁之人。故其叹郎官之使闽者曰:'不羞莽卓黄金印,翻笑羲皇白接䍦。'《鹊》诗曰:'莫怪天涯栖不稳,托身须是万年枝。'……《喜凉》诗曰:'东南亦是中华分,蒸郁相凌太不平。'……《闲兴》诗云:'他山冰雪解,此水波澜生。'岂但于王氏无一毫之益,且危疑百端矣。读诗论世,可以得其情状也。"(全祖望《鲒埼亭集外编》卷三三《题跋·跋韩致光闽中诗》)所说当符合韩偓当时之境况。

## 寄隐者①

烟郭云扃路不遥,②怀贤犹恨太迢迢。长松夜落钗千股,③小港春添水半腰。已约病身抛印绶,④不嫌门巷似渔樵。渭滨晦迹南阳卧,⑤若比吾徒更寂寥。⑥

## 【注释】

①此诗乃后梁开平四年(910)春(诗有"小港春添水半腰")之作,韩偓时在闽中桃林场。　②烟郭:郭,外城,古代在城的外围加筑的一道城墙。《礼记·礼运》:"城郭沟池以为固。"云扃:扃,门户。韩愈《县斋有怀》诗:"劚嵩开云扃,压颍抗风榭。"　③"长松夜落"句:此句意为月光照在松树上,松叶的影子投映在地上,犹如千万股头钗掉在地上似的。　④抛印绶:谓自弃官职。印

绶,印信和系印信之丝带。古人印信上系有丝带,佩带在身。《史记·项羽本纪》:"项梁持守头,佩其印绶。"《旧唐书·裴度传》:"带丞相之印绶,所以尊其名。"此处乃借指官爵。《史记·高祖本纪》:"遣张良操印绶,立韩信为齐王。"韦应物《饵黄精》诗:"终期脱印绶,亦与天壤存。" ⑤渭滨晦迹:周朝吕尚曾隐于渭水之滨垂钓,后为周文王所用。《史记·齐太公世家》:"太公望吕尚者,东海上人。……吕尚盖尝穷困,年老矣,以鱼钓奸周西伯。西伯将出猎,卜之,曰'所获非龙非螭,非虎非罴,所获霸王之辅。'于是周西伯猎,果遇太公于渭之阳,与语大说,曰:'自吾先君太公曰"当有圣人适周,周以兴"。子真是邪?吾太公望子久矣。'故号之曰'太公望',载与俱归,立为师。"南阳卧:《三国志·蜀志·诸葛亮传》:"诸葛亮字孔明……亮躬耕陇亩,好为《梁父吟》。身长八尺,每自比于管仲、乐毅,时人莫之许也。……时先主屯新野,徐庶见先主,先主器之,谓先主曰:'诸葛孔明者,卧龙也,将军岂愿见之乎?'……由是先主遂诣亮,凡三往,乃见。……先主曰:'善!'于是与亮情好日密。"又裴松之注引《汉晋春秋》曰:"亮家于南阳之邓县,在襄阳城西二十里,号曰隆中。" ⑥"若比吾徒"句:如果比起我辈来,他们更为寂寞沉寂。吾徒,犹我辈。班固《答宾戏》:"孔终篇于西狩,声盈塞于天渊,真吾徒之师表也。"寂寥:冷落;沉寂。《宋书·隐逸传论》:"若夫千载寂寥,圣人不出,则大贤自晦。"

## 【品评】

此诗为寄赠隐逸者以表明隐逸避世之志之作。首二句写怀念隐者,虽每愿相见,隐者亦居于不远之烟郭云扃中,然于抱病之我而言,仍是遥远而难及。此两句释此诗"寄"之缘由。三、四句描状隐居处山水之清幽宜人景色,一表倾慕向往之情。五、六句乃表明已经下了隐居不仕,情愿与渔樵为伍之决心。末两句以姜太公、诸葛亮之隐居更为寂寥为比,进一步申明自己弃官隐居之志向。清人吴景旭评韩偓此诗"长松夜落钗千股,小港春添水半腰"句谓"自是晚唐手笔"。(《历代诗话》卷四九《松竹影》)

## 闲　居①

厌闻趋竞喜闲居,②自种芜菁亦自锄。③麋鹿跳梁忧触拨,④鹰鹯搏击恐粗疏。⑤拙谋却为多循理,⑥所短深惭尽信书。⑦刀尺不亏绳墨在,⑧莫疑张翰恋鲈鱼。⑨

## 【注释】

①此诗乃后梁开平四年(910)之作,时诗人隐居于闽中桃林场。　②趋竞:奔走钻营;争名夺利。颜之推《颜氏家训·省事》:"须求趋竞,不顾羞惭。"刘知几《史通·史官建置》:"趋竞之士,尤喜居于史职。"　③芜菁:植物名。又名蔓菁。块根肉质,花黄色,块根可做蔬菜。俗称大头菜。《东观汉记·桓帝纪》:"令所伤郡国,皆种芜菁,以助民食。"　④跳梁:亦作跳踉。犹跳跃。《庄子·逍遥游》:"子独不见狸狌乎?卑身而伏,以候敖者;东西跳梁,不辟高下。"成玄英疏:"跳梁,犹走掷也。"杜甫《七歌》:"黄蒿

古城云不开,白狐跳梁黄狐立。"触拨:顶触,碰撞。张耒《南征赋》:"岂舟人之肃洽兮,艇触拨而欲倒。" ⑤鹰鹯:鹰与鹯。比喻忠勇之人。语出《左传·文公十八年》:"见无礼于其君者,诛之,如鹰鹯之逐鸟雀也。"杜甫《秋日夔府咏怀奉寄郑监李宾客一百韵》:"乘威灭蜂虿,戮力效鹰鹯。"粗疏:意为粗忽疏慢。《三国志·吴志·鲁肃传》:"张昭非肃谦下不足,颇訾毁之,云肃年少粗疏,未可用。"苏辙《沂潮》诗之一:"天地尚遭人意料,乘时使气定粗疏。" ⑥拙谋:笨拙的计谋。《书·盘庚上》:"予亦拙谋作乃逸。"韩愈《纳凉联句》:"直道破邪径,拙谋伤巧诼。" ⑦尽信书:《孟子·尽心下》:"尽信书,则不如无书。" ⑧刀尺:本为裁剪衣物的剪刀和尺子。此处喻品评进退人才的权力。《晋书·李含传》:晋直臣李含遭到中正庞腾等人迫害,中丞傅咸"见含为腾所侮,谨表以闻,乞朝廷以时博议,无令腾得妄弄刀尺"。葛洪《抱朴子·交际》:"如此之徒,虽能令壤虫云飞,斥鹦戾天,手捉刀尺,口为祸福。"绳墨:本为木工画直线用的工具。《礼记·经解》:"绳墨诚陈,不可欺以曲直;规矩诚设,不可欺以为圆。"《孟子·尽心上》:"大匠不为拙工改废绳墨。"此处用以喻法度、法律。《管子·法法》:"引之以绳墨,绳之以诛僇。"《后汉书·寇荣传》:"尚书背绳墨,案空劾,不复质确其过。"李贤注:"绳墨,谓法律也。" ⑨张翰恋鲈鱼:《晋书·张翰传》:"张翰字季鹰,吴郡吴人也。……齐王冏辟为大司马东曹掾。冏时执权,翰谓同郡顾荣曰:'天下纷纷,祸难未已。夫有四海之名者,求退良难。吾本山林间人,无望于时。子善以明防前,以智虑后。'荣执其手,怆然曰:'吾亦与子采南山蕨,饮三江水耳。'翰因见秋风起,乃思吴中菰菜、莼羹、鲈鱼脍,曰:'人生贵得适志,何能羁宦数千里以要名爵乎?'遂命驾而归。"

## 【品评】

　　此诗乃诗人隐居于闽中桃林场记叙其隐逸生活,回首所经历往事,抒发隐逸之志之作。首二句谓厌倦争名夺利之官场生涯,而喜于闲居隐逸,故今乃种菜躬耕。三、四句写隐居山村所见所虑。此两句前人有以为有所寓托者,吴汝纶于此诗诗后评注谓"鹰鹯搏击,疑指晋王李存勖。不然,则唐未亡时作"。按诗作于唐亡后之开平四年,非"唐未亡时"。吴汝纶"疑指晋王李存勖"。据《旧五代史·庄宗纪》,韩偓作此诗时,唐庄宗李存勖正领军击朱全忠军。韩偓此句是否指喻此事,疑恐未必。"拙谋"、"所短"二句,谓自己以往因太遵循道理而拙于谋略,短处也在于太相信书本所言,故遭遇坎坷如此耳。"刀尺"句则谓尽管如此,然而处置品量人材之"刀尺"与法度依然存在,相信人们对自己所为,当有公正合理之评价。末句则表明自己隐居之坚定心愿,愿他人不必再怀疑矣。《韩偓简谱》谓"此诗殆伤唐末士贪权势,终遭白马之厄也"。按,是说恐未必。盖白马之厄并非士人贪权势所致,乃朱全忠、李振之流忌恨清流,残杀朝中大臣,谋夺李唐政权之举。韩偓当不至于讽议遭白马之厄之士人。细味此诗所含意蕴,盖韩偓时遭王审知幕府僚佐所疑忌,故借此诗以表明自己"厌闻趋竞喜闲居"之心迹。

## 洞庭玩月①

洞庭湖上清秋月,月皎湖宽万顷霜。②玉椀深沉潭底白,③金杯细碎浪头光。④寒惊乌鹊离巢噪,⑤冷射蛟螭换窟藏。⑥更忆瑶台逢此夜,⑦水晶宫殿挹琼浆。⑧

**【注释】**

①此诗约作于唐懿宗咸通十三年(872)秋,其时诗人游江南太湖而作。此处洞庭,指今江苏太湖,而非湖南之洞庭湖。 ②万顷霜:谓在月光下,辽阔的洞庭湖水面一派光洁,犹如凝上一层霜。 ③"玉椀"句:椀为"碗"的古字。玉椀,亦作"玉盌"。玉制的餐具,亦泛指精美的碗。嵇康《答难养生论》:"李少君识桓公玉椀。"葛洪《抱朴子·广譬》:"无当之玉盌,不如全用之埏埴。"此处用以喻圆月。韩愈《昼月》诗:"玉盌不磨着泥土,青天孔出白石补。"此句意为皎洁的月亮有如深浸湖里,使得潭底一片洁白。 ④金杯细碎:比喻浪头上闪烁的点点月光,有如金杯的碎片似的。 ⑤乌鹊:指喜鹊。古以鹊噪而行人至,因常以乌鹊预示远人将归。 ⑥蛟螭:犹蛟龙。扬雄《羽猎赋》:"探岩排碕,薄索蛟螭。"吴融《太湖石》:"想得沉潜水府时,兴云出雨蟠蛟螭。" ⑦瑶台:指传说中的神仙居处。王嘉《拾遗记·昆仑山》:"昆仑山有昆陵之地,其高出日月之上。……傍有瑶台十二,各广千步,皆五色玉为台基。"李商隐《无题》:"如何雪月交光夜,更在瑶台十二层。" ⑧挹琼

浆:以瓢酌酒。挹,酌,以瓢舀取。《诗·小雅·大东》:"维北有斗,不可以挹酒浆。"郭璞《游仙诗》之一:"临源挹清波,陵岗掇丹荑。"琼浆:仙人的饮料。喻美酒。《楚辞·招魂》:"华酌既陈,有琼浆些。"梁简文帝《七励》:"澄琼浆之素色。"

### 【品评】

此诗为太湖中洞庭湖上赏月之什。首二句描述秋夜月光下,辽阔的洞庭湖一派洁白景象,为总体概写。此下三四两句即细写。第三句写明月如沉浸湖中潭底,乃写月亮之倒影。第四句刻画湖波银光闪烁之月景,乃写月光照射湖面之光耀景象。五六两句以"乌鹊离巢噪","蛟龙换窟藏"以夸饰明月之皎洁冰清,乃侧写烘托。末二句则为联想之辞,以琼楼玉宇挹酒浆之仙宫情景,以写皎皎明月之美好。


## 赠 隐 逸[①]

静景须教静者寻,[②]清狂何必在山阴。[③]蜂穿窗纸尘侵砚,鸟斗庭花露滴琴。莫笑乱离方解印,[④]犹胜颠蹶未抽簪。[⑤]筑金所得非名士,[⑥]况是无人解筑金。

### 【注释】

①此诗为后梁开平四年(910)诗人隐居于闽中桃林场所作。②静者:谓能清心静虑者。此处指佛道隐逸者。静,精神贯注专

一,乃道家一种修养之术。《云笈七签》卷九九:"修炼之士当须入静……大静三百日,中静二百日,小静一百日。" ③"清狂"句:清狂,放逸不羁貌。左思《魏都赋》:"仆党清狂,怵迫闽濮。"杜甫《壮游》:"放荡齐赵间,裘马颇清狂。"山阴:即今浙江绍兴市。春秋越王勾践之都。秦置县,以邑在山之阴而名。此句用晋人王子猷事典。《世说新语·任诞》:"王子猷居山阴,夜大雪,眠觉,开室命酌酒,四望皎然,因起彷徨,咏左思《招隐诗》。忽忆戴安道,时戴在剡,即便夜乘小船就之。经宿方至,造门不前而返。人问其故,王曰:'吾本乘兴而行,兴尽而返,何必见戴?'" ④解印:即解印绶,谓辞免官职。《汉书·薛宣传》:"游(谢游)得檄,亦解印绶去。"王维《济上四贤咏》:"解印归田里,贤哉此丈夫。" ⑤颠踬:此处意为覆亡;毁灭;失败。《明史·曹文诏周遇吉等传赞》:"曹文诏等秉骁猛之资,所向摧败,皆所称万人敌也。大命既倾,良将颠踬。"顾炎武《天津》诗:"呜呼事一乖,宇宙遂颠踬。"此处"颠踬",乃指唐王朝为朱全忠所篡权而覆亡。未抽簪:谓弃官引退。古时作官的人须束发整冠,用簪连冠于发,故称引退为"抽簪"。《文选·沈约〈应诏乐游苑饯吕僧珍诗〉》:"将陪告成礼,待此未抽簪。"李善注引锺会《遗荣赋》:"散发抽簪,永纵一壑。" ⑥筑金:即筑造黄金台以礼聘贤士。《太平御览·台》引《史记》:"燕昭王置千金于台上,以延天下士,谓之黄金台。"《战国策·燕策》:"燕昭王……往见郭隗先生曰:'齐因孤国之乱,而袭破燕,孤极知燕小力少,不足以报。然得贤士与共国,以雪先王之耻,孤之愿也。敢问以国报仇者奈何?'郭隗先生对曰:'帝者与师处,王者与友处,霸者与臣处,亡国与役处。……今王诚欲致士,先从隗始;隗且见事,况贤于隗者乎？岂远千里哉？'于是昭王为隗筑宫而师之。"名士：指名望高而不仕的人。《礼记·月令》："（季春之月）勉诸侯，聘名士，礼贤者。"郑玄注："名士，不仕者。"孔颖达疏："名士者，谓其德行贞绝，道术通明，王者不得臣，而隐居不在位者也。"

## 【品评】

　　此诗借赠隐者而抒发感慨。首二句谓清静之处境还须静虑者所寻得，放逸不羁又何必在山阴呢？"蜂穿窗纸"、"鸟斗庭花"两句乃具体细致描述隐逸者所居之闲适幽静生活，此亦可谓另一种"清狂"也。此二句方回称"工"（《瀛奎律髓汇评》卷四八仙逸类，下引方回语同），亦即前人所谓"蜂一层，窗一层，纸一层，尘一层，砚一层，蜂弹窗纸一层，蜂弹窗纸尘侵砚一层。七层出于七字，新之至，细之至，天然之至"。（陆次云辑《五朝诗善鸣集》）所描述隐逸者生活环境与心境有若唐诗人姚合笔下之荒僻山邑、山村野处之况味，故为纪昀评为"体近武功，故为虚谷所取，实非高格"。下半首确是"笔仗沉着"，诗人之感慨议论具在其中。"莫笑"、"犹胜"两句，谓自己之弃官虽在离乱之后，但还是胜过那些在国家已亡，还眷念官职，不肯弃官者。言下，其鄙夷指斥那些为朱全忠所效力的李唐旧臣之意显然可见！末两句真如方回所说"尾句一缴，为燕昭王金台所致，便非名士，况又无燕昭王之为人者乎！其说尤高矣"。

# 南　浦①

月若半环云若土,②高楼帘卷当南浦。③应是石城艇子来,④两桨咿哑过花坞。⑤正值连宵酒未醒,不宜此际兼微雨。直教笔底有文星,⑥亦应难状分明苦。⑦

【注释】

①此诗之作年尚难确定。南浦:南浦有数义,原有南面的水边之义,后常用称送别之地。据此诗所赋,似以此义为妥。《楚辞·九歌·河伯》:"子交手兮东行,送美人兮南浦。"王逸注:"愿河伯送己南至江之涯。"李贺《黄头郎》诗:"南浦芙蓉影,愁红独自垂。"王琦注引曾益曰:"南浦,送别之地。"　②月若半环:谓月亮如半个圆环。环,璧的一种。圆圈形的玉器。《左传·昭公十六年》:"宣子有环,其一在郑商。"　③当南浦:正对着南浦。当,对着;向着。《乐府诗集·横吹曲辞五·木兰诗》:"当窗理云鬓,对镜帖花黄。"王安石《寄石鼓陈伯庸》诗:"鲸鱼无风白日闲,天门当面险难攀。"　④石城艇子来:《旧唐书·音乐志》:"《莫愁乐》,出于《石城乐》。石城有女子名莫愁,善歌谣,《石城乐》和中复有'莫愁'声,故歌云:'莫愁在何处? 莫愁石城西。艇子打两桨,催送莫愁来。'"　⑤花坞:四周高起中间凹下的种植花木的地方。梁武帝《子夜四时歌·春歌之四》:"花坞蝶双飞,柳堤鸟百舌。"　⑥直教:此处意为即使让。教,使;令;让。《墨子·非儒下》:"劝下乱

上,教臣杀君,非贤人之行也。"《史记·淮阴侯列传》:"若教韩信反,何冤?"文星:星名。即文昌星,又名文曲星。相传文曲星主文才,后亦指有文才的人。元稹《献荥阳公》诗:"词海跳波涌,文星拂坐悬。"裴说《怀素台歌》:"杜甫、李白与怀素,文星酒星草书星。" ⑦难状:难于描绘形容。状,形容;描绘。刘勰《文心雕龙·物色》:"故灼灼状桃花之鲜,依依尽杨柳之貌。"柳宗元《游黄溪记》:"至初潭,最奇丽,殆不可状。"分明:明确;清楚。《韩非子·守道》:"法分明则贤不得夺不肖,强不得侵弱,众不得暴寡。"

## 【品评】

此诗之作年、地点各家所说不同,故所释诗之意旨亦有异。如震钧谓"梁开平三年,淮南遣张知远修好于王审知。知远醉后倨傲,审知斩之,表上其书于全忠。云'石城艇子来',正咏此事。云'直是连宵酒未醒',言谓知远倨傲由于醉。致尧有舐糠及米之忧,故云'难状分明苦',真心摇摇如悬旌矣"。(震钧《香奁集发微》此诗下评)此说未必可信。盖此诗恐属韩偓早年《香奁集》中诗,故以开平三年事解之,不免有强作解人之嫌。故似宜就其诗句所提供之表面意象解释之。至于是否真有寓托,实在疑不能明。此诗盖乃怀人而抒发思愁之作。首二句描写怀人之环境处所,营造眷念伊人之气氛。"月若半环",言月未圆尚缺也,寓人未团圆而分离。"云若土",云乌黑也,衬托心情之黯淡。"高楼帘卷"句,谓人正伫立高楼,卷帘面对分别之处所。"应是"、"两桨"二句,想望之辞也,乃借古歌谣以抒发思念盼望伊人之情思。"应是"二字,最需注意。"正值"句,谓因思念者久盼未至而愁绪缠绵,故云"连宵酒未醒"。"不宜"句,谓正当此连宵忧愁之时,天又微雨蒙蒙,更增添丝丝愁绪也。末二句则谓此种闲愁思绪之苦楚,纵使有如花妙笔,亦难于描述分明。陈伯海《韩偓生平及其诗作简论》评析此诗谓"诗写候人不来的心情。先借半明半暗的月色、若吞若吐的云影,渲染出迷离不定的气氛;又通过桨声咿哑、艇子虚过的细节,点明候人的焦灼心理;再加上醉酒、微雨的烘托,把此时此刻相思之苦形容得曲尽其妙。与上引《已凉》相比,笔调婉约是一致的……而构思并不过于深曲,语言朴素,风姿天然,音节柔曼,情韵悠长,更接近于《子夜》《西洲》之类南朝乐府。吸取民歌的精华,这也是'香奁诗'不容一笔抹煞的理由"。所说可从。


# 深　院①

鹅儿唼喋梔黄觜,②凤子轻盈腻粉腰。③深院下帘人昼寝,红蔷薇架碧芭蕉。

【注释】

①此诗颇疑乃韩偓早年所作《香奁集》诗,而汲古阁本《香奁集》此诗题下小注"辛未年在南安县作"未可遽信,其作年应存疑俟考。　②唼喋:同唼喋。禽鸟吃食。司马相如《上林赋》:"唼喋菁藻,咀嚼菱藕。"《西京杂记》卷一:"唼喋荷荇,出入蒹葭。"梔黄觜:此谓小鹅长着梔黄色的嘴巴。梔,即梔子,木名。常绿灌木或小乔木,叶子对生,长椭圆形,有光泽。春夏开白花,香气浓烈,可

供观赏。夏秋结果实,生青熟黄,可做黄色染料。也可入药,性寒味苦。杜甫《栀子》诗:"栀子比众木,人间诚未多。" ③凤子:大蛱蝶。崔豹《古今注·鱼虫》:"(蛱蝶)大如蝙蝠者,或黑色,或青斑,名为凤子。"腻粉:犹脂粉。白居易《戏题木兰花》诗:"紫房日照燕脂坼,素艳风吹腻粉开。"张泌《满宫花》词:"腻粉琼妆透碧纱,雪休夸。"腻粉腰,谓大蛱蝶白粉色的腰。

## 【品评】

诗写深院情景,突出深院之幽谧与下帘昼寝人之华贵。首二句不仅描出"黄腻红碧,春色纷呈"之"妍丽之风景",而且"鹅儿唼喋"、"凤子轻盈"二句亦以轻微之动景,衬出深院中之幽静恬美氛围。末句又同首二句,以"红蔷薇"、"碧芭蕉"之"妍丽风景",一并衬托出深院昼寝之人的华贵气象。前人有以"微词"说此诗者,如吴聿《观林诗话》云:"李义山《偶题》云:'小亭闲眠微酒消,山榴海柏枝相交。'韩致尧云:'深院下帘人昼寝,红蔷薇映碧芭蕉。'皆微词也。"亦有自其他角度评析此诗者,如俞陛云《诗境浅说续编》二谓:"写深闺昼寝,而以妍丽之风景映之,静境中有华贵气。唐树义诗:'行近小窗知睡稳,湘帘如水不闻声。'"虽极写静境,而含情在言外,与韩诗略同。刘拜山、富寿荪选注《千首唐人绝句》云:"黄腻红碧,春色纷呈,无非为帘内人无聊昼寝衬托,在极喧闹中见出极清冷,愈以知其心情之落寞。"所说诚是。

# 火　蛾①

阳光不照临,积阴生此类。②非无惜死心,奈有灭明意。③须穿红焰焦,④翅扑兰膏沸。⑤为尔一伤嗟,自弃非天弃。

【注释】

①此诗作于后梁乾化元年辛未(911),时韩偓寓居于闽南安县。火蛾:蛾有趋光的习性,喜明扑火,故称火蛾。亦称飞蛾。《梁书·到溉》:"如飞蛾之赴火,岂焚身之可吝。"崔豹《古今注·虫鱼》:"飞蛾善拂灯,一名火花,一名慕光。"此处之火蛾,盖用以喻指卖身投靠朱全忠的原李唐臣子,如唐宰相崔胤以及柳璨、蒋玄晖和史太之流。　②积阴:谓阴气聚集。《文子·上仁》:"积阴不生,积阳不化。"《淮南子·天文训》:"积阴之寒气为水,水气之精者为月。"　③灭明:指火蛾扑向灯火,似欲扑灭火光。　④须:指火蛾头部之触须。　⑤兰膏:古代用泽兰子炼制的油脂,可以点灯。《楚辞·招魂》:"兰膏明烛,华容备些。"王逸注:"兰膏,以兰香炼膏也。"张华《杂诗》:"朱火青无光,兰膏坐自凝。"

【品评】

此乃咏火蛾诗,然借咏飞蛾扑火,而寓讽意乃其主旨。此诚如统签本韩偓集此诗题下小注所云:"此诗盖有所指。"亦如胡震亨《唐音癸签》卷八所云："致尧闽南逋客,完节改玉之秋。读其诗,当知其意中别有一事在。"至于此诗之所指之"别有一事",盖乃指其时投靠朱全忠后梁政权之原李唐王朝臣子。前六句就飞蛾之生成、习性,以及扑火之下场咏写之,大半属咏物。而"非无惜死心,奈有灭明意"两句,亦兼有斥责其本性之意。诗末两句,则一表诗人之鲜明态度:既为其感伤嗟叹,又指出其灭亡乃自投罗网,自取其咎,怨天地不得。于此可见诗人对于背唐趋附朱全忠之原李唐臣子崔胤、柳璨之流之鄙视痛恨!


## 喜 凉①

炉炭烧人百疾生,②凤狂龙躁减心情。③四山毒瘴乾坤浊,④一箪凉风世界清。⑤楚调忽惊凄玉柱,⑥汉宫应已湿金茎。⑦豪强顿息蛙唇吻,⑧爽利重新鹘眼睛。⑨稳想海槎朝犯斗,⑩健思胡马夜翻营。⑪东南亦是中华分,⑫蒸郁相凌太不平。⑬


### 【注释】

①此诗作于后梁乾化元年(911)初秋,时诗人寓居于闽中南安县。 ②"炉炭烧人"句:此句意为南方盛夏炎热,如火炉烘人,使人易于百病丛生。 ③凤狂龙躁:意为天气炎热,即使龙凤也因之而狂躁。减心情:谓心情低沉不振。元稹《酬乐天叹穷愁》:"老去心情随日减,远来书信来年闻。" ④四山:指作者于南安县

所居处四周之群山。毒瘴:指瘴气。古人认为是瘴疠的病源,故称。杜甫《次空灵岸》诗:"毒瘴未足忧,兵革满边徼。" ⑤一簟:一领席子。簟,供坐卧铺垫用之苇席或竹席。《诗·小雅·斯干》:"下莞上簟,乃安斯寝。"郑玄笺:"竹苇曰簟。"陆龟蒙《眠》:"一簟临窗薤叶秋,小帘风荡半离钩。" ⑥楚调:楚地的曲调。据《乐府诗集·相和歌辞一·解题》,本为汉房中之乐,"高帝乐楚声,故房中乐皆楚声也"。常与吴弦、燕歌对举。后为乐府相和调之一。陶翰《燕歌行》:"请君留楚调,听我吟燕歌。"玉柱:玉制的弦柱。此处指代琴、瑟、筝等弦乐器。《文选·江淹〈别赋〉》:"掩金觞而谁御,横玉柱而沾轼。"李善注:"琴有柱,以玉为之。"杨巨源《雪中听筝》诗:"玉柱泠泠对寒雪,清商怨征声何切。"凄玉柱,意为秋天时因空气凉爽干燥,琴弦因之而发出清脆凄清的声音。⑦"汉宫"句:《史记·孝武本纪》"承露仙人掌",司马贞《索隐》:"《三辅故事》曰:'建章宫承露盘高三十丈,大七围,以铜为之。上有仙人掌承露,和玉屑饮之。'故张衡赋曰'立修茎之仙掌,承云表之清露'是也。"金茎,用以擎承露盘的铜柱。《文选·班固〈西都赋〉》:"抗仙掌以承露,擢双立之金茎。"李善注:"金茎,铜柱也。"已湿金茎,秋天降露,故湿金茎。意为秋天已经来临。 ⑧豪强:此处指豪爽的天气。顿息蛙唇吻:青蛙遇闷热天气则鸣声大,天凉则蛙声顿息。 ⑨爽利:指天气爽快。重新鹘眼睛:使鹘鸟的眼睛更加明亮有神。鹘,鸟类的一科。翅膀窄而尖,嘴短而宽,上嘴弯曲并有齿状突起。飞得很快,善于袭击其他鸟类。也叫隼。杜甫《义鹘行》:"斯须领健鹘,痛愤寄所宣。" ⑩"稳想"句:稳想,说起安稳,就想到。海槎朝犯斗:晋张华《博物志》卷一〇《杂说

诗选二 | 215

下》:"旧说云天河与海通。近世有人居海渚者,年年八月有浮槎去来,不失期,人有……乘槎而去……遥望宫中多织妇,见一丈夫牵牛渚次饮之……此人具说来意,并问此是何处。答曰:'君还至蜀郡访严君平则知之。'竟不上岸,因还如期。后至蜀,问君平,曰:'某年月日有客星犯牵牛宿。'计年月,正是此人到天河时也。"此句意为说起安稳,就想起海槎犯斗牛之事。海槎犯斗牛之事乃在八月,亦即凉爽秋日。此处以此点明秋天,以咏"喜凉"题意。⑪"健思"句:健思,提起雄健,就想起。胡马:泛指产在西北民族地区的马。《汉书·匈奴传赞》:"胡马不窥于长城。"《古诗十九首·行行重行行》:"胡马依北风,越鸟巢南枝。"此句意为说起雄健,就想起胡马夜里翻越营盘的情形。秋天胡地草肥马壮,充满活力,故云。此处以此点明秋天,以扣"喜凉"题意。　⑫东南:指中国的东南方,即代指闽。　⑬蒸郁:蒸郁,谓热气郁勃上升。《埤雅·释木》:"今江、湘、二浙,四五月之间,梅欲黄落,则水润土溽,础壁皆汗,蒸郁成雨,其霏如雾,谓之梅雨。"

【品评】

　　此诗题为"喜凉",则诗乃扣题而作,故大多诗句乃着意刻划秋凉景象。首二句之所以写酷暑炎热之危害情景,乃意在衬托秋凉之令人喜爱。"四山毒瘴"句,与"一簟凉风"句上下相形,写出酷暑与秋凉两种绝然不同之天地;一"浊"一"清",则一厌恶,一欣喜之情自在其中。"楚调忽惊"至"健思胡马"六句,均以秋凉之具体景象以点明题意,乃扣题之主要诗句。诗末"东南亦是"两句,显然为作者借题抒发感愤之句。至其所感愤者为何,则颇存探究空间。清人全祖望谓"然致光之居南安,固不依王氏。即居福唐,亦非依王氏。何以知之?王氏固附梁者也,致光避梁而出,岂肯依附梁之人。故其叹郎官之使闽者曰:'不羞莽卓黄金印,翻笑羲皇白接䍦。'……《喜凉》诗曰:'东南亦是中华分,蒸郁相凌太不平。'……岂但于王氏无一毫之益,且危疑百端矣。读诗论世,可以得其情状也"。(《鲒埼亭集外编》卷三三《题跋·跋韩致光闽中诗》)寻绎全氏所说,则此诗后两句乃针对闽王幕僚之"相凌"而言。

## 天 鉴①

何劳谄笑学趋时,②务实清修胜用机。③猛虎十年摇尾立,④苍鹰一旦醒心飞。⑤神依正道终潜卫,⑥天鉴衷肠竟不违。⑦事历艰难人始重,九层成后喜从微。⑧

## 【注释】

①此诗作于后梁乾化元年(911),时诗人寓居于闽中南安县。 ②谄笑:谓强笑以求媚。《孟子·滕文公下》:"胁肩谄笑,病于夏畦。"赵岐注:"谄笑,强笑也。"柳宗元《志从父弟宗直殡》:"见佞色谄笑者,不忍与坐语。"趋时:迎接潮流;迎合时尚。白居易《陈中师除太常少卿制》:"不背俗以矫逸,不趋时以沽名。" ③清修:谓操行洁美。《隶释·汉酸枣令刘熊碑》:"清修劝慕,德惠潜流。"《后汉书·循吏传·王涣》:"故洛阳令王涣,秉清修之节,蹈羔羊

之义,尽心奉公。"用机:谓用尽机巧诈伪之心。 ④"猛虎十年"句:此诗"猛虎"喻指朱全忠。据《资治通鉴》卷二六三、卷二六四所记,天复二年十二月,唐昭宗"议与朱全忠和"。天复三年正月,"遣殿中侍御史崔构、供奉官郭遵诲诣朱全忠营"议和。"甲子,车驾出凤翔,幸全忠营。全忠素服待罪;命客省使宣旨释罪……全忠见上,顿首流涕;上命韩偓扶起之。上亦泣,曰:'宗庙社稷,赖卿再安;朕与宗族,赖卿再生。'亲解玉带以赐之。……戊寅,赐朱全忠号回天再造竭忠守正功臣"。《旧唐书·昭宗纪》天复三年亦载:"二月壬申朔。甲戌,制赐全忠'回天再造竭忠守正功臣'名。己卯,制以……食实封六百户朱全忠可守太尉、中书令、充诸道兵马副元帅,进邑三千户。"据此可知朱全忠已于天复二、三年间获得昭宗宽赦,并任李唐王朝太尉、中书令、充诸道兵马副元帅等显要职务。从此朱全忠更是把持朝政,贬杀朝廷重臣,以至于天复三年二月贬韩偓为濮州司马,天祐元年更逼昭宗迁都洛阳,遂于八月弑昭宗帝。自天复二、三年至乾化元年约十年。"猛虎十年摇尾立"盖即指此。 ⑤"苍鹰一旦"句:苍鹰,此处或用以比喻自己,以及当时脱离朱全忠把持的朝廷的有志之士。醒心:神志清醒。杜甫《送梓州李使君之任》:"火云挥汗日,山驿醒心泉。" ⑥正道:正确的道理、准则。《管子·立政》:"正道捐弃,而邪事日长。"《礼记·燕义》:"上必明正道以道民,民道之而有功。"潜卫:暗中护卫。王缙《东京大敬爱寺大证禅寺碑》:"天龙潜卫于左右,豺狼仰瞻而赞叹。" ⑦衷肠:犹衷情。内心的感情。不违:依从。《论语·为政》:"子曰:'吾与回言终日,不违,如愚。'"何晏集解引孔安国曰:"不违者,无所怪问,于孔子之言,默而识之,如愚。"

⑧"九层"句:《老子道德经·守微》:"九层之台,起于累土。千里之行,始于足下。为者败之,执者失之。"魏王弼注:"当以慎终除微,慎微除乱,而以施为。治之形名,执之反生事原,巧辟滋作,故败失也。"

## 【品评】

此诗乃诗人经历世事沧桑,自身遭受磨难后之省察体悟,其被贬流寓后多有此类诗作。如《息兵》"自有苍苍鉴赤诚";《此翁》"唯应鬼眼兼天眼,窥见行藏信此翁";《腾腾》"八年流落醉腾腾,检点行藏喜不胜";《再思》"但保行藏天是证,莫矜纤巧鬼难欺。近来更得穷经力,好事临行亦再思";《闲居》"厌闻趋竞喜闲居";"拙谋却为多循理,所短深惭尽信书"等等诗句,均可见其经历过官场人生历练后之省悟与涵养。

## 江岸闲步<sub>此后壬申年作,在南安县</sub>①

一手携书一杖筇,②出门何处觅情通。③立谈禅客传心印,④坐睡渔师著背蓬。⑤青布旗夸千日酒,⑥白头浪吼半江风。淮阴市里人相见,⑦尽道途穷未必穷。

## 【注释】

①此诗题下有"此后壬申年作,在南安县"小注,则此诗作于后梁乾化二年(912),时诗人寓居闽中南安县。　②筇:竹名。可

以作杖。戴凯之《竹谱》:"竹之堪杖,莫尚于筇,磈砢不凡,状若人功。"筇竹宜于制杖,故亦用以泛称手杖。李咸用《苔》诗:"每忆东行径,移筇独自还。"此处指手杖。　③情通:指感情相通的人。④禅客:佛教语。禅家寺院,预择辩才,应白衣请说法时,使与说法者相为答问,谓之禅客。亦用以泛称参禅之僧。此处即指参禅之僧。刘长卿《云门寺访灵一上人》诗:"禅客知何在,春山到处同。"心印:佛教禅宗语。谓不用语言文字,而直接以心相印证,以期顿悟。《坛经·顿渐品》:"师曰:'吾传佛心印,安敢违于佛经。'"刘禹锡《送宗密上人归南山草堂寺因诣河南尹白侍郎》:"自从七祖传心印,不要三乘入便门。"　⑤渔师:此处谓渔人。《宋书·隐逸传·王弘之》:"上虞江有一处名三石头,弘之常垂纶于此。经过者不识之,或问:'渔师得鱼卖不?'"背蓬:亦作"背篷"。捕鱼人用来遮雨的斗篷。皮日休《添渔具诗》序:"江汉间时候率多雨,难以簦笠自庇……由是织篷以障之,上抱而下仰,字之曰'背篷'。"　⑥青布旗:此为青色布的酒旗。元稹《和乐天重题别东楼》:"换客潜挥远红袖,卖垆高挂小青旗。"白居易《杭州春望》:"红袖织绫夸柿蒂,青旗沽酒趁梨花。"千日酒:《搜神记》卷一九:"狄希,中山人也。能造千日酒,饮之千日醉。"又,《博物志》卷一〇:"昔刘玄石于中山酒家酤酒,酒家与千日酒,忘言其节度。归至家当醉,而家人不知,以为死也,权葬之。酒家计千日满,乃忆玄石前来酤酒,醉向醒耳。往视之,云玄石亡来三年,已葬。于是开棺,醉始醒,俗云:'玄石饮酒,一醉千日。'"　⑦"淮阴市里"二句:《史记·淮阴侯列传》:"淮阴侯韩信者,淮阴人也。始为布衣时,贫无行,不得推择为吏,又不能治生商贾,常从人寄食饮,人多厌之者。常数从其下乡南昌亭长寄食,数月,亭长妻患之,乃晨炊蓐食。食时信往,不为具食。……信钓于城下,诸母漂,有一母见信饥,饭信,竟漂数十日。信喜,谓漂母曰:'吾必有以重报母。'母怒曰:'大丈夫不能自食,吾哀王孙而进食,岂望报乎!'淮阴屠中少年有侮信者,曰:'若虽长大,好带刀剑,中情怯耳。'众辱之曰:'信能死,刺我;不能死,出我袴下。'于是信孰视之,俯出袴下,蒲伏。一市人皆笑信,以为怯。"后来,韩信为刘邦所器重,拜为上将军、楚王,"汉五年正月,徙齐王信为楚王,都下邳。信至国,召所从食漂母,赐千金。及下乡南昌亭长,赐百钱,曰:'公,小人也,为德不卒。'召辱己之少年令出胯下者以为楚中尉。告诸将相曰:'此壮士也。方辱我时,我宁不能杀之邪?杀之无名,故忍而就于此。'"

## 【品评】

诗写于南安县江边闲步情景,并抒发情怀。首二句写自身携书拄杖,散步江岸,其目的在于寻觅感情得以沟通之人物,寓托情志之景物。"立谈禅客"以下四句,即写可通情愫者,亦即其闲步所交往之禅客、渔师,与酒肆饮酒、观赏江上之风浪景色。"淮阴市里"二句,乃抒发虽处穷困,然不妄自菲薄之情志。

## 余卧疾深村闻一二郎官今称继使闽越笑余迂古潜于异乡闻之因成此篇①

枕流方采北山薇,②驿骑交迎市道儿。③雾豹只忧无石室,④泥鳅唯要有洿池。⑤不羞莽卓黄金印,⑥却笑羲皇白接䍦。⑦莫负美名书信史,⑧清风扫地更无遗。⑨

## 【注释】

①此诗作于后梁乾化二年(912),时韩偓寓居于闽中南安县。深村:指南安县杏田乡。郎官:谓侍郎、郎中、员外郎等职。闽越:原为古族名。古代越人的一支。秦汉时分布在今福建北部、浙江南部的部分地区。秦以其地为闽中郡。其首领无诸相传是越王勾践的后裔,汉初受封为闽越王。治东冶(今福州)。后分为繇和东越两部。因以"闽越"指福建北部和浙江南部一带。《文选·司马相如〈喻巴蜀檄〉》:"移师东指,闽越相诛。"刘良注:"闽越,南夷国名也。相诛,谓自相诛杀而降也。"此处指当时之闽国。迂古:指迂腐古板,不通世故人情。　②枕流:即枕石漱流,喻指隐居山林的生活。三国魏曹操《秋胡行》之一:"遨游八极,枕石漱流饮泉。"《三国志·蜀志·彭羕传》:"伏见处士绵竹秦宓……枕石漱流,吟咏缊袍,偃息于仁义之途,恬淡于浩然之域。"采北山薇:《史记·伯夷列传》载,周武王灭殷之后,孤竹国二公子"伯夷、叔齐耻之,义不食周粟,隐于首阳山,采薇而食之"。后因以"采薇"指归隐或隐遁生活。嵇康《幽愤诗》:"采薇山阿,散发岩岫,永啸长吟,颐性养寿。"北山,原为山名,即钟山,又名紫金山。在今江苏南京市东。《文选·孔稚圭〈北山移文〉》吕向题解:"钟山在都北。其先周彦伦隐于此山,后应诏出为海盐县令。今欲却过此山,孔生乃假山灵之意移之,使不许得至,故云'北山移文'。"此处"北山"乃借其字面,"采北山薇",即指隐居生活。　③驿骑:驿马。《汉

书·高帝纪下》"横惧,乘传诣雒阳"。唐颜师古注:"传者,若今之驿。古者以车,谓之传车,其后又单置马,谓之驿骑。"此处指驿站之驿者。市道儿:即市井小人。此处指诗题中为朱全忠所派遣的"一二郎官"。《史记·廉颇蔺相如列传》:"天下以市道交君。君有势我则从君,君无势则去,此固其理也。" ④"雾豹"句:《列女传·陶答子妻》:"妾闻南山有玄豹,雾雨七日而不下食,何也?欲以泽其毛而成文章也,故藏而远害。犬彘不择食以肥其身,坐而须死耳。"此处喻指隐居伏处,退藏避害的人。白居易《与元九书》:"时之不来也为雾豹,为冥鸿,寂兮寥兮,奉身而退,进退出处,何往而不自得哉。"石室:岩洞。此处指隐居之处。赵晔《吴越春秋·勾践入臣外传》:"吴王知范蠡不可得为臣,谓曰:'子既不移其志,吾复置子于石室之中。'范蠡曰:'臣请如命。'"于邺《赠隐者》诗:"石室扫无尘,人寰与此分。" ⑤泥鳅:鱼名。体圆柱形,尾端侧扁,有黏液。黄褐色,有不规则黑色斑点。口小,嘴有须五对。常生活在河湖、池沼、水田等处,潜伏泥中。肉可供食用。此处为自喻。洿池:水塘。《孟子·梁惠王上》:"数罟不入洿池,鱼鳖不可胜食也。" ⑥"不羞莽卓"句:莽卓,指王莽和董卓。王莽篡西汉而自立为帝,改国号曰新。东汉末,董卓废少帝,立汉献帝,专国政以乱天下。此处以两人喻指篡唐之朱全忠。此句意谓此郎官不以投靠朱全忠政权,任其伪官为羞耻。 ⑦"却笑"句:羲皇,原指伏羲。古代传说中的三皇之一。风姓。相传其始画八卦,又教民渔猎,取牺牲以供庖厨,因称庖牺。《庄子·缮性》:"逮德下衰,及燧人、伏羲始为天下,是故顺而不一。"此处意为羲皇上人。古人想象羲皇之世其民皆恬静闲适,故隐逸之士自称羲皇上人。晋陶潜《与子俨等疏》:"常言:五六月中,北窗下卧,遇凉风暂至,自谓是羲皇上人。"此处诗人以羲皇上人自喻。白接䍦:又作白接篱。古代的一种白头巾。以白鹭羽为饰的帽子。刘义庆《世说新语·任诞》:"山季伦为荆州,时出酣畅,人为之歌曰:'山公时一醉,径造高阳池。日莫倒载归,茗艼无所知。复能乘骏马,倒著白接篱。'"李白《襄阳曲》之二:"头上白接篱,倒著还骑马。"
⑧信史:纪事真实可信、无所讳饰的史籍。《公羊传·昭公十二年》:"《春秋》之信史也,其序则齐桓、晋文其会,则主会者为之也。"陆游《史院书事》诗:"信史新修稿满床,牙签黄帊带芸香。"
⑨清风:高洁的品格。南朝梁刘勰《文心雕龙·诔碑》:"标序盛德,必见清风之华。"

## 【品评】

　　清人全祖望曾云:"刘后村曰:'唐史谓致光挈族入闽依王氏。按,王氏据福唐,致光乃居南安,曷尝遂依之乎?'后村之言是也,而尚未尽。致光以丙寅至福唐主黄滔家,丁卯唐亡。戊辰尚寓福唐,己巳寓汀州之沙县。庚午寓尤溪之桃林,辛未而后始至南安。则其在福唐亦三年,又二年而居南安耳。然致光之居南安,固不依王氏。即居福唐,亦非依王氏。何以知之?王氏固附梁者也,致光避梁而出,岂肯依附梁之人。故其叹郎官之使闽者曰:'不羞莽卓黄金印,翻笑羲皇白接䍦。'《鹊》诗曰:'莫怪天涯栖不稳,托身须是万年枝。'《驿步》诗曰:'物近刘舆招垢腻,风经庾亮污尘埃。'《喜凉》诗曰:'东南亦是中华分,蒸郁相凌太不平。'《凄凄》诗曰:'嗜咸凌鲁济,恶洁助泾泥。'《闲兴》诗云:'他山冰雪解,此水波澜生。'岂但于王氏无一毫之益,且危疑百端矣。读诗论世,可以得其情状也。"(《鲒埼亭集外编》卷三三《题跋·跋韩致光闽中诗》)又邓小军《韩偓年谱》云:"偓此诗题云'深村',诗云'枕流方采北山薇',显非寓居招贤院。'采薇'、'雾豹'、'泥鳅'、'羲皇',皆自道。'莽、卓',指朱全忠。'黄金印'、'书信使'者,即题云'一二郎官继使闽越'者也,是今已仕梁之原唐朝郎官。彼等既笑偓'迂古,潜于异乡',可见与偓为旧相识。偓抗节不仕,彼等反以为迂。诗中,自视之高、自信之坚,及痛斥当时士风之扫地,皆见得偓对于自己保全气节之历史文化意义,反思甚深。士风扫地,实五代之特征。偓之所见,与后来宋儒略同。"所云皆可参考。唯谓"'书信使'者,即题云'一二郎官继使闽越'者也,是今已仕梁之原唐朝郎官",则非是,"书信使",原诗作"书信史"。

# 安　贫[①]

手风慵展八行书,[②]眼暗休寻九局图。[③]窗里日光飞野马,[④]案头筠管长蒲卢。[⑤]谋身拙为安蛇足,[⑥]报国危曾捋虎须。[⑦]举世可能无默识,[⑧]未知谁拟试齐竽。[⑨]

【注释】

①此诗作于后梁乾化二年(912),时韩偓寓居于闽中南安县。②手风:手风痹、麻木。风,中医学谓人体的病因之一。外感风邪常致风寒、风热、风湿等症。《素问·风论》:"风之伤人也,或为寒

热,或为热中,或为寒中,或为疠风,或为偏枯,或为风也,其病各异,其名不同。"八行书:又称"八行"。谓书信。《后汉书·窦章传》"更相推荐",李贤注引马融《与窦伯向(章)书》曰:"孟陵奴来,赐书,见手迹,欢喜何量,见于面也。书虽两纸,纸八行,行七字。"谓信纸一页八行。后世信笺亦多每页八行,因以称书信。《文苑英华》卷二一四引北齐邢邵《齐韦道逊晚春宴》诗:"谁能千里外,独寄八行书?"李冶《寄校书七兄》诗:"因过大雷岸,莫忘八行书。"③眼暗:眼昏花。《北史·韦夐传》:"霜早梧楸,风先蒲柳,眼暗更剧,不见细书。"《旧唐书·令狐彰传》:"又遭家艰,力微眼暗,行动须人,拜舞不能。"九局图:有九局棋的棋谱。《新唐书·艺文志》:"王积薪《金谷园九局图》一卷。"《唐诗鼓吹》卷二引《吴丛谈记》:"棋图有九局,唐王积薪梦青龙吐棋经九部授己,其艺顿精。"④野马:指野外蒸腾的水气。《庄子·逍遥游》:"野马也,尘埃也。生物之以息相吹也。"郭象注:"野马者,游气也。"成玄英疏:"此言青春之时,阳气发动,遥望薮泽之中,犹如奔马,故谓之野马也。"⑤筠管:原谓竹管。亦用以指笔管、毛笔。此处指毛笔。元稹《答胡灵之》诗:"题头筠管缦,教射角弓骍。"蒲卢:即细腰蜂。《尔雅·释虫》:"果蠃,蒲卢。"郭璞注曰:"即细腰蜂也。"陆元恪《毛诗疏》曰:"螺蠃,土蜂也,似蜂而小腰,取桑虫负之于木空中,或笔筒中,七日而化为其子。" ⑥谋身:为自身打算。卢纶《春日书情赠别司空曙》诗:"壮志随年尽,谋身意未安。"安蛇足:《战国策·齐策二》:"楚有祠者,赐其舍人卮酒。舍人相谓曰:'数人饮之不足,一人饮之有余,请画地为蛇,先成者饮酒。'一人蛇先成,引酒且饮之,乃左手持卮,右手画蛇曰:'吾能为之足。'未成,一人之蛇成,夺其卮曰：'蛇固无足，子安能为之足？'遂饮其酒。为蛇足者，终亡其酒。"后以"画蛇添足"比喻做多余的事，反而有害无益。⑦"报国"句：捋虎须，《三国志·吴志·朱桓传》"臣疾当自愈"，裴松之注引晋张勃《吴录》："桓奉觞曰：'臣当远去，愿一捋陛下须，无所复恨。'权冯几前席，桓进前捋须曰：'臣今日真可谓捋虎须也。'权大笑。"后因以"捋虎须"喻撩拨强有力者，谓冒风险。按，此句当指诗人忤犯朱全忠兼及崔胤、李茂贞、李彦弼等权臣事。《新唐书·韩偓传》：韩偓为翰林学士，"全忠、胤临陛宣事，坐者皆去席，偓不动，曰：'侍宴无辄立，二公将以我为知礼。'全忠怒偓薄己，悻然出。有谮偓喜侵侮有位，胤亦与偓贰。会逐王溥、陆扆，帝以王赞、赵崇为相，胤执赞、崇非宰相器，帝不得已而罢。赞、崇皆偓所荐为宰相者。全忠见帝，斥偓罪，帝数顾胤，胤不为解。全忠至中书，欲召偓杀之。郑元规曰：'偓位侍郎、学士承旨，公无遽。'全忠乃止，贬濮州司马。帝执其手流涕曰：'我左右无人矣。'再贬荣懿尉，徙邓州司马。" ⑧默识：暗中记住。语出《论语·述而》："默而识之。"《文选·孔融〈荐祢衡表〉》："弘羊潜计，安世默识，以衡准之，诚不足怪。"李善注引《汉书》："张安世，字少孺，为郎。上行幸河东，尝亡书三箧，诏问，莫能知，唯安世识之，具作其事。" ⑨试齐竽："齐竽"本有滥竽充数之意，典出于《韩非子·内储说上》："齐宣王使人吹竽，必三百人。南郭处士请为王吹竽，宣王说之，廪食以数百人。宣王死，湣王立，好一一听之，处士逃。"然此处"齐竽"用为自谦之词。权德舆《奉送韦起居老舅百日假满归嵩阳旧居》诗："齐竽终自退，心寄嵩峰巅。"

【品评】

　　此诗乃描述其寓居南安时之贫病状况,回首在朝时因忠心报国,敢捋朱全忠等人之"虎须",以致遭贬流落,困顿至今。朱东岩曾释此诗云:"题曰'安贫'是托意也。一二自写疏懒之状,言交游一概谢绝,胜负可以相忘。三四自写淹留之苦,言游气不过借光,螟蛉总属依人。五六感前事,'安蛇足'是自悔其拙,'捋虎须'是自蹈其危。当此为国忘身之际,世无有知而试之者,是终不免于安贫矣。"(朱三锡《东岩草堂评订唐诗鼓吹》)所释各句虽未必准确,然颇可参。诸诗评家亦有评析与称道此诗者,《潘子真诗话》云:"山谷尝谓余言:老杜虽在流落颠沛,未尝一日不在本朝,故善陈时事,句律精深,超古作者,忠义之气,感发而然。韩偓贬逐,末后依王审知,其集中所载:'手风慵展八行书,眼暗休寻九局图。……满世可能无默识,未知谁拟试齐竽?'其词凄楚,切而不迫,不忘其君也。"(胡仔《苕溪渔隐丛话后集》卷一五)纪昀谓:"此为致尧最沉著之作。然终觉浅弱,风会为之也。"(《瀛奎律髓汇评》卷三二忠愤类,下引同)无名氏(甲)云:"诗有神远,迥非宋人可及,并端己才有余而含蓄未逮也。"《老生长谈》赞云:"其《安贫》句云:'谋身拙为安蛇足,报国危曾捋虎须。'至今读之,犹有生气。"

## 残春旅舍①

　　旅舍残春宿雨晴,②恍然心地忆咸京。③树头蜂抱花须落,④池面鱼吹柳絮行。禅伏诗魔归净域,⑤酒冲愁阵出奇兵。⑥两梁免被尘埃污,⑦拂拭朝簪待眼明。⑧

**【注释】**

①此诗当作于后梁乾化二年壬申春末(912),时诗人寓居于闽中南安县。　②宿雨:夜雨;经夜的雨水。江总《诒孔中丞奂》诗:"初晴原野开,宿雨润条枚。"李峤《江南初霁》:"大江开宿雨,征棹下春流。"　③心地:佛教语。指心。即思想、意念等。佛教认为三界唯心,心如滋生万物的大地,能随缘生一切诸法,故称。语本《心地观经》卷八:"众生之心,犹如大地,五谷五果从大地生……以是因缘,三界唯心,心名为地。"《坛经·疑问品》:"使君心地但无不善,西方去此不遥。"咸京:原指秦代京城咸阳。杜甫《惜别行送向卿进奉端午御衣之上都》:"肃宗昔在灵武城,指挥猛将收咸京。"　④花须:花蕊。杜甫《陪李金吾花下饮》:"见轻吹鸟毳,随意数花须。"李商隐《二月二日》:"花须柳眼各无赖,紫蝶黄蜂俱有情。"　⑤"禅伏诗魔"句:诗魔,犹如入魔一般的强烈诗兴。白居易《醉吟》之二:"酒狂又引诗魔发,日午悲吟到日西。"净域:清静境界。净,佛教语。清静。南朝宋僧愍《戎华论折顾道士〈夷夏论〉》:"杳然之灵者,常乐永净也。"此句谓禅心降伏了诗魔,使我又归回清静境界中。　⑥"酒冲愁阵"句:此句意为醇酒有如奇兵一样,喝下它,就冲散了层层的忧愁。　⑦两梁:即两梁冠之省称。两梁冠,古代博士和某些高级文官所戴的一种帽子。用缁布做,有两道横脊。《后汉书·舆服志下》:"进贤冠,古缁布冠也,文儒者之服也。前高七寸,后高三寸,长八寸。公侯三梁,中二千石以下至博士两梁。自博士以下至小史、私学弟子皆一梁。"刘禹锡

《送太常萧博士弃官归养赴东都》:"贪荣五彩服,遂挂两梁冠。"
⑧朝簪:绾住朝冠的簪子。簪子,绾住发髻的条状物。用金属、骨头、玉石等制成。沈佺期《山庄应制》:"三章悬圣藻,五等冠朝簪。"待眼明:意为等待重光山河,复兴唐王朝。

## 【品评】

诗写所见残春景色,顿然忆念旧都情事,而有所感慨焉。诗中多个句子似有比喻寓托,故清人朱东岩曰:"残春新霁,忆想京华,此旅社之情怀也。三四人止谓写'残春'耳,不知'蜂抱花须落'喻不忘君意,'鱼吹柳絮行'喻伤世乱……此二句正写忆咸京也。五'禅伏诗魔',六'酒冲愁阵',皆比体,言今日必藉将士用命,改邪归正,庶几'两梁'免污,可以'拂拭朝簪'而起耳。"所言聊备一说。前人亦多有推崇韩偓此诗者,胡仔曰:"古今诗人,以诗名世者,或只一句,或只一联,或只一篇,虽其余别有好诗,不专在此,然播传于后世,脍炙于人口者,终不出此矣,岂在多哉?……'禅伏诗魔归静域,酒冲愁阵作奇兵',乃韩偓也……"(胡仔《苕溪渔隐丛话后集》卷二)陈善谓"诗人有俱指一物而下句不同者,以类观之,方见优劣。……子美云'鱼吹细浪摇歌扇',李洞云'鱼弄晴波影上帘',韩偓云'池面鱼吹柳絮行',此三句皆言鱼戏而韩当为优"。(《扪虱诗话》上集卷一《论诗人下句优劣》)明许学夷云:"'树头蜂抱花须落,池面鱼吹柳絮行。禅伏诗魔归静域,酒冲愁阵出奇兵'等句,乃晚唐巧句也。"(《诗源辩体》卷三二)宋宗元《网师园唐诗笺》则于"树头蜂抱"联下评"巧不伤雅",于"酒冲愁阵"句下评"抽思亦奇"。陆次云辑《五朝诗善鸣集》亦谓"晚唐人最善作新句,此'蜂抱'、'鱼吹'句,极雕琢而又自然,非刻意尖新者所能及"。


## 鹊①

偏承雨露润毛衣,②黑白分明众所知。③高处营巢亲凤阙,④静时闲语上龙墀。⑤化为金印新祥瑞,⑥飞向银河旧路岐。⑦莫怪天涯栖不稳,⑧托身须是万年枝。⑨

【注释】

①此诗当作于后梁乾化二年壬申(912),时诗人寓居于闽中南安县。 ②"偏承雨露"句:此处"雨露"喻唐昭宗之恩泽。此句意为自己受到唐昭宗的格外器重恩典。 ③黑白分明:谓喜鹊羽毛有明显的黑白两种颜色。此处有所喻托,谓诗人具有爱憎分明之品行。 ④"高处营巢"句:凤阙,汉代宫阙名。《史记·孝武本纪》:"其东则凤阙,高二十余丈。"司马贞索隐引《三辅故事》:"北有圜阙,高二十丈,上有铜凤皇,故曰凤阙也。"《汉书·东方朔传》:"陛下以城中为小,图起建章,左凤阙,右神明,号称千门万户。"此处用指皇宫、朝廷。此句亦有寓托,意为诗人曾在朝廷为官,有在皇宫亲近皇帝之机遇。 ⑤龙墀:犹丹墀。指官殿的赤色台阶或赤色地面。《汉书·外戚传下·孝成班婕妤》:"俯视兮丹墀,思君兮履綦。"颜师古注引孟康曰:"丹墀,赤地也。"《宋书·百官志上》:"殿以胡粉涂壁,画古贤烈士。以丹朱色地,谓之丹

埤。"刘禹锡《杨柳枝》词之三:"凤阙轻遮翡翠帏,龙埤遥望曲尘丝。" ⑥"化为金印"句:《搜神记》卷九:"常山张颢,为梁州牧。天新雨后,有鸟如山鹊,飞翔入市,忽然坠地,人争取之,化为圆石。颢椎破之,得一金印,文曰:'忠孝侯印。'颢以上闻,藏之秘府。后议郎汝南樊衡夷上言:'尧舜时旧有此官,今天降印,宜可复置。'颢后官至太尉。"此句以鹊化为金印,张颢拜太尉典,比喻自己在朝中曾荣任兵部侍郎。 ⑦飞向银河:旧有喜鹊为牛郎织女在银河上架桥的传说,故有此句。明顾起元《说略》卷四:"《淮南子》曰:乌鹊填河而渡织女。《风俗记》云:织女七夕渡河,使鹊为桥。故古诗云:寂然香灭后,鹊散渡桥空。"银河,此处借喻为天庭,即唐朝廷。旧路岐:此处亦有寓托,意为如今想回到唐朝廷,可惜朝廷已容貌全非,回朝的旧路已经找不到了。 ⑧"莫怪天涯"句:此句有寓托。意为莫怪我在天涯海角也居无定所,迁徙不定。其意实表明诗人不肯为闽王氏所用。 ⑨"托身须是"句:万年枝,一为树名,即冬青。谢朓《直中书省》诗:"风动万年枝,日华承露掌。"吴曾《能改斋漫录·沿袭》:"万年枝,江左谓之冬青。"此处指年代悠久的大树,用以比喻唐王朝。此句意为我所能托身的地方,只有唐王朝。

【品评】

此诗虽为咏鹊诗,但显然有借咏鹊寓托抒怀之意。故秋谷谓"句句有身分,字字有体裁"(复旦大学图书馆藏《唐音统签》本此诗眉批)。陈敦贞《唐韩学士偓年谱》亦谓"托鹊以抒去国怀乡之痛,编者此时此际读之,及其章末两语,曷胜同悲,为之掷笔而起"。《韩偓年谱》亦云:"《鹊》诗,起云:'偏承雨露润毛衣,黑白分明众所知。'借咏鹊,自述不忘君恩,是非分明。结云:'莫怪天涯栖不稳,托身须是万年枝。'自述寓闽处境之艰难。参证庚午年作《此翁》'高阁群公莫忌侬,侬心不在宦名中',及以后诸诗,可知此诗仍是为福州群公猜忌偓将仕闽而作。"诸家所说均得其实。

## 露①

鹤飞千岁饮犹难,②莺舌偷含岂自安。光湿最宜丛菊亚,③荡摇无奈绿荷干。④名因需泽随天睠,⑤分与浓霜保岁寒。⑥五色呈祥须得处,⑦戛云仙掌有金盘。⑧

【注释】

①此诗当作于后梁乾化二年壬申(912)秋,时诗人寓居于闽中南安县。 ②鹤飞千岁:三国吴陆玑《陆氏诗疏广要》卷下之上:"《尔雅翼》云:'鹤一起千里,古谓之仙禽,以其于物为寿。'《淮南》曰:'鹤寿千岁,以极其游。'"又,陶潜《搜神后记》卷一:"丁令威,本辽东人,学道于灵虚山。后化鹤归辽,集城门华表柱。时有少年,举弓欲射之。鹤乃飞,徘徊空中而言曰:'有鸟有鸟丁令威,去家千年今始归。城郭如故人民非,何不学仙冢垒垒。'遂高上冲天。今辽东诸丁云其先世有升仙者,但不知名字耳。" ③光湿:谓露水光泽湿润。亚:垂;低垂。杜审言《都尉山亭》:"叶疏荷已晚,枝亚果新肥。"韦庄《对雪献薛常侍》:"松装粉穗临窗亚,水结

冰锥簇溜悬。"　④"荡摇无奈"句:意为无奈因狂风吹袭而使绿荷摇荡,以致荷叶上的露珠滑落,荷叶也因失去甘露的滋润而干枯了。此句亦有寓托,实谓唐昭宗因乱臣贼子之篡乱,身丧国亡,群臣也因此失去皇恩之润泽而蒙难。"绿荷":喻诗人自己和李唐群臣。　⑤名:名分。需泽:雨水。苏颋《游禁苑幸临渭亭遇雪应制》:"已属云天外,欣承需泽余。"杜甫《大雨》诗:"风雷飒万里,需泽施蓬蒿。"按,此处又有暗喻恩泽意。李嘉祐《江湖秋思》诗:"共望汉朝多需泽,苍蝇早晚得先知。"天睠:上天的眷顾。此处指唐昭宗的恩泽。谢朓《三日侍华光殿曲水宴》诗:"天睠休明,且求至德。"《周书·儒林传·乐逊》:"魏祚告终,天睠在德。"按此处亦兼暗谓皇帝之眷爱。任华《寄杜拾遗》诗:"英才特达承天睠,公卿无不相钦羡。"　⑥"分与浓霜"句:霜乃天气转寒后由露水转化而成,故有"白露为霜"之说。分与浓霜,谓寒露与浓霜实共属一体。分,职分、本分。保岁寒:此处喻忠贞不屈的节操(或品行)。《资治通鉴·陈宣帝太建十二年》:"梁主奕叶委诚朝廷,当相与共保岁寒。"《论语·子罕》:"岁寒,然后知松柏之后凋也。"　⑦"五色呈祥"句:五色,即五色露。汉郭宪《汉武帝别国洞冥记》卷二:"东方朔曰:'臣有吉云草十顷,种于九景山东。二千岁一花,明年应生,臣走请刈之。得以秣马,马终不饥也。'朔曰:'臣至东极,过吉云之泽,多生此草,移于九景之山,全不如吉云之地。'帝曰:'何谓吉云?'朔曰:'其国俗以云气占吉凶,若乐事,则满室云起,五色照人,着于草树,皆成五色露珠,甚甘。'帝曰:'吉云露可得乎?'朔乃东走,至夕而返,得玄露、青露,盛青琉璃,各受五合,跪以献帝。""五色呈祥"亦比喻太平祥瑞之世。唐贾悚《五色露赋》:"表四方之具庆,故五色而俱出。"葛洪《西京杂记》卷五:"太平之世……云则五色而为庆。"呈祥,呈现祥瑞。《晋书·元帝纪》:"星斗呈祥,金陵表庆。"南朝宋谢庄《舞马赋》:"月晕呈祥,干维效气。"得处:意为得有适当的处所。 ⑧戛云:谓高摩云霄。戛,敲击;触及。白居易《草堂记》:"有古松老杉……修柯戛云。"仙掌有金盘:《史记·孝武本纪》:"其后则又作柏梁、铜柱、承露仙人掌之属矣。"索隐"《三辅故事》曰:'建章宫承露盘高三十丈,大七围,以铜为之。上有仙人掌承露,和玉屑饮之'。"金盘,即谓承露仙人掌。

## 【品评】

此诗名为咏露,实际上有所比喻寓托。今试略为释之,未敢必也。"露",甘露也,此喻唐昭宗之恩泽。"鹤飞千岁"句,以仙鹤尚难饮得甘露,衬托比喻自己能获得皇恩实在不易。"莺舌偷含"句,或谓自己如接受朱氏政权或王氏闽国之召,则有如"莺舌偷含"露水,岂能自安矣!"光湿"句,似谓皇上隆恩曾普及自己与群臣。"荡摇"句,则似谓因国家动乱、昭宗被弑,而使群臣无法得到皇上之雨露恩泽而蒙难。"丛菊"、"绿荷",皆比喻李唐群臣。"名因"、"分与"两句,盖谓雨露恩泽皆是皇上所恩赐,故吾等处于局势严酷之时,应保有忠贞不屈之节操,此乃人臣本分耳。"五色呈祥"二句,谓欲得五色甘露,必须在有如东方朔所说之"吉云之地",而非"九景之山"。此亦寓托之句,实谓我欲蒙受甘露之恩泽,也需在"吉云之地",而非"九景之山"。其言下之意,乃需在"戛云仙掌有金盘"之吉祥之地,亦即李唐王朝,而非朱氏梁朝或王氏闽国。诗人忠于唐昭宗,拒朱氏政权与王氏闽国之召,其决绝之意于此诗可见。

## 赠　僧[①]

尽说归山避战尘,[②]几人终肯别嚣氛。[③]瓶添涧水盛将月,[④]衲挂松枝惹得云。[⑤]三接旧承前席遇,[⑥]一灵今用戒香熏。[⑦]相逢莫话金銮事,[⑧]触拨伤心不愿闻。[⑨]

【注释】

①此诗当作于后梁乾化二年壬申(912),时诗人寓居于闽中南安县。又《唐韩学士偓年谱》谓"此诗,吾乡故老手抄本,作《赠九日山僧》。"　②归山:指入山隐居避世。　③嚣氛:喧闹的尘俗气氛。《晋书·隐逸传序》:"藏声江海之上,卷迹嚣氛之表。"贾岛《过杨道士居》诗:"先生修道处,茅屋远嚣氛。"　④盛将:即盛。将为动词后语助词。　⑤衲:僧衣。因其常用许多碎布拼缀而成,故称。白居易《赠僧五首·自远禅师》诗:"自出家来长自在,缘身一衲一绳床。"　⑥"三接旧承"句:三接,《周易·晋卦》:"康侯用锡马蕃庶,昼日三接。"孔颖达疏曰:"昼日三接者,言非惟蒙赐蕃多,又被亲宠频数,一昼之间,三度接见也。"刘禹锡《和浙西李大夫伊川卜居》:"早入八元数,尝承三接恩。"前席遇:《史记·商君列传》:"卫央复见孝公,公与语,不自知膝之前于席也。"《史记·屈原贾生列传》:"后岁余,贾生征见,孝文帝方受厘坐宣室。上因感鬼神事,而问鬼神之本。贾生因具道所以然之状,至夜半,

文帝前席。"此句诗人借典故谓往昔曾屡获昭宗恩宠,召见顾问。 ⑦一灵:谓人的心灵,灵魂。戒香:佛教说戒时熏点之香。张公礼《龙藏寺碑》:"戒香恒馥,法轮常转。" ⑧"相逢莫话"句:金銮事,指诗人在唐宫廷中以及翰林院为学士时所发生之事。金銮,即唐金銮殿之省称。此殿与翰林院相接,故召学士常在此殿。韩偓曾任翰林学士,并蒙受昭宗恩宠。如今昭宗已被弑,李唐王朝已为朱全忠所篡,诗人流落他乡,不堪回首往事,故有此句。 ⑨触拨:触动撩拨。范成大《秋前风雨顿凉》诗:"酒杯触拨诗情动,书卷招邀病眼开。"元好问《别纬文兄》诗:"行期几日休相问,触拨羁愁恐不禁。"

## 【品评】

诗为赠僧人之作,故中间四句乃俱述僧人今昔之事。"三接"句乃言僧人曾在朝蒙唐皇之恩遇。"一灵"句则谓今日此僧受僧律之熏陶生活。末二句则请此僧切莫提起往昔金銮旧事,恐触发诗人想起在朝廷翰林院那些往事,而引起伤痛。亦如吴汝纶所言"此因僧为唐帝旧人,自触其故君故国之思耳"。(《吴评韩翰林集》)清人朱三锡谓"细玩语意,俱含讽含刺;想此僧终非避世别嚣氛之人也"(《东岩草堂评订唐诗鼓吹》)。此说非是。首二句"尽说归山避战尘,几人终肯别嚣氛",实褒僧人也。乃以众人之未能践言,而衬托此僧之事佛也。钱牧斋、何义门《评注唐诗鼓吹》所言:"此诗未尝非褒,而诗以赠僧,首引俗情以为断,盖必其久锢尘嚣,今肯归山,便足鸣高者耳。"所说乃得其实。陈伯海《韩偓生平及其诗作简论》谓"至于'瓶添涧水盛将月,衲挂松枝惹得云'(《赠僧》)一联,意新语奇,直接开启宋诗的法门。后来苏轼的名句'大瓢贮月归春瓮,小杓分江如夜瓶'(《汲江煎茶》),似即从此上联化出"。可知此诗对宋诗之影响。


# 感　旧[①]

省趋弘阁侍貂珰,[②]指座深恩刻寸肠。[③]秦苑已荒空逝水,[④]楚天无限更斜阳。[⑤]时昏却笑朱弦直,[⑥]事过方闻锁骨香。[⑦]入室故寮流落尽,[⑧]路人惆怅见灵光。[⑨]

【注释】

①此诗当作于后梁乾化二年壬申(912),时诗人寓居于闽中南安县。　②省:记得,记忆。韩愈《祭十二郎文》:"吾少孤,及长,不省所怙,惟兄嫂是依。"趋:古代的一种礼节,以碎步疾行表示敬意。《论语·子罕》:"子见齐衰者、冕衣裳者与瞽者,见之,虽少,必作;过之,必趋。"《史记·萧相国世家》:"赐带剑履上殿,入朝不趋。"弘阁:此处用汉公孙弘故事。《汉书》卷五八《公孙弘传》:"时上方兴功业,举贤良。弘自见为举首,起徒步,数年至宰相封侯,于是起客馆,开东阁以延贤人,与参谋议。"按,此句用"弘阁"借指王溥之官府。"趋弘阁",意即趋王溥之官府。貂珰:貂尾和金、银珰,古代侍中、常侍的冠饰。汉应劭《汉官仪》卷上:"中常侍,秦官也。汉兴,或用士人,银珰左貂。光武以后,专任宦者,右貂金珰。"《后汉书·朱穆传》:"自延平以来,浸益贵盛,假貂珰之

饰,处常伯之任。"李贤注:"珰以金为之,当冠前,附以金蝉也。"按,此处"侍貂珰",指侍奉王溥,王溥曾任宰相,太常卿、工部尚书等。韩偓早年曾为"王溥荐为翰林学士",故有此句。　③指座深恩:昭宗龙纪元年,礼部侍郎赵崇知贡举,擢韩偓登进士第,诗人故有此言。　④秦苑已荒:秦苑,原为古秦国宫苑,此处指唐宫苑,借指唐王朝。秦苑已荒,谓唐代宫苑已经荒废,用以谓唐王朝已经亡灭。　⑤楚天:原指南方楚地的天空,亦泛指南方的天空。此处指闽地天空,因其时诗人在福建南安县。李端《宿淮浦忆司空文明》:"秦地故人成远梦,楚天凉雨在孤舟。"　⑥朱弦直:朱弦,用熟丝制的琴弦。《荀子·礼论》:《礼记·乐记》:"《清庙》之瑟,朱弦而疏越。"郑玄注:"朱弦,练朱弦。练则声浊。"鲍照《白头吟》:"直如朱丝绳,清如玉壶冰。"此处以朱弦直比喻士人之正直不阿,意即指王溥、赵崇等大臣。　⑦锁骨香:李复言《续玄怪录·延州妇人》:"昔延州有妇人,白皙颇有姿貌,年可二十四五,孤行城市,年少之子,悉与之游,狎昵荐枕,一无所却。数年而殁,州人莫不悲惜,共醵丧具为之葬焉。以其无家,瘗于道左。大历中,忽有胡僧自西域来,见墓,遂趺坐具,敬礼焚香,围绕赞叹数日。人见谓曰:'此一淫纵女子,人尽夫也,以其无属,故瘗于此,和尚何敬耶?'僧曰:'非檀越所知,斯乃大圣,慈悲喜舍,世俗之欲,无不狥焉。此即锁骨菩萨,顺缘已尽,圣者云耳。不信即启以验之。众人即开墓,视遍身之骨,钩结皆如锁状,果如僧言。州人异之,为设大斋,起塔焉。"　⑧入室:语出《论语·先进》:"由也升堂矣,未入于室也。"邢昺疏:"言子路之学识深浅,譬如自外入内,得其门者,入室为深,颜渊是也;升堂次之,子路是也。"后以"入室"比喻学问或技艺得到师传,造诣高深。扬雄《法言·吾子》:"诗人之赋丽以则,辞人之赋丽以淫。如孔氏之门用赋也,则贾谊升堂,相如入室矣。"故寮:即故僚。旧时称同朝或同官署做官的人。《诗·大雅·板》:"我虽异事,及尔同寮。"毛传:"寮,官也。"入室故寮,此处谓当时与赵崇、王溥等关系密切的同在昭宗朝为官的旧日同僚。 ⑨灵光:比喻帝王或圣贤的德泽。《逸周书·皇门》:"王用奄有四邻远士,丕承万子孙,用末被先王之灵光。"《汉书·晁错传》:"五帝神圣……德泽满天下,灵光施四海。"此处指赵崇、王溥等人之德泽。

**【品评】**

  诗为深情怀念昭宗朝与自己有亲密关系的恩人同僚赵崇、王溥等人而作。首二句即扣"感旧"诗题,回首当年于朝中奉侍王溥、赵崇诸人,对于他们提拔自己之深恩,至今仍铭刻心中。"秦苑"、"楚天"两句,自回忆中回到惨痛现实:唐王朝已如逝水般地消逝,眼前唯对着南方天空一派让人哀伤的无尽斜晖。前句借写唐故都长安之荒废,以叹唐室之亡。"楚天"句则写诗人眼前所见,为即景抒情之句。此诗作于后梁乾化二年,则韩偓其时隐居于闽南南安县,所面对者乃闽地天空(亦可称"楚天")景象。如细味此诗所深怀念者以及下文"入室故僚流落尽,路人惆怅见灵光"两句,则"楚天"句实弥漫着诗人对遭贬杀之王溥、赵崇诸人之哀伤感念之情。王溥、赵崇诸人均曾是"秦苑"之大臣,如今被杀,朝廷为之一空,则"秦苑已荒空逝水"句,实际上亦暗喻这一惨况。故"楚天"句不仅写眼前景色,亦是以景抒发其哀悼悲凉之情,与

"入室故僚流落尽"之情感实相类焉。"时昏"、"事过"两句,乃谓当时时局混乱,朝政黑暗,正直之士坚守正道,却为宵小佞臣所嘲笑排斥,直至他们遭害之后,方省悟他们乃是为人所敬重的盛德之人。末两句再回"感旧"题意,感叹"入室故寮"如今已流落殆尽,唯有其崇高之德泽灵光尚光照人间耳。其感旧之深情哀伤,可谓三致意焉。

# 八月六日作四首(选第一、第二首)①

## 一

日离黄道十年昏,②敏手重开造化门。③火帝动炉销剑戟,④风师吹雨洗乾坤。⑤左牵犬马诚难测,⑥右袒簪缨最负恩。⑦丹笔不知谁定罪,⑧莫留遗迹怨神孙。⑨

**【注释】**

①此诗之作年、语词解释、各句以及全诗之意旨,古今诸家所说或有同异,如陈寅恪《读书札记二集·韩翰林集之部》(以下时而简称"陈云")、邓小军《韩偓〈八月六日作四首〉诗笺证》(见其《诗史释证》,中华书局 2004 年版,以下简称"邓云")对此诗多有笺释,今略采诸人之说以为注解阐释。此诗四首作于后梁乾化二年壬申(912),时韩偓寓居于闽中南安县。 ②"日离黄道"句:黄道,《汉书·天文志》:"日有中道,月有九行。中道者,黄道,一曰光道。"沈括《梦溪笔谈·象数二》:"日之所由,谓之黄道。"陈寅恪

谓"'日离黄道'者,盖指僖宗于广明元年丁未又幸凤翔,至昭宗龙纪元年己酉即位,适为十年。"邓小军谓"日离黄道"乃"借喻天子之位。唐僖宗广明元年(880),黄巢陷长安,僖宗奔蜀。光启元年(885),僖宗还长安,沙陀逼长安,僖宗奔凤翔。光启四年即文德元年(888)二月,僖宗还长安,三月,僖宗卒,昭宗即位。诗言自广明元年至光启四年近十年间,天子蒙尘,王室昏乱"。 ③"敏手"句:敏手,犹快手。谓动作快速敏捷。亦指能手。颜延之《赭白马赋》:"捷趫夫之敏手,促华鼓之繁节。"李善注:"孔安国《尚书传》曰:敏,疾也。"此处指昭宗。造化:自然界的创造者。亦指自然。《庄子·大宗师》:"今一以天地为大炉,以造化为大冶,恶乎往而不可哉?"张协《七命》:"功与造化争流,德与二仪比大。"邓云:"喻治理天下。"陈寅恪批语:"诗言昭宗继位,重开天地。" ④火帝:古代所谓五方天帝之一的赤帝,掌南方,司火,司夏。《淮南子·时则训》:"赤帝祝融之所司者,万二千里",东汉高诱注:"赤帝,炎帝少典之子,号为神农,南方火德之帝也。"销剑戟:销毁兵器,意即消弭战乱。 ⑤风师:亦称风伯。传说中的风神。《魏书·李谐传》:"扇风师之猛气,张天罿之层网。"《楚辞·远游》:"风伯为余先驱兮,氛埃辟而清凉。"陈寅恪批语:"韩公意在推崇昭宗,谓自僖宗幸蜀后,王室昏乱,至昭宗继立,重开造化,涤荡乾坤。虽不免有过美之词,然是冬郎故君之思也。此诗上四句颂美昭宗堪为中兴之君,无奈其臣皆亡国叛逆之臣也。" ⑥"左牵犬马"句:《史记·李斯列传》:"二世二年七月,具斯五刑,论腰斩咸阳市。斯出狱,与其中子俱执,顾谓其中子曰:'吾欲与若复牵黄犬俱出上蔡东门逐狡兔,岂可得乎!'遂父子相哭,而夷三族。"邓云:"以秦相李斯被赵高所杀,喻唐相崔胤被朱全忠所杀;以李斯临刑回顾昔日牵犬逐兔之乐,岂知今日杀身之祸,喻崔胤昔日援引朱全忠,岂知后来身死朱全忠之手,是诚难测也。"吴汝纶所说不同:"'左牵犬马',谓唐六臣送玉册、传国宝与梁者。"陈寅恪所说又不同,谓"韩公意谓朱友恭、氏叔琮等之被朱全忠所诛,诚难测,但其右袒朱梁则真负恩矣"。 ⑦"右袒簪缨"句:右袒,《史记·吕太后本纪》:"太尉(按,指周勃)将之入军门,行令军中曰:'为吕氏右袒,为刘氏左袒。'军中皆左袒为刘氏。"《汉书·高后纪》:"勃入军门,行令军中曰:'为吕氏右袒,为刘氏左袒。'军皆右袒。"后以"右袒"表示倒向不义者一方。簪缨:簪为古人用来绾定发髻或冠的长针。缨,系冠的带子。以二组系于冠,结在颔下。《礼记·玉藻》:"玄冠朱组缨,天子之冠也。"簪缨,此处借指官员。吴汝纶谓"'右袒簪缨',则诸臣死心归梁者也。"邓云:"指唐朝诸大臣,在朱全忠弑君之后、篡唐之际,依附朱梁,最负旧恩。" ⑧"丹笔"句:丹笔,朱笔。《后汉书补逸》卷一一《盛吉》:"盛吉为廷尉,每至冬节,罪囚当断,妻夜执烛,吉持丹笔,夫妻相对,垂泣决罪。"《白氏六帖》卷四五:"丹笔,正刑之笔。"邓云:"诗指天祐元年(904)昭宗遇弑,言不知是谁矫昭宗遗诏定罪昭仪李渐荣、河东夫人裴贞一弑昭宗。"此是以反问语气,将锋芒指向朱全忠。 ⑨"莫留遗迹"句:神孙,指天子及其子孙。后嗣的美称。多称君主。《旧五代史·礼志下》:"圣祖神孙,左昭右穆。"韩愈《平淮西碑》:"天以唐克肖其德,圣子神孙,继继承承,于千万年。"吴汝纶评注《韩翰林集》云:"神孙谓昭宗。"邓云:"其说是。按《旧唐书·哀帝本纪》,朱全忠先矫宣遗诏定罪李渐荣、裴贞一弑君,然后矫制追削李渐荣、裴贞一为悖逆庶人,即首先是矫昭宗遗诏,然后才是矫哀帝诏,职此之故,'莫留遗迹怨神孙',神孙是指昭宗。'丹笔'二句,谓不知是谁矫昭宗遗诏定罪'昭仪李渐荣、河东夫人裴贞一持刀谋逆',此等矫诏歪曲事实真相,莫要留与天下后世,使昭宗英魂为之怨恨。"杜诒《中晚唐诗叩弹集》亦以为"'犬马'指全忠,'簪缨'指附逆者,二语乃昭宗一朝定案。结言唐亡于诸臣之手,未可委罪昭宗。史臣谓:昭宗有志兴复,而外乱已成,内无贤佐,正与此诗同恉。"然胡震亨《唐音戊签》此诗下小注"'神孙',殆指哀宗。"寅恪亦以为"'丹笔定罪',莫怨哀帝,'神孙'目哀帝,盖天祐元年十月甲午诛李彦威、氏叔琮也"。所说有所不同,录以备考。

## 【品评】

此诗之意旨,陈寅恪先生谓"韩公意在推崇昭宗,谓自僖宗幸蜀后,王室昏乱,至昭宗继立,重开造化,涤荡乾坤。虽不免有过美之词,然是冬郎故君之思也。此诗上四句颂美昭宗堪为中兴之君,无奈其臣皆亡国叛逆之臣也"。此诗后四句抒发诗人对以崔胤为首的李唐诸大臣背负皇恩而依附朱全忠,导致昭宗被弑,昭仪李渐荣、河东夫人裴贞一为捍卫昭宗而死,而他们反而矫遗诏诬陷李渐荣、裴贞一深致愤慨谴责之情。于此可见诗人对唐昭宗之忠恳深情,对乱臣贼子之深恶痛绝!前人对此诗有抑有扬,何义门云:"连用'犬马'字,古人多有。"纪昀云:"次句不佳。'风师'句好,'火帝'句即鄙矣,此故可思。五六露骨。"(以上均见《瀛奎律髓汇评》卷三二忠愤类)管世铭《读雪山房唐诗序例》云:"颔、颈两联,如二句一意,无异车前驺仗,有何生气?唐贤之法可法者,如……韩偓'谋身拙为安蛇足,报国危曾拒虎须'、'左牵犬马诚难测,右袒簪缨最负恩'……皆神韵天成,变化不测。"

## 二

金虎挺灾不复论,<sup>①</sup>构成狂狾犯车尘。<sup>②</sup>御衣空惜侍中血,<sup>③</sup>国玺几危皇后身。<sup>④</sup>图霸未能知盗道,<sup>⑤</sup>饰非唯欲害仁人。<sup>⑥</sup>黄旗紫气今仍旧,<sup>⑦</sup>免使老臣攀画轮。<sup>⑧</sup>

【注释】

①"金虎挺灾"句:金虎,《文选》张衡《东京赋》:"周姬之末,不能厥政,政用多僻。始于宫邻,卒于金虎。"李善注:"应劭《汉官仪》曰:'不制之臣,相与比周……宫邻金虎,言小人在位,比周相邻,与君为邻,贪求之德坚若金,逸谤之言恶若虎也。'"挺灾:招引祸殃。李白《鄂州刺史韦公德政碑》:"蘖胡挺灾,大人有作。雷霆发扬,欃枪有落。"陆游《月夕幽居有感》诗:"浮名本是挺灾物,谢事宁非得道因。"据此,"金虎挺灾",乃谓不制之小人在位,导致灾难发生。按此指崔胤。据《资治通鉴》及两《唐书》,朱全忠拟劫昭宗至洛阳,而韩全诲、李茂贞以此颇惧全忠,崔胤则私结朱全忠,矫诏令全忠以兵迎车驾。"韩全诲闻朱全忠将至,丁酉,令李继筠、李彦弼等勒兵劫上,请幸凤翔"。(据《资治通鉴》天复元年十月)故昭宗之被劫往凤翔以及由此引起之诸灾难均主要由崔胤导发。 ②"构成狂狾"句:狂狾,疯狗。《吕氏春秋·首时》:"郑子阳之难,狾狗溃之。"陈奇猷校释引杨树达曰:"《说文》:'狾,狂犬也。''狾'乃'狾'之一作。古制、折二字音同相通。"犯车尘:谓侵

凌唐昭宗。《汉书·司马相如传下》:"犯属车之清尘。"颜师古注:"尘,谓行而起尘也。言清者,尊贵之意也。"此句指朱全忠、李克用、李茂贞等诸强藩为争夺挟制昭宗而恶斗,以及昭宗因此蒙尘受侵逼弑杀之事。 ③"御衣空惜"句:用《晋书·嵇绍传》所记嵇绍以身捍卫晋帝,血溅御服之典。《晋书·嵇绍传》:"北征之役……王师败绩于荡阴,百官及侍卫莫不散溃,唯绍俨然端冕,以身捍卫,兵交御辇,飞箭雨集,绍遂被害于帝侧,血溅御服,天子深哀叹之。及事定,左右欲浣衣,帝曰:'此嵇侍中血,勿去。'"韩偓用此典亦有所指。《旧唐书·昭宗纪》载昭宗被弑情景:"是夜二鼓,蒋玄晖选龙武衙官史太等百人叩内门……至椒殿院,贞一夫人启关,谓玄晖曰:'急奏不应以卒来。'史太执贞一杀之,急趋殿下。玄晖曰:'至尊何在?'昭仪李渐荣临轩谓玄晖曰:'院使莫伤官家,宁杀我辈。'帝方醉,闻之遽起。史太持剑……追而弑之。渐荣以身护帝,亦为太所杀。" ④"国玺几危"句:此句指朱全忠等人为篡夺政权,在弑杀昭宗的过程中逼害何皇后之事。《资治通鉴》于天祐元年八月载昭宗遭弑后记:"又欲杀何后,后求哀于玄晖,乃释之。……(蒋玄晖)又矫皇后令,太子于柩前即位。"又同上书天祐二年十二月载:"何太后泣遣宫人阿虔、阿秋达意玄晖,语以他日传禅之后,求子母生全。王殷、赵殷衡谮玄晖,云'与柳璨、张廷范于积善堂夜宴,对太后焚香为誓,期兴复唐祚。'全忠信之……斩蒋玄晖……玄晖既死,王殷、赵殷衡又诬玄晖私侍何太后,令阿秋、阿虔通导往来。己酉,全忠密令殷、殷衡害太后于积善宫,敕追废太后为庶人,阿秋、阿虔皆于殿前扑杀。"故吴汝纶评注云:"皇后尝使宫人达意于柳璨、蒋玄晖等,求禅代之后,子母生全也。何后为朱全忠所弑。云几危者,讳之也。" ⑤"图霸未能"句:盗道,即谓"盗亦有道"。《庄子·胠箧》:"跖之徒问于跖曰:'盗亦有道乎?'跖曰:'何适而无有道邪?夫妄意室中之藏,圣也;入先,勇也;出后,义也;知可否,知也;分均,仁也。五者不备,而能成大盗者,天下未之有也。'"按,此句清杜诏以为乃斥朱全忠欲图霸而曾强盗之不若:"全忠杀宦官数百人,名起晋阳之甲,以清君侧,似乎图霸,曾盗之不如,寻逐陆扆、王溥,又欲害偓,贬濮州。"所说可通,然此句连下句似亦可指崔胤之所为(详下)。⑥"饰非"句:《吕氏春秋·审应》:"饰非遂过"。刘知几《史通·曲笔》:"其有舞词弄札,饰非文过……斯乃作者之丑行,人伦所同疾也。"此句指朱全忠使蒋玄晖弑昭宗而嫁罪昭仪李渐荣、河东夫人裴贞一,以掩弑逆之迹。陈寅恪谓"《旧唐书》二十下《哀帝纪》:'天祐元年八月己酉,矫制曰:"昭仪李渐荣、河东夫人裴贞一,今月十一日夜持刃谋逆,惧罪投井而死,宜追削为悖逆庶人。"蒋玄晖夜既弑逆,诘旦宣言于外曰:"夜来帝与昭仪博戏,帝醉,为昭仪所害。"归罪宫人,以掩弑逆之迹。然龙武军官健备传二夫人之言于市人。寻用史太为棣州刺史,以酬弑逆之功。'寅恪案:此所谓'饰非唯欲害仁人'。"按,此句连上句似亦可指崔胤之作为,乃写崔胤之霸权误国,谗害朝臣诸事。崔胤掌宰相大权后勾结强藩朱全忠(即诗中之盗),导致昭宗播迁被弑等灾难。崔胤陷害诸臣,是以诬陷诸人勾结藩镇,与宦官结党为罪名,故《旧唐书·昭宗纪》记其"怒(陆)扆代己,诬奏扆党庇(李)茂贞",又诬王抟与枢密使宋道弼、景务修"三人中外相结"。崔胤既勾结朱全忠以自固霸权,又为朱全忠这一强盗"画图王之策",却又如诗中所言"未能知盗道",最终利用价值已尽,反遭朱全忠所疑怒被贬遭杀。要之此金虎小人即如昭宗于诏书中所斥"岂有权重位崇,恩深奖厚,曾无惕厉,转恣睢盱,显构外兵,将图不轨"、"负我何多,构乱至此"!史臣于《旧唐书·崔胤传》中亦不禁怒斥"自古与盗合从,覆亡宗社,无如胤之甚也"! ⑦"黄旗紫气"句:黄旗紫气语本黄旗紫盖,指天子之车,此指哀帝。《周书·庾信传》录庾信《哀江南赋》:"昔之虎踞龙盘,加以黄旗紫气,莫不随狐兔而窟穴,与风尘而殄瘁。"《三国志·吴书·吴主传》黄武四年裴注引《吴书》:"(陈化)为郎中令使魏,魏文帝因酒酣,嘲问曰:'吴、魏峙立,谁将平一海内者乎?'化对曰:'《易》称帝出乎震,加闻先哲知命,旧说紫盖黄旗,运在东南。'" ⑧"免使老臣"句:攀画轮,用南朝宋王琨不忍亲见篡弑故事。《南史·王琨传》:"琨忠实……顺帝即位,进右光禄大夫。顺帝逊位,百僚陪列,琨攀画轮獭尾恸泣曰:'人以寿为欢,老臣以寿为戚。既不能先驱蝼蚁,频见此事。'呜喑不自胜,百官人人雨泪。"

## 【品评】

此诗乃斥崔胤引狼入室,致使朱全忠弑帝害后,诛杀仁人而篡唐。吴汝纶于此诗后评注云:"皇后尝使宫人达意于柳璨、蒋元晖等,求禅代之后子母生全也。何后为朱全忠所弑,云几危者,讳之也。又昭宗被弑时,行逆者欲并杀何后,后求哀于元晖乃止。此咏昭帝被弑时事也。"无名氏(甲)云:"此言凤翔李茂贞在西,灾由'金虎'而构成。朱温狂犬,以致被围。"(《瀛奎律髓汇评》卷三二忠愤类,下引同)何义门云:"纪朱温弑昭宗事。"又云:"晋帝播迁,汉家失国,未有如今日之酷也。不忍斥言,以古事相近者见忆,极得《春秋》书'子般卒'之旨。"纪昀云:"三四自是实语,然少蕴藉。五六选韵对,老杜'卑枝低结子,接叶暗巢莺'亦是此格,然佳不在此。"

## 驿步<sub>癸酉年在南安县</sub>①

暂息征车病眼开,②况穿松竹入楼台。江流灯影向东去,树递雨声从北来。③物近刘舆招垢腻,④风经庾亮污尘埃。⑤高情自古多惆怅,赖有南华养不材。⑥

【注释】

①此诗题下已有"癸酉年在南安县"小注,故诗乃作于后梁乾化三年癸酉(913),时韩偓寓居于南安县。驿步:水驿的停船处。刘禹锡《别夔州官吏》:"青帐联延喧驿步,白头俯偻到江滨。"司空图《杂题九首》之六:"驿步堤萦阁,军城鼓振桥。" ②征车:远行人乘的车。韩愈《送侯参谋赴河中幕》诗:"别袖拂洛水,征车转崤陵。" ③递:传送;传递。柳宗元《与崔策登西山》诗:"驰景泛颓波,遥风递寒筱。" ④"物近刘舆"句:《晋书·刘琨传》:"舆字庆孙。……东海王越、范阳王虓之举兵也,以舆为颍川太守。及河间王颙檄刘乔讨虓于许昌,矫诏曰:'颍川太守刘舆迫胁范阳王虓,距逆诏命,多树私党,擅劫郡县,合聚兵众。……'虓之败,舆与之俱奔河北。虓既镇邺,以舆为征虏将军、魏郡太守。虓薨,东

海王越将召之,或曰:'舆犹腻也,近则污人。'及至,越疑而御之。"
⑤"风经庾亮"句:《世说新语·轻诋》:"庾公权重,足倾王公。庾在石头,王(导)在冶城坐。大风扬尘,王以扇拂尘曰:'元规尘污人'"元规即庾亮字。 ⑥南华:《南华真经》的省称。即《庄子》的别名。《新唐书·艺文志三》:"天宝元年,诏号《庄子》为《南华真经》。"不材:《庄子·山木》:"庄子行于山中,见大木枝叶盛茂,伐木者止其旁而不取也。问其故,曰:'无所可用。'庄子曰:'此木以不材得终其天年。'夫子出于山舍,于故人之家,故人喜命竖子杀雁而烹之。竖子请曰:'其一能鸣,其一不能鸣,请奚杀?'主人曰:'杀不能鸣者。'明日弟子问于庄子曰:'昨日山中之木,以不材得终其天年。今主人之雁,以不材死。先生将何处?'庄子笑曰:'周将处夫材与不材之间。材与不材之间,似之而非也,故未免乎累。'"成玄英疏:"不材无用,故终其天年。"

**【品评】**

此诗乃韩偓从南安再迁居途中经驿步而作,诗写途中景致,并抒发其于唐亡后洁身自好之高情远志。吴汝纶评注"江流"两句云:"江流句言微光已去,树递句言北方乱信也。"所说可参。从此诗"物近"、"风经"两句,可见韩偓忠于李唐王朝而绝不依附朱全忠或闽王审知政权之态度。此诚如全祖望所评:"刘后村曰:'唐史谓致光挈族入闽依王氏。按,王氏据福唐,致光乃居南安,曷尝遂依之乎?'后村之言是也,而尚未尽。致光以丙寅至福唐主黄滔家,丁卯唐亡。戊辰尚寓福唐,己巳寓汀州之沙县。庚午寓尤溪之桃林,辛未而后始至南安。则其在福唐亦三年,又二年而居南安耳。然致光之居南安,固不依王氏。即居福唐,亦非依王氏。何以知之? 王氏固附梁者也,致光避梁而出,岂肯依附梁之人。故其叹郎官之使闽者曰:……《鹊》诗曰:'莫怪天涯栖不稳,托身须是万年枝。'《驿步》诗曰:'物近刘舆招垢腻,风经庾亮污尘埃。'……岂但于王氏无一毫之益,且危疑百端矣。读诗论世,可以得其情状也。"(《鲒埼亭集外编》卷三三《题跋·跋韩致光闽中诗》)

## 疏　雨①

疏雨从东送疾雷,小庭凉气净莓苔。卷帘燕子穿人去,洗砚鱼儿触手来。但欲进贤求上赏,②唯将拯溺作良媒。③戎衣一挂清天下,④傅野非无济世才。⑤

【注释】

①此诗作于后梁乾化三年(913),时韩偓寓居于闽中南安县。诗有"疏雨从东送疾雷,小庭凉气净莓苔"句,盖乃夏日景象,则诗乃是年夏日作。　②进贤:谓进荐贤能之士。《周礼·大司马》:"进贤兴功,以作邦国。"贾公彦疏:"进贤,诸臣旧在位有德行者并草莱有德行未遇爵命者,进之使称才仕用。"上赏:最高之赏赐;重赏。《战国策·齐策一》:"(齐威王)乃下令:'群臣吏民,能面刺寡人之过者,受上赏。'"《汉书·武帝纪》:"且进贤受上赏,蔽贤蒙显戮,古之道也。"　③拯溺:救援溺水者。引申指解救危难。《邓析

子·无厚》：".不治其本，而务其末，譬如拯溺而硾之以石，救火而投之以薪。"《淮南子·说林训》："予拯溺者，金玉不若寻常之缠索。"良媒：好媒人。此处意为最好的媒介。《诗·卫风·氓》："匪我愆期，子无良媒。"宋之问《酬李丹徒见赠之作》："以予惭拙宦，期子遇良媒。" ④"戎衣一挂"句：《书·武成》："一戎衣，天下大定。"孔安国传："衣，服也。着戎服而灭纣。"挂，披挂。清天下，即天下大定之意。清，廓清。 ⑤"傅野"句：傅野，《尚书·说命上》："高宗梦得说，使百工营求诸野，得诸傅岩，作说命三篇。"《史记·殷本纪》："武丁夜梦得圣人，名曰说。以梦所见视群臣百吏，皆非也。于是乃使百工营求之野，得说于傅险中。是时说为胥靡，筑于傅险。见于武丁，武丁曰：'是也。'得而与之语，果圣人。举以为相，殷国大治。"济世：救世；济助世人。《庄子·庚桑楚》："简发而栉，数米而炊，窃窃乎又何足以济世哉？"成玄英疏："此盖小道，何足救世。"《后汉书·卢植传》："性刚毅有大节，常怀济世志。"

## 【品评】

诗写疏雨，而最扣紧之句为首联。三、四两句则叙诗人之卷帘以及洗砚之情景，虽看似与疏雨无关，然细思则亦不无关系。盖疏雨过后，池水益盈满，故想起洗砚之事。欲于池边洗砚，则诗人方卷帘外出，如此则有"燕子穿人"，"鱼儿触手"之生动灵活，妙趣盎然景象。然下半首则非直写疏雨，乃由疏雨"东送疾雷"联想生发而至。故有"进贤"、"拯溺"、"清天下"等抒发情志感慨之语。尤可注意者乃诗人入南安县所作诗中，多有借机忽然抒发情志感慨之作,如《驿步》《露》《鹊》《残春旅舍》《江岸闲步》等诸诗均是如此。以此可见诗人微妙之思想心态,乃研究诗人之心理路程之诗什。

## 南安寓止<sup>①</sup>

此地三年偶寄家,枳篱茅厂共桑麻。<sup>②</sup>蝶矜翅暖徐窥草,<sup>③</sup>蜂倚身轻凝看花。<sup>④</sup>天近函关屯瑞气,<sup>⑤</sup>水侵吴甸浸晴霞。<sup>⑥</sup>岂知卜肆严夫子,<sup>⑦</sup>潜指星机认海槎。

【注释】

①此诗作于后梁乾化三年(913),时韩偓寓居于闽中南安县已经三年。又诗有"蝶矜翅暖徐窥草,蜂倚身轻凝看花"句,则诗当作于是年春间。南安:即今福建南安。《旧唐书》卷四○《地理志三》江南东道泉州:"南安,隋县。武德五年,置丰州,领南安、莆田二县。贞观元年,废丰州,县属泉州。"黄仲昭《八闽通志》卷二《疆域·泉州府》:"南安县,在府城西十五里。" ②枳篱:枳木篱笆。《晋书·成都王颖传》:"颖乃……树枳篱为之茔域。"白居易《渭村退居寄礼部崔侍郎翰林钱舍人诗一百韵》:"隙地治场圃,闲时粪土疆。枳篱编刺夹,薙垄擘科秧。"枳,木名。也称枸橘、臭橘。《周礼·考工记序》:"橘逾淮而北为枳。"《后汉书·冯衍传下》:"揵六枳而为篱兮,筑蕙若而为室。"李贤注:"枳,芬木也……枳之为木,芳而多刺,可以为篱。"茅厂:茅舍,草屋。厂,犹棚舍。

贾思勰《齐民要术·养羊》:"架北墙为厂。" ③矜:自夸;自恃。《书·大禹谟》:"汝惟不矜,天下莫与汝争能;汝惟不伐,天下莫与汝争功。"孔传:"自贤曰矜,自功曰伐。"孔颖达疏:"矜与伐俱是夸义。" ④凝:原注:"去声"。凝,凝神。谓精力专注或注意力集中。《庄子·逍遥游》:"藐姑射之山,有神人居焉……其神凝,使物不疵疠,而年谷熟。"张衡《思玄赋》:"默无为以凝志兮,与仁义乎逍遥。"凝看花,即专注看花。 ⑤函关:即函谷关。在今河南灵宝县南,是秦的东关。东自崤山,西至潼津,深险如函,通名函谷。《史记·老子韩非列传》"关令尹喜",司马贞《索隐》引《列仙传》:"老子西游,(函谷)关令尹喜望见有紫气浮关,而老子果乘青牛而过也。"瑞气:瑞应之气。泛指吉祥之气。《晋书·天文志中》:"瑞气:一曰庆云。若烟非烟,若云非云,郁郁纷纷,萧索轮囷,是谓庆云,亦曰景云。此喜气也,太平之应。" ⑥吴甸:指我国东南一带地区。此处亦指闽地。甸,古代京城郊外的地方称"甸"。《周礼·天官·大宰》:"三曰邦甸之赋。"贾公彦疏:"郊外曰甸,百里之外,二百里之内。" ⑦"岂知卜肆"二句:张华《博物志》卷一〇《杂说下》:"旧说云天河与海通。近世有人居海渚者,年年八月有浮槎去来,不失期,人有……乘槎而去……遥望宫中多织妇,见一丈夫牵牛渚次饮之……此人具说来意,并问此是何处。答曰:'君还至蜀郡访严君平则知之。'竟不上岸,因还如期。后至蜀,问君平,曰:'某年月日有客星犯牵牛宿。'计年月,正是此人到天河时也。"

【品评】

　　此诗题为《南安寓止》,诗句有"此地三年偶寄家,枳篱茅厂共桑麻"。而作于同年稍前之《驿步》诗,中有"暂息征车病眼开"等句,可见《南安寓止》诗乃诗人来南安寓居后又一次徙居后所作。其此数年迁徙情形,近人陈敦贞《唐韩学士偓年谱》后梁太祖乾化元年辛未年谱谓:"韩公在桃林场,似仍未能安心住下去,乃于今年夏间离桃林,取水路南下至南安县治,即今丰州镇,寄居九日山僧舍。山在镇西里许,去泉州郡城不上十里,时王审邽殁已多年,泉之刺史乃其子王延彬,此际泉城有海舶通商,市况已极繁,韩公既不到这郡城去,也不住到距丰州镇五里的潘山之招贤馆。"又后梁太祖乾化二年谱云:"韩公自去年至南安县治,今年仍在南安县,而自九日山移居于县治东门外二里许偏处西北方之三都董埔乡龙兴寺。故老相传,韩公在董埔乡寺间,亦自居处。盖公南来,除了家人,还有族人,有些族人留居闽中,其余到南安县来,就在韩公领导下,择地龙兴寺后的葵山,以垦荒耕种,名其地曰杏田,并以安置族人,随成一小村落,至今犹称杏田村。"又乾化三年年谱云:"惟据吾乡故老相传,韩公未尝居住招贤院。今读此诗(《南安寓止》),可证所传不误。'"又此谱于此诗后评云"韩公于辛未公元九一一年到南安县至今癸酉,虽已三载,亦年逾古稀,读其诗,似尚拟由海上脱身去闽,盖恐闽王亦效西蜀、幽燕、岭南纷纷称帝也。王审邽传有云:时中原多故,学士故老多避乱南来,审邽遣子延彬作招贤院礼之,如李洵、韩偓、王涤、崔道融、王标、夏侯淑、王拯、杨承休、杨赞图、王倜、归传懿、郑璘、郑戬等皆赖以全。惟据吾乡故老相传,韩公未尝居住招贤院,今读此诗,可证所传不误。"

所说韩偓来南安寓居情况可参。


# 有　感[1]

坚辞羽葆与吹铙,[2]翻向天涯困系匏。[3]故老未曾忘炙背,[4]何人终拟问苞茅。[5]融风渐暖将回雁,[6]潦水犹腥近斩蛟。[7]万里关山如咫尺,女床唯待凤归巢。[8]

**【注释】**

[1]此诗约作于乾化四年(914)春,时诗人寓居于闽中南安。[2]"坚辞"句:羽葆,帝王仪仗中以鸟羽联缀为饰的华盖。亦泛指卤簿或作为天子的代称。古代有大勋功者亦加羽葆。《汉书·韩延寿传》:"建幢棨,植羽葆。"颜师古注:"羽葆,聚翟尾为之,亦今纛之类也。"《晋书·石季龙载记下》:"因而游猎,乘大辂,羽葆、华盖,建天子旌旗。"《南史·宋高祖纪》:"有大勋者皆加羽葆。"吹铙:即铙吹,铙歌。军中乐歌,为鼓吹乐的一部。所用乐器有笛、觱篥、箫、笳、铙、鼓等。传说黄帝、岐伯所作。汉乐府中属鼓吹曲,马上奏之,用以激励士气。也用于大驾出行和宴享功臣以及奏凯班师。何承天《朱路篇》:"三军且莫喧,听我奏铙歌。"李白《鼓吹入朝曲》:"铙歌列骑吹,飒沓引公卿。"此处羽葆、吹铙借指大臣所受之礼仪,亦即谓大臣。此句意为坚决回绝朝廷召他复官回朝之诰命。《新唐书·韩偓传》即记"天祐二年,复召为学士,还

故官。偓不敢入朝,挈其族南依王审知而卒"。韩偓亦有《乙丑岁九月在萧滩镇驻泊两月忽得商马杨迢员外书贺余复除戎曹依旧承旨还缄后因书四十字》诗、《病中初闻复官二首》诗言其复官事,然诗人却有"宦途蠛嵲终难测,稳泊渔舟隐姓名"之咏而"坚辞"之。　③"翻向天涯"句:天涯,此指闽中,即今福建。系匏,语出《论语·阳货》:"吾岂匏瓜也哉,焉能系而不食?"按,匏瓜味苦,故系置不用。后用"系匏"比喻隐居未仕或弃置闲散。孙逖《和左卫武仓曹卫中对雨创韵赠右卫李骑曹》:"道合宜连茹,时清岂系匏?"此句意为诗人坚辞复官,反而避居闽中,自我困于闲散之生活。　④"故老"句:故老,元老;旧臣。《诗·小雅·正月》:"召彼故老,讯之占梦。"郑玄笺:"君臣在朝,侮慢元老,召之不问政事,但问占梦。"《汉书·艺文志》:"古制,书必同文,不知则阙,问诸故老。"此处故老乃诗人自指。炙背:晒背。《列子·杨朱》:"昔者宋国有田夫,常衣缊黂,仅以过冬。暨春东作,自曝于日,不知天下之有广厦隩室,绵纩狐狢。顾谓其妻曰:'负日之暄,人莫知者。以献吾君,将有重赏。'"又,嵇康《与山巨源绝交书》:"野人有快炙背而美芹子者,欲献之至尊,虽有区区之意,亦已疏矣。"此句意为我这位唐室之旧臣未曾忘却对皇上献上区区之意。　⑤"何人终拟"句:苞茅,古代祭祀时用以滤酒的菁茅。因以裹束菁茅置匦中,故称。《书·禹贡》:"包匦菁茅。""苞",通"包"。问苞茅:《左传·僖公四年》:"尔贡苞茅不入,王祭不共,无以缩酒,寡人是征。"杜预注:"包,裹束也;茅,菁茅也;束茅而灌之酒,为缩酒。"⑥融风:指东北风。《左传·昭公十八年》:"丙子,风。梓慎曰'是谓融风,火之始也。'"杜预注:"东北曰融风。融风,木也。木,火母,故曰火之始。"孔颖达疏:"东北曰融风。《易纬》作调风,俱是东北风。一风有二名。东北,木之始,故融风为木也。木是火之母,火得风而盛,故融为火之始。"陶潜《述酒》诗:"秋草虽未黄,融风久已分。"回雁:大雁为候鸟,于秋季自北南飞,而春日则自南返北。元稹《哭吕衡州》:"回雁峰前雁,春回尽却回。" ⑦潃水:酸臭的旧淘米水。亦泛指污臭之水。《荀子·劝学》:"兰槐之根是为芷,其渐之潃,君子不近,庶人不服。"《淮南子·人间训》:"申菽杜茝,美人之所怀服也;及渐之于潃,则不能保其芳矣。"高诱注:"潃,臭汁也。"《史记·三王世家》:"兰根与白芷,渐之潃中。"裴骃集解引徐广曰:"潃者,渐米汁也。"腥:腥气、臭气。《礼记·月令》:"其味辛,其臭腥。"杜甫《垂老别》诗:"积尸草木腥,流血川原丹。"斩蛟:《晋书·周处传》"周处字子隐,义兴阳羡人也。……好驰骋田猎,不修细行,纵情肆欲,州曲患之。处自知为人所恶,乃慨然有改励之志,谓父老曰:'今时和岁丰,何苦而不乐邪?'父老叹曰:'三害未除,何乐之有?'处曰:'何谓也?'答曰:'南山白额猛虎,长桥下蛟,并子为三矣!'……处乃入山射杀猛兽。因投水搏蛟……经三日三夜,人谓死皆相庆贺。处果杀蛟而反,闻乡里相庆,始知人患己之甚。"按,此处"潃水犹腥"盖指朱氏后梁政权;"近斩蛟",指朱全忠被其子友珪所杀。《资治通鉴》卷二六九乾化二年六月载此事:"(韩)勍以牙兵五百人从友珪杂控鹤士入,伏于禁中。中夜斩关入,至寝殿,侍疾者皆散走。帝惊起,问:'反者为谁?'友珪曰:'非他人也。'帝曰:'我固疑此贼,恨不早杀之。汝悖逆如此,天地岂容汝乎!'友珪曰:'老贼万段!'友珪仆夫冯廷谔刺帝腹,刃出于背。友珪自以败毡裹之,瘗于寝殿。" ⑧"女床"句:

女床,《山海经·西山经》:"西南三百里,曰女床之山。其阳多赤铜,其阴多涅石,其兽多虎豹犀兕。有鸟焉,其状如翟而五彩文,名曰鸾鸟,见则天下安宁。"凤:即女床之山的鸾鸟。此处诗人用以自喻。巢:此处借以喻唐王朝官廷及其翰林院。

**【品评】**

诗乃避居闽南僻野时,感慨流寓处困身世,抒发忠悃,盼望天下太平,得以北归朝廷之作。首二句谓由于坚辞复官回朝,故流寓天涯,处境艰难。三、四句则言尽管自己已是僻野乡老,然而犹感念皇恩,思有以报之;且始终盼望着有人起而问罪那篡乱之朱氏罪魁。五、六句写近日局势:"凤暖"句谓局势趋于好转,北归似乎有望;"潴水犹腥"句谓朱全忠被杀,然而朱氏政权尚是污秽腥臭。末二句为心系皇朝,盼望北归宫阙之辞。"万里关山"而视如"咫尺"者,乃心系朝廷之谓也。


# 即　目<sup>①</sup>

书墙暗记移花日,洗瓮先知酘酒期。须信闲人有忙事,<sup>②</sup>早来冲雨觅渔师。<sup>③</sup>

**【注释】**

①此诗作于后梁乾化四年(914)。诗有"书墙暗记移花日"句,则诗乃是年春日作。时诗人寓居于闽中南安县。　②闲人:

此为诗人自谓。 ③冲雨:冒雨。白居易《风雨中寻李十一因题船上》:"可怜冲雨客,来访阻风人。"李端《送别驾赴晋陵即舍人叔之兄》:"江帆冲雨上,海树隔潮微。"渔师:渔人。

**【品评】**

诗实写诗人闲中找忙之情趣。移花之期尚未到,而先在墙上记下移花木的时日于墙上;酝酒之期亦未到,而先忙着清洗酒瓮以便酿酒;渔人尚未捕鱼,而为了预备煮鱼下酒赏花,即忙着一大早冒雨寻觅渔人索鱼,此皆是闲中自找忙之无关紧要事。而之所以如此,正是人太空闲无聊,故庸人自扰,"闲人有忙事"之证明也。诗虽写人之瞎忙,然颇富生活情趣,诗趣亦在其中矣。范晞文《对床夜语》卷四谓韩偓此诗"须信闲中有忙事,晓来冲雨觅渔师"句与刘长卿《送朱放》诗"莫道野人无外事,开田凿井白云中"为"意相袭者";吴曾《能改斋漫录》卷二《闲人有忙事》亦云:"闲人有忙事,俗人语也。然唐人已有,韩偓诗云:'……须信闲人有忙事,且来冲雨觅渔师。'"

## 惜 花①

皱白离情高处切,②腻红愁态静中深。③眼随片片沿流去,恨满枝枝被雨淋。总得苔遮犹慰意,④若教泥污更伤心。⑤临轩一盏悲春酒,明日池塘是绿阴。⑥

## 【注释】

①此诗约作于后梁乾化五年(915)。诗有"临轩一盏悲春酒,明日池塘是绿阴"句,则诗乃是年春末之作。时韩偓寓居于闽中南安县。　②皱白:指残花。离情:指花将萎落之情。切:凄切、悲切。　③腻红:此处谓花。张耒《伤春四首之二》:"红杏墙头最可怜,腻红娇粉两娟娟。"苏籀《潘令度送牡丹绝句》:"剧美温馨逞环媚,腻红殷紫迭重台。"　④"总得苔遮"句:意为花落在地,若有苔藓遮护,尚得一丝宽慰。　⑤"若教泥污"句:意为落花如果被污泥所沾污,则更令人伤心。　⑥"明日池塘"句:意为明日将是春尽夏来,池塘上则满是浓浓之绿荫矣。

## 【品评】

此诗诗家多有评说,如周珽云:"韩偓在唐末,志存王室,朱温恶之,贬濮州司马。天祐中,复招,不敢入,因挈家依王审知。悯时伤乱,往往寄之吟咏,借惜花以寓意也。"(《唐诗选脉会通评林》)郝天挺云:"此篇句句是写惜花,句句是写自惜意,读之可为泪下。"(元好问编、郝天挺注《唐诗鼓吹笺注》)吴闿生亦谓"此伤唐亡之恉,韩公诗多有此意"。(吴汝纶《吴评韩翰林集》)秋谷曰:"落句凄然,亡国之音。"(复旦大学图书馆藏《唐音统签》本此诗眉批)所说大抵切合诗情。至于清人吴乔谓"余读韩致尧《惜花》诗结联,知其为朱温将篡而作,乃以时事考之,无一不合。起语云'皱白离情高处切,腻红愁态静中深',是题面。又曰'眼随片片沿流去',言君民之东迁也。'恨满枝枝被雨淋',言诸王之见杀也。'总得苔遮犹慰意',言李克用、王师范之勤王也。'若教泥污更伤心',言韩建之为贼臣弱帝室也。'临轩一盏悲春酒,明日池塘是绿阴',意显然矣"。(吴乔《围炉诗话》卷一)乃谓此诗为"朱温将篡而作",并句句比附笺释,则恐太拘泥。盖此诗乃作于唐亡后多年,非唐将亡时诗,以唐将亡时情事比附解释诗句,则不切诗意。今人陈伯海于《韩偓生平及其诗作简论》中评析此诗颇合诗意,云:"这是一曲送春别花的挽歌。开首从枝头的残花着笔:那高枝上的白花已经枯萎,飘零在即;底下的红花尚有余润,也在默默担忧未来的命运。颔联转向雨打风吹、水流花去的情景,满目狼藉,怎不令人黯然魂销?腹联进而设想花落后的遭遇,苔遮犹可慰意,泥污更为伤心,一收一纵,愁思更深一层。尾联则归结为来日花尽,空余绿阴,临轩对酒,不胜其悲。通篇逐层转折,逐层递进,幽咽迷离,沉痛至极。前人以为暗寓身世家国之恨,不为无因。这种合身境、意境、物境为一的笔法,正体现了韩偓写景诗的主要特色。"

## 春　尽[①]

惜春连日醉昏昏,醒后衣裳见酒痕。细水浮花归别涧,断云含雨入孤村。[②]人闲易有芳时恨,地迥难招自古魂。[③]惭愧流莺相厚意,[④]清晨犹为到西园。

【注释】

①此诗约作于后梁乾化五年(915)。此诗题为《春尽》,则为

是年春末之作。时韩偓寓居于闽中南安县。　②断云：片云。梁简文帝《薄晚逐凉北楼迥望》诗："断云留去日,长山减半天。"杜甫《别房太尉墓》："近泪无干土,低空有断云。"　③地迥：指僻远的地方。鲍照《蒜山被始兴王命作》诗："升峤眺日轨,临迥望沧洲。"李商隐《行次西郊作一百韵》："常恐值荒迥,此辈还射人。"　④流莺：即莺。流,谓其鸣声婉转。沈约《八咏诗·会圃临东风》："舞春雪,杂流莺。"张说《奉和春日幸望春宫》："绕殿流莺凡几树,当蹊乱蝶许多丛。"

**【品评】**

此诗前人多有评说,俞陛云《诗境浅说》（丙篇）除第六句外,其他解说较为允当,其云："此诗首二句言惜春情绪,借酒浇愁,迨醒后见襟上余湿,始知沾醉之深。三句言落花无主,飘荡随波,花随春去远矣。四句言微阴不散,时有断云将雨,渐入孤村。此二句不过言春尽之景,而自有黯黯春愁之思。以三四句既写景,故后半首言情。五句谓世途扰扰,谁惜芳时,惟闲人坐惜流光,易生怅惘。六句言胜地欢场,经多少名士佳人之吟赏,乃良辰美景,不异当年,而楚醑招魂,安能更起。结句言多谢流莺念旧,犹到西园,伴余寂寞,则尘凝芳榭,足音不到可知矣。"钱牧斋、何义门《评注唐诗鼓吹》卷二谓"首言春之将去,连日醉酒以遣意,醒后犹见衣裳之酒痕。春尽时水浮花而归涧,云含雨而入村,此时在闲中者,萧条寂寞,每易起芳时之恨……古人流落他乡,失意憔悴,亲故设词以慰其流落,亦得曰招魂。意此避地闽中依王审知时所作,故有是语。"金圣叹《贯华堂选批唐才子诗》谓"'惜春'是春末尽前,'醒后'是春已尽后,'见酒痕',不复见花事矣,可为浩叹也。水'归别涧'下,再加'雨下孤村',写春尽真如扫除灭迹。庸手亦解用雨,却用在花句前,妙手偏用在花句后,此其相去无算,不可不知也(首四句下)"。又云:"春尽又何足惜?两行泪实为'人闲'、'地迥'堕耳。'流莺'上用'相厚'字,'惭愧'字,'独为'字,'清晨'字,妙!怨甚而又不怒,其斯为诗人之言也。"纪昀亦评云:"后半极沉着,不类致尧他作之佻";"四句胜出句。六句言非惟今人无可语,并古人亦不可招,甚言其寥落耳。"(见《瀛奎律髓汇评》卷一〇春日类)所说并可参阅。

## 睡 起①

睡起墙阴下药阑,②瓦松花白闭柴关。③断年不出僧嫌癖,④逐日无机鹤伴闲。⑤尘土莫寻行止处,⑥烟波长在梦魂间。⑦终撑舴艋称渔叟,⑧赊买湖心一崦山。⑨

【注释】

①此诗应作于后梁乾化五年(915),时韩偓寓居于闽中南安县。 ②下:去、到。邹阳《上书吴王》:"汉亦折西河而下,北守漳水,以辅大国。"杜甫《逢唐兴刘主簿弟》诗:"轻舟下吴会,主簿意何如?"药阑:即药栏。亦指花栏。 ③瓦松:草名。生长屋瓦上或深山石罅里。叶厚,细长而尖,多数重迭,望之如松,故名。可入药。唐崔融《瓦松赋》序:"瓦松者产于屋溜之上,千株万茎,开

花吐叶,高不及尺,下才如寸。"柴关:柴门。刘长卿《送郑十二还庐山别业》诗:"浔阳数亩宅,归卧掩柴关。" ④断年:犹整年。白居易《听田顺儿歌》:"安得黄金满衫袖,一时抛于断年听。"癖:怪癖。 ⑤逐日:一天接一天;每天。白居易《首夏》诗:"料钱随月用,生计逐日营。"无机:任其自然,没有心计。陆希声《清辉堂》诗:"野人心地本无机,为爱茅檐倚翠微。" ⑥尘土:指尘世;尘事。沈亚之《送文颖上人游天台》诗:"莫说人间事,崎岖尘土中。"行止:行踪。杜甫《奉送王信州崟北归》诗:"别离同雨散,行止各云浮。" ⑦"烟波"句:烟波,此指烟波迷茫之江湖间。此句意为睡中常梦起江湖间之隐居生涯。 ⑧舴艋:即舴艋舟。一种小船。《广雅·释水》:"舴艋,舟也。"王念孙疏证:"《玉篇》:'舴艋,小舟也。'小舟谓之舴艋,小蝗谓之蚱蜢,义相近也。"皮日休《送从弟皮崇归复州》诗:"车鳌近岸无妨取,舴艋随风不费牵。" ⑨崦山:一片山。崦,片,块。

【品评】

此写晚年隐居南安之闲散生活,抒发追求隐逸之情思。首二句言睡起尚未开门,即到墙阴下的药栏去,此时药栏中瓦松正开着白花。"闭柴关",引起三、四两句。"断年"、"逐日"二句,正显其常年隐居不出、闲散无机心之生活。"僧嫌癖"、"鹤伴闲",尤见其闭门不出之闲散也。"尘土"句,乃一表离俗避世之意,而之所以如此绝尘避世,乃因前尘往事之令人痛心伤感耳。"莫寻"下得妙,无限伤痛正含蓄其间!"烟波"句,乃言其隐逸之思深入心髓也。末两句,则写其所希冀之隐逸生活,乃泛一舴艋之舟,如渔翁出没于烟波之中也。

# 伤 乱①

岸上花根总倒垂,水中花影几千枝。一枝一影寒山里,野水野花清露时。故国几年犹战斗,②异乡终日见旌旗。交亲流落身羸病,③谁在谁亡两不知。

**【注释】**

①此诗盖作于后梁乾化五年(915)深秋,时韩偓寓居于闽中南安县。 ②故国:此处谓故乡。张祜《宫词》:"故国三千里,深宫二十年。" ③交亲:亲戚朋友。赵晔《吴越春秋·阖闾内传》:"吴不信前日之盟,弃贡赐之国而灭其交亲。"羸病:衰弱生病。《韩非子·十过》:"财食将尽,士大夫羸病。"

**【品评】**

此诗八句均写"伤乱"景象,前四句为兴,后四句为赋。金圣叹《贯华堂选批唐才子诗》解此诗颇为确当,云:"写乱后园林一空,陂塘尽坏,花倒岸上,影照水中。凡用三'花'字、两'枝'字、两'影'字、两'野'字,两'一'字,撰成萧疏历乱之作,诵之使人悄然。追想当年车如流水,马若游龙,悲管切云,繁弦荡日,真欲遍身洒洒作寒也(首四句下)。"又云:"'几年犹',问之辞,言实在不知还要战斗几年。何故作此言?则以终日见旌旗之故也。'交亲流落',是我不知其为在为亡。'身羸病',是彼不知我为在为亡,谓之'两不知'也。"金雍补注谓:"交亲零落,在故国。身羸病,在异乡。"郝天挺谓:"花根、花影、花枝,连用无数重迭字眼,写成萧疏历乱之作,看去自是一派乱离景象。"(见元好问编,郝天挺注《唐诗鼓吹笺注》)《唐体肤诠》亦评云:"上截兴,下截赋,率然而起,戛然而终。似无关键,而神味融洽之至。"(毛张健辑《唐体肤诠》)秋谷亦曰:"作意摹杜,气格小靡,然自是高作。"(复旦大学图书馆藏《唐音统签》本此诗眉批)

## 太平谷中玩水上花①

山头水从云外落,水面花自山中来。一溪红点我独惜,②几树密房谁见开。③应有妖魂随暮雨,④岂无香迹在苍苔。凝眸不觉斜阳尽,忘逐樵人蹑石回。⑤

**【注释】**

①太平谷:毕沅《关中胜迹图志》卷二:"太平谷在鄠县东南。《一统志》:谷内有万花山,长啸洞,重云阁诸胜。"同上书卷三:"太平谷水在鄠县东南三十里,北流入长安县界,合丰水。《太平寰宇记》:太平谷水,一名林谷水,源出终南,即清水渠之上流。《县志》:太平谷中有凤池,即水之源也。东为高冠谷,水源出高冠谷。谷有石穴、石潭。潭最灵,旱祷辄应。"又《大清一统志》卷一七八:"太平谷水,在鄠县东南。……《县志》:太平谷在鸡头山东,中有

凤池,即水源也。高冠谷水源出高冠谷,谷有石穴、石潭。潭最灵,旱祷辄应。" ②红点:此指水中的落花。 ③密房:密室。梁简文帝《和徐录事见内人作卧具》:"密房寒日晚,落照度窗边。" ④妖魂:妖,即娇。陆游《梦至洛中观牡丹繁丽溢日觉而有赋》:"梦中犹看洛阳花,妖魂艳骨千年在。"妖魂,此谓花朵之魂。 ⑤逐:随;跟随。《楚辞·九歌·河伯》:"灵何为兮水中,乘白鼋兮逐文鱼。"王逸注:"逐,从也。"蹋;踩;踏。《战国策·秦策四》:"魏桓子肘韩康,康子履魏桓子,蹋其踵。"《史记·陈丞相世家》:"汉王大怒而骂,陈平蹋汉王。"

**【品评】**

此诗写诗人于太平谷中游览,欣赏水中花之情景。"山头水从云外落"之水,即指太平谷水,其源头盖即鸡头山中之凤池。"水面花自山中来",谓花乃自鸡头山中凋落随水远道而来。"一溪"句,可见诗人惜花之情。末两句之"不觉斜阳尽"、"忘逐樵人",则谓诗人沉醉于"玩水上花",乐而忘返之情。陈伯海《韩偓生平及其诗作简论》谓"如《太平谷中玩水上花》一首,从眼前的流水落花,联想到花开时幽谷中有谁得见,再设想花落后应有花的精魂和香迹存留于暮雨苍苔之间,浮思联翩,笔意宛转,把那种惜花之情一波三折地传达出来。"所析颇是。

## 雨①

坐来簌簌山风急,②山雨随风暗原隰。③树带繁声出竹闻,④溪将大点穿篱入。⑤饷妇寥翘布领寒,⑥牧童拥肿蓑衣湿。⑦此时高味共谁论,拥鼻吟诗空伫立。⑧

**【注释】**

①此诗约作于后梁贞明二年(916)早春,时诗人寓居于闽中南安县。 ②坐来:移时。韩愈《春雪间早梅》诗:"玲珑开已遍,点缀坐来频。"黄庭坚《次韵雨丝云鹤》之二:"坐来改变如苍狗,试欲挥毫意自迷。"簌簌:象声词,此状山风之声。鲍照《芜城赋》:"棱棱霜气,簌簌风威。"李善注:"簌簌,风声劲疾之貌。" ③暗原隰:使原野阴暗下来。原隰,泛指原野。颜延之《秋胡诗》:"原隰多悲凉,回飙卷高树。"沈约《齐故安陆昭王碑文》:"于是驱马原隰,卷甲遄征。" ④繁声:姚合《酬任畴协律夏中苦雨见寄》:"远色重林暮,繁声四壁秋。"王禹偁《立春前一日雪》:"随风无定态,入竹有繁声。"此指风雨吹袭树木的嘈杂声音。 ⑤大点:此指豆大的雨点。李端《荆门雨歌》:"重阴大点过欲尽,碎浪柔文相与翻。"李觏《夏日雨中》:"一雨遂不止……尧后水犹洪。大点有片重,密蒙无寸空。" ⑥饷妇:给田间劳作者送饭的村妇。寥翘:料峭。形容寒冷。布领:谓粗布衣服。 ⑦拥肿:此指所穿的蓑衣臃肿、宽大貌。 ⑧拥鼻吟诗:即拥鼻吟。拥鼻,即掩鼻。《晋

书·谢安传》:"安本能为洛下书生咏,有鼻疾,故其音浊,名流爱其咏而弗能及,或手掩鼻以效之。"后以"拥鼻吟"指用雅音曼声吟咏。唐彦谦《春阴》诗:"天涯已有销魂别,楼上宁无拥鼻吟。"林逋《春夕闲咏》:"屐齿遍庭深,若为拥鼻吟。"亦省作"拥鼻"。欧阳修《和应之登广爱寺阁寄圣俞》:"旧社更谁能拥鼻,新秋有客独登高。"

**【品评】**

　　诗乃咏写山雨来时原野山村景象,抒发其时无人共咏之孤独情怀。前二句写山风山雨从远处急剧而来,三、四两句则描述风雨穿过树木竹林,吹袭进篱笆。五、六句乃以"饷妇"、"牧童"之"布领寒"、"蓑衣湿",以写雨中村民。故前六句均从不同角度与画面以咏雨,将雨景写足。后两句则抒发因雨而起之情感,"共谁咏"、"空伫立",皆抒发其孤独无咏伴之慨叹。可见此时诗人心境之寂寞,其感叹山村隐居生活中难有意趣相同者之落寞情怀,尤见于此二句中。此诗为仄韵律诗,故其押韵"急"、"黑"、"入"、"湿"、"立"各字均是仄声字。

# 汉江行次①

　　村寺虽深已暗知,幡竿残日迥依依。②沙头有庙青林合,驿步无人白鸟飞。③牧笛自由随草远,渔歌得意扣舷归。④竹园相接春波暖,痛忆家乡旧钓矶。⑤

**【注释】**

①此诗作于唐昭宗天复四年(904)春,时韩偓遭贬濮州司马后,又转任荣懿尉、邓州司马,船行汉江中。 ②幡竿:系幡的杆。萧至忠《三会寺应制》诗:"网户飞花缀,幡竿度鸟回。"此指佛寺所立之旗旛。迥:遥远;僻远。班彪《北征赋》:"野萧条以莽荡,迥千里而无家。"谢灵运《登江中孤屿》诗:"怀新道转迥,寻异景不延。"依依:依稀貌;隐约貌。陶潜《归园田居》诗之一:"暧暧远人村,依依墟里烟。"刘长卿《瓜洲驿重送梁郎中赴吉州》:"渺渺云山去几重,依依独听广陵钟。" ③驿步:水驿的停船处。刘禹锡《别夔州官舍》:"青帐联延喧驿步,白头俯伛到江滨。"白鸟:白羽之鸟。鹤、鹭之类。《诗·大雅·灵台》:"麀鹿濯濯,白鸟翯翯。"刘长卿《题魏万成江亭》诗:"苍山隐暮雪,白鸟没寒流。" ④扣舷:拍击船边。多用为歌吟的节拍。王维《送綦毋校书弃官还江东》诗:"清夜何悠悠,扣舷明月中。"刘禹锡《采菱行》:"蓼花绿岸扣舷归,归来共到市桥步。" ⑤钓矶:钓鱼时坐的岩石。北周明帝《贻韦居士》诗:"坐石窥仙洞,乘槎下钓矶。"赵嘏《曲江春望怀江南故人》诗:"此时愁望情多少,万里春流绕钓矶。"

**【品评】**

此诗写汉江舟行所见江边村野人家春日美好景象,不禁兴起对家园的深情怀想。首"村寺"、"幡竿"二句,写黄昏残阳下岸边较远处村舍中之寺庙。"虽深"、"迥依依"均示村寺在远处;谓"暗知",寓其时实未见村寺。所以知有村寺者,乃由高耸之"幡竿"而推知。"沙头"、"驿步"两句,则写江岸近处景色。"有庙青林合",

诗选二 | 271

谓庙在林木掩映之中；因"驿步无人"，故白鸟可安详无虑地自由飞翔。"牧笛"、"渔歌"两句，真乃"自由"、"得意"之渔牧生活美好境界。目睹此美好境界，又见"竹园相接"之村舍景色，反衬此时诗人之流寓身世，故难怪有"痛忆家乡"之句。家乡而谓"痛忆"，则其思家之切，流离生涯之痛楚，两均表露无遗矣。

## 湖南绝少含桃偶有人以新摘者见惠感事伤怀因成四韵①

时节虽同气候殊，不知堪荐寝园无。②合充凤食留三岛，③谁许莺偷过五湖。④苦笋恐难同象匕秦中为樱笋之会，乃三月也，⑤酪浆无复莹琵珠湖南无牛酪之味。⑥金銮岁岁长宣赐⑦，忍泪看天忆帝都每岁初进之后，先宣赐学士。⑧

【注释】

①此诗为唐昭宗天复四年（904）三月所作，时韩偓贬官后流寓于湖南。含桃：樱桃的别称。《礼记·月令》："是月（仲夏之月）也，天子乃以雏尝黍，羞以含桃先荐寝庙。"郑玄注："含桃，樱桃也。"《淮南子·时则训》："羞以含桃。"高诱注："含桃，莺所含食，故言含桃。" ②荐：进献，送上。《仪礼·乡射礼》："主人阼阶上拜送爵，宾少退，荐脯醢。"郑玄注："荐，进。"按，此处荐字又作祭祀时之进献。《易·观》："观，盥而不荐，有孚颙若。"孔颖达疏："既盥之后，陈荐笾豆之事。"《左传·隐公三年》："可荐于鬼神，可

羞于王公。"寝园:陵园。《汉书·百官公卿表上》:"诸庙寝园。"王维《敕赐百官樱桃》诗:"总是寝园春荐后,非关御苑鸟衔残。"③三岛:指传说中的蓬莱、方丈、瀛洲三座海上仙山。亦泛指仙境。《史记·封禅书》:"自威、宣、燕昭使人入海求蓬莱、方丈、瀛洲。此三神山者,其传在渤海中,去人不远,患且至,则船风引而去。"骆宾王《代女道士王灵妃赠道士李荣》:"双童绰约时游陟,三岛联翩报消息。" ④莺偷:含桃前人有谓乃莺所含食,故言含桃。以此诗人有"莺偷"之妙说。五湖:五湖所说不一。其中有谓乃江南五大湖之总称。《史记·三王世家》:"大江之南,五湖之间,其人轻心。"司马贞索隐:"五湖者,具区、洮滆、彭蠡、青草、洞庭是也。"杨慎《丹铅总录·地理》:"王勃文'襟三江而带五湖',则总言南方之湖。洞庭一也,青草二也,鄱阳三也,彭蠡四也,太湖五也。"亦有谓专指洞庭湖者。杜甫《归雁》诗:"年年霜露隔,不过五湖秋。"朱鹤龄注:"雁至衡阳则回。此五湖当指洞庭湖言。"此处之五湖,盖指诗人所在湖南之洞庭湖。 ⑤苦笋:苦竹之笋。品种不一,其味微苦者可食,俗称甜苦笋。吴曾《能改斋漫录·方物》:"(庐山简寂观)观出苦笋,而味反甜。"象匕:象牙制成的如羹匙般之餐具。匕,古代取食的用具,曲柄浅斗,有饭匕、牲匕、疏匕、挑匕之分。状类后代之羹匙。《仪礼·公食大夫礼》:"雍人以俎入陈于鼎南,旅人南面加匕于鼎,退。"秦中:古地区名。指今陕西中部平原地区,因春秋、战国时地属秦国而得名。也称关中。《史记·封禅书》:"杜主,故周之右将军,其在秦中最小鬼之神者。"《汉书·娄敬传》:"秦中新破,少民,地肥饶,可益实。"颜师古注:"秦中谓关中,故秦地也。"樱笋:即樱桃、春笋。据韩偓诗小注,秦中三月当多有此二物。郑谷《自贻》:"恨抛水国钓蓑雨,贫过长安樱笋时。"下小注云:"唐制四月十五日,自堂厨至百司厨,谓之樱笋时。" ⑥酪浆:牛羊等动物的乳汁。李陵《答苏武书》:"膻肉酪浆,以充饥渴。"白居易《斋毕开素当食吟》:"稻饭红似花,调沃新酪浆。"莹:装饰,涂饰。刘义庆《世说新语·汰侈》:"王君夫有牛名八百里驳,常莹其蹄角。"杜甫《奉赠太常张卿垍二十韵》:"健笔凌鹦鹉,铦锋莹鹭鹚。"玭珠:即蚌珠,珍珠。《书·禹贡》:"淮夷玭珠",孔安国传:"玭珠,珠名。"孔颖达疏:"玭是蚌之别称。此蚌出珠,遂以玭为珠名。" ⑦"金銮"句:金銮,即金銮殿,乃帝皇所处宫殿。此处代指唐昭宗。宣赐:宣诏赏赐。此句意为含桃每年刚进奉入宫时,唐昭宗即先赏赐给翰林学士。⑧帝都:即首都。此处指唐首都长安。

【品评】

此诗人贬谪在湖南,因人以新摘含桃赠之,故感事伤怀所作也。诗末"金銮岁岁长宣赐,忍泪看天忆帝都"句尤为感人,可见其忠爱感恩昭宗之深情。诚如盛如梓所云:"韩致光以文章际遇昭宗,君臣相得,欲大用之。值朱温将篡,非独力能支,去位而已,不然徒死无益。观致光过湖湘食樱桃诗,令人怆然。……意与少陵同,尤凄惋。"(《庶斋老学丛谈》卷中之下)观其"时节虽同气候殊,不知堪荐寝园无"句,实颇具老杜"每饭不忘君"之概。而"合充凤食留三岛,谁许莺偷过五湖"二句,又含蓄蕴藉,诚为佳句。至其"苦笋恐难同象匕,酪浆无复莹玭珠"两句,前句乃谓秦中有樱笋之会,而我在湖南,今虽得含桃,但此地之笋乃苦笋,不堪食,难于似秦中樱笋之会与含桃并食矣。后句谓秦中樱笋之会,有酪浆涂含桃而食,而湖南无牛酪之味,故不得以酪浆涂饰含桃而食矣。因之这两句均表明,在湖南尽管得樱桃苦笋,然不复有秦中樱笋之会之情致韵味。诗人以此思念故都往事之情,油然深蕴其中。

## 隰州新驿<sup>①</sup>

盛德已图形,<sup>②</sup>胡为忽构兵。燎原虽自及,<sup>③</sup>诛乱不无名。掷鼠须防误,<sup>④</sup>连鸡莫惮惊。<sup>⑤</sup>本期将系虏,<sup>⑥</sup>末策但婴城。肘腋人情变,<sup>⑦</sup>朝廷物论生。<sup>⑧</sup>果闻荒谷缢,<sup>⑨</sup>旋睹藁街烹。<sup>⑩</sup>帝怒今方息,<sup>⑪</sup>时危喜暂清。始终俱以此,<sup>⑫</sup>天意甚分明。

【注释】

①此诗作于唐昭宗龙纪元年(889),时韩偓进士及第后行经河中隰州。隰州:隋开皇五年改西汾州置,治所在隰川县(今山西隰县)。《元和郡县图志》卷一二隰州:"《尔雅》曰'下湿曰隰',以州带泉泊下湿,故以隰为名。"隰州唐时属河中节度观察处置等使所辖四州之一。　②"盛德"二句:图形,画像,图绘形象。《汉书·苏武传》:"甘露三年,单于始入朝。上思股肱之美,乃图画其人于麒麟阁,法其形貌,署其官爵姓名……凡十一人。"《宋书·礼志四》:"自汉兴已来,小善小德,而图形立庙者多矣。"构兵,交兵,

交战。《孟子·告子下》:"吾闻秦楚构兵,我将见楚王说而罢之。"《孔子家语·贤君》:"怨仇并存其国,邻敌构兵于郊。"按,此二句指王重荣、田令孜、李克用等于平定黄巢、收复长安中立下卓著功勋者,忽而又交战互斗之事。《旧唐书·田令孜传》:"田令孜,本姓陈。……乾符中,盗起关东。诸军诛盗,以令孜为观军容、制置左右神策、护驾十军等使。京师不守,从僖宗幸蜀。銮舆返正,令孜颇有匡佐之功。时令孜威权振天下。"又黄修复《益州名画录》卷上《常重胤》记僖宗幸蜀回銮时,常重胤奉诏于中和院上壁写僖宗"及写随驾文武臣僚真",其中即有"御容后写左神策军观军容使、护军中尉田令孜"等臣子画像。又,河中节度使王重荣与雁门节度使李克用因击败黄巢,收复京城而立下大功。《旧唐书·王重荣传》:中和二年"李克用领兵至,大败巢贼,收复京城。其倡义启导之功,实重荣居首。京师平,以功检校太尉、同平章事、琅邪郡王"。《新唐书·王重荣传》亦记"重荣……惧巢复振,忧之,与复光计,复光曰:'我世与李克用共忧患,其人忠不顾难,死义如己。若乞师焉,事蔑不济。'乃遣使者约连和。克用使陈景斯总兵自岚、石赴河中,亲率师从之,遂平巢,复京师。以功检校太尉、同中书门下平章事,封琅邪郡王。累加检校太傅"。《新五代史·庄宗纪上》亦记中和"二年十一月,景思、克用复以步骑万七千赴京师。三年……二月,败巢将黄邺于石堤谷;三月,又败赵璋、尚让于良田坡,横尸三十里。是时,诸镇兵皆会长安,大战渭桥,贼败走入城,克用乘胜追之,自光泰门先入,战望春宫升阳殿,巢败,南走出蓝田关,京师平,克用功第一。天子拜克用检校司空、同中书门下平章事、河东节度使"。又"胡为"句指田令孜企图以朝廷名义,徙王重荣为兖海节度使而夺其河中盐池之利,重荣不从,田令孜遂率禁兵讨之,而重荣亦联合李克用而发兵攻战。事具见《新唐书·田令孜传》《新唐书·王重荣传》《资治通鉴》卷二五六唐僖宗光启元年所记。　③"燎原"二句:燎原,火延烧原野。比喻势态不可阻挡。《书·盘庚上》:"若火之燎于原,不可向迩,其犹可扑灭。"潘尼《火赋》:"及至焚野燎原……炎光奔逸。"诛乱:讨伐叛乱。《史记·秦始皇本纪》:"皇帝之德,存定四极,诛乱除害,兴利致福。"按,此二句指田令孜为王重荣击败后,又挟劫唐僖宗出幸,王重荣、李克用遂出兵入援、征讨田令孜。《旧唐书·王重荣传》:光启元年"十二月,令孜挟天子出幸宝鸡,太原(庆按,指李克用)闻之,乃与重荣入援京师,遣使迎驾还宫。令孜尤惧,却劫幸山南"。　④"掷鼠"句:贾谊《新书》卷二《阶级》:"里谚曰:'欲投鼠而忌器。'此善谕也。鼠近于器,尚惮不投,恐伤其器,况于贵臣之近主乎?"此句意为观军容使田令孜挟持唐僖宗出幸,王重荣、李克用进军入京,征讨之。但因其时唐僖宗为田令孜所劫持,故应"掷鼠须防误",以免误伤僖宗。　⑤"连鸡"句:连鸡,缚在一起的鸡。喻群雄相互牵掣,不能一致行动。《战国策·秦策一》:"秦惠王谓寒泉子曰:'苏秦欺寡人,欲以一人之智,反复山东之君,从以欺秦。赵固负其众,故先使苏秦以币帛约乎诸侯。诸侯不可一,犹连鸡之不能俱止于栖亦明矣。"鲍彪注:"连谓绳系之。"《后汉书·吕布传》:"(陈珪)曰:'暹奉与术,卒合之师耳。谋无素定,不能相维。子登策之,比于连鸡,埶不俱栖,立可离也。'"此句意谓为了对付王重荣、李克用,田"令孜结邠宁节度使朱玫、凤翔节度使李昌符以抗之"。然而此诸藩镇之联结,在诗人看来有如"连鸡"般,不必畏惧惊怕。据史传，田令孜所联接之朱玫、李昌符等后皆反攻田令孜。《新唐书·田令孜传》记"令孜自将讨重荣，率邠宁朱玫、凤翔李昌符，合鄜、延、灵、夏等兵凡三万，壁沙苑。……王师败。玫走还邠州，与昌符皆耻为令孜用，还与重荣合。……克用还河中，玫畏克用且偪，与重荣连章请诛令孜，而驻凤翔。……至兴元，玫、重荣表诛令孜，安慰群臣"。 ⑥"本期"二句：系虏，拘获；俘获。《韩非子·奸劫弑臣》："边境不侵，君臣相亲，父子相保，而无死亡系虏之患，此亦功之至厚者也。"婴城：谓环城而守。《战国策·秦策四》："小黄、济阳婴城，而魏氏服矣。"鲍彪注："婴，犹萦也，盖二邑环兵自守。"《汉书·蒯通传》："必将婴城固守，皆为金城汤池。"颜师古注引孟康曰："婴，以城自绕。"按，此二句盖指王重荣于黄巢分兵略蒲州时，劝说节度使李都婴城自守事。《旧唐书·王重荣传》："广明初，重荣为河中马步军都虞侯。巢贼据长安，蒲帅李都不能拒，称臣于贼，贼伪授重荣节度副使。河中密迩京师，贼征求无已，军府疲于供亿，贼使百辈，填委传舍。重荣谓都曰：'吾以外援未至，诡谋附贼以纾难。今军府积实，苦被征求，复来收兵，是贼危我也，倘不改图，危亡必矣。请绝桥道，婴城自固。'都曰：'吾兵微力寡，绝之立见其患。唯公图之，愿以节钺假公。'翌日，都归行在，重荣知留后事，乃斩贼使，求援邻藩。既而贼将朱温舟师自同州至，黄邺之兵自华阴至，数万攻之。重荣戒励士众，大败之，获其兵仗，军声益振，朝廷遂授节钺，检校司空。时中和元年夏也。" ⑦"肘腋"句：肘腋，原指胳膊肘与胳肢窝。用以比喻切近之地，或亲信、助手等。《三国志·蜀志·法正传》："（诸葛）亮答曰：'主公之在公安也，北畏曹公之强，东惮孙权之逼,近则惧孙夫人生变于肘腋之下。'"杜甫《草堂》诗:"焉知肘腋祸,自及枭獍徒。"按,此句指朱玫、李昌符迫襄王李煴僭皇帝位事。《旧唐书·僖宗纪》载光启二年"四月……壬子,朱玫、李昌符迫宰相萧遘等于凤翔驿舍,请嗣襄王煴权监军国事。玫自为大丞相,兼左右神策十军使。遂驱率文武百僚奉襄王还京师。五月己卯朔,庚辰,襄王煴即皇帝位,年号建贞"。 ⑧"朝廷"句:物论,众人的议论,舆论。《晋书·谢安传》:"是时桓冲既卒,荆、江二州并缺,物论以玄(桓)勋望,宜以授之。"此句指朱玫立嗣襄王煴为帝,王重荣与李克用谋定王室,斩煴而长安复平,然此事引发朝廷臣子之物论。《新唐书·王重荣传》:"俄嗣襄王煴僭位,重荣不受命,与克用谋定王室。……重荣遂斩煴,长安复平。"《旧唐书·僖宗纪》光启二年十二月记"(王)行瑜斩朱玫及其党与数百人……裴彻、郑昌图及百官奉襄王奔河中,王重荣绐称迎奉,执李煴斩之……重荣函襄王首赴行在。刑部奏请御兴元城南门,阅俘馘受贺,下礼院定仪注。博士殷盈孙奏曰:'伏以伪煴违背宗社,僭窃乘舆,欺天之祸既盈,盗国之罪斯重,果至覆败,以就诛夷。……宜陈贺礼,以显皇猷。然物议之间,有所未允。……臣以为煴胤系金枝,名标玉牒,迫胁之际,不能守节效死,而乃甘心逆谋,罪实滔天,刑不可赦。已为军前处置,宜即黜为庶人,绝其属籍,其首级仍委所在以庶人礼收葬。大捷之庆,当以朱玫首级到日称贺,为得其宜。上不畛于宸衷,下无伤于物体,协礼经之旨,祛中外之疑。'遂罢贺礼。及朱玫传首至,乃御楼受俘馘"。 ⑨"果闻"句:此指黄巢于中和四年自缢于狼虎谷事。《新唐书·黄巢传》:中和四年"六月,时溥遣将陈景瑜与尚让追战狼虎谷,巢计蹙……乃自列"。 ⑩"旋睹"句：藁街烹，《汉书·陈汤传》："延寿、汤上疏曰：'……郅支单于惨毒行于民，大恶通于天。臣延寿、臣汤将义兵，行天诛……斩郅支首及名王以下。宜县头藁街蛮夷邸间，以示万里，明犯强汉者，虽远必诛。'"颜师古注："藁街，街名，蛮夷邸在此街也。邸，若今鸿胪客馆也。"按，藁街烹意即将叛逆者斩首示众。又按，此句盖指处死嗣襄王李煴称帝后所任命之伪宰相裴彻、郑昌图、萧遘。《旧唐书·僖宗纪》：光启三年三月"河中械送伪宰相裴彻、郑昌图，命斩之于岐山县。太子少师致仕萧遘赐死于永乐县。" ⑪"帝怒"二句：帝，指唐昭宗。此二句指唐昭宗即位后龙纪元年初之情势。其时僖宗以来多年反乱恶斗稍平息，李煴、秦宗权僭帝位亦以失败告终，故有此二句之谓。据《旧唐书·昭宗纪》，唐昭宗于龙纪元年正月"御武德殿受朝贺，宣制大赦，改元。中外文武臣僚进秩颁爵有差"。又"二月……己丑，汴州行军司马李璠监送逆贼秦宗权并妻赵氏以献，上御延喜门受俘，百僚称贺，以之徇市，告庙社，斩于独柳，赵氏笞死。……中书奏请以二月二十二日为嘉会节，从之"。 ⑫"始终"二句：此二句意为凡是如黄巢、李煴、朱玫、李昌图等乱臣贼子之叛乱负国者，均会以失败灭亡告终。此乃天意注定，老天爷之意甚为明显。

## 【品评】

理解此诗之意旨，关键在于确定其创作时间。据诗题以及诗中所咏，此诗乃作于龙纪元年韩偓进士及第后出佐河中时。隰州新驿必在隰州，而隰州乃河中府所辖地。此时，河中节度使乃王重盈，而稍前节度使则为重盈弟王重荣。王重荣在击败黄巢、收复长安中功勋卓著;此后因田令孜之逼,又与田令孜等人攻战,殃及僖宗;最后又掳获诛杀襄王以献朝廷,可谓此一时期之风云英杰。故诗人行经河中陕州,自然抚昔思今,感而赋此诗以咏上述之史事。由此可见诗人于李唐之时政史事娴熟于心,亦明历史人物与事件之是非,故其后来成为唐昭宗朝之忠耿重臣,颇有以也。

# 乱后春日途经野塘①

世乱他乡见落梅,野塘晴暖独徘回。船冲水鸟飞还住,袖拂杨花去却来。季重旧游多丧逝,②子山新赋极悲哀。③眼看朝市成陵谷,④始信昆明是劫灰。⑤

【注释】

①此诗疑乃唐昭宗天复四年(904)春朱全忠逼唐昭宗由长安迁都洛阳后所作,是时诗人流寓于湖南。 ②"季重"句:《三国志·魏书·王粲传》裴注引《魏略》曰:吴"质字季重,以才学通博,为五官将及诸侯所礼爱……二十三年,太子又与质书曰:'岁月易得,别来行复四年。……昔年疾疫,亲故多罹其灾,徐、陈、应、刘,一时俱逝,痛何可言邪!昔日游处,行则同舆,止则接席,何尝须臾相失!每至觞酌流行,丝竹并奏,酒酣耳热,仰而赋诗。当此之时,忽然不自知乐也。谓百年已分,长共相保,何图数年之间,零落略尽,言之伤心。顷撰其遗文,都为一集。观其姓名,已为鬼

录,追思昔游,犹在心目,而此诸子化为粪壤,可复道哉!'"③"子山新赋"句:子山,即北周庾信,字子山。先仕梁,出使西魏被扣留长安。西魏亡后又仕周,官至骠骑大将军,开府仪同三司、司宪中大夫,进爵义城县侯等。传见《周书》卷四一、《北史》卷八三。其虽位望通显,常有乡关之思,有《哀江南赋》,其《序》云:"信年始二毛,即逢丧乱,藐是流离,至于暮齿。《燕歌》远别,悲不自胜;楚老相逢,泣将何及。……追为此赋,聊以记言,不无危苦之辞,唯以悲哀为主。"按,以上两句均以旧典状自己乱后之处境心情。　④"眼看"句:成陵谷,《诗·小雅·十月之交》:"高岸为谷,深谷为陵。"庾信《竹杖赋》:"世变市朝,年移陵谷。"此句或指天祐元年,朱全忠逼唐昭宗迁都洛阳而毁长安事。《旧唐书·昭宗纪》载:"天祐元年春正月……己酉,全忠率师屯河中,遣牙将寇彦卿奉表请车驾迁都洛阳。全忠令长安居人按籍迁居,彻屋木,自渭浮河而下,连甍号哭,月余不息。秦人大骂于路曰:'国贼崔胤召朱温倾覆社稷,俾我及此,天乎!天乎!'丁巳,车驾发京师。"《资治通鉴》卷二六四天祐元年正月亦记"车驾发长安,全忠以其将张廷范为御营使,毁长安宫室百司及民间庐舍,取其材,浮渭沿河而下,长安自此遂丘墟矣"。　⑤"始信昆明"句:《搜神记》卷一三《劫灰》:"汉武帝凿昆明池,极深,悉是灰墨,无复土。举朝不解,以问东方朔。朔曰:'臣愚,不足以知之。可试问西域人。'帝以朔不知,难以移问。至后汉明帝时,西域道人入来洛阳。时有忆方朔言者,乃试以武帝时灰墨问之。道人云:'经云:"天地大劫将尽,则劫烧。"此劫烧之余也。'乃知朔言有旨。"又释慧皎《高僧传·竺法兰》:"昔汉武穿昆明池底,得黑灰,以问东方朔,朔曰:'不知,可问西域人。'后法兰既至,众人追问之,兰云:'世界终尽,劫火洞烧,此灰是也。'"

**【品评】**

　　此诗乃诗人于乱后抒发悲时伤乱之沉痛心情。前四句以景寓情,后四句则直抒伤乱情怀。金圣叹《贯华堂选批唐才子诗》解读此诗颇有见地,谓"'见落梅',言又开春也。'独徘徊',言一无所依,一无所事也。'飞还止'、'去又来',虽写'水鸟'、'杨花',然皆自比徘徊野塘无聊无赖也。看他一二'乱世'下又接'他乡'字,'他乡'上又加'乱世'字,'乱世他乡'下又对'野塘晴日'字,使读者心头眼头,一片荒荒凉凉,直是试想不得(首四句下)。魏文帝《与吴季重书》:'昔年疾疫,亲故罹灾。徐、陈、应、刘,一时俱逝。'庾子山序《哀江南赋》,不无危苦之辞,惟以悲哀为主。言此二篇之论,今日恰与我意怅然有当也。'眼看'妙,不是眼看,亦不始信,此极伤痛之声也(末四句下)"。何义门谓:"三四反接'徘徊',透出'经'字,斯须不可止泊矣。后四句极言其乱。"(见《瀛奎律髓汇评》卷三二忠愤类,下引同)纪昀又云:"致尧难得此沉实之作。"缪钺、叶嘉莹《灵溪词说·论韩偓词》亦云:"这些诗虽然是寻常写景言情之作,但都隐含着故国沧桑之悲,身世流离之感,所以特别显得凄怨沉挚。"

## 过临淮故里①

交游昔岁已凋零,第宅今来亦变更。旧庙荒凉时飨绝,②诸孙饥冻一官成。③五湖竟负他年志,④百战空垂异代名。⑤荣盛几何流落久,⑥遣人襟抱薄浮生。⑦

【注释】

①此诗约作于咸通十二年(871)秋冬间游江南过临淮之作。临淮:此处指临淮郡王李光弼。以其封临淮郡王,故称。李光弼,传见《旧唐书》卷一一〇、《新唐书》卷一三六。《旧传》云:"李光弼,营州柳城人。"《新传》云:"宝应元年,进封临淮郡王。……广德元年,遂禽晃,浙东平。诏赠实封户二千,与一子三品阶,赐铁券,名藏太庙,图形凌烟阁。" ②旧庙:指供奉李光弼之庙宇。时飨:亦作时享。太庙四时之祭祀。古代帝王臣民都行时享之礼。《国语·楚语下》:"百姓夫妇择其令辰,奉其牺牲……帅其子姓,从其时享,虔其祝宗,道其顺辞,以昭祀其先祖。" ③诸孙:指李光弼之诸孙。一官成:据《新唐书·李光弼传》,"广德元年……诏增实封户二千,与一子三品阶"。又记"子汇,有志操,廉介自将。从贾耽为裨将,奏兼御史大夫。元和初,分徐州符离为宿州,光弼有遗爱,擢汇为刺史。后迁泾原节度使,罢军中杂徭,出奉钱赎将士质卖子,还其家。卒,赠工部尚书。" ④"五湖"句:《国语·越语》:"勾践灭吴,反至五湖,范蠡辞于王曰:'君王勉之,臣不复入

越国矣。'……遂乘轻舟以游于五湖,莫知所终极。"此句意为李光弼战功显赫,然而未能效法范蠡功成身退,隐于五湖,反而遭受宦官猜忌,忧郁成疾以卒。《旧唐书·李光弼传》:"光弼御军严肃,天下服其威名……及惧朝恩之害,不敢入朝,田神功等皆不禀命,因愧耻成疾,遣衙将孙珍奉遗表自陈。广德二年七月,薨于徐州,时年五十七。" ⑤"百战"句:《新唐书·李光弼传》记李光弼因战功赫赫,于广德元年即"诏增实封户二千,与一子三品阶,赐铁卷,名藏太庙,图形凌烟阁"。又谓"光弼用兵,谋定而后战,能以少覆众。治师训整,天下服其威名,军中指顾,诸将不敢仰视。初,与郭子仪齐名,世称'李郭',而战功推为中兴第一"。 ⑥荣盛:显达兴盛。江淹《萧被侍中敦劝表》:"都野宗其荣盛,视听敬其炎贵。"《周书·侯莫陈崇传》:"当时荣盛莫与为比,故今之称门阀者,咸推八柱国家云。"几何:犹若干,多少。《诗·小雅·巧言》:"为犹将多,尔居徒几何?"马瑞辰通释:"尔居徒几何,即言尔徒几何也。"流落:衰落,困顿失意。《旧唐书·李绩传》:"属武太后斫丧王室,吾祖建义不果,子孙流落绝域,今三代矣。" ⑦遣人:使人、让人。襟抱:襟怀抱负。《旧唐书·忠义传下·庚敬休》:"敬休姿容温雅,襟抱夷旷,不饮酒茹荤,不迩声色。"薄浮生:看轻人生。浮生,语本《庄子·刻意》:"其生若浮,其死若休。"以人生在世,虚浮不定,因称人生为"浮生"。鲍照《答客》诗:"浮生急驰电,物道险弦丝。"

【品评】

　　此诗乃诗人过李光弼临淮旧居,见其宅第变更,旧庙荒凉,诸孙流落,感慨系之而作。其意蕴,清人金圣叹《贯华堂选批唐才子诗》所析,颇为精彩,深得此诗之意,云:"一二句写昔岁还是凋零,今来乃并无凋零。此即暗用香岩立锥诵成妙诗也。三句,苦在庙在;四句,苦在官成。时享都绝,用庙何为?冻馁不救,用官何为?写来便如落日风吹,暗壁鬼啸。后解感愤沉厚,辞旨激昂,纯是切讽朝廷,非止恸哭临淮也。言其宁负五湖,是何等愚忠!名动异代,是何等血战!今墓草未荒,略无存恤;前贤不报,后贤谁奋?末句比优孟辞更加一倍悲愤,读之使人变色。"

# 同年前虞部李郎中自长沙赴行在余以紫石砚赠之赋诗代书①

斧柯新样胜珠玑,②堪赞星郎染翰时。③不向东垣修直疏,④即须西掖草妍词。⑤紫光称近丹青笔,⑥声韵宜裁锦绣诗。⑦蓬岛侍臣今放逐,⑧羡君回去逼龙墀。⑨

【注释】

①此诗作于唐昭宗天复四年(904)春夏间,时韩偓流寓于湖南。同年:古代科举考试同科中试者之互称。唐代同榜进士称"同年"。李肇《唐国史补》卷下:"(进士)俱捷谓之同年。"虞部李郎中:即虞部郎中李冉。虞部郎中,唐工部属曹,从五品上。《旧唐书·职官志二》谓虞部"郎中、员外郎之职,掌京城街巷种植,山泽苑囿,草木薪炭,供顿田猎之事。"行在:即行在所。此指皇帝巡

幸所在之地。据《资治通鉴》卷二六四天祐元年二月"乙亥,车驾至陕,以东都宫室未成,驻留于陕"。则诗中所谓行在当指陕州。②斧柯:山名,即广东高要县之斧柯山。《太平寰宇记》卷一五九《端州高要县》:"高要县烂柯山,在县东三十六里,一名斧柯山,在硖石南。《郡国志》云:'昔有道士王质,负斧入山采桐为琴,遇赤松与安期先生碁,而斧柯烂。'"又谓"端溪山,《吴录》云:'端州有端溪石。'"端溪石乃制砚名石。此处"斧柯新样",指用端溪石制成之紫石砚。 ③赞:辅佐。《书·大禹谟》:"益赞于禹曰:'惟德动天,无远弗届。'"孔传:"赞,佐。"潘岳《夏侯常侍诔》:"内赞两宫,外宰黎烝。"星郎:指郎官。《后汉书·明帝纪》:"馆陶公主为子求郎,不许,而赐钱千万。谓群臣曰:'郎官上应列宿,出宰百里,苟非其人,则民受殃,是以难之。'"后因称郎官为"星郎"。岑参《送李别将摄伊吾令充使赴武威便寄崔员外》诗:"遥知竹林下,星使对星郎。"染翰:以笔蘸墨。翰,笔。潘岳《〈秋兴赋〉序》:"于是染翰操纸,慨然而赋。"此处指作诗文。 ④东垣:谓东省,古代中央官署之一。唐指门下省,与中书省同掌机要,共议国政。杜甫《紫宸殿退朝口号》:"宫中每出归东省,会送夔龙集凤池。"仇兆鳌注:"《雍录》:'政事堂在东省,属门下。'"令狐楚《南宫夜直宿寄李给事东省》:"北极丝纶句,东垣翰墨踪。"修直疏:谓起草谏书。唐制,门下省之给事中、散骑常侍、谏议大夫有驳正、规讽之责。⑤西掖:唐时中书或中书省的别称。汉应劭《汉官仪》卷上:"左右曹受尚书事,前世文士,以中书在右,因谓中书为右曹。又称西掖。"张九龄《酬周判官兼呈耿广州》诗:"既起南宫草,复掌西掖制。"草妍词:谓起草美妙的文章。妍词,黄滔《汉宫人诵〈洞箫赋〉赋》:"丽藻上闻于天子,妍词遍诵于宫人。" ⑥紫光:指紫石砚之紫色光。丹青笔:画笔。 ⑦声韵:此处或指叩击紫石砚而发出的声响。石材好,叩击之而发出之声韵亦动听。此处意为紫石砚乃优质之名砚。锦绣诗:谓华彩美好之诗作。杜甫《晴》:"久雨巫山暗,新晴锦绣文。"蒯希逸《和主司王起》:"恩感风雷宜变化,诗裁锦绣借光辉。" ⑧"蓬岛"句:蓬岛,蓬莱仙岛。唐人常用以称皇宫或学士院。韩偓曾在朝任兵部侍郎、翰林学士承旨等官职,故此诗中自称"蓬岛侍臣"。韦庄《和集贤侯学士分司丁侍御秋日雨霁之作》:"席上客知蓬岛路,坐中寒有柏台霜。" ⑨龙墀:犹丹墀。此处代指皇帝。刘禹锡《杨柳枝》词之三:"凤阙轻遮翡翠帏,龙墀遥望曲尘丝。"

## 【品评】

此诗乃诗人贬官后流寓于湖南长沙时,送同年李冉赴行在之作。诗人送李冉以紫石砚,故诗中前六句均赞誉紫石砚之名贵与功用,并藉以想象与盼望李郎中在朝中之有所作为。"不向东垣修直疏,即须西掖草妍词"二句,尤是诗人期望殷殷之句。"修直疏",意即在朝为忠直敢谏之臣,可见诗人为官一贯之忠恳标格。末二句则叹自身之被贬谪,无从侍奉唐昭宗。"羡君回去",隐含自叹放逐意。此时昭宗尚在位,未被朱全忠所弑,故诗人有此羡慕与感慨,于此亦可见诗人之眷念唐昭宗。及至昭宗被弑后,诗人即使被召复官,亦不往矣。其忠耿于唐昭宗如此!

## 甲子岁夏五月自长沙抵醴陵贵就深僻以便疏慵由道林之南步步胜绝去绿口分东入南小江山水益秀村篱之次忽见紫薇花因思玉堂及西掖厅前皆植是花遂赋诗四韵聊寄知心①

职在内庭宫阙下,②厅前皆种紫薇花。眼明忽傍渔家见,魂断方惊魏阙赊。③浅色晕成宫里锦,④浓香染着洞中霞。此行若遇支机石,⑤又被君平验海槎。⑥

**【注释】**

①据此诗"甲子岁夏五月自长沙抵醴陵"云云,可知此诗乃唐昭宗天祐元年(904)五月诗人抵醴陵后所作。醴陵:唐县名。东汉置,属长沙郡。治所即今湖南醴陵市。《太平寰宇记·醴陵县》:"县北有陵,陵上有井,涌泉如醴,因以名县。"绿口:即渌口,在湖南醴陵西境,为渌水入湘江之口,即今株洲市渌口。玉堂:本为官署名,唐宋时谓翰林院。《汉书·李寻传》:"过随众贤待诏,食太官,衣御府,久污玉堂之署。"颜师古注:"玉堂殿在未央宫。"王先谦补注引何焯曰:"汉时待诏于玉堂殿,唐时待诏于翰林院,至宋以后,翰林遂并蒙玉堂之号。"西掖:中书或中书省之别称。应劭《汉官仪》卷上:"左右曹受尚书事,前世文士,以中书在右,因谓中书为右曹。又称西掖。"张九龄《酬周判官兼呈耿广州》诗:"既起南宫草,复掌西掖制。"西掖厅,即指唐中书省办公厅。

②内庭:亦称内廷。宫禁以内。李绅《悲善才诗序》:"顷在内廷日,别承恩顾,赐宴曲江。" ③魏阙赊:谓离开朝廷非常遥远。魏阙,古代宫门外两边高耸的楼观。楼观下常为悬布法令之所。亦借指朝廷。《庄子·让王》:"身在江海之上,心居乎魏阙之下。"赊:距离远。骆宾王《晚憩田家》:"心迹一朝舛,关山万里赊。" ④晕:谓涂抹(颜色)。和凝《宫词》之九十九:"君王朝下未梳头,长晕残眉侍鉴楼。"周密《谒金门》词:"试把翠蛾轻晕,愁薄宝台鸾镜。" ⑤支机石:传说为天上织女用以支撑织布机的石头。《太平御览》卷八引南朝宋刘义庆《集林》:"昔有一人寻河源,见妇人浣纱,以问之,曰:'此天河也。'乃与一石而归。问严君平,云:'此支机石也。'"宋之问《明河篇》:"更将织女支机石,还访成都卖卜人。" ⑥"又被君平"句:君平典见本集《六月十七日召对自辰及申方归本院》诗"槎犯斗"注。此末二句乃用典故表明此行程所经,恍如入天上之美妙仙境。

## 【品评】

诗写自长沙抵醴陵经渌江一带所见山水秀丽景色,尤其忽见紫薇花而逗起魏阙之思之情感。首二句乃第三句"忽傍渔家见"之所思,亦即先见渔家旁之紫薇花而忆往昔任职朝廷之情景耳。第四句则接首二句而来,故有"魏阙赊"之惊魂。此诗句顺序之腾挪,乃为突出往昔宫中之情事,正可见其贬官后魏阙情思之浓厚耳。"魂断方惊"四字,真有柔肠寸断,无限辛酸之凄楚在!下半首方细细描摹紫薇花之如"宫里锦"、"洞中霞"之艳丽芳香,以及如入天上美妙仙境之感受。

## 避地寒食①

避地淹留已自悲,②况逢寒食欲沾衣。③浓春孤馆人愁坐,斜日空园花乱飞。路远渐忧知己少,时危又与赏心违。④一名所系无穷事,⑤争敢当年便息机。⑥

**【注释】**

①此诗难考其确切作年。此诗有"一名所系无穷事,争敢当年便息机",味此两句,盖乃未及第时避乱他乡之作。疑乃广明元年末黄巢攻入长安,僖宗出幸,诗人亦避乱外地后所作。诗乃寒食日咏,则疑约中和元年(881)三月寒食时所作。寒食:节日名。在清明前一日或二日。相传春秋时晋文公负其功臣介之推。介愤而隐于绵山。文公悔悟,烧山逼令出仕,之推抱树焚死。人民同情介之推之遭遇,相约于其忌日禁火冷食,以为悼念。以后相沿成俗,谓之寒食。南朝梁宗懔《荆楚岁时记》:"去冬节一百五日,即有疾风甚雨,谓之寒食。禁火三日,造饧大麦粥。" ②避地:亦作"避墬"。谓迁地以避灾祸。《汉书·叙传上》:"始皇之末,班壹避墬于楼烦,致马牛羊数千群。"《汉书·叙传上》:"(班彪)知隗嚣终不寤,乃避墬于河西。"颜师古注:"墬,古地字。"淹留:羁留;逗留。《楚辞·离骚》:"时缤纷其变易兮,又何可以淹留?"曹丕《燕歌行》:"慊慊思归恋故乡,君何淹留寄他方?" ③沾衣:谓流泪。韦应物《话旧》:"不惜沾衣泪,并话一宵中。" ④赏

心违：赏心，心意欢乐。谢灵运《晚出西射堂》诗："含情尚劳爱，如何离赏心？"谢朓《游山》："寄言赏心客，得性良为善。"违：离开；离别。《诗·邶风·谷风》："行道迟迟，中心有违。"毛传："违，离也。"赏心违，意谓违离赏心乐事。　⑤一名：此处谓科第功名，指及进士第功名事。名，功业；功名。韩愈《赠族侄》诗："一名虽云就，片禄不足充。"所系：谓关系到。韦应物《同德阁期元侍御李博士不至各投赠二首》之二："官荣多所系，闲居亦怨期。"孟郊《奉同朝贤送新罗使》："安危所系重，征役谁能穷。"　⑥息机：息灭机心。《楞严经》卷六："息机归寂然，诸幻成无性。"杜甫《将赴成都草堂途中有作先寄严郑公》诗之五："侧身天地更怀古，回首风尘甘息机。"

**【品评】**

此诗乃于避地遇寒食佳节，抒发困厄愁闷之慨。故前人谓其"黯然销魂"（陆次云辑《五朝诗善鸣集》）。金圣叹析此诗云："此避地竟不知何事，总是窜伏既久，急不得出，因触佳节，滴泪为诗也。一、二'已自'、'况逢'，曲折写出。三、四'人愁坐'，悲在一'坐'字；'花乱飞'，悲在一'乱'字。言天步方艰，那容闲坐；寸阴是宝，奈何急驰！写一日、二日关系无数失得，人却走入更不得出头之处，真欲血泪迸流也（首四句下）。五、六，转笔。然则我今日之哭，自为避地，初不为寒食也。不然，而世有息机之人，静对众芳，闲观零落，尽委大化，我岂不能！无奈一时大事，尽属此身；况在青年，胡不戮力？固不能与早眠晏起、饱余徐行老翁较量'赏心'二字也（末四句下）。"（《贯华堂选批唐才子诗》）苏仲翔《晚唐四家诗合论》谓"'斜日空园花乱飞'句,不减李商隐'高阁客竟去,小园花乱飞'一诗"。

## 早发蓝关①

关门愁立候鸡鸣,②搜景驰魂入杳冥。③云外日随千里雁,山根霜共一潭星。④路盘暂见樵人火,⑤栈转时闻驿使铃。⑥自问辛勤缘底事,⑦半生驱马傍长亭。

【注释】

①此诗疑约唐懿宗咸通十二年(871)秋韩偓离家往江南出蓝关之作。蓝关:即蓝田关,关名。即秦之峣关,在今陕西省蓝田县东南。 ②候鸡鸣:意为等候鸡鸣后关门开。《史记·孟尝君列传》:"夜半,至函谷关……关法,鸡鸣而出客。孟尝君恐追至,客之居下坐者有能为鸡鸣,而鸡齐鸣,遂发传出。"鲍照《行药至城东桥》:"鸡鸣关吏起,伐鼓早通晨。" ③搜景:搜找亮光、日光。景,亮光;日光。《文选·班固〈东都赋〉》:"岳修贡兮川效珍,吐金景兮歊浮云。"高步瀛义疏引李贤曰:"景,光也。"江淹《别赋》:"日出天而曜景,露下地而腾文。"驰魂:心魂飞驰。杳冥:指天空,高远之处。宋玉《对楚王问》:"凤凰上击九千里,绝云霓,负苍天,翱翔乎杳冥之上。" ④山根:山脚。庾信《游山》诗:"涧底百重花,山根一片雨。"一潭星:谓满潭水倒映着天上的颗颗晨星。 ⑤路盘:谓山路盘绕。岑参《题铁门关楼》:"路盘石门窄,匹马行才

通。"方干《再题龙泉寺上方》:"路盘砌下兼穿竹,井在岩头亦统潮。" ⑥栈转:谓栈道盘旋曲折。姚合《和门下李相饯西蜀相公》:"栈转旌摇水,崖高马踏松。"驿使:传递公文、书信的人。杜甫《黄草》诗:"秦中驿使无消息,蜀道兵戈有是非。" ⑦缘底事:为了甚么事。底事,甚么事。赵翼《陔余丛考·底》:"江南俗语,问何物曰底物,何事曰底事。唐以来已入诗词中。"杜牧《题桃花夫人庙》:"至竟息亡缘底事,可怜金谷坠楼人。"

## 【品评】

　　此诗乃描述诗人清晨等候蓝关开启,将继续行程之情景与感慨。首二句写焦急等候关门开启之情态;中四句写此程途中所经历之具体艰辛情景;末二句则抒发为何要如此辛苦行程之感慨。谓"愁立"而"候鸡鸣";"驰魂入杳冥"而"搜景",皆是焦急等待期盼之情态。清人纪昀谓"三、四费解"(《瀛奎律髓汇评》卷一四晨朝类),今试为解释之。"云外日随千里雁",谓每日均伴随着高飞于云外之"千里雁"而奔波也;"山根霜共一潭星",谓行程中,每赶在山潭中尚倒映着晨星之清晨,披着晨霜,沿着山脚下之小路而急急赶路也。两句皆是描述行程中之景色情景,亦均表现行程之"辛勤",故有诗末"自问辛勤"两句为结。

## 重游曲江①

追寻前事立江汀,②渔者应闻太息声。避客野鸥如有感,损花微雪似无情。疏林自觉长堤在,春水空连古岸平。惆怅引人还到夜,鞭鞘风冷柳烟轻。③

【注释】

①此诗难考作年,寻味此诗之意趣,疑作于其龙纪元年及第之前某一年。曲江:即曲江池。在今陕西省西安市东南。秦为宜春苑,汉为乐游原,有河水水流曲折,故称。曲江为唐时都人中和、上巳等盛节游赏胜地。 ②江汀:江边平地。江淹《杂词·构象台》:"立孤台兮山岫,架半室兮江汀。"杜牧《寄崔钧》诗:"两地差池恨,江汀醉送君。" ③鞭鞘:鞭子末端的软性细长物,常以皮条或丝为之。亦借指鞭子。周邦彦《满庭芳·忆钱塘》词:"花扑鞭鞘,风吹衫袖,马蹄初趁新装。"柳烟:柳树枝叶茂密似笼烟雾,因以为称。杜牧《汴人舟行答张祜》诗:"春风野岸名花发,一道帆墙画柳烟。"

【品评】

陈沆《诗比兴笺》卷四谓"韩偓《落花》诗曰……此伤朱温将篡唐而作。……其它如《重游曲江》之'避客野鸥如有感,损花微雪似无情'……皆与《落花》《宫柳》诗同旨"。按,以为此诗作于唐昭宗朝经乱之后时,所说非是。细味诗意,引起诗人太息、惆怅之"前事",乃其上次游曲江所发生者。曲江为著名风景游览区,而非如长安宫廷之政治舞台,则此涉及其自身以致引发重游兴慨叹之"前事",当乃属于个人所经之情事,而非朝政动乱之事。细察此诗写景抒情诸诗句、诗语,如"损花微雪"、"自觉长堤在"、"空连古岸",若"惆怅"、"还到夜"、"鞭鞘风冷柳烟轻"等,皆不类为政治动乱之惨痛而发者,颇疑此"前事",乃涉及诗人年轻时儿女情事之类欤?金圣叹《贯华堂选批唐才子诗》细释此诗云:"'应闻太息',妙,妙!愧亦有,悔亦有,感亦有,悟亦有。盖'渔者'二字,便作珠玉在前用矣。此写'立江汀'三字也。'自觉'妙,如云心凝有路然。'空连'妙,如云实无动步处。如此,便应掉臂从渔者去耳,乃风冷烟轻,还又相引,人于熟处,真是难割,写来胡可胜叹也。"

## 三　月①

辛夷才谢小桃发,②踏青过后寒食前。③四时最好是三月,一去不回唯少年。吴国地遥江接海,④汉陵魂断草连天。⑤新愁旧恨真无奈,须就邻家瓮底眠。⑥

【注释】

①此诗作年难于确考。韩偓唐懿宗咸通十三年(872)春夏间游于江南吴郡一带,故此诗或即作于是年三月。　②辛夷:植物名。指辛夷树或它的花。此处指辛夷花。《楚辞·九歌·湘夫

人》:"桂栋兮兰橑,辛夷楣兮药房。"洪兴祖补注:"《本草》云:辛夷,树大连合抱,高数仞。此花初发如笔,北人呼为木笔。其花最早,南人呼为迎春。" ③踏青:即踏青节。唐时一般在农历二月二日。此日,人们多到郊外踏青游览。《岁华纪丽谱》:"二月二日踏青节,初郡人游赏,散在四郊。"寒食:春天节日名。在清明前一日或二日。南朝梁宗懔《荆楚岁时记》:"去冬节一百五日,即有疾风甚雨,谓之寒食。禁火三日,造饧大麦粥。" ④吴国:古国名。此处谓春秋时之吴国。 ⑤汉陵:汉代帝王的陵园。按,此处以汉陵代指关中长安地区。 ⑥"须就邻家"句:《晋书·毕卓传》:"毕卓字茂世,新蔡鲖阳人也。……卓少希放达,为胡母辅之所知。太兴末为吏部郎,常饮酒废职。比舍郎酿熟,卓因醉,夜至其瓮间盗饮之,为掌酒者所缚。明旦视之,乃毕吏部也,遽释其缚。卓遂引主人宴于瓮侧,致醉而去。"又《世说新语·容止》:"阮公(籍)邻家妇有美色,当垆酤酒。阮与王安丰常从妇饮酒,阮醉便眠其妇侧。夫始殊疑之,伺察终无他意。"

## 【品评】

此诗乃诗人中年于吴地逢春三月,有所触怀而兴咏也。首二句乃具体写春三月之美好节候风物与人事活动,实即"四时最好是三月"之具体写照。"一去"句乃陡转,引出如春三月之少年时代已一去不回,令人无限感伤怅惘。故前人称"四时最好"一联云:十四字,觉他人连篇累牍,书之不尽,经营惨淡,对之不工者,此却轻轻一跌一落,自成绝好议论、绝好文章,诚为快意之笔。(见元好问编,郝天挺注《唐诗鼓吹笺注》)五、六句乃如金圣叹所云"即新愁旧恨也。地遥海接、碑断草连,并不明言愁恨是何事,然其为愁、为恨,亦已约略可知也"。(《贯华堂选批唐才子诗》)末二句则乃新仇旧恨满怀之意。此"真无奈"之"新仇旧恨"到底为何,颇令人寻味而不易得确解,然恐与"四时最好是三月,一去不回唯少年"有关。黄世中《韩偓其人及〈香奁诗〉本事考索》谓"考《集》中'三月诗'亦皆寓恋情,共有十首。如《江楼》云:'杨柳酒旗三月春'、'争奈多情是病身',《春尽日》云'年年三月病恹恹',《六言》云'一灯前雨落夜,三月尽草青时。半寒半暖正好,花开花谢相思',《惜春》云'一夜雨声三月尽,万般人事五更头',《伤春》云'三月光景不忍看',《流年》云:'三月伤心仍晦日。'更有以《三月》为题者,诗云:'辛夷才谢小桃发,踏青过后寒食前。四时最好是三月,一去不回唯少年。'作者把'三月''寒食'与自己的青春年华联系在一起,而极叹流年一去不复返!不难看出,若'寒食'、'三月'与作者心中的感情了无关缘,又何必每为之感慨呢?"此说似不无道理,可参。


## 夏课成感怀①

别离终日心忉忉,②五湖烟波归梦劳。③凄凉身事夏课毕,濩落生涯秋风高。④居世无媒多困踬,⑤昔贤因此亦号咷。⑥谁怜愁苦多衰改,⑦未到潘年有二毛。⑧

【注释】

①此诗约作于唐懿宗咸通十三年(872),韩偓游江南时所作。夏课:李肇《唐国史补》卷下:举子"退而肄业,谓之过夏;执业而出,谓之夏课。" ②忉忉:忧思貌。《诗·齐风·甫田》:"无思远人,劳心忉忉。"毛传:"忉忉,忧劳也。"孔颖达疏:"忧也,以言劳心,故云忧劳也。"白居易《寄献北都留守裴令公》诗:"动人名赫赫,忧国意忉忉。" ③五湖:五湖有各种说法。此处盖乃江南五大湖之总称。详见本集《湖南绝少含桃偶有人以新摘者见惠感事伤怀因成四韵》诗注释④。劳:忧愁;愁苦。《诗·邶风·燕燕》:"瞻望弗及,实劳我心。"高亨注:"劳,愁苦。"鲍溶《送罗侍御归西台》诗:"此举关风化,谁云别恨劳。" ④濩落:原谓廓落。引申谓沦落失意。韩愈《赠族侄》诗:"萧条资用尽,濩落门巷空。"王昌龄《赠宇文中丞》诗:"仆本濩落人,辱当州郡使。" ⑤无媒:没有引荐的人。比喻进身无路。韦庄《下第题青龙寺僧房》诗:"千蹄万毂一枝芳,要路无媒果自伤。"困踬:受挫,颠沛窘迫。钟会《檄蜀文》:"困踬冀徐之郊,制命绍布之手。"《旧唐书·文苑传下·萧颖士》:"(萧颖士)终以诞傲褊忿,困踬而卒。" ⑥号咷:啼哭呼喊;放声大哭。《易·同人》:"同人,先号咷而后笑。" ⑦衰改:谓鬓毛衰落变白。李白《古风》:"春容舍我去,秋发已衰改。" ⑧"潘年"句:晋朝潘岳年三十二而有二毛。其《秋兴赋·序》:"晋十有四年,余春秋三十有二,始见二毛。"二毛,斑白的头发。常用以指老年人。《左传·僖公二十二年》:"君子不重伤,不禽二毛。"杜预注:"二毛,头白有二色。"此处谓已长出白发。

【品评】

　　此诗乃诗人久未第而抒发无人引荐,久困举场之愁苦。诗人《与吴子华侍郎同年玉堂同直怀恩叙恳因成长句四韵兼呈诸同年》诗"二纪计偕劳笔研"句下自注云"余与子华俱久困名场",可见诗人此诗所言"凄凉身事夏课毕,濩落生涯秋风高。居世无媒多困踬,昔贤因此亦号咷"等抒发牢愁语,并非文士无病呻吟之音,乃其"濩落生涯"之真实写照。


## 游江南水陆院①

　　早于喧杂是深雠,犹恐行藏坠俗流。②高寺懒为携酒去,名山长恨送人游。关河见月空垂泪,③风雨看花欲白头。除却祖师心法外,④浮生何处不堪愁。⑤

【注释】

　　①此诗约作于唐懿宗咸通十三年(872)春,时韩偓游于江南。水陆院:佛教设置水陆道场之处所。水陆道场为佛教法会的一种。僧尼设坛诵经,礼佛拜忏,遍施饮食,以超度水陆一切亡灵,普济六道四生,故称。苏轼《释迦文佛颂》引:"元祐八年十一月十一日,设水陆道场供养。"　②行藏:指出处或行止。语本《论语·述而》:"用之则行,舍之则藏。"潘岳《西征赋》:"孔随时以行藏,蘧与国而舒卷。"岑参《武威送刘单判官赴安西行营便呈高开府》诗:"功业须及时,立身有行藏。"　③关河:关山河川。《后汉书·荀

或传》:"此实天下之要地,而将军之关河也。" ④祖师:原谓佛教、道教中创立宗派的人。此处指佛教创立禅宗的达摩祖师。《六祖坛经》:"昔达摩大师,初来此土,人未之信,故传此衣,以为信体,代代相承。法则以心传心,皆令自悟自解。"心法:佛教语。指经典以外传受之法。以心相印证,故名。李华《润州天乡寺故大德云禅师碑》:"自菩提达摩降及大照禅师,七叶相乘,谓之七祖,心法传示,为最上乘。" ⑤浮生:语本《庄子·刻意》:"其生若浮,其死若休。"以人生在世,虚浮不定,因称人生为"浮生"。鲍照《答客》诗:"浮生急驰电,物道险弦丝。"

## 【品评】

此诗乃诗人抒写游水陆院之感受,其中"关河见月空垂泪,风雨看花欲白头"两句,乃"浮生何处不堪愁"之具体写照。而谓"除却祖师心法外","浮生何处不堪愁",其于"祖师心法"则亦服膺矣。

# 冬　日

萧条古木衔斜日,戚沥晴寒滞早梅。①愁处雪烟连野起,静时风竹过墙来。故人每忆心先见,新酒偷尝手自开。景状入诗兼入画,②言情不尽恨无才。

## 【注释】

①戚沥:凄寒貌。滞:积聚;凝结;积压。《周礼·地官·廛人》:"凡珍异之有滞者,敛而入于膳府。"郑玄注引郑司农曰:"谓滞货不售者,官为居之。"曹摅《思友人》诗:"情随玄阴滞,心与回飙俱。"此句盖谓晴寒凝滞于早梅上。 ②景状:景象;情状。杨维桢《书画舫记》:"七十二峰之空翠,四时朝暮景状一同。"王世贞《弇山园记》六:"回顾一峰北向,若首肯滩景状,曰把清峰。"

## 【品评】

此诗描摹冬日凝寒景状,上四句即写寒冬景色。余成教称赏"故人每忆心先见,新酒偷尝手自开"为佳句(《石园诗话》)。其实此诗前四句亦写冬景之佳句。"愁处雪烟连野起,静时风竹过墙来。故人每忆心先见,新酒偷尝手自开"四句,若与唐李益《竹窗闻风寄苗发司空曙》诗之"微风惊暮坐,临牖思悠哉。开门复动竹,疑是故人来"并读,其间诗人取资并融入李益诗意之妙处,宛然可见。

# 老 将①

折枪黄马倦尘埃,掩耳凶徒怕疾雷。②雪密酒酣偷号去,③月明衣冷斫营回。④行驱貔虎披金甲,⑤立听笙歌掷玉杯。坐久不须轻矍铄,⑥至今双臂硬弓开。⑦

**【注释】**

①此诗约作于唐昭宗龙纪元年(889)冬,时韩偓登进士第后出佐河中幕府。 ②"掩耳凶徒"句:此句谓凶徒惧怕老将之雄威,犹如惊怕迅雷而掩耳。 ③偷号:谓偷取敌营之口令。号,号令。刘沧《边思》:"偷号甲兵冲塞色,衔枚战马踏寒芜。" ④斫营:劫营;偷袭敌营。《晋书·艺术传·佛图澄》:"(石)勒自葛陂还河北,过枋头,枋头人夜欲斫营,澄谓黑略曰:'须臾贼至,可令公知。'"《魏书·傅永传》:"永量吴楚之兵,好以斫营为事。" ⑤貔虎:原指貔和虎。亦泛指猛兽。《书·牧誓》:"如虎如貔。"貔,孔颖达《诗》疏引陆玑疏云:"貔似虎,或曰似熊,一名执夷,一名白狐,辽东人谓之白黑。"此处比喻勇猛的将士。岑参《陪狄员外早秋登府西楼因呈院中诸公》诗:"阶下貔虎士,幕中鸳鹭行。" ⑥矍铄:形容老人目光炯炯、精神健旺。《后汉书·马援传》:"援据鞍顾眄,以示可用。帝笑曰:'矍铄哉,是翁也!'"刘禹锡《赠致仕滕庶子》诗:"矍铄据鞍时骋健,殷勤把酒尚多情。" ⑦擘:大拇指。《孟子·滕文公下》:"于齐国之士,吾必以仲子为巨擘焉。"硬弓:强弓;须用大力气方能拉开的弓。张籍《老将》诗:"不怕骑生马,犹能挽硬弓。"

**【品评】**

此诗乃赞颂久经沙场之老将犹勇武善战。全诗八句,句句皆从不同角度展现老将之威武勇猛风采。首二句"折枪黄马倦尘埃,掩耳凶徒怕疾雷",乃总括全篇之意,写久经沙场之将,其声威已令敌人闻风丧胆矣。此后六句,则具体分写老将之矍铄勇武,其威武神采,可谓虎虎生威,立体展现。"行驱貔虎披金甲,立听笙歌掷玉杯"二句,尤能展现老将之神勇豪迈之风采。

## 边上看猎赠元戎①

绣帘临晓觉新霜,②便遣移厨校猎场。③燕卒铁衣围汉相,④鲁儒戎服从梁王。⑤搜山闪闪旗头远,出树斑斑豹尾长。赞获一声连朔漠,⑥贺杯环骑舞优倡。⑦军回野静秋天白,⑧角怨城遥晚照黄。⑨红袖拥门持烛炬,⑩解劳今夜宴华堂。⑪

**【注释】**

①此诗作于唐昭宗龙纪元年(889)秋韩偓佐河中府时。元戎:主将,统帅。徐陵《移齐王》:"我之元戎上将,协力同心,承禀朝谟,致行明罚。"柳宗元《故连州员外司马凌君权厝志》:"以谋画佐元戎,常有大功。" ②新霜:指秋日初下之霜。《诗·秦风·蒹葭》:"蒹葭苍苍,白露为霜。" ③校猎场:打猎场。校猎,遮拦禽兽以猎取之。亦泛指打猎。《汉书·成帝纪》:"冬,行幸长杨宫,从胡客大校猎。"颜师古注:"此校谓以木相贯穿为阑校耳……校猎者,大为阑校以遮禽兽而猎取也。"杜甫《冬狩行》:"君不见东川节度兵马雄,校猎亦似观成功。" ④燕卒:东北方燕地之士兵。此处用以代指河中府之士兵。燕本是古国名,在今河北省北部和辽宁省西端,建都蓟(今北京城西南隅)。战国时为七雄之一,后

为秦所灭。铁衣:古代战士用铁片制成的战衣,即盔甲。古乐府《木兰诗》:"朔气传金柝,寒光照铁衣。"汉相:原谓汉代的宰相,此借指元戎,即当时河中节度使王重盈。王重盈光启元年以陕虢节度使同平章事,后又加护国节度使。　⑤鲁儒:原谓鲁国儒生。亦泛指儒家学说的信奉者、儒派学者。皇甫冉《送孔党赴举》诗:"家承孔圣后,身有鲁儒名。"此处借指韩偓等文士。梁王:原指汉梁孝王刘武。此处借指元戎,即为王重盈。《史记·梁孝王世家》:梁王"招延四方豪杰,自山以东游说之士,莫不毕至"。　⑥赞获一声:指称赞捕获猎物的欢呼声。朔漠:北方沙漠地带。《后汉书·袁安传》:"今朔漠既定,宜令南单于反其北庭。"南朝宋谢惠连《雪赋》:"于是河海生云,朔漠飞沙。"　⑦优倡:古代表演歌舞杂戏的艺人。《史记·孔子世家》:"优倡侏儒为戏而前。"⑧秋天白:指秋天下霜,原野上一片白茫茫。　⑨角怨:此谓角声悲怨。角,古乐器名。出西北游牧民族,鸣角以示晨昏。军中多用作军号。《通典·乐一》:"蚩尤氏帅魑魅与黄帝战于涿鹿,帝乃命吹角为龙吟以御之。"怨,怨恨。《易·系辞下》:"益以兴利,困以寡怨。"王昌龄《江上闻笛》诗:"横笛怨江月,扁舟何处寻。"⑩红袖:原指女子的红色衣袖,后用以代指艳丽的女子。此处指军中的歌妓。王俭《白纻辞》之二:"情发金石媚笙簧,罗袿徐转红袖扬。"　⑪解劳:解除疲劳。华堂:华丽的厅堂。李颀《缓歌行》:"业就功成见明主,击钟鼎食坐华堂。"

## 【品评】

　　吴修坞《唐诗续评》卷三谓"韩致光诗,工丽圆警,实唐人后劲。"《边上看猎赠元戎》诗可称此评。此诗工于描绘狩猎场面气氛,"燕卒铁衣"以下六句将此场面写得生龙活虎,绘声绘色,热烈欢动,令人仿佛置身其中。"搜山闪闪旗头远,出树斑斑豹尾长。赞获一声连朔漠,贺杯环骑舞优倡"四句,尤见其刻画之工致生动。此诗与中唐张祜《观徐州李司空猎》之"晓出郡城东,分围浅草中。红旗开向日,白马骤迎风。背手抽金镞,翻身控角弓。万人齐指处,一雁落寒空"诗并读,皆是狩猎诗之佳什。

# 北齐二首①

一

任道骄奢必败亡,②且将繁盛悦嫔嫱。③几千夼镜成楼柱,④六十间云号殿廊。⑤后主猎回初按乐,⑥胡姬酒醒更新妆。⑦绮罗堆里春风畔,⑧年少多情一帝王。⑨

【注释】

①北齐:朝代名。北朝之一。公元550年高欢子高洋取代东魏,自立为帝,国号齐,都邺(今河北临漳西)。为与南朝齐相别,史称北齐。据有今河北、山东、山西、河南及辽宁省西部。公元577年为北周所灭。历经六帝,凡二十八年。 ②任道:任凭说。骄奢:骄横奢侈。《战国策·齐策四》:"居上位,未得其实,以喜名者,必以骄奢为行。" ③嫔嫱:宫中女官,天子诸侯姬妾。《左传·昭公三年》:"君若不弃敝邑,而辱使董振择之,以备嫔嫱,寡

人之望也。"杜预注:"嫔、嫱,妇官。"杨伯峻注:"嫔、嫱皆天子诸侯姬妾。"此处指北齐后主高纬之嫔嫱。《北齐书》卷八《后主幼主纪》:"宫女宝衣玉食者五百余人,一裙直万匹,镜台直千金,竞为变巧,朝衣夕弊。承武成之奢丽,以为帝王当然。" ④"几千奁镜"两句:《北齐书·后主幼主纪》:"乃更增益宫苑,造偃武修文台。其嫔嫱诸宫中起镜殿、宝殿、玳瑁殿,丹青雕刻,妙极当时。又于晋阳起十二院,壮丽逾于邺下。所爱不恒,数毁而又复。夜则以火照作,寒则以汤为泥,百工困穷,无时休息。"奁镜成楼柱:意谓奁镜之多,堆积起来可成为楼柱一般。"六十间云"句或意为所起十二院,每院五殿,共六十殿廊。间云:干云、入云。此处谓殿廊高耸入云。 ⑥后主:指北齐后主高纬。《北齐书·后主纪》:"后主讳纬,字仁纲,武成皇帝之长子也。……帝少美容仪,武成特所爱宠,拜王世子……太宁二年正月景戌,立为皇太子。河清四年,武成禅位于帝。"初按乐:《北齐书·后主传》:后主"遂自以策无遗算,乃益骄纵,盛为无愁之曲。帝自弹胡琵琶而唱之,侍和者以百数,人间谓之'无愁天子'"。 ⑦胡姬:或指胡昭仪。《北齐书·后主传》:"又为胡昭仪起大慈寺,未成,改为穆皇后大宝林寺,穷极工巧,运石填泉,劳费亿计,人牛死者,不可胜纪。" ⑧绮罗堆里:谓美女堆里。绮罗,指穿着绮罗的人。多为贵妇、美女之代称。颜之推《颜氏家训·治家》:"邺下风俗,专以妇持门户,争讼曲直,造请逢迎,车乘填街衢,绮罗盈府寺,代子求官,为夫诉屈。"韦庄《江亭酒醒却寄维扬饯客》诗:"满坐绮罗皆不见,觉来红树背银屏。"此指后主成长于美女窝中。《北齐书·后主传》:"辅之以中官妳媪,属之以丽色淫声,纵鞦绁之娱,恣朋淫之好。"春风畔:此谓其生活于父王之宠爱中。据《北齐书·后主纪》:"帝少美容仪,武成特所爱宠,拜世子。"春风,此喻君王之恩惠。曹植《上责躬应诏诗表》:"伏惟陛下德象天地,恩隆父母,施畅春风,泽如时雨。" ⑨"年少"句:此谓后主。后主于河清四年(565)即位,年方十岁,在位十二年。

## 二

神器传时异至公,<sup>①</sup>败亡安可怨匆匆。<sup>②</sup>犯寒猎士朝频戮,<sup>③</sup>告急军书夜不通。<sup>④</sup>并部义旗遮日暗,<sup>⑤</sup>邺城飞焰照天红。<sup>⑥</sup>周朝将相还无体,<sup>⑦</sup>宁死何须入铁笼。<sup>⑧</sup>

**【注释】**

①"神器传时"句:神器,代表国家政权的实物,如玉玺、宝鼎之类。借指帝位、政权。《汉书·叙传上》:"世俗见高祖兴于布衣,不达其故……不知神器有命,不可以智力求也。"颜师古注引刘德曰:"神器,玺也。"《文选·左思〈魏都赋〉》:"刘宗委驭,巽其神器。"吕延济注:"神器,帝位。"异至公:意为非出于最公正。据《北齐书·后主纪》:"帝少美容仪,武成特所爱宠,拜王世子。及武成入纂大业,太宁二年正月景戌,立为皇太子。河清四年,武成禅位于帝。"据此,则此句意为北齐之政权乃篡位而得,而后主之为帝,乃因其父武成之宠爱。 ②"败亡"句:北齐自开国至灭亡仅二十七年,故谓"匆匆"。《北齐书·后主纪》论曰"重以名将贻祸,忠臣显戮。始见浸弱之萌,俄观土崩之势,周武因机遂混区夏。悲夫!盖桀纣罪人,其亡也忽焉,自然之理矣"。 ③"犯寒

猎士"句:据《北齐书·后主纪》载,后主"以人从欲,损物益已,雕墙峻宇,甘酒嗜音。廊肆遍于宫园,禽色荒于外,内俾昼作夜,囷水行舟,所欲必成,所求必得。……又暗于听受,忠信不闻,姜斐必入。视人如草芥,从恶如顺流。……卖官鬻爵,乱政淫刑。刽割被于忠良,禄位加于犬马"。 ④"告急"句:据《北齐书·高阿那肱传》,后主荒于政事,北周攻晋阳,后主正游猎,"周师逼平阳,后主于天池校猎,晋州频遣驰奏,从旦至午,驿马三至,肱云:'大家正作乐,何急奏闻!'至暮,使更至,云:'平阳城已陷,贼方至。'乃奏知。明早旦,即欲引军,淑妃又请更合一围。及军赴晋州,令肱率前军先进,仍总节度诸军"。 ⑤"并部义旗"句:并部,指并州部众。此句指北齐诸臣于晋阳起义投奔北周。《北齐书·后主纪》载武平七年十二月,北周军攻晋州,"开府仪同三司贺拔伏恩、封辅相、慕容锺葵等宿卫近臣三十余人西奔周师"。 ⑥"邺城飞焰"句:邺城,古都邑名。故城在今河北临漳县北。北齐建都于此。此句谓后主从邺出逃,周师攻邺,火烧城西门。《北齐书·后主纪》:"周师渐逼,癸未,幼主又自邺东走。己丑,周师至紫陌桥。癸巳,烧城西门。太上皇将百余骑东走。" ⑦周朝:此处指北周。无体:谓行礼中没有一定的动作仪式。《礼记·孔子闲居》:"孔子曰:'无声之乐,无体之礼,无服之丧,此之谓三无。'"孔颖达疏:"非有升降揖让之礼,故为无体之礼也。" ⑧"宁死"句:铁笼,此处指囚禁犯人的铁牢笼。据《北齐书·后主纪》,后主、幼主皆被北周所获,"并太后、幼主、诸王俱送长安",后"至建德七年,诬与宜州刺史穆提婆谋反,及延宗等数十人无少长咸赐死,神武子孙所存者一二而已"。此句谓如果后主等人宁死不屈,则何须受囚于铁笼之辱。

**【品评】**

　　这两首诗皆为咏史诗,乃咏北齐后主高纬之作。故所咏皆为北齐高纬一朝荒淫无道,以致为北周灭亡史事。诗歌主旨即以北齐后主为例,说明"骄奢必败亡"的道理。犹可注意者,乃韩偓此诗恐受李商隐咏史诗之影响。李商隐亦有《北齐二首》诗,云:"一笑相倾国便亡,何劳荆棘始堪伤。小怜玉体横陈夜,已报周师入晋阳。"又"巧笑知堪敌万几,倾城最在著戎衣。晋阳已陷休回顾,更请君王猎一围"。所咏与韩偓这两首诗多有相似之处。又李商隐《咏史》云"历览前贤国与家,成由勤俭破由奢",恐亦对韩偓"任道骄奢必败亡"句深有影响。于此可见,诗人之亲炙姨父李商隐,诚有是哉。

# 吴郡怀古①

　　主暗臣忠枉就刑,②遂教强国醉中倾。人亡建业空城在,③花落西江春水平。④万古壮夫犹抱恨,至今词客尽伤情。⑤徒劳铁锁长千尺,⑥不觉楼船下晋兵。

**【注释】**

　　①此诗约作于唐懿宗咸通十三年(872)晚春三月时,此时韩偓游于江南吴郡。吴郡:东汉永建四年分会稽郡置,治所在吴县

（今江苏苏州市）。唐武德四年改为苏州，天宝元年改为吴郡。乾元元年复改为苏州。辖境相当今江苏省、上海市长江以南，大茅山以东，浙江长兴、吴兴、天目山以东，与建德市以下的钱塘江两岸。　②"主暗臣忠"二句：主暗，指春秋吴国国君夫差不听伍子胥的劝谏，沉湎酒色，后"二十年，越王勾践复伐吴……（吴王）遂自刭死"。（详见《史记·吴太伯世家》）。臣忠：指吴国大臣伍子胥。《史记·伍子胥列传》："伍子胥谏曰：'夫越，腹心之病，今信其浮辞诈伪而贪齐……愿王释齐而先越，若不然，后将悔之无及。'而吴王不听，使子胥于齐。子胥临行，谓其子曰：'吾数谏王，王不用，吾今见吴王之亡矣。'"枉就刑：白白地被杀死，这里指伍子胥被夫差赐死。据《史记·伍子胥列传》载：吴王"乃使使赐伍子胥属镂之剑，曰：'子以此死。'"强国：指吴国。吴国为春秋五霸之一，故云。醉中倾：吴王夫差曾建造馆娃宫，与西施饮酒作乐，以至于吴亡。　③"人亡建业"句：此句指三国时吴国末帝孙皓事。建业，三国时吴国都城，即在今南京市。据《三国志·孙皓传》，孙皓投降，吴国为西晋所灭，孙皓"举家西迁"，太康"五年，皓死于洛阳。"　④西江：唐人多称长江中下游为西江。李白《夜泊牛渚怀古》诗："牛渚西江夜，青天无片云。"元稹《相忆泪》诗："西江流水到江州，闻道分成九道流。"温庭筠《西洲词》："南楼登且望，西江广复平。艇子摇两桨，催过石头城。"此指南京市北的长江。　⑤词客：擅长文词的人。王维《偶然作》诗之六："宿世谬词客，前身应画师。"唐诗人李白、刘禹锡、许浑、刘商、司空曙、殷尧藩、唐彦谦等多有以《姑苏怀古》或《金陵怀古》为题之诗作。与韩偓同时之文士亦应如是，故有此说。　⑥"徒劳铁锁"二句：指

诗选二 | 311

晋武帝时，益州刺史王浚造楼船顺江流而下以伐吴。尽管吴人于长江险隘处设铁锁横截，然亦未能阻挡王浚大军南下秣陵，吴国遂亡事。据《晋书·吾彦传》："吾彦字士则，吴郡吴人也。出自寒微，有文武才干。……稍迁建平太守。时王浚将伐吴，造船于蜀，彦觉之，请增兵为备。皓不从，彦乃辄为铁锁，横断江路。及师临境，缘江诸城皆望风降附，或见攻而拔，唯彦坚守，大众攻之不能克。"然晋兵最后还是突破铁锁防线而灭吴。《晋书·王浚传》载：王浚重拜"益州刺史。武帝谋伐吴，诏浚修舟舰。浚乃作大船连舫，方百二十步，受二千余人。以木为城，起楼橹，开四出门，其上皆得驰马来往。又画鹢首怪兽于船首，以惧江神。舟楫之盛，自古未有。浚造船于蜀，其木柿蔽江而下，吴建平太守吾彦取流柿以呈孙皓曰：'晋必有攻吴之计，宜增建平兵。建平不下，终不敢渡。'皓不从。……吴人于江险碛要害之处，并以铁锁横截之，又作铁锥长丈余，暗置江中，以逆距船。先是，羊祜获吴间谍，具知情状。浚乃作大筏数十，亦方百余步，缚草为人，被甲持杖，令善水者以筏先行，筏遇铁锥，锥辄着筏去。又作火炬，长十余丈，大数十围，灌以麻油，在船前，遇锁，然炬烧之，须臾，融液断绝，于是船无所碍。……于是顺流鼓棹，径造三山。……壬寅，浚入于石头。皓乃备亡国之礼，素车白马，肉袒面缚"而降。

## 【品评】

此诗乃诗人怀古之作，然其所咏史事为何，今人所见不一。有的以为"主暗臣忠"两句乃咏春秋吴王夫差事；而"人亡建业"句则以为"指南朝陈国国君陈叔宝"事；"徒劳"句则属孙皓事。又有将"主暗"归夫差,"徒劳"事属孙皓。还有以为均咏三国吴孙皓亡国之事。按,此诗前两句当为咏夫差事,谓咏孙皓事虽亦可通,然疑非作者本意。"人亡建业"句所咏史事指孙皓或陈叔宝事,亦均可通,或作者本即兼指二者。又,诗末二句,诸家皆以孙皓事释之,是也。且此二句颇有类似刘禹锡《西塞山怀古》诗之处:"王浚楼船下益州,金陵王气黯然收。千寻铁锁沈江底,一片降幡出石头……"此诗或亦韩偓"至今词客尽伤情"句之所据欤?

## 寒食日沙县雨中看蔷薇己巳[①]

何处遇蔷薇,[②]殊乡冷节时。[③]雨声笼锦帐,[④]风势偃罗帏。[⑤]通体全无力,酡颜不自持。[⑥]绿疏微露刺,红密欲藏枝。惬意凭阑久,贪吟放盏迟。旁人应见讶,自醉自题诗。

## 【注释】

①此诗作于后梁开平三年(909)寒食,其时韩偓流寓于闽沙县。　②蔷薇:植物名。落叶灌木,茎细长,蔓生,枝上密生小刺,羽状复叶,小叶倒卵形或长圆形,花白色或淡红色,有芳香。③殊乡:异乡;他乡。王嘉《拾遗记·轩辕黄帝》:"帝乘云龙而游,殊乡绝域,至今望而祭焉。"冷节:指寒食节。王谟辑本汉崔寔《四民月令》:"齐人呼寒食为冷节。"白居易《酬郑二司录与李六郎中寒食日相过同宴见赠》:"偶因冷节会嘉宾,况是平生心所亲。"④笼:笼罩;遮掩。秦观《沁园春·春思》词:"宿霭迷空,腻云笼

日,昼景渐长。" ⑤偃:倒伏。《书·金縢》:"天大雷电以风,禾尽偃。" ⑥酡颜:本指饮酒脸红貌。亦泛指脸红。此处指蔷薇花红。白居易《与诸客空腹饮》诗:"促膝才飞白,酡颜已渥丹。"

## 【品评】

  此诗乃诗人于寒食节欣赏雨中之蔷薇花而吟咏。前四句乃就"寒食日沙县雨中"题意而咏。"通体全无力"以下四句,则咏雨中蔷薇之形态色泽。此乃全诗最佳之句,将风雨中蔷薇写得妖娇艳丽,情态活灵活现,仿佛一位弱不胜衣之千娇百媚,惹人怜爱之女子。"全无力"、"不自持"、"微露刺"、"欲藏枝",可谓尽态极妍,活龙活现。末四句则写诗人欣赏沉醉之状,乃衬托蔷薇美艳之笔墨。


# 过 茂 陵①

不悲霜露但伤春,②孝理何因感兆民。③景帝龙髯消息断,④异香空见李夫人。⑤

## 【注释】

  ①茂陵:陵墓名。此指汉武帝刘彻的陵墓。在今陕西省兴平县东北。《汉书·武帝纪》:"(后元二年)二月丁卯,帝崩于五柞宫,入殡于未央宫前殿。三月甲申,葬茂陵。"颜师古注引臣瓒曰:"茂陵在长安西北八十里也。" ②悲霜露:即霜露之悲。意为对

父母先祖之悲思。颜之推《颜氏家训》卷下《终制篇》："死者人之常分,不可免也。……四时祭祀,周孔所教,欲人勿死其亲,不忘孝道也。……若报罔极之德,霜露之悲,有时斋供,及尽忠信,不辱其亲,所望于汝也。"郑獬《郧溪集》卷七《赠母制》："君子履霜露,则怵然而怀……朕之继大业,庆行于士大夫,亦念乎北堂之贤母,禄养不能及,乃饬有司,裂邑而封之。……犹足以慰霜露之悲乎!" ③孝理:犹孝道。谓汉武帝以孝治国教民。《汉书·武帝纪》:建元元年"夏四月己巳,诏曰:'古之立教,乡里以齿,朝廷以爵,扶世导民,莫善于德。……今天下孝子顺孙愿自竭尽以承其亲,外迫公事,内乏资财,是以孝心阙焉。朕甚哀之。民年九十以上,已有受鬻法,为复子若孙,令得身帅妻妾遂其供养之事。'"《南齐书·文惠太子传》:"(王)俭又谘太子曰:'《孝经》"仲尼居,曾子侍"。夫孝理弘深,大贤方尽其致,何故不授颜子,而寄曾生?'"兆民:古称天子之民,后泛指众民,百姓。《书·吕刑》:"一人有庆,兆民赖之。"《礼记·月令》:"(孟春之月)命相布德和令,行庆施惠,下及兆民。" ④"景帝龙髯"句:景帝,即汉孝景皇帝,武帝之父。景帝与其父汉文帝均为明主,史称两人治国期间为"文景之治"。龙髯:龙之须。《史记·封禅书》:"黄帝采首山铜,铸鼎于荆山下。鼎既成,有龙垂胡髯下迎黄帝。黄帝上骑,群臣后宫从上者七十余人,龙乃上去。余小臣不得上,乃悉持龙髯,龙髯拔,堕,堕黄帝之弓。百姓仰望黄帝即上天,乃抱其弓与胡髯号,故后世因名其处曰鼎湖,其弓曰乌号。"后用为皇帝去世之典。李峤《汾阴行》:"自从天子向秦关,玉辇金车不复还。珠帘羽扇长寂寞,鼎湖龙髯安可攀?" ⑤"异香空见"句:李夫人,即汉孝武李夫人。

《汉书·外戚传上·孝武李夫人传》:"上叹息曰:'善!世岂有此人乎?'平阳主因言延年有女弟,上乃召见之,实妙丽善舞。由是得幸……李夫人少而早卒,上怜悯焉,图画其形于甘泉宫。……初李夫人病笃,上自临候之……上思念李夫人不已,方士齐人少翁言能致其神。乃夜张灯烛,设帐帷,陈酒肉,而令上居他帐,遥望见好女如李夫人之貌,还幄坐而步。又不得就视,上愈益相思悲感,为作诗曰:'是邪,非邪?立而望之,偏何姗姗其来迟!'令乐府诸音家弦歌之。上又自为作赋,以伤悼夫人"。

## 【品评】

此诗乃诗人过茂陵而咏汉武帝。究其诗旨,乃批评汉武帝。其意乃谓汉武帝虽倡孝道,然而未能亲躬孝道;唯重女色,故画李夫人之图形,又信方士之言,以求见李夫人之神魂,然此乃徒然而已耳。首句"不悲霜露但伤春",乃总评汉武,概括以下三、四两句之意。"不悲霜露",乃"景帝龙髯消息断"之谓,批评武帝之不悲思先帝也;"但伤春",乃刺武帝"异香空见李夫人",讥其重色。"伤春",喻伤李夫人之早逝也。第二句"孝理何因感兆民",乃批评汉武帝虽倡孝道,然未能躬行孝道,唯重女色,则其所倡孝道,又如何能感动百姓,令人信服!"何因",乃就首句而反诘,讽意由此亦可见。"消息断",与下句"异香空见李夫人"成反衬,讥刺之意自在其中。此诗亦有承李义山衣钵之处。义山亦有《茂陵》《汉宫》诗中亦讽汉武之耽于神仙方士与女宠。《茂陵》谓"玉桃偷得怜方朔,金屋修成贮阿娇";《汉宫》谓"通灵夜醮达清晨,承露盘晞甲帐春。王母不来方朔去,更须重见李夫人"。于此可知致尧之亲炙义山,实有其事也。

# 流　年①

三月伤心仍晦日,②一春多病更阴天。雄豪亦有流年恨,③况是离魂易黯然。④

**【注释】**

①流年:如水般流逝的光阴、年华。鲍照《登云阳九里埭》:"宿心不复归,流年抱衰疾。"　②晦日:农历每月最后的一天。《公羊传·僖公十六年》:"何以不日?晦日也。"　③雄豪:英雄豪杰。《后汉书·卓茂传》:"建武之初,雄豪方扰,虓呼者连响,婴城者相望。"左思《魏都赋》:"英喆雄豪,佐命帝室。"　④离魂:指远游他乡的旅人。韦庄《家叔南游却归因献贺》诗:"旅梦远依湘水阔,离魂空伴越禽飞。"

**【品评】**

此诗乃游子逢春末时节,痛伤春日之将逝,且自己"一春多病",更伤感岁月之无情流逝不返。三月晦日,乃春尽将夏之时,故易引发伤春之情。更何况"一春多病更阴天",乃令人双重伤心也。然诗题为"流年",则诗人所更伤心者,实更在春尽节换,流光之消逝耳。以此之故,下句遂有雄豪亦叹流年之慨叹,则何况自己乃一庸庸碌碌之离人,其伤别叹流年之情,逢此春尽之辰,岂不更黯然伤心也!

## 答友人见寄酒

虽可忘忧矣,<sup>①</sup>其如作病何。<sup>②</sup>淋漓满襟袖,<sup>③</sup>更发楚狂歌。<sup>④</sup>

**【注释】**

①忘忧:忘却忧愁。《论语·述而》:"其为人也,发愤忘食,乐以忘忧。"按,此处用《晋书·顾荣传》传意,亦暗用曹操《短歌行》"对酒当歌,人生几何。譬如朝露,去日苦多。慨当以慷,忧思难忘。何以解忧,唯有杜康"之意。　②其……何:对于……怎么办? 作病,发生疾病,致病。《晋书·顾荣传》:"(顾荣)恒纵酒酣畅,谓友人张翰曰:'惟酒可以忘忧,但无如作病何耳。'"　③淋漓:沾湿或流滴貌。范缜《拟〈招隐士〉》:"发栽兮倾欹,飞泉兮激沫,散漫兮淋漓。"此处指酒沾湿貌。韩愈《醉后》诗:"淋漓身上衣,颠倒笔下字。"　④楚狂歌:楚狂,《论语·微子》:"楚狂接舆歌而过孔子曰:'凤兮凤兮,何德之衰! 往者不可谏,来者犹可追。已而已而,今之从政者殆而!'"邢昺疏:"接舆,楚人,姓陆名通,字接舆也。昭王时,政令无常,乃披发佯狂不仕,时人谓之楚狂也。"后用为狂士的通称。韩愈《芍药歌》:"花前醉倒歌者谁? 楚狂小子韩退之。"

## 【品评】

　　此诗借酒以抒发内心忧时畏祸之情。首两句借晋人顾荣"惟酒可以忘忧,但无如作病何耳"之言,以抒发酒虽可忘忧,但终难于解除心病。而其心病,乃是如顾荣似忧时畏祸之病。据《晋书·顾荣传》,顾荣为"齐王冏召为大司马主簿,冏擅权骄恣,荣惧及祸,终日昏酣,不综府事。……冏以为中书侍郎,在职不复饮酒。人或问之曰:'何前醉而后醒邪?'荣惧罪,乃复更饮。与州里杨彦明书曰:'吾为齐王主簿,恒虑祸及,见刀与绳,每欲自杀,但人不知耳。'"后二句则谓酒虽未能解除心病,然而亦只能借醉酒以作楚狂之歌,宣泄心中之积郁耳!

# 词　选

## 浣溪沙①

拢鬓新收玉步摇,②背灯初解绣裙腰,③枕寒衾冷异香焦。④深院不关春寂寂,落花和雨夜迢迢。⑤恨情残醉却无聊。⑥

**【注释】**

①此词原收于《全唐诗》卷八九一"词三"。施蛰存《读韩偓词札记》谓"《浣溪沙》二首,见于《尊前集》,又《花庵绝妙词选》。……此二首当为韩偓所做,无可疑"。词为何时所作则无可考。　②玉步摇:女子头上饰品。唐孙棨《题妓王福娘墙》:"无端斗草输邻女,更被拈将玉步摇。"　③解绣裙腰:解下系在腰部的绣裙。④异香焦:异香,气味异常浓烈的香料。《后汉书·贾琮传》:"旧交址土多珍产,明玑、翠羽、犀、象、瑇瑁、异香、美木之属,莫不自出。"异香焦,谓兽炭中之异香正燃烧。　⑤和雨:带着雨滴。迢迢:时间久长貌。戴叔伦《雨》诗:"历历愁心乱,迢迢独夜长。"⑥残醉:酒后残存的醉意。白居易《湖亭晚归》诗:"起因残醉醒,坐待晚凉归。"

**【品评】**

此词咏女子春夜无聊之春愁春怨。震钧谓"怨者,《离骚》所谓'心忆君兮不知'"(《香奁集发微》此诗下评)。按,此词固有怨恨意,然非怨恨"君"王也,乃作一般男女之怨情解可矣。清人陈廷焯评此词云:"上下阕结句微嫌并头,然五代人多犯此弊。"(华彦博《闲情集》卷一引)叶申芗辑《闽词钞》卷首《序》云:"词至北宋为极盛,南宋为极工,亦风会积渐使然也。闽词始见于韩冬郎之《浣溪沙》,而柳耆卿实开乐章之祖。"则此词于闽词之历史地位,亦颇令人瞩目。

## 浣溪沙

宿醉离愁慢髻鬟,①六铢衣薄惹轻寒。②慵红闷翠掩青鸾。③罗袜况兼金菡萏,④雪肌仍是玉琅玕。⑤骨香腰细更沈檀。⑥

【注释】

①此作原收于《全唐诗》卷八九一"词三",作年未能考知。宿醉:谓经宿尚未全醒之余醉。刘义庆《世说新语·文学》:"司空郑冲,驰遣信就阮籍求文,籍时在袁孝尼家,宿醉扶起,书札为之,无所点定,乃写付使,时人以为神笔。"白居易《洛桥寒食日作十韵》:"宿醉头仍重,晨游眼乍明。"慢髻鬟:慢慢将髻鬟盘束于头顶。髻鬟,古时妇女发式。将头发环曲束于顶。孟浩然《美人分香》诗:"髻鬟垂欲解,眉黛拂能轻。" ②六铢衣:《长阿含经·世纪经·忉利天品》"忉利天衣重六铢",谓其轻而薄。后称佛、仙之衣为

"六铢衣"。宋之问《奉和幸大荐福寺》诗:"欲知皇劫远,初拂六铢衣。"此处借指妇女所着轻薄的纱衣。周邦彦《鹊桥仙》词:"晚凉拜月,六铢衣动,应被姮娥认得。" ③慵红闷翠:谓触目之红色、翠色令人慵散愁闷。掩青鸾:掩遮上镜子。青鸾,见《艺文类聚》卷九〇引南朝宋范泰《鸾鸟诗序》。相传罽宾王于峻祁之山,获一鸾鸟,饰以金樊,食以珍馐,但三年不鸣。其夫人曰:尝闻鸟见其类而后鸣,何不悬镜以映之。王从其意,鸾睹形悲鸣,哀响中霄,一奋而绝。后因以"青鸾"借指镜。闽徐夤《上阳宫词》:"妆台尘暗青鸾掩,宫树月明黄鸟啼。"明汤三江《题唐玄宗还宫感旧·双调夜行船序》套曲:"侍儿扶傍妆台,懒把青鸾高照。" ④"罗袜"句:谓罗袜上还绣着金色之荷花。菡萏:即荷花。《诗·陈风·泽陂》:"彼泽之陂,有蒲菡萏。"欧阳修《西湖戏作示同游者》诗:"菡萏香清画舸浮,使君宁复忆扬州。" ⑤雪肌:雪白的肌肤。白居易《同微之赠别郭虚舟炼师五十韵》:"不闻姑射上,千岁冰雪肌。"玉琅玕:此处比喻女子之雪肌。琅玕,似珠玉之美石。《书·禹贡》:"厥贡惟球、琳、琅玕。"孔传:"琅玕,石而似玉。"孔颖达疏:"琅玕,石而似珠者。"曹植《美女篇》诗:"攘袖见素手,皓腕约金环;头上金爵钗,腰佩翠琅玕。" ⑥沈檀:指妆饰用的颜料。色深而带润泽者叫"沈";浅绛色叫"檀"。唐、宋妇女闺妆多用之:或用于眉端,或用在口唇上。李煜《一斛珠》词:"晓妆初过,沈檀轻注些儿个,向人微露丁香颗。"

## 【品评】

丁绍仪《听秋声馆词话》云:"韩致尧遭唐末造,力不能挥戈挽日,一腔忠愤无所泄,不得已托之闺房儿女。世徒以香奁目之,盖未深究厥旨耳。"震钧亦以为"矜者,《离骚》所谓'既含睇兮又宜笑,子慕余兮善窈窕'也"(《香奁集发微》此词下评)。所说均以香草美人以寓托政治情事解说此词,然所说实在曲解此词,未足凭信。此词以咏闺中女子之妆饰、体态动作刻画其与郎君睽别之离愁别恨。其"宿醉"后之"慢髻鬟"、"惹轻寒"、"掩青鸾",均因"离愁"而起;罗袜上之"金菡萏",乃引起"离愁"之媒介也。"雪肌仍是玉琅玕"、"骨香腰细"云云,一则乃寓自矜自怜自惜之意,同时亦婉转抒发因离别而辜负青春年华之伤痛。

# 名家精注精评本已出书目

| 书　名 | 主要编选者 |
|---|---|
| 李白集 | 郁贤皓（中国李白研究会原会长） |
| 杜甫集 | 张忠纲（中国杜甫研究会原会长） |
| 韩愈集 | 卞孝萱（中国韩愈研究会原会长） |
| 白居易集 | 严　杰（南京大学教授） |
| 王维集 | 董乃斌（上海大学教授、中国唐代文学学会副会长） |
| 李商隐集 | 周建国（中国李商隐研究会理事） |
| 柳宗元集 | 尚永亮（武汉大学教授、博导） |
| 刘禹锡集 | 吴在庆（厦门大学教授、中国唐代文学学会理事） |
| 杜牧集 | 罗时进（中国唐代文学学会副会长） |
| 柳永集 | 王星琦（南京师范大学教授） |
| 欧阳修集 | 刘扬忠（中国宋代文学学会副会长） |
| 苏轼集 | 陶文鹏（中国社科院文学所研究员、博导） |
| 三曹集 | 张可礼（山东大学中文系教授、博导） |
| 陶渊明集 | 陈庆元（福建师大教授、博导） |
| 二李集 | 蒋　方（湖北大学教授） |
| 辛弃疾集 | 刘乃昌（中国李清照辛弃疾学会原会长） |
| 王安石集 | 王兆鹏（武汉大学教授、博导） |
| 陆游集 | 蒋　凡（复旦大学教授、博导） |
| 李清照集 | 王英志（苏州大学教授、博导） |
| 黄庭坚集 | 蒋　方（湖北大学教授） |
| 李贺集 | 吴企明（苏州大学教授） |
| 纳兰性德集 | 施议对（澳门大学教授） |
| 韩偓集 | 吴在庆（厦门大学教授、中国唐代文学学会理事） |